中国文学佳作选

散文卷

王晓君　主编

中国出版集团公司
華文出版社

图书在版编目（CIP）数据

中国文学佳作选．散文卷 / 王晓君主编．-- 北京：华文出版社，2022.7
ISBN 978-7-5075-5156-3

Ⅰ．①中… Ⅱ．①王… Ⅲ．①中国文学－当代文学－作品综合集②散文集－中国－当代 Ⅳ．①I217.1

中国版本图书馆CIP数据核字（2022）第112261号

中国文学佳作选·散文卷

主　　编：王晓君
策　　划：胡　子
责任编辑：寇　宁
封面设计：李琳琳
出版发行：华文出版社
地　　址：北京市西城区广外大街305号8区2号楼
邮政编码：100055
网　　址：http://www.hwcbs.cn
投稿信箱：hwcbs@126.com
电　　话：总编室 010-58336239　　责任编辑 010-58336195
发行部 010-58336267
经　　销：新华书店
印　　刷：三河市航远印刷有限公司
开　　本：710mm×1000mm　1/16
印　　张：17.75
字　　数：320千字
版　　次：2022年7月第1版
印　　次：2022年7月第1次印刷
标准书号：ISBN 978-7-5075-5156-3
定　　价：56.00元

目录

人生忽然（外三篇）

韩少功

我以前很少照相，总觉得留影、留手稿、留交往记录，是作家自恋和自大的坏毛病，无非是哪个家伙一心要进入文学史和博物馆，时刻准备着捏住下巴或目光深沉的姿态——累不累呵？因此，我总是年少气盛地一再避开镜头，无意积攒那种狗狗撒尿“到此一游”式的到处留痕，即便有过海鸥或尼康的相机，也多是给别人照。

没想到近一二十年来，电子数码技术使摄影的成本大降，全民摄影蔚然成风，一个读图时代悄然到来。有关文字退场的预言虽过于夸张，但影像的五光十色、琳琅满目，重塑了人们对生活的感受，其巨大的冲击力、感染力、影响力非同小可。好几次，我给学生们上课，发现自己哪怕讲出了满堂的惊呼或大笑，但他们并未记下多少。倒是PPT的一些影像更能在他们那里入脑入心，引来一次次议论和回味。一只枯瘦的手，一位前贤的冷目，一堵斑驳的乡村老墙，一段雪域森林的清晨航拍……似乎胜过千言万语，向他们传达了更多说不清，甚至不用说的概念与逻辑。

古人说：“有诸内必形诸外。”这不仅是说人体，也是说，一个世界本就是形貌多变的。一种对世界的真切认知，必是记忆中有关影像鲜活与丰饶的认知，绝不止于文字——对于实践者们来说，对于相信“眼见为实”和“有图有真相”的很多人来说，恐怕尤其如此。所谓有内必有外，有品必有相，有义理必有声色，我的一本长篇随笔《暗示》(2002年)，曾集中记录和整理了自己在这方面的感想。也是在那时，回望自己多年的文字生涯，我相信独尊文字的态度无异于半盲，差一点后悔自己大大辜负了相机，暗想自己若能年轻一二十岁，恐怕会从头开始，去兼任一个“读图”的影像工作者。

可惜自己已扛不动那么多摄影器材了，很多事只能留给年轻人去干。说起来，我这一辈子虽留影甚少，虽匆匆撇下太多无影无形的往日，但亲历、见证、参与了中国“三千年未有之大变局”，大风大雨，天翻地覆，惊心动魄，又何其有幸。没想到的是，承蒙辽宁美术出版社诚邀，这一次我仓促应召，不得不临时找几位朋友帮忙，好歹收集一些零落旧照，勉强编印一本影册——尽管我自己不知道这样做于读者是否有些多余，一次事后弥补是否来得也太迟。我想起多年前去拉萨一朋友家，未见他家有任何已故亲人的旧照。那位藏族朋友说，按照他们的习俗，销毁亡人旧照以及所有遗物，有利于转世轮回，让他们回到一个干干净净的陌生世界。那么，依这种说法，我的这本影册岂不是还自弃“轮回转世”？就不准备下辈子再与这个世界重逢了？

好吧，就这一辈子吧，我其实并未打算日后再来。

是的，我的亲人，我的朋友，我所有牵挂的世间生命，我曾在二十世纪和二十一世纪到此人世间一游，陪伴了你们这些岁月，幸福已经足够。

一次性的生命其实都至尊无价，都是可重复的奇缘所在。让我们相互记住，哪怕不可能记住太久，迟早都会湮灭。

萤火虫的故事

在作家群体里混上这些年，不是我的本意。

我考中学时的语文成绩很烂，不过初一那年就自学到初三数学，翻破了好几本苏联版的趣味数学书。“文革”后全国恢复大学招生考试前，我一天一本，砍瓜切菜一般，靠自学干掉了全部高中课程，而且进考场几乎拿了个满分（当时文理两科采用同一套数学试卷）——闲得无聊，又把仅有的一道理科生必答题也轻松拿下，大有一种逞能炫技的轻狂。

我毫不怀疑自己未来的科学生涯。就像一些朋友那样，一直怀抱工程师或发明家之梦，甚至曾为中国的卫星上天懊丧不已——这样的好事，怎么就让别人抢在先？

黑板报、油印报、快板词、小演唱、地方戏……卷入这些底层语文活动，纯粹是因为自己在“文革”中被抛入乡村，眼睁睁看着全国大学统统关闭，数理化知识一无所用。这种情况下，文学是命运对我的抚慰，也是留给我意外的谋生手段——至少能在县文化馆培训班里混个三进两出，吃几顿油水稍多的饭。可惜我底子太差，成天挠头抓腮，好不容易才在一位同学那里明白“论点”与“论据”是怎么回事，在一位乡村教师那里明白词组的“偏正”关系如何不同于“联合”关系。如果没有民间流传的那些“黑书”，我也不可能如梦初醒，知道世界上还有契诃夫和海明威，还有托尔斯泰和雨果，还有那些有趣的文学呵。文学，可陪伴我度过油灯下的乡村长夜。

后来我终于有机会进入大学，在校园里连获全国奖项的成功来得猝不及防。现在看来，那些写作确属营养不良。在眼下写作新人中闭上双眼随便拎出一两个，大概都可比当年的我写得更松弛、更活泼、更圆熟。问题是当时很少有人去写，留下了一个空荡荡的文坛。人们大多还心有余悸，习惯于文学里的恭顺媚俗，习惯于小说里的男女都不恋爱、老百姓都不喊累、老财主总是在放火下毒、“一路欢歌一路笑”……那时节文学其实不需要太多的才华。同情就是文学，诚实就是文学，勇敢就是文学。宋代陆放翁说“工夫在诗外”，其实文学在那时所获得的社会承认和历史定位，原因也肯定在文学之外——就像特定棋局可使一个小卒胜过车马炮。

解冻和复苏的“新时期文学”，在某种程度上很像五四新文化大潮时隔多年后的重续，也是欧洲启蒙主义运动在东土的延时补课，慢了一两拍而已。双方情况并不太一样：欧洲人的主要针对点是神权加贵族，中国人的主要针对点是官权加宗法；欧洲人有域外殖民的补损工具，中国人却有民族危亡的雪上加霜……但社会转型的大震荡和大痛感似曾相识，要自由、要平等、要科学、要民富国强的心态大面积重合，足以使那些“老师”们那里几乎每个标点符号，都很对中国学子的胃口。毫无疑问，那是一个全球性的“大时代”——从欧洲十七世纪到中国二十世纪（史称“启蒙时代”），人们以“现代化”为目标的社会变革大破大立翻天覆地，不是延伸和完善既有知识“范式”（科学史家 T.S.Kuhn 语），而是创建全新知识范式，因此都释放出超常的文化能量，包括重新定义文学，重新定义生活。李鸿章所说“三千余年一大变局”当然就是这个意思。历史上，也许除了公元前古印度、古中东、古中国、古希腊等地几乎不约而同的文明大爆炸（史称“轴心时代”），还鲜有哪个时代表现出如此精神跨度，能“大”到如此程度。

不过，“轴心”和“启蒙”都可遇难求，大时代并非历史常态，并非一个永无终期的节日。一旦社会改造动力减弱，一旦世界前景蓝图的清晰度重新降低，一旦技术革新、思想发明、经济发展、社会演变、民意要求等因缘条件缺三少四，还缺乏新的足够积累，沉闷而漫长的“小时代”也许就悄悄逼近了——前不久一部国产电影正是这样自我指认的。在很多人看来，既然金钱已君临天下，大局已定，大势难违，眼下也就只能干干这些了：言情、僵尸、武侠、宫斗、奇幻、小清新、下半身、机甲斗士……还有“坏孩子”的流行人格形象。昔日空荡荡的文坛早已变得拥挤不堪，但很多时尚文字无非是提供一些高配型的低龄游戏和文化玩具，以一种个人主义写作策略，让受众在心智上无须长大，永远拒绝长大，进入既幸福又无奈的自我催眠，远离那些“思想”和“价值观”的沉重字眼。大奸小萌，或小奸大萌，再勾兑点忧伤感，作为小资们最为严肃也最为现实的表达，作为他们的华丽理想，闪过了经典库藏中常见的较真和追问，正营销一种抽离社会与历史的个人存在方案——比如好日子意味着总是有钱花，但不必问钱来自哪里，也不必问哪些人因此没钱花。中产阶级的都市家庭，通常为这种胜利大“抽离”提供支付保障，也提供广阔的受众需求空间。

文学还能做什么？文学还应该做什么？一位朋友告诉我，“诗人”眼下已成为骂人的字眼：“你全家都是诗人！”……这说法不无夸张，玩笑中却也透出了几分冷冷的现实。在太多文字产品倾销中，诗性的光辉、灵魂的光辉，正日渐微弱黯淡甚至经常成为票房和点击率的毒药。

坦白地说，一个人生命有限，不一定遇上大时代。同样坦白地说，“大时代”也许从来都是从“小时代”里滋生而来，两者其实很难分割。抱怨自己生不逢时，不过是懒汉们最标准和最空洞的套话。文学并不是专为节日和盛典准备的，文学在很多时候更需要忍耐，需要持守，需要旁若无人，需要烦琐甚至乏味的一针一线。哪怕下一轮伟大节日还在远方，哪怕物质化和利益化的“小时代”闹腾正在现实中咄咄逼人，哪怕我一直抱有敬意的作家正沦为落伍的手艺人或孤独的守灵人……那又怎么样？我想起多年前自己在乡村看到的一幕：当太阳还隐伏在地平线以下，萤火虫也能发光，划出一道道忽明忽暗的弧线，其微光正因为黑暗而分外明亮，引导人们温暖的回忆和向往。

当不了太阳的人，当一只萤火虫也许恰逢其时。

换句话说，本身发不出太多光和热的家伙，趁新一轮太阳还未东升的这个大好时机，做一些点点滴滴岂不是躬逢其幸？

这样也很好。

深夜有泪痕

小钢先生做了一辈子摄影，特别是做纪录片，年过六旬突然要出一文集，让我略感惊疑。读过他的文稿，惊疑成了惊叹和惊喜。这倒不是说他写得有多深刻或多圆熟，写成了鲁迅或曹雪芹，而是说他信笔写来，甚至鸡零狗碎，却有一种天马行空的自由，一份“野路子”的纯净天真。

我怀疑这里的大多数篇章能在报刊上分别发表。在行家们看来，它们肯定更像零乱素材，来自匆忙的手记，缺乏必要的提炼、升华、充实、扩展、谋篇布局，不太像达标合规的出版正品。

不过，失之所在，得之所在。作者也许正因为不谙行规，或压根儿不在乎这种职业经营，反而有了远离陈言旧套的几分清新。他不按套路出牌，笔下几无“发表味”“创作味”“中文系味”，出手就别具一格，就单刀直取，就见情见性直问人心——而这正是职业写作人最易失去的立身之基。

他几乎是通过一台摄像机来写作的。各种象形和象声的细节入文，随处跳跃、喷涌、流动、繁殖以及燃烧，不时出现打乱语法的武断拼接、不惧误解的随意借代、大密度高精度的突然变形，却由此保持了一种造型力的鲜活与精准。他也几乎习惯于一种瞬间的、即兴的、现场的写作，差不多是“直播”，且从不考虑后期制作。人物多是有始无终，或有终无始；情节常见缺斤短两，或牛头马嘴；篇幅长则可以章论，短可以句论，参差悬殊超大；意涵主旨更是天晓得，看上去似有似无，亦明亦晦，微言大义既说得上又说不上，没心没肺与情深意长既相融又不相融……这种不讲章法的乱来，并不妨碍他写得兴起，写出澎湃和幽微，甚至一不留神，写出了明代归有光《寒花葬志》那种神韵（见《小邱》等篇），给我们留下了诸多泪点、笑点、萌点的打击，给自己定格了一个个生命印痕。

更重要的是，如果把他的全部文字合起来看，则有滔滔人间悲情扑面而来。一条狗，一头牛，一只猫，一只鸟，一个陌生的孩子或老人，一个偶遇的小伙或姑娘，哪怕只是在眼前一闪而逝，也无不是作者的牵挂和隐痛。虽点点滴滴，却一脉贯通。在佛教词语里，人与动物合称为“有情”，即有血温有呼吸有眼神的同类骨肉。而人生百年，悠悠万端，最不堪一个“情”字，最能铭刻于记忆和生命的，也只是一缕缕难舍之情。前人所谓“我佛终宵有泪痕”，不过是由己及人，由此及彼，由个体生灵及家国天下，大爱无边者必有悲海无涯。换句话说，一个人恍惚之际，面对静静长夜，若念及世间那么多无助“有情”的苦和难，那么多过去与未来不忍的生离死别，有谁不会听到自己内心中的一声长哭？

由此可说，此书所写皆泪痕——感谢作者带给我的感动。

眼见如何为实

身为一个地球人，没把这颗小球看明白，有点说不过去。自有了交通、通信的现代技术，国人争相探头向外看，特别是要看从欧美到东亚的北半球，即人类文明中高理性、较发达的这一块。钟叔河先生八十年代在岳麓书社主编“走向世界”丛书，第一辑三十六种，就记录了国人对“西洋”和“东洋”最初的观感。

这一看就是百多年。从早期的不以为然，把人家看成奇巧淫技、不知圣道的红毛猴子，到后来看得魂不附体，奉人家为全面优越、放屁也香的救世上帝，很多中国人的“世界观”大起大落，却一直支离破碎、雾里看花。这也难怪，一个人看自己都不容易，何况他人，何况隔山隔海的亿万他人！

钱穆先生早就深知其难，说中西比较眼下还不到时候，从总体上说，要想心平气和深思熟虑地展开比较，须等到双方经济水准接近了再说。他说得不无道理。因西方率先实现工业化，中西比较，一开始就无奈叠加了古今比较。前者是指地缘文化，如宜牧相对宜农、棒球相对猴拳的多元格局，即横向维度。后者则是指迭代文化，如铁器取代石器、汽车取代牛车的趋同路线，即纵向维度。把两个维度拧在一起，拿高度和长度编辫子，当然只能七嘴八舌拎不清，还动不动就来情绪、冒火气、脸红脖子粗。

在这里，钱先生可能还得注意的是，就众多观察者而言，“眼见”其实不一定“为实”。这世界上眼见为偏、眼见为浅、眼见为伪的反例多了去了。因此国人们向外看，不光要考虑看的时机（如上述那个双方经济水准接近之时），还须考虑由谁来看，如何来看——这就好比同看一片风景，平镜、棱镜、凸镜、有色镜、哈哈镜的效果会很不一样。

正是在这个意义上，龚曙光先生这本散文集值得推荐。

作者以积学为依托，以追问为引领，解读巴黎左岸的优雅与激进，体悟京都剑侠的刚直与柔软，慕中存疑，忧中有敬，从小细节发掘大历史，是深者见其深。作者礼赞俄国流放地和阅兵场上的英雄主义气节，揭示美国以乱为常、乱中求活的“灰色”治理传统，既有理想的持守，又无教条的呆气，挑战俗见潮流，清理不同国情纵深那里不同的生存逻辑，是活者见其活。作者对意大利时装、日本漫画、美国好莱坞电影等富有职业敏感，比对本土相关的产业实践，进一步破译文化心理，诊断制度得失，谋划竞争战略，更是“内行看门道”，好汉交手，高手过招，是实者见其实。总之，作为一个参访者，作者一路看到什么，在很大程度上其实取决于行前的准备，取决于自己手里是否已有高精度、高敏度、大口径、大焦段的“世界观”透镜。有了好的世界观，才能好好地观世界。换句话说，他之所以能见其深、见其活、见其实，是因为自己已有学识资源和经验资源的多年积累，有读得多、干得多、琢磨得多以后的一份心智通透。

这样的写作，当然就与各种小资男女口水化、观光化、抄旅游手册的域外游记，拉开了足够的距离。

从写作日期来看，作者在数月之内，利用业余时间一口气写出了这本书，其才情喷涌非比寻常。“革命一旦发动，变革便失去了机遇和价值”这一类格言，很多学者可能说不出来。把余晖里的伦敦描述为一颗“琥珀”，把希腊的阳光书写为一片“响晴”，把夏威夷的月亮想象成从“海底升上来”“湿漉漉地挂满水珠”……这样的妙语随处可见，鲜活而独拔，很多作家可能也写不出来。

他自称为一个浑身铜臭的商人，成天只会算钱。读此书，读者们其实可感其胸臆间一片冰心万潮奔涌，对他今后的写作，想必也会充满好奇，屏息期待。

原载《山花》2020年第8期

寄海内兄弟

李修文

许多年前，为了谋生，我曾在甘肃平凉混迹过不短的一段时日。在那里，我认识过一个开电器维修店的兄弟，这兄弟，人人都叫他小林，我便也叫他小林。那时候，我已经有好几年写不出东西了，作为一个曾经的作家，终究还是忍不住想写，于是便在小旅馆里写来写去，然而一篇也没写成。没料到，这些心如死灰的字，竟然被小林看见了——有一天，他在电器维修店里做了一顿火锅，然后来旅馆里叫我去喝酒，我恰好不在，门也没关，他便推门进去，然后就看见了那些无论怎么看都仍然心如死灰的文字。哪里知道，自此之后，那些文字也好，我也好，简直被小林捧到了足以令我惭愧和害羞的地步。

郑板桥在《赠袁枚》里所说的那两句话，“女称绝色邻夸艳，君有奇才我不贫”，说的就是小林这样的人。那天晚上，我和小林，就着柜台里热气腾腾的火锅，可算是喝了不少酒。就算我早已对他承认，从前我的确是一个作家，他还是一脸难以置信的样子，喝上一杯，就认真地盯着我看上好一阵子，满脸都是笑。中间，要是有人送来坏了的电器，又或是取回已经修好的电器，他就要借着酒劲指着我，再对着柜台外的来人说：“这是个作家，狗日的，这是个作家！”哪怕我们一直延续到后半夜的酒宴结束了，第二天，乃至其后的更多天里，直到我离开平凉之前，当我遇见他，只要身边有旁人路过，他总要先拽上别人，再回头指着我：“这是个作家，狗日的，这是个作家！”

然而，在我离开平凉之后的第二年秋天，我便得知了一个消息，当年春天，那个满脸都是笑的小林，暂时关了自己的电器维修店，跟着人去青海挖虫草去了。有天晚上，挖完了虫草，在去一个小镇上歇脚的时候，他从搭乘的货车上掉了下来，跌进了山崖下的深沟，活是活不了了。因为当时还在下雪，山路和深沟又都说不出的艰险，所以，直到好多天过去，等雪化了之后，他的遗体才被同去的人找到。又过了几年，阴差阳错，我也去了青海，也是一个下雪天，我乘坐的长途汽车彻底坏掉了，再也不能向前，满车的人只好陷落在汽车里，等待着可能的救援。眼见大雪继续肆虐着将群山覆盖殆尽，眼见天光在大雪的映照下变得越来越白，我突然想起了小林。我甚至莫名地觉得，眼前周遭似乎不仅与我有关，也与小林有关。于是，我手慌脚乱地给当初告诉我小林死讯的人打电话。这才知道，我所困居之地，离小林丢掉性命的那条深沟只有几十里路而已。如此，我便带上了夹杂在行李中的一瓶酒，下了汽车，然后，面向深沟所在的方向，再打开那瓶酒，在雪地里一滴滴洒下去，一边洒，一边想起了唐人张籍的《没蕃故人》：

前年伐月支，城上没全师。
蕃汉断消息，死生长别离。
无人收废帐，归马识残旗。
欲祭疑君在，天涯哭此时。

所谓“没蕃故人”，说的倒不是死于吐蕃的故人。唐时异族，不管吐蕃、大食还是其他，一概都被称作外蕃。此处怀念的故人，显然说的是战死在古月支国一带的故人。此诗所叙之意一看即知，无须多解，但是，当我想起“无人收废帐，归马识残旗”之句，小林那张满是笑的脸顿时也浮现在了眼前。我的鼻子，还是忍不住发酸：何止战乱之后的城池之下才有废弃的帷帐？何止战士死绝之后的战场上才有被归马认出来的残旗？远在甘肃平凉，小林的电器维修店难道不是再也迎不回将军的帷帐吗？还有，在小林的电器维修店之外，也有一面破损的店招。而今，归马已然夭亡，那面残旗，只怕也早已被新换的门庭弃之如泥了。事实上，这些年，如此遭际，我已经不再陌生：那么多的故人都死去了。所以，多少会议室、三室一厅和山间别墅都在我眼前变作了废弃的帷帐，多少合同、盟约和一言为定都在人情流转里纷纷化为了乌有。幸亏了此刻，尽管阴阳两隔，在这大雪与群山之下，我尚能高举着酒瓶“欲祭疑君在”。不过，我倒没有“天涯哭此时”，当酒瓶里的酒所剩无几时，我反倒突然想跟小林再次对饮。为了离他更近一些，我便顶着雪，面朝那夺去了他性命的深沟撒腿狂奔，一边跑，一边仰头喝起了酒。喝完了，我再将酒瓶递向大雪与群山，就像是递给了小林，端的是：他一杯，我一杯。

他一杯，我一杯——在陕西汉中，我也曾和陌路上认识又一天天亲切起来的兄弟如此痛饮：还是因为一桩莫名其妙的生计。我住在此地城郊的一家小旅馆里写剧本，因此才认识了终日坐在旅馆楼下等活路的泥瓦工马三斤。之所以叫这个名字，听他说，是因为他出生的时候只有三斤重。活路实在难找，打我认识他，就没看见什么人来找他去干活。但他跛着一条腿，别的苦力更加做不来，只好继续坐在旅馆外的一条水泥台阶上等人问津。马三斤实在太穷了，在我把自己的羽绒服送给他之前，大冬天的，从早到晚，他只穿着两件单衣，几乎无时无刻不被冻得全身上下打哆嗦：他有两个女儿，而妻子早就跑掉多年了，所以，好不容易攒下来的钱，只够先让两个女儿穿上羽绒服。而天气变得越来越冷。如此，有时候，当我出了旅馆去找个小饭馆喝酒，便总是叫上他。他当然不去，但也经不住我的一再劝说，终于还是去了。喝酒的时候却又迟迟不肯端起杯子，我便又要费去不少口舌接着劝，劝着劝着，他端起了杯子，他一杯，我一杯，却总也不忘记对我说一句："哪天等我有钱了，我请你喝好酒！"

然而并没有等来他请我喝好酒的那一天，我便离开了汉中。原本，我一直想跟他告个别，也是奇怪，却接连好几天都没在旅馆楼下看见他，所以就没能最后说上几句话。可是，等我坐上长途汽车，汽车马上就要开了的时候，却看见马三斤踉跄着跑进了汽车站，只一眼便知道，他生病了：胡子拉碴，头发疯长，一整张脸都通红得骇人。等他跑到汽车边，刚刚看见我，虚弱地张开嘴巴，像是正要对我说话，汽车却开动了。隔着满溅着泥点的玻璃窗，我看见他刹那间便要落下泪来，而且，只是在瞬时里，他就像是被什么重物击垮了，一脸的绝望，一脸不想再活下去的样子。我并不知道发生了什么，只是下意识地对他吼叫了一声。吼叫声被他听见了，见我吼叫着对他举起了拳头，他先是因被震慑而呆滞，继而，也像我一般下意识举起了拳头。等汽车开出去好远，待我最后回头，看见他仍然举着拳头，身体倒是越站越直，越站越直。如此时刻，叫人怎不想起唐人陆龟蒙的诗呢？

> 丈夫非无泪，不洒离别间。
> 杖剑对尊酒，耻为游子颜。
> 蝮蛇一螫手，壮士即解腕。
> 所志在功名，离别何足叹！

陆龟蒙一生，如他自己所说，只愿做个"心散意散、形散神散"的散人。因此，作起诗来，气力并不雄强，唯独这一首与朋友兄弟别离之诗，却是慷慨不绝、壮心不已。尤其前两句，用清人沈德潜的话说便是："直疑高山坠石，不知其来，令人惊绝。"事实也是如此，彼时，当我与马三斤就此别过，我们所谓的"功名"，仍然不过是混口饭吃而已。可是，三斤兄弟，在这隔窗相看之际，你我却千万莫要乱了心神，你我却千万要端正了身体再举起拳头。只因为，管它往前走抑或向后退，有一桩事实我们已经无法避免，那便是：注定了的洒泪之时，逃无可逃的洒泪之处，它们必将从四面八方朝我们涌动过来，再将我们团团围住。所以，三斤兄弟，你我还是先记住这首诗的要害吧，对，就是那句“蝮蛇一螫手，壮士即解腕”：要是有一天，你仍然在砌墙，我仍然在写作，无端与变故却不请自来，又像蝮蛇一般咬住了我们的手，为了防止蛇毒攻心取了我们的性命，你我可都要记住，赶紧地，一刻也不要停地，手起刀落，就此将我们的手腕砍断，好让我们留下一条性命，在这世上继续砌墙、继续写作！

自打与马三斤分别，又是好多年过去，这些年中，因为我当初曾给他留下电话号码，所以，我们二人一直都不曾断了联系。有时候，他会给我打来近乎沉默的电话，有时候，他又会给我发来文字漫长的短信。每一回，在短信的末尾，他总是会署名为：你的朋友，马三斤。我当然知道，那些无端与变故，就像从来没有放过我一样，或在这里，或在那里，仍然好似蝮蛇一般在噬咬着他。可是，除了劝说他忘记和原谅，我也找不到别的话去安慰他。好在，他竟然真的并没有被毒发攻心，而是终于将日子过好了起来：虽说谈不上多好，但总归比从前好，有这一点好，他便知足了。去年夏天，他又给我发来短信，说他的大女儿马上就要结婚了，无论如何，他都希望我能再去一趟汉中。一来是为了参加他大女儿的婚礼，二来他要兑现他当年的诺言，让我喝上一顿好酒。在短信的末尾处，他的署名仍然是：你的朋友，马三斤。其时，我正步行在湘西山间，置身在通往电视剧剧组的一条窄路上。头上满天大雨，脚下寸步难行，但是，看见马三斤发来的短信，我还是一阵眼热。于是，我飞快地奔到一棵大树底下去躲雨，再给他回复了短信。我跟他说，我一定会去汉中，去看他的女儿出嫁，再去喝他的好酒。在短信的末尾处，我也署上了自己的名字：你的朋友，李修文。

结果，等我到了汉中，还是在当年的汽车站里，等马三斤接到我的时候，我却几乎已经认不出他来了——苍老像蝮蛇一般咬住了他，可他总不能仅仅为了不再苍老就去斩断自己的手腕：他的头发，悉数白了，从前就走得慢的步子，现在则更加迟缓，乃至于一步步在地上拖着自己的腿朝前走。可好说歹说都没有用，他不由分说地抢过我的行李，自己拎在手中，为了证明自己还能行，他甚至故意地走在了我前面；走着走着，他又站住，回头，盯着我看，看了好半天，这才笑着说：“你也老了，也有不少白头发了。”我便也对着他笑，再追上前，跟他一起并排向着他家所在的村子走。走到半路上，在一片菜园的篱笆边，他突然想起了什么，又停住，先是亏欠一般告诉我，尽管他老得不成样子，但女儿要结婚了，他的老，还是值得的。说完了，再担心地看着我，就像我被全世界亏待了，他问我：“你呢？你值得吗？”我沉默了一会，再请他放心，我想我活到今天也是值得的，听我这么说，他竟哽咽了，连连说："那就好，那就好。"这时候，一天中最后的夕光穿过山峰、田野和篱笆，照耀着我们。而我们两个，站在篱笆边，看着青菜们像婴儿一样矗立在菜园的泥土中，还是哽咽着，终究说不出话来。此时情形，唯有汉朝古诗所言的"采葵莫伤根，伤根葵不生；结交莫羞贫，羞贫交不成"如影随形，唯有元人韩奕所写《逢故人》里的句子如影随形：

相逢喜见白头新，头白相逢有几人？
湖海年来旧知识，半随流水半随尘。

人活于世，当然少不了行来风波和去时迍邅。但是往往，你我众等，越是被那风波与迍邅纠缠不休之时，可能的救命稻草才越到了显露真身的时刻。那救命稻草，也许是山河草木与放浪形骸，也许是飞沙走石与偃旗息鼓，也或许只是破空而来的一条手机短信，短信的末尾处写着：你的朋友马三斤，又或者，你的朋友李修文。由今日上溯至唐朝，彼时的世上就有两个人，"始于诗交，终于诗诀"，大半生中，在贬谪之途的驿站里，在自知不起的病床前，他们从未停止给对方发去用诗、气血和骨髓写成的短信，短信末尾的署名是：你的朋友，元稹；你的朋友，白居易。此二人，虽有七岁之差，自打相识以来，孰兄孰弟，却几难分辨。最是这难以分辨，二人恰恰能在对方身上自得其所。此等机缘，不是天赐造化又是什么呢？打相识以来，他们就从来没停止过相互唱和，白居易说："曾将秋竹竿，比君孤且直。"元稹便答："秋来苦相忆，种竹厅前看。"元稹说："与君后会知何日，不似潮头暮却回。"白居易又答："知在台边望不见，暮潮空送渡船回。"听闻元稹病了，白居易赶紧寄去药膏并附诗说："已题一帖红消散，又封一合碧云英。凭人寄向江陵去，道路迢迢一月程。未必能治江上瘴，且图遥慰病中情。到时想得君拈得，枕上开看眼暂明。"没过多久，他便收到了元稹的回诗："紫河变炼红霞散，翠液煎研碧玉英。金籍真人天上合，盐车病骥轭前惊。愁肠欲转蛟龙吼，醉眼初开日月明。唯有思君治不得，膏销雪尽意还生。"

好一句"未必能治江上瘴，且图遥慰病中情"，好一句"唯有思君治不得，膏销雪尽意还生"。异姓兄弟，不过如此；前生后世，不过如此。在我看来，这元白二人，最让人心生钦羡处有二，首先便是：终二人一生，他们都是抱一不移的同道中人。仅以作诗论，尽管多有人说他们为求"务尽"而过求"坦易"，但是，只说二人唱和诗中的用韵，元白之前，和诗本不必非用原韵不可。而自元白始，这二人同进同退，凡和诗，必用原字原韵，其先后次序也必与被和之诗相同。真乃是步步惊险，而整首诗读下来，那些韵脚却又如盐入水般不着一痕。由此很快便风传开去，这种被称作“次韵”或“步韵”的用韵之法，也就此得以成形。所以，清人赵翼才如此说：“依次押韵，前后不差，此古所未有也；而且长篇累幅，多至百韵，少亦数十韵，争能斗巧，层出不穷，此又古所未有也。”

而那让人心生钦羡的另一处，便是这二人之交从未凌空蹈虚。所有献给对方的狂喜、绞痛和眼泪，都诞生和深埋在烟火、糟糠、种种欲罢不能又或画地为牢之处。你看，为了多挣一点俸禄来侍养母亲，白居易请调为京兆府户曹参军而得应允，喜不自禁地赶紧写信告诉元稹。元稹得信，同样在自己的任所叩谢了天恩：“闻君得所请，感我欲沾巾。”又说：“我实知君者，千里能具陈。感君求禄意，求禄殊众人。上以奉颜色，馀以及亲宾。弃名不弃实，谋养不谋身。”然而，不久之后，白居易之母还是撒手西去。因为身处贬所的元稹未奉召不得远离，他只好派侄子带上自己写好的祭文前去白居易的家乡下邽祭奠致哀。在祭文中，他曾如此说起自己和白居易：“迹由情合，言以心诚，遂定死生之契，期于日月可盟，谊同金石，爱等兄弟。”——若此二人尚不能称兄弟，世间安有异姓而可称兄弟乎？正因为如此，元稹说：“我在山馆中，满地桐花落。”白居易答：“桐花半落时，复道正相思。”白居易说：“不知忆我因何事，昨夜三回梦见君。”元稹又答：“我今因病魂颠倒，唯梦闲人不梦君。”在两个人早已度过了一生中最难堪的贬谪之时，双双回到了长安，白居易与李杓直游曲江而酒醉，恰此时，元稹正离京奉使东川，见到花开，白居易仍然在顷刻间便想起了元稹：

花时同醉破春愁，醉折花枝作酒筹。
忽忆故人天际去，计程今日到梁州。

一如既往，这首小令和白居易的其他诗句一样着意浅显，它说的不过是：想当初，花开之时，你我曾以同醉而驱除春愁，大醉之中，我们还曾经折断花枝，将它们用作行酒令时的筹子。只是，就在此刻，突然之间，我想起了正在他乡天际下赶路的你，计算一下路程，兄弟，今天你该正好到了梁州吧？令人惊叹的是：恰如白居易之计程，彼时，元稹正好行至了梁州，就在白居易醉忆他的同一天，元稹写下了《梁州梦》：“梦君同绕曲江头，也向慈恩院院游。亭吏呼人排去马，忽惊身在古梁州。”诗前小序中，元稹如是说：“是夜宿汉川驿，梦与杓直、乐天同游曲江，兼入慈恩寺诸院，倏然而寤，则递乘及阶，邮吏已传呼报晓矣。”而此等会心，断断不是第一回。尚且年轻时，宪宗元和十一年，元白二人双双被贬至远隔了千重山水的通州和江州，在通州任所，元稹便曾写下过一首小令来记叙他收到白居易书信时的境况。那时候，何止是他，就连他的妻女，也全都见证和投身在了其二人的相互依赖之中：“远信入门先有泪，妻惊女哭问何如；寻常不省曾如此，应是江州司马书。”然而，每回念及这短短四句，最令我感慨的，却是元稹诗境至此，其实早就已经与白居易之诗合二为一了。此处的字字句句，全都是白居易崇尚的大白话，而这些大白话连接在一起，就像是戳进心窝的刀，又像洒向伤口的盐。清人刘熙载评说白居易写诗“用常得奇，此境良非易到”，说这话时，他可能忘了，“用常得奇”的还有元稹。在他们的大半生中，他们绝不是各自写着各自的诗，而是两个人在写同一首诗。

另有不少人，论交未必如元白二人般入肝入肠，但是，也是不同的性命在写着同样的句子。南宋淳熙十五年，陈亮陈同甫，远赴江西亲访辛弃疾，并与之同游鹅湖。两人作别之时，辛弃疾恋恋不舍，竟一再追送，至鹭鸶林，则雪深泥滑，再不得前。目睹陈亮离去，辛弃疾“独饮方村，怅然久之”。至夜，又闻邻笛甚悲，遂赋词《贺新郎》。词中竟一反平日常态，离愁与消沉双双难抑：“何处飞来林间鹊，蹙踏松梢残雪。要破帽、多添华发。剩水残山无态度，被疏梅、料理成风月。两三雁，也萧瑟。”多日之后，收到词作的陈亮给辛弃疾寄回了自己的和词，此一首和词，承其一贯词风，慷慨与磊落双双不绝：“行矣置之无足问，谁换妍皮痴骨。但莫使、伯牙弦绝。九转丹砂牢拾取，管精金、只是寻常铁。龙共虎，应声裂。”至此，一个真正的辛弃疾才在朋友的呼喊声中抖落尘灰，终于应声而起，他也和词给陈亮：“汗血盐车无人顾，千里空收骏骨。正目断、关河路绝。我最怜君中宵舞，道‘男儿到死心如铁’。看试手，补天裂。”其后，两人再难停止，以《贺新郎》用前韵而反复唱和，竟至四五回。如果将陈亮与辛弃疾的名字全都盖住，又有人恰恰是初读这些《贺新郎》，哪里还分辨得出哪句是陈亮所写，哪句又是辛弃疾所写？《贺新郎》里的这二人，实在浑似各自矗立又互相眺望的两块黑铁，坚刚不可夺其志，沉毅不可蚀其心。然而，一阵风吹来，这二人又变作了两株冠盖如云的山中高树，你的枝丫上长出了我的叶子，我的叶片上开出了你的花朵，最后，就让我们长成一株吧！如此，孤臣孽子的雪恨之心才能将彼此映照，唯有在此种映照之下，你我才能继续一起“慷慨以任气，磊落以使才”，才能继续一起“敛雄心，抗高调，变温婉，成悲凉”。最终，你我之心才活在了残山剩水之外的同一具故国骸骨之中。

虽说远不及元白之刻骨和苏陈之深切，可是，过往这么多年，毕竟一直在这无边人间里游荡和浪迹，那些令我忍不住想要给他寄去自己所写文字的朋友和兄弟，我终究还是遇见了不少。就比如，在河北柏乡县的一座小镇子上，我便遇到过也经常写东西的大老张。这大老张，平日里靠种菜过活，因为在县报市报上发表过几篇诗歌和豆腐块，因此，镇子上的小学有时候会请他当代课的语文老师。自从与我定下交情，他便无一日不在帮我的大忙：我来此地，原本是为了给一部正在这里拍摄却注定播不出来的戏改剧本。结果，没来几天，我便腰疾发作，整日躺在旅馆的床上再也下不了地。见我无法动弹又心急如焚，他便说，要不然他来帮我写。我当然难以置信，但也别无他法，只好每日里跟他一起，他坐着，我躺着，从早到晚边商量边写。几天下来，我竟然没有耽误工期，总算侥幸保住了自己的饭碗；天气寒凉，到了晚上，旅馆里冻得几同于一座冰窖，而我还要写剧本。他便将我容留到了他栖身的菜地里，常常是，塑料大棚之外冷风呼啸，棚内一小片被他隔离好的地界上，因为生了炉火，炉火又烧得旺，我的全身上下竟然都暖烘烘的。

可是，好景不长，有一天，我正在拍戏的现场忙活，大老张带着一幅他自己写的毛笔字来找我，说他有了母亲的消息。第二天起，他便要远赴山东去找母亲，也不知道等他回来时我还在不在，但是跟我相识一场，他高兴得很、欢喜得很。所以，临别之际，他买来宣纸写了几个字送给我，叫我千万不要嫌弃，虽然不成个样子，但留下来好歹也是一个念想——我知道，他说的句句都是实话：离开母亲，他活不下去；塑料大棚内的方寸地界里，母亲的照片到处都是，最大的一张被他高高地置放在一座破衣柜的顶上。然而，患上老年痴呆症的母亲已经走失好几年了。几年下来，除了种菜和代课，他没干别的，一直都在各个省的犄角旮旯里找母亲。而现在，分别在即，面对着大老张和他送给我的毛笔字，我还不知道如何跟他告别的时候，一向沉默寡言的他，却对我说了不少话，他说：哪怕我走了，塑料大棚你还是想去便去，钥匙就放在大棚门口的两颗包菜中间；他还说：镇子东头的一家服装店刚进了一批军大衣，暖和，也不贵，你可以买一件来穿在身上；最后，他又说：其实，我知道你不喜欢写剧本，你还是想写书，但是人嘛，活下去总要吃饭，你还是得先把饭碗端紧端牢，要是你哪天写出来一本书了，别忘了，给我寄一本。必须承认，彼时之我，一边听大老张说话，前尘往事袭上心来，一边又任由着巨大的怆然之感在我的体内电流一般横冲直撞。所以，我根本说不出话来，就只是愣怔着对他不断点头，再看着他走远，远到再也看不见了，这才如梦初醒地打开了他写给我的毛笔字：

记得武陵相见日，六年往事堪惊。回头双鬓已星星。谁知江上酒，还与故人倾。

铁马红旗寒日暮，使君犹寄边城。只愁飞诏下青冥。不应霜塞晚，横槊看诗成。

大老张送我的毛笔字，写的竟然是南宋周紫芝的一首《临江仙》。他原本就读过不少书，书赠此词给我，倒也并不是一件多么让人大惊小怪的事。这首词，原本是周紫芝送别一位前往光州赴任的故友时写的，上半阕尚有离愁不去：六年之后的酒原来不是就此聚首欢好之酒，它仍然是故人去往光州任所前的最后一场别离之酒。须知此时之光州，已经成了南宋朝抵近金国的最后防线；到了下半阕，则词风大变，振作之气好似鞭声，在边城日暮里响起，一记记抽打着河山和自己。然而如此大好，好到“只愁飞诏下青冥”，说的是，我的使君故友啊，在那光州，你定会缔造不世之功。到了那时，哪怕朝廷下诏唤你回去，你只怕也要暗自生愁，你只怕还要像当年的曹操一般，一意“鞍马间为文，往往横槊赋诗”。我当然知道大老张缘何要写下这幅字送给我，他不过是又一次重复了临别之际对我说过的话：其实，我知道你不喜欢写剧本，你还是想写书，但是人嘛，活下去总要吃饭，你还是得先把饭碗端紧端牢，要是你哪天写出来一本书了，别忘了，给我寄一本。

如大老张所愿，在跟他分别多年以后，我终究写出了书，而且还不止写出了一本，我当然给他寄去了我写的书。但是却从未收到他的回信，直至今天，我在邢台参加的会议结束，带上行李便坐上了前往柏乡的客车。可是，等我赶到当年的小镇子，再一回梦游般置身在当初的塑料大棚边，这才知道：这里尽管还是一片菜地，但是早就换了主人，大老张当年自从离开此地，就再也没有回来过。此时正好又是冬天，大风呼啸着刮过田野，再奔向我和身后的城镇。我踉跄着，好几回都摔倒在刚刚落过雪的泥泞的田埂上，却还是忍不住趴在塑料大棚边上，看清了棚内的那一片方寸之地：火炉还在，破衣柜还在，衣柜顶上大老张母亲的照片也还在。想了又想，我还是通过塑料大棚破碎的缝隙，将自己带来的礼物放进了棚内的方寸地界里。那礼物，不过是几本我写的书，还有一幅我胡乱涂抹的毛笔字——我就只当大老张还会回来，以此当作一封报平安的信。这封信，我将它寄给大老张，也寄给小林和马三斤，更寄给这世上所有跟我擦肩、相亲乃至过命的兄弟们。对了，至于我写的那幅毛笔字，不过是抄写了王维的一首诗而已。我以为，就算我的毛笔字再糟糕，那首诗，却还是值得我的兄弟们去看见听见，饿极了的时候，它甚至值得被我们当作干粮去狼吞虎咽：

酌酒与君君自宽，人情翻覆似波澜。
白首相知犹按剑，朱门先达笑弹冠。
草色全经细雨湿，花枝欲动春风寒。
世事浮云何足问，不如高卧且加餐。

原载《雨花》2021年第1期

主气与客气

穆 涛

一

气，繁体字的写法是“氣”，下边有个米字底，一个人的气象是由米谷做基础的。

米谷是主食，小孩子嘴馋，好吃零食，牙吃蛀了，身子吃瘦了，家里的老人要实行严厉的“嘴禁”，“嘴禁”就是正餐之外的食物一概免开尊口。吃主食是人活着的基本，老人年迈了卧床不起，孝顺的子孙四下里访名医，寻延年增寿的办法，医生开口问的第一句话，差不多就是“饭量还行吧”？只要还能吃，就不会有眼前的危机。穷人以主食填饱肚子，攒一膀子力气养活全家老少。在富人家的餐桌上，无论怎么花样迭出，那几样米面的主食是固定的。主食宽胃，苏轼有著名的“三养”说：“一曰安分以养福，二曰宽胃以养气，三曰省费以养财。”我们中国人讲养生，养生就是养气，阴阳和合，六神安详充盈，气是养护调理出来的。

养正气或浩然之气，仅靠宽胃是不够的。空洞地背诵理想信条，是给自己戴高帽子，是假大空，没有实际益处的。养出大气需要磨砺，古代中国人学习射箭，除了练力道和准度之外，还注重练气。记得读过一个逸闻，是讲练气的具体步骤的，最开始的时候，在胳膊肘处平放一个碗，开弓放箭，碗丝毫不动摇，是度过了初级阶段。之后往碗里注入水，半碗，多半碗，渐次加满，碗不动摇，水不外溢，可取得“中级职称”。“高级职称”就悬了，是站在悬崖峭壁处，脚下是深渊，“登高山，履危石，临百仞之渊，若能射乎？”《庄子 · 田子方》这样的方法好，内外兼修。其实无论武艺还是文艺，底气的培养都是基础。

二

中国古人把大自然中的气，分为主气和客气。

主气是主理一年四时的基本气象，细化为二十四个节气，从大寒这一天开始计时，立春、雨水、惊蛰、春分、清明、谷雨、立夏、小满、芒种、夏至、小暑、大暑、立秋、处暑、白露、秋分、寒露、霜降、立冬、小雪、大雪、冬至、小寒，到大寒止，为一回归年，周而复始，年又一年。二十四节气是一年之中气象变化的路线图，这个运行规律是固定不变的，因而称为主气。

把立春确定为第一个节气，是古代中国人的科学发现。在中国古人的认识里，一年肇始的第一天是冬至日，地下的阳气开始上行，冬至称为“一阳”。“二阳”在小寒与大寒之间，地气经过45天的运行，在立春这天突出地表，万物开始葱茏生长，因此“立春”这一天也称为“三阳开泰”。

天气是天意，是天降的旨意。地气古称“在泉之气”，是土地山川的深呼吸。天地之气在一年之中的变化，被分割为二十四个观察区间，这是二十四节气的基本功能。每个区间15天多一点点，15乘24是360，多出的一点点全年累积起来是五天多，一年365天，再加个小零头。这一点点是怎么多出来的呢？每个节气开始的第一天，是具体到时辰分秒的。比如2020年的立春，是2月4日17时3分12秒；2021年的立春，是2月3日22时58分39秒。《尚书・尧典》中对一回归年的记载是366天，“期三百六旬有六日，以闰月定四时，成岁”。尧帝时期中国建立了世界上最早的天文台，“乃命羲和，钦若昊天，历象日月星辰，敬授民时。”《尧典》可以理解为中国现存最早的天文学记录。

现代高科技手段测定地球绕太阳一周年的精确时间，是365天5小时48分46秒，《尚书・尧典》记载的是366天。尧帝生活的年代是在公元前2300年前后，距今大约4300年。中国古代天文学达到的水平以及严谨态度，足够我们后人尊重并敬重。

二十四节气，在汉代的《淮南子》和《礼记・月令》两部书中，均有充分表述。

二十四节气名称的命名，是对一年之中气候变化特征的生动概括。“两分两至”，是一年中的四个重要节点，古称“四时”。春分和秋分这两天，昼与夜时间相当，古人称“日夜分”。夏至和冬至这两天，是夏与秋的最高点。至，不是来到的意思，是极致。“四立”即立春、立夏、立秋、立冬，“四立者，生长收藏之始”（《周髀算经》），生长收藏是四季的特征，“春为发生，夏为长嬴，秋为收成，冬为安宁”（《尔雅》）。立春是万物萌生的开始；立夏是全方位生长的开始；立秋是收敛与收获的开始。中国古人讲的收成，有两层含义，一是收敛，再是收获；立冬，是冬藏的开始。冬即终，古人结绳记事，一个时间段结束了，在绳子上挽一个疙瘩。冬的本意，是天地之间上下失联，不再交通，生机潜入地下，一派安宁。

立春、春分、立夏、夏至、立秋、秋分、立冬、冬至，古人称“八节”。

八节之外的十六个节气，以物候变化的特征命名。

“雨水”，天降雨水自此时起。“惊蛰”，冬眠的动物苏醒。“清明”是八风之一，一年四季有八个方向的风，古称“四时八风”，清明风是东南风。“谷雨”，土膏脉动，雨生百谷。“小满”，有两层指向，在南方，雨水充沛，河湖渐而盈满。在北方，谷物小成，颗粒近于饱满。“芒种”是忙种，果实有芒的农作物，已到紧要关头，北方收麦，南方种稻。“小暑”和“大暑”，上蒸又下煮，土润溽蒸，高温多雨，闷热难挨。“处暑”是出暑，“处，止也，暑气至此而止”。“白露”，天气转凉，水土湿气在草木叶子上凝而为露。秋在五行中属金，在五色中属白，称金秋白露。“寒露”，进入深秋，冷风南下，寒意显露。“霜降”，地气凝结由露而霜，“霜降杀百草”，阳下入地，万物毕成，时令由收进入藏。“小雪”，“天地积阴，温则为雨，寒则为雪”。小雪，不是雪量小，是指此时寒流活跃，降水量渐增。“大雪”，也不是天降大雪，而是降水量持续增多。“小寒”与“大寒”，数九寒天，是一年之中最冷的时令，“小寒大寒，冻成一团”。大寒之后，一个新的天地轮回重新开始。“小寒大寒，杀猪过年”，“过了大寒，又是一年”。

三

中国古人观察天地是细致入微的。

一年二十四个节气，每个节气又分为“三候”，五天为一候，二十四节气七十二候。“五日谓之候，三候谓之气，六气谓之时，四时谓之岁”(《黄帝内经·素问》)，“气候”这个词也由此发端。

候，是征兆的意思，医生瞧病看症候，厨师炒菜看火候，古人观察天地看气候。七十二候具体是这样的：

立春三候，初候，“东风解冻”，立春后第一个五天，东风吹来，大地开始解冻。二候，“蛰虫始振”，第二个五天，冬眠的动物开始苏醒，但只是“振”，伸伸腰，动动身子，仍窝藏在冬眠的洞中。三候，“鱼陟负冰”，第三个五天是“鱼陟负冰”，这句话很生动，冬天寒冷的日子，鱼贴着河底游，天气转暖，鱼上升浮游，好像肩负着冰在游。

雨水三候，初候，“獭祭鱼”，水獭捕食鱼。二候，“候雁北”，大雁北飞。三候，“草木萌动”，草木萌生。

惊蛰三候，初候，“桃始华”，桃树开花。二候，“仓庚鸣”，黄鹂鸟鸣叫。三候，“鹰化为鸠”，布谷鸟出现于田野，鸠是布谷鸟。在中国古人的意识里，动物与动物之间，包括人与动物之间，存在着某种相互化生的神秘密码。这种认识，有玄机在其中，但更多的是受科学认识的局限。

春分三候，初候，“元鸟至”，燕子归来。二候，“雷乃发声”，天降雨时，阴气和阳气相搏，伴随阵阵春雷。三候，“始电”，闪电出现。

清明三候，初候，“桐始华”，桐树开花。二候，“田鼠化为鴽”，鴽鸟出现。三候，“虹始见”，空中见彩虹。

谷雨三候，初候，“萍始生”，河湖的水面出现浮萍。二候，“鸣鸠拂其羽”，布谷鸟已经长大，振翅而飞。三候，“戴胜降于桑”，戴胜鸟在桑树间跳跃。

立夏三候，初候，“蝼蝈鸣”，蝼蝈，又名蝼蛄，俗称拉拉蛄，对农作物危害大，亦可入药。二候，“蚯蚓出”，蚯蚓，冬眠虫类，可入药，药名地龙。三候，“王瓜生”，王瓜，多年生草质藤本，块根纺锤形，茎细，枝多发，果实可入药。

小满三候，初候，“苦菜秀”，苦菜，草本菊科植物，可食亦可入药。二候，“靡草死”，靡草，草本植物，感阴而生，不胜阳而死。三候，“麦秋至”，麦子成熟。

芒种三候，初候，“螳螂生”，螳螂，节肢动物门昆虫，益虫。二候，“鵙始鸣”。鵙鸟，伯劳鸟。三候，“反舌无声”，反舌鸟，春天活跃，此时少发声。

夏至三候，初候，“鹿角解”，鹿，本性主阳，夏至一阴生，感阴气而鹿角脱落。二候，“蜩始鸣”，蜩，蝉，民间称知了。三候，“半夏生”，半夏，药用植物，生于夏至前后，故称半夏。

小暑三候，初候，“温风至”，温热之风此时到达极致。至，极致之意。二候，“蟋蟀居壁”，此时蟋蟀羽翼初成，居墙壁中，尚不能生活于田野。三候，“鹰始击”，《礼记 · 月令》中的记载是“鹰乃学习”，此时鹰在幼时，练习搏击。

大暑三候，初候，“腐草为萤”，腐草中见萤火虫。二候，“土润溽暑”，水土蒸郁，溽热。三候，“大雨时行”，大雨不断。

立秋三候，初候，“凉风至”，天有八风，一年之中有八个方向的风，凉风是西南风，又称凄风。二候，“白露降”，早晨或雨后，地气遇凉风，凝聚为雾气，此时尚未凝结成露珠，白露节气后才出现凝珠。三候，“寒蝉鸣”，寒蝉，个头小，声音却脆亮。

处暑三候，初候，“鹰乃祭鸟”，鹰已长大，开始捕食鸟。二候，“天地始肃”，秋意肃然。三候，“禾乃登”，庄稼成熟。

白露三候，初候，“鸿雁来”，大雁由北方南飞。二候，“元鸟归”，燕子南飞。燕子是南方鸟，因此称归。中国古人是在黄河流域，具体是渭河流域观察天文地理，“鸿雁来”“元鸟归”，来与归，是就观察地而言的。三候“群鸟养羞”，羞，美食。群鸟准备过冬食物。

秋分三候，初候，“雷始收声”，二月阳中雷发声，八月阴中雷收声。二候，“蛰虫坏户”，冬眠虫类开始修葺洞口。三候，“水始涸”，河水流速放缓。

寒露三候，初候，“鸿雁来宾”，先来为主，后来为宾，最后一批大雁自北方南飞。二候，“雀入大水为蛤”，蛤，一种小蚌。三候，“菊有黄华”，草木感阳气生长，独菊遇阴气开花，古人以菊寓君子品格，于寒风中开放。

霜降三候，初候，“豺乃祭兽”，豺捕食兽类。二候，“草木黄落”，草木叶黄飘落。三候，“蛰虫咸俯”，咸，全部。俯，垂首。此时寒气肃凛，冬眠虫类不再进食。

立冬三候，初候，“水始冰”，水面开始凝结为冰，此时冰面尚单薄。二候，“地始冻”，大地寒气凝聚。三候，“雉入大水为蜃”，稚，野鸡；蜃，一种大蛤。

小雪三候，初候，“虹藏不见”，清明节气阳盛彩虹见，此时阴盛，虹藏不见。二候，“天气上升，地气下降”，天气上升，地气下降，天地之气各自归属，天高地寥。三候，“闭塞而成冬”，天地之气失联，各正其位，不再交通，闭塞而成冬，冬即终。

大雪三候，初候，“鹖旦不鸣”，鹖旦又称寒号虫，不是鸟，是鼠科，栖居于针阔叶林混生地带，比松鼠略大，穴居在石洞或石缝中，多独居，爱清洁。吃食时前足抱住食物，后足站立，萌态毕显。前后腿之间有翼蹼，能在峭壁和大树之间滑翔，因而古人误认为是鸟类。二候，“虎始交”，阳气动，虎求偶交配。三候，“荔挺出”，荔挺，草科，根系坚硬，民间以此制刷子。荔挺野生，古时寓指民心不可欺，“荔挺不生，卿士专权”。

冬至三候，初候，“蚯蚓结”，蚯蚓自缠绕如绳，阳气未动，屈首向下，阳气已动，回首向上，此时阳气蠢蠢欲动，因此称“结”。二候，“麋角解”，麋本性主阴，冬至一阳生，遇阳气而角脱落。三候，“水泉动”，冬至一阳生，阳气上行，泉水感热而动。

小寒三候，初候，“雁北乡”，乡即向，大雁北向而飞。二候，“鹊始巢”，喜鹊在树端筑巢。三候，“雉雊”，雉，野鸡；雊，鸣叫求偶。“雉之朝雊，尚求其雌”。

大寒三候，初候，“鸡乳”，鸡得阳气而育乳。二候，“征鸟厉疾”，此时节猛兽愈加凶悍。三候，“水泽腹坚”，此时是一年中的冷极，腹坚，指冻透了，冻结实了。

四

主气是一年中的常在之气。

客气是变数，是家里来的不约而至的客人，上门叙旧的，拉家常的，说委屈的，找碴的，不把自己当别人的，脾气不一，各具秉性。酷暑、倒春寒、暖冬或奇寒、大旱和大涝、台风、海啸、“厄尔尼诺”、“拉尼娜”等等，气候的这些异常，与客气相关联。但客气也不是职业干坏事的，一个巴掌拍不响，主气与客气和谐了，风调雨顺，天安地泰。如果兄弟俩赌气，或者僵持拉下了脸，麻烦就出来了。

界定主气与客气，是中国古代天文学的范畴。而对主气与客气运行原理的认知，是中国古代哲学的轴心地带。

主气在一年中依五行原理运行，分为六个步骤，称“主气六步”。五行在四季中的顺序是木火土金水，木主春，火主夏，金主秋，水主冬，土居夏与秋的中央。木生火，火生土，土生金，金生水，水复生木。主气在大寒那一天生发，由大寒到春分，是初之气，称“厥阴风木”；春分到小满是二之气，称“少阴君火”；小满到大暑是三之气，称“少阳相火”；大暑到秋分是四之气，称“太阴湿土”；秋分到小雪是五之气，称“阳明燥金”；小雪到大寒是终之气，称“太阳寒水”。

主气六步的气理顺序是“厥阴风木”“少阴君火”“少阳相火”“太阴湿土”“阳明燥金”“太阳寒水”。

天有“寒、暑、燥、湿、风、火”六气，地有“金、木、水、火、土”五行，因为天有六气，地生五行，地上承天，于五行之中又增置一火，因而有“君火”和“相火”之分属。顺序是“木、火、土、金、水、火”。

主气是稳定的，由初之气到终之气，周行四时，年年无异。

客气在一年中的运行也分为六个步骤，主理上半年的气称“司天之气”，主理下半年的气称“在泉之气”。在“司天”和“在泉”的左右，各有两间气，称“司天两间气”和“在泉两间气”。

客气六步依五行原理运行的气理顺序是，三阴在前，三阳在后，一阴“厥阴风木”；二阴“少阴君火”；三阴“太阴湿土”；一阳“少阳相火”；二阳“阳明燥金”；三阳“太阳寒水”。

客气是不稳定的，每一年都有变化，具体有两个层面的变量。

其一，推算客气六步，以五行配合十二地支的顺序，子、丑、寅、卯、辰、巳、午、未、申、酉、戌、亥，以值年地支为基础，十二年一个循环，六十年五循环，为一甲子周期。天以六气为节，地以五行为制。六气司天，六年运行一周。五行制地，五年运行一周。地之五行又有君火和相火分属。五六相合，为三十年，每年二十四节气，合计七百二十个节气。六十年为一甲子循环，合计一千四百四十个节气。

“君火以明，相火以位”，这句话很重要。君火在天主宰神明，相火在地主宰运数。五行又称“五运”，天地之间的气理运行，称为“运气”。

其二，“司天之气”与“在泉之气”的左右间四气，是不确定因素，司天与在泉有变化，左右间气随之而动。

《黄帝内经》中，《天元纪大论篇》《五运行大论篇》《六微旨大论篇》《气交变大论篇》《五常政大论篇》五篇文献，具体阐述主气与客气的运行原理，以及二者相持相克导致的气候异常。《黄帝内经》是中医学的源头著作，也兼容天文学和哲学。中国古代的学术著作，都是兼容制式的，《周髀算经》《九章算术》是数学的源头著作，兼容天文学、哲学。《周易》更具典型，兼容天文学、哲学、逻辑学、社会学等。中国这四部重要古典著作的基础，都是天文学。

主气与客气在交融运行中，如果一气独盛，称为“专胜”，“专胜”即“太过”。主客二气相互侵占吞并，称为“兼并”，“兼并”即“不及”，最终会导致气候异常，这种论述在《气交变大论篇》有记载。

五

中国古人是怎样做天气预报的？

《黄帝内经》这部书是对话体，黄帝提出问题，岐伯等人回答。岐伯是黄帝的首席医学顾问，后世尊岐伯为中医祖源，中医术也称为岐黄之术。

黄帝问：“夫气之动乱，触遇而作，发无常会，卒然灾合。何以期之？”主气与客气的不和触遇引起动乱，发作又没有规律，是突然的灾变，如何预判呢？

岐伯说：“夫气之动变，固不常在，而德化政令灾变，不同其候也。”天气的变化，看似无常，但气象的种种表现，各有不同的征兆。

岐伯从一年四季的守常运行和不同季节的异常变化两方面，透过不同的物候现象，梳理出潜在的规律。

一年四季是守常的。

“东方生风，风生木。其德敷和，其化生荣，其政舒启。其令风，其变振发，其灾散落。”东方生风，风助木旺。木质祥和，其功能化生万物，其职责舒活闭塞。木主春，时令形态为风，气候异常是寒风振作，灾害是摧残草木。

“南方生热，热生火。其德彰显，其化蕃茂，其政明曜。其令热，其变销烁，其灾燔焫。”南方生热，热助火盛。火质光明卓著，其功能繁荣万物，其职责光耀万物。火主夏，时令形态为热，气候异常是酷暑煎熬，灾害是焦灼。

“中央生湿，湿生土。其德溽蒸，其化丰备，其政安静。其令湿，其变骤注，其灾霖溃。”中央生湿，湿助土功。土质湿热滋养，其功能充实万物，其职责使万物静心守本，“静以中央为轴”。土居四季中央，时令形态为湿，气候异常是暴雨骤降，灾害是久雨不止，泥泞土溃。

“西方生燥，燥生金。其德清洁，其化紧敛，其政劲切。其令燥，其变肃杀，其灾苍陨。”西方生燥，燥助金威。金质纯正，其功能是制约和敛收，其职责使万物刚劲峻急。金主秋，时令形态为燥，气候异常是肃杀，灾害是农作物未成熟时衰落。“苍陨”，苍，青色，植物的主干尚青时即衰落。

“北方生寒，寒生水。其德凄沧，其化清谧，其政凝肃。其令寒，其变凓冽，其灾冰雪霜雹。”北方生寒，寒助水势。水质沧凉，其功能是清静安宁，其职责使万物凝神肃穆。水主冬，时令形态为寒，气候异常是严寒凛冽，灾害是冰灾雪灾。

岐伯在讲述四季的运行时特别强调，地上五行上承天际的五星，木火土金水，上承对应木星（岁星）、火星（荧惑星）、土星（镇星）、金星（太白星）、水星（辰星），“承天而行之，故无妄动，无不应也”。太空中的五星，随天道运行，天行守常，不会妄动。气候正常时，五行与五星在天地之间相互感应。“卒然而动者，气之交变也。其不应焉。”如果发生气候突变，是偶然现象，与天道运行无关。五星不会随之响应。五星应常规，不应灾变，这是基本的原则。

用一句通俗话解释岐伯的理论，树根不动，树梢妄自摇。

季节的异常变化是有规律可循的。

“木不及，春有鸣条律畅之化，则秋有雾露清凉之政。春有惨凄残贼之胜，则夏有炎暑燔烁之复。”“鸣条”，鸟鸣，树木扬枝抽条。

在木运不济之年，如果春天时令正常，风调雨顺，草长莺飞，树木抽枝扬条，秋天就会守常，雨露适宜，凉爽宜人。如果春天出现倒春寒这类“太过”的异常气候，夏天就有酷暑燔烁的复正。

“火不及，夏有炳明光显之化，则冬有严肃霜寒之政。夏有惨凄凝冽之胜，则不时有埃昏大雨之复。”“炳明光显”“严肃霜寒”，是夏天和秋天的常态气候。

在火运不济之年，如果夏天时令正常，冬天就会守常。如果夏天出现惨凄凝冽（如六月雪）的异常，接下来就会有雾霭和大雨交替发生的复正。

“土不及，四维有埃云润泽之化，则春有鸣条鼓拆之政。四维发振拉飘腾之变，则秋有肃杀霖霪之复。”四维，在时令中指春夏秋冬四季最后一个月，具体指农历三月（辰月）、九月（戌月）、十二月（丑月）、六月（未月）。“土居中央，分四维而居”“土居四维，旺于四季之末”。“鼓拆”，指草木萌芽时破土而出的形态。“振拉飘腾”，振，振作。拉，破坏，摧残。“飘腾”，指狂风摧屋拔树。

在土运不济之年，如果四维之月时令正常，春天就会守常。如果四维之月气候出现异常，秋天就会有久雨成灾的复正。

“金不及，夏有光显郁蒸之令，则冬有严凝整肃之应。夏有炎烁燔燎之变，则秋有冰雹霜雪之复。”

在金运不济之年，如果夏天时令正常，冬天就会守常。如果夏天出现酷暑的气候异常，秋天就有冰雹霜雾的复正。

“水不及，四维有湍润埃云之化，则不时有和风生发之应。四维发埃昏骤注之变，则不时有飘荡振拉之复。”

在水运不济之年，如果四维之月时令正常，则一年之中基本守常。如果四维之月有狂风暴雨的气候异常，一年之中则时有风暴骤起，摧屋拔树的复正。

六

我们的中医很了不起，用风和气的原理解释人的身体。

关于风和气，描述得最早，也最文学的是庄子，“夫大块噫气，其名为风”。风是无形状的，人们走在旷野里，被风簇拥着，那是身体的感觉。风吹皱一池春水，那是水的响应。风也是无声的，人们听到的种种声音，风声鹤唳、冷风嗖嗖、狂风怒号，是风碰到了东西，摩擦碰撞引发的动静。风碰到实的、虚的东西，发出的音乐是不一样的，有些如击鼓，有些如拿捏笛箫，有些如撩拨琴瑟，有些简陋的就是喇叭唢呐。庄子还发明了一个词，叫“吹万”，世间万物的千姿百态，都是大自然这么“吹”出来的。

风协调着世间的万有。和谐了，则风和日丽、风调雨顺。风遇到梗阻，风云突变，就会出问题，如台风、龙卷风、沙尘暴、大旱、大涝、酷暑、奇寒、厄尔尼诺现象、拉尼娜现象。“吹万”是大环境，大环境是人力不能左右的。有人类历史以来，大环境基本没有什么变化，太阳还是那个太阳，月亮还是那个月亮，星辰还是那样的星辰，包括海洋和大江大河，基本还是老样子，中间出现的局部问题，都是人类自酿的苦酒。“人定胜天”这个词语，不是去挑战大自然，本意指人心的祥和安定，是天之胜，是老天爷最大的愿望，中国古人不倡导逆天的行为。

我们每个人的身体，都是一个小地球，也可以叫小宇宙。一个人起早贪黑地忙碌，就是地球在一天一天自转。我们的身体被风内控着，意气风发、神清气爽、满面春风，甚至趾高气扬，都是风在体内运行正常的形态。风行不畅，麻烦就来了。风在“窍”处遇阻，会打嗝、放屁。风滞在经脉上，风湿、类风湿、关节炎，包括痛风这些病状就出现了，这些都是小麻烦。“中风”就复杂了，不仅仅是风行不畅，是风控制不了身体的局面了。中风初级阶段眩晕、肢体麻木，高级阶段的恶果就不用我说了。

一个老中医说过两句顺口溜，一句是“通则不痛，痛则不通”，指的就是风在体内的运行原理。另一句是“有病没病，防风通圣”。“防风通圣丸”是老方剂，如今已是中成药，很普通，很便宜，两三块钱就给一大包。药普通，效果却神奇，有病治病，没病调理身子。

风和气不仅是生理的，还连着心理。喜怒哀乐是生理的，但和心理纠缠在一起。心安理得、心澄意远，也是这一层意思。生理和心理是“意识”的基础，说地基也行。意识的俗称叫念头。一个人从早晨醒来第一个念头计算起，到晚上睡着之前最后一个念头（把“梦想”排除在外），一天之中要生出多少“杂念”？主动的、被迫的、潜意识的、下意识的，恐怕再细心的人也不便统计出来。这些念头串联在一起，一天又一天，一年又一年，人活一辈子，就是活这些念头。万念俱灰是形容一个人活够了、活烦了。因此，儒家强调明心见性，修身养性。道家不仅修心，连身子骨都修。儒和道两家都是围绕着一个人的“万念”去修，去粗取精，去伪存真。庄子讲的“吹万”，也涵盖着人的具体过日子。

修身养性是内装修，但内装修妥帖了，还要有所为，一个身心健康的人，如果一辈子碌碌无为，应该是最大的憾事。儒家的核心价值观是“修齐治平”，修身、齐家、治国、平天下。修身、齐家是内装修，治国、平天下是有所为。但要留心并警惕“平天下”这个词，平天下，不是征伐四方，而是天下平。一个人做好内装修，安顿妥当了自己和家人，之后去做一番治国安邦的大事业，但最高的理想状态不是傲视群雄，一览众山小，而是与天下人和谐相处，共筑大同世界。

在中国古人的观念里，气是生命的根源，“人之生，气之聚也，聚则为生，散则为死”（《庄子・知北游》），也是动力源，“天地合气，万物自生，犹夫妇合气，子自生矣”（王充《论衡・自然》）。气贯通着天地人，“人与天地相参也，与日月相应也”。气是虚的，达到至虚的境界，精气化为神。神气，是大清和的澄明境界。但气产生于实，脱离了脚踏实地，就成了无根的逍遥。气有实质，一个有气质的人，如同高耸的大厦具备了不朽的地基。

原载《北京文学》2021年第10期

被风吹散的云彩

詹文格

一

当一脸酡颜的秋风，带着几分醉意，摇摇晃晃，踉踉跄跄地抹过山野时，我终于迎来了短暂的闲暇。为了使难得的闲暇赋予亲情的意义，我开始给年迈的父亲整理日记。

其实整理日记并非老人的意愿，而是我自作主张的僭越行为。日记作为心灵实录，据说最早起源于东汉，繁兴于两宋。正因为日记这种古老的文体指涉内心，所以从某种意义上说，日记属于心灵秘史，是一个不便公开的隐私空间，哪怕再亲近的人也不可贸然闯入。可是为了找回父亲丢失的记忆，我希望在他的日记中打捞过往，通过他写下的文字去触摸老人的生命印迹。

第一次翻开父亲的日记，显得有些忐忑，总感觉背后有个人影在摇摆晃动。虽然回过头去肯定什么也没有，但那种似有似无的幻觉，就像父亲出窍的灵魂，在旁敲侧击地考问我的内心。我知道这种擅自妄为的行动，对老人是一种冒犯和不敬，但是作为儿子，我渴望在日记中回望老去的父亲，在记忆深处留住父亲的点滴，哪怕是一缕笑容、一次颔首、一次回眸。

父亲的日记从中学开始，几十年来，如山间流泉，虽然涓细瘦小，但从未中断。然而两年前的秋天，父亲的大脑存储突然发生变化，走过八十载生命长路的老人，像一株衰草，被一阵大风连根拔起，然后又狠狠地抛进了寸草不生的荒漠。从此，父亲的日记像一个消散在秋风里的音符，在重要的人生节点上戛然而止。

对于“活”在日记里的父亲来说，这无疑是一桩重大事件，然而我这个远在异乡的儿子却一无所知。为何父亲从这一天开始，会突然放弃日记，他在心理和身体上究竟遭遇了什么？

为了发现父亲当初的变化，我在他最后一篇日记里，找到了一些语无伦次的叙述，那些不知所云的话语，如佛经一般晦涩难懂，也许这就是思维紊乱的征兆。审视这两年零一个月的空白，如同刺目的闪电，刀锋一样从额前划过。穿行在悠长的空白地带，有一种难言的隐忧在内心漫滋。他晚年经营一爿兽药小店，生意往来只能依靠一个账本，外面是否还有未做记载的赊欠，一概不知。

望着表情空洞、双眼失神的父亲，我感觉天地一片空茫。作为儿子，不知道他近年的变化为何会这般迅疾，就像奔驰在高速上的快车，转瞬之间就到了尽头。我回想漂泊在外的十几年，一直行踪不定，居无定所，很少抽出大块时间来陪伴父亲。如果不是他身体连续发出呼救警报，恐怕陪伴老人的愿望至今还是一句空话。

我从来没想过，一个人的记忆被时光侵蚀，思维被疾病吞噬之后，将是一种怎样的境况。听继母说，最开始父亲只是丢三落四，常常忘事，比如一天服三次的药，经常服用四次五次还不停止。接着开始忘记住址，常常南辕北辙，外出无法归返，找不到家门。这个时候才知道父亲的身体真的出现了问题，立即带他到医院做了一系列检查。脑CT报告显示："双侧基底多发陈旧性软化灶；缺血脱髓鞘脑改变。"半月之后，转院再复查脑CT，结果病情更进了一步："双侧基底节区多发腔隙性脑梗死；双侧脑室旁缺血灶。必要时做MR检查。"

为了缓解病情，先后住院三次，输液、肌注、按摩、内服中西药，无奈最后还是阻止不了记忆衰退的脚步。回到家里，他开始分辨不出厨房、厕所、卧室的方位，行走失去直线，时有跑偏或蛇行。接着认不出亲朋好友、街坊邻居，最后连朝夕相处的继母，连我们这些亲生儿女，全都一脸陌生，毫无印象。

眼看着父亲慢慢退回混沌状态，变成懵懂无知的孩童，曾经的父亲越走越远，做儿女的束手无策。有时父亲因意识不清，将大小便拉在身上，弄得一家人手忙脚乱。面对突变的父亲，家人极度地不安，冲洗打扫，收拾残局更是恶心难受。

养儿防老，这是我们的传统孝道。可是在血缘的长河中，生命的两端极不平等，稚嫩的孩子把大小便拉在身上，把牛奶打翻在床上，那是可以原谅包容的正常现象。而老去的父母把大小便拉到身上，把水打翻在地上，那就成了不应该的事情。尽管嘴上没有责备，但满心都是怨气，这是浑然不觉的情感偏移。

在陪伴父亲的日子里，我一声声呼唤失忆的父亲，但他没有任何回应。这种不可逆转的脑萎缩，像格式化的电脑磁盘，把经历过的风风雨雨、喜怒哀乐彻底抹平。

在父亲眼里，尘世远去，烦恼皆无，他就像一位超然物外的高人，冷眼旁观，不问世事。当所有的悲欢离合、爱恨情仇，全部清空为零后，失忆者已经不惹尘埃，不留一物，真乃大地白茫茫一片真干净。

然而这种"挥一挥衣袖，不带走一片云彩"的状态，对于企盼回应、渴望互动的亲人来说，太过残酷。没有感知的生活是麻木的，没有记忆的人生是悲凉的。老人这种病态的超然洒脱，给亲人带来的不是轻松与快乐，而是绝望和痛苦。

老人一生都在奔波劳碌，省吃俭用，节约到如厕的便纸都不舍得使用，但到最后落得空无一物，连记忆都云消雾散。幸亏还有珍藏的文字，那是他今生今世仅有的记忆遗存。

二

打开老旧的挂锁，满满一柜子的日记本，抱出来足有半人多高。一直以来，父亲对它们看守严密，从不让家人随便翻动。可是现在我却当着老人的面，在随意翻阅。曾经最为保密的文字，变成了毫无隐私的呈堂证词。面对儿子的粗暴入侵，父亲完全置身事外，一切都无关痛痒。

毕业于名校散原中学，当过农民、生产队会计、公社文书、信用社会计、营业所会计，干过阉匠、兽医的父亲，一生普通而平凡，如一条波澜不惊的河流，没有经历过轰轰烈烈的大事。可是不知出于何种想法，父亲一生却坚持记录，书写内心。那些接近尘埃的文字，如今看来有着社会学的标本意义。打开日记，隔着长长的日月，让儿子悄然进入父亲的心间。父亲虽然没有未卜先知的本能，但他留下的一大堆日记似乎有备而来，那些日积月累的储备，好像是时光的预谋，就是为了对抗最终的失忆。

翻开那些发黄的日记本，往事如烟云在纸页上蒸腾，透过文字去想象，世间万物都在遵从四时节气的号令，自行编排生命密码，让一个赤脚走过田埂的少年，眨眼之间就已老去，这就是上天的安排，这就是生命的更替。

父亲日记里的文字虽然简短直白，但排除流水账的乏味，日记的内容非常庞杂，起伏不定的变迁主线，贯穿了老人整个生命。那些被时光过滤的文字，蝌蚪一样，摇头摆尾，游走在情感的水面，每翻动一页，我都在难过，都在落泪，直至夜深人静，我的心底仍在漫溢冰凉的忧伤。

父亲的文字如同他率真的性格，在日记里痛快爽直，毫不掩饰，有啥说啥，笔墨完全是纯自然、原生态。有人说，时间是无所不能的大师，能写出多彩的未来。而我感觉时间是一只吸取精血的怪兽，是一个食人的魔鬼，一把隐形的尖刀，让一个青春勃发的少年轰然老去，让一个鲜活的生命踪影不留。

父亲在日记本内夹有好些照片，那些泛黄的照片，让我看到了父亲青春年少时的模样，那一刻真有时空穿越、光阴倒流的感觉。仿佛父亲不再苍老，他衣袂飘飘，步态轻盈，重返当年的青春年少。可是当我回过头去，一切又重回原路，父亲依然如老僧入定，不言不语，不喜不悲。

看父亲那个样子像在沉思，其实他正在遗忘，他把现实一步步推到远处。我看完他所有的照片，发现最让人注目的就是那张单人照。照片上的父亲身形高挑，目光炯炯，上穿白衬衫，下穿黑西裤，梳着大背头，袖子高高撸起，左手戴着手表，照片的背景是庐山仙人洞。那时候父亲刚过而立之年，正是男人金子般的年华。听母亲说过，那段时期，父亲有过多次外遇，有单位同事，也有医院护士。与一字不识的母亲相比，那些知识女性自然有着诱人的魅力……

经过感情的煎熬之后，迷途知返的父亲，改邪归正。也许是内心存在亏欠，之后他对母亲无比关爱。母亲十三岁做童养媳来到父亲身边，侍候一家老小几十年，在强势的祖母面前，战战兢兢，直到五十三岁病逝也没过上一天安稳日子。好在父亲的转变让母亲得到了些许安慰，特别是母亲难产重病后，父亲对她的照顾更是无微不至。只要发现药店有适用的滋补品，或者新药，他一定会设法求购，希望母亲早日康复。这种努力坚持了二十年，直至母亲去世前，她床头还摆满了大大小小的药瓶、滋补品。

三

看着父亲年轻时的照片，感受到生命在无声衰落，逝水流光，谁都有过年轻，谁都会有衰老。回想起来，时间就如所向披靡的利刃，无论对谁，从不疏漏。曾经硬朗丰盈的父亲，已经形销骨立，满脸皱纹。

一个人的衰老，就如植物的衰败，寒风过处，草枯叶黄，一片萧瑟。眼看虚弱的老人，关隘失守，兵勇溃退，门户洞开。疾病开始长驱直入，身体再无力抵抗。

翻开日记，可以感受到父亲内心的沉重。每当看到艰难处，我会合上本子，转身移步屋外。那天正值夕阳西下，漫山遍野被夕阳映照，我不由得仰望天空，不忍移步。于是慢慢蹲下来，把屁股放在老屋的门槛上，双手抱在胸前，凝视屋前满树的枫叶，不知何时叶子已经变红。晚上，在不太明亮的灯光下，继续翻看那一堆各式各样的本子。纸页间墨迹洇散，雪泥鸿爪，沉淀下无数的喜怒哀乐。日记里的文字如淙淙流水，时有浪头起落，时有暗流旋涡。我站在隔水的岸头，遥看流光逝水，发现一生竟是如此短暂，几页纸片便能轻松托起，寥寥几笔就能带过。而回过头去审视来路，煎熬中的每一天又是那样漫长，漫长到一日长于百年。

父亲在日记本上写道：我今天很痛苦。仅仅六个字，却如箭镞穿过暗夜，让儿子在数十年后还能回望父辈的痛苦。这种痛苦如乡间负重的独轮车，在我的胸脯上反复辗轧。上有老，下有小，父亲是一家之主，承受着生命的重负。那个时候满地都是饿得眼睛发绿的乡人，能存活就是一种奇迹，我不知道父亲是如何让一家人熬过了饥荒……

三年前，我离家时正是秋天，那个夜晚，我们一家人在灯下，围着簸箕捻着菊花。绽放的菊花还沾着晶亮的露水，过几天就在客人的茶杯里上下翻滚。一脸笑容的父亲，一切都显得正常，看不出有任何失忆迹象。也许当时他体内的猛兽还没有醒来，抑或正在伺机而动。那个夜晚，月光如水，秋虫唧唧，我不由得想起了河滩上成片的野菊，以及野菊旁云絮般的芦花。

秋末冬初，芦花随风一吹，飘落在宽阔的河滩上。洁白的芦花像一场虚拟的大雪，覆盖了河滩的记忆。当河水冻哑了嗓子，芦花也就安静下来，牢牢地护住砂砾，给冰冷的河滩带去一丝温暖。那一年，我和父亲踩着铺满芦花的河滩去捕鱼，记得厚厚的芦花上留下了我们两行清晰的脚印。

四

从父亲的日记里不难看出，他深爱着这个生养自己的村庄，可是他们那一代人，最后面对深爱的村庄却无可奈何。城市如一块强力磁铁，年轻人被无声地吸走，这个过程如同万里无云的天空，忘记了曾有云彩在胸前飘过。如今风流云散的村庄成了一个空洞的躯壳，对于村人的决绝，老人们无法理解，他们只好向沉默的石头、沧桑的古树、荒芜的田野发出无声的质问。

农耕兴旺的时代，这可是富庶之地，远处的河流，近处的田野，后面的山林，一片肥得流油的黑土地，插双筷子都能生根发芽。可是这些都没有留住村人，他们的目光投向了邈远的地方。

回到村里那几日，我早晚都去散步，从山岭上俯瞰，山脚下幸存的几栋老屋孤傲倔强地站立着，错落有致的屋顶如巨蟒的鳞片，覆盖着长如扁担的陶瓦。那些瓦片上刻有复杂的阴文图案，展示着那一代工匠的灵巧和智慧。伴随老屋成长的古树，像一对依恋的情侣，寸步不离地守卫在屋后，目送来来往往的飞鸟，用衔枝的方式，在树杈上垒出钻戒般的鸟窝。

瓦屋是乡愁的记忆，虽然偶有漏雨，但颇有情趣。硕大一片瓦屋，那是连通天地的乐器。我特别喜欢大雨来临时的声音和画面，如豆的雨点击打瓦屋，发出清脆的声响，飘起如烟的雨雾，那是天籁的演奏。叮当的雨滴如滚动的音符，随着轻重缓急的变化，组合成一部浑厚的交响乐，在村寨的上空弥漫翻滚。

每当急骤的雨声漫过之后，眨眼间屋檐下就挂起一根根银柱，长长的银柱满含液态的动感，激荡起一片嘈嘈切切的水声。水声翻涌，如琴键在瓦片上跳跃，此时瓦屋上的水不再是普通的水，而是天地吻别的情歌。

雨霁云散后，暗淡的祖屋像出浴的老人，变得明亮起来。屋外温润的空气扑面而来，天空像洗过一般，蓝得发亮。此时，人们纷纷走出屋门，大口呼吸。刚好有风从左侧吹来，散发着新鲜的牛粪气息；转过身，又有风从右侧吹来，传来菜园中紫苏与薄荷的清香。后山是密集的松林，松涛阵阵，雄浑激越，给村庄镀上了一层厚重的底色。

山里的夜来得突然，像一支悬在头顶的巨笔，饱蘸了浓墨，突然间朝你劈头盖脸地抹来，夜就这样悄然降临。没有前奏，没有铺垫，就像生命终结时的突然。鸟雀比人类更加谨慎，它们精确地计算飞行时间，做好歇夜准备，当身子在树叶中藏完，夜幕刚好降临。此时，月亮还没有升起，山野在头顶寂寞着。不远处的河水在奔腾流淌。我不知道，一条河流，靠什么作为牵引，为何能经年不息，日夜咆哮。夜色里，村庄一脸模糊，就像宽檐草帽下的一张脸，看不见表情，但能感觉出沧桑、苦涩和缺少笑意。

五

父亲在日记中反复记录门前的河流，他认为农民一生都要感恩河流。河流伴着山川，滋润了炊烟四起的村庄，假如没有这条不知疲倦的河流，山村便会成为死寂无声的坟冈。河流因季节而变化，春夏狂暴，秋天澄明，冬天脆弱，这就是季节之河的特色。

弯曲的河道，夹着起伏的河水，向前奔涌，那是大地的抒情。为此，山村倚水而得丰稔，村人近水而获欢笑。河流是土地的点睛之笔，是连接所有生命的脐带。

在静谧的夜色里，我不由得追忆多年前的时光。暮色里农人赶着老牛缓缓而归，我站在枫杨树下翘首祈盼母亲回家。母亲气喘吁吁地背着一大捆薯藤，瘦弱的身躯显得十分疲惫，她挑了几颗大红薯，放进木盆，让我端到河里洗净，回家焖一锅薯饭。我将红薯端回家时，母亲已收起一天的疲惫，点燃了火红的灶膛。木柴吐出的火舌舔吻着黧黑的铁锅，母亲将几滴清油洒落锅底，滋润的声音在耳蜗中回旋，转眼间，一盘薯粉烫蛋已摆上了饭桌，它让一个少年至今口齿留香。

记得那时父亲每天都很晚回家，他沿着河堤摸黑赶路的样子至今仍然记忆清晰。可是沧海桑田，若干年后，当我逆河而上，在这条河堤上寻找过往时，不仅村庄完全换了模样，连河水也改变了流向。世事多变，一切都难以捉摸，就如父亲的失忆，没有迹象，却已清盘。

闲暇将尽时，父亲的日记也整理完毕，我将日记定名为《夕照人生》。夕阳虽美，但近黄昏，再怎么挽留，也无法在纸张上重返逝去的岁月，搭建盛大的天空。就如老屋终将要倒塌，亲人迟早要离去，看着一代接一代人在时光的隧道中耗尽最后一缕呼吸，然后消失得无影无踪。

人一生都在奔波忙碌，但不全是为了温饱，不排除为了追求一些世俗的东西。可是当一个人悄然离世的时候，所有的遗存，一样也无法带走。所以说，人生在世，无论是华丽无比，还是平庸寂寞，都是一样的衰老、一样的死亡、一样的尘世。回想来路与归途，人生还有什么值得惊悸的呢？

在流逝的岁月里，有一些东西随着年龄的增长被无声地抽走，比如靓丽的容颜和青春的气息；也有一些东西却又坚强地留守。筋骨悄然老去，钙质不断流失，但生命却在坚硬地成长，成长到能够坦然面对一切，包括疾病和死亡。

陪伴父亲的这些日子，我重新走遍了村头地角，当劳碌的农人埋头于泥土之上，还没有嗅到微醺的秋味时，秋天便翻过了村前的田野山冈。玉米开始向往赤身裸体，高粱大豆通身鼓胀，红叶漫山遍野，猛然醒来，原来一生就在一个恍惚之间。

我喜欢秋天收割后的田野，它像产后的母亲，赋予生活的大爱和大美。简朴生活是一种成熟、一种意境。一条谜一样的河流冲破多次拦截，可是坚固的堤坝终究没有禁锢住河水渴望大海的梦想。

水维护着万物的生存法则，同时又能破坏陈腐的规律和拯救受伤的世界，其矛盾的统一正如河水送来了所有的欢笑，而又把所有的欢笑带走。水是世间最柔软的液体，但它并不屈服最坚硬的物质。水滴石穿，当我们坚硬的牙齿完全脱落，柔软的舌头却完好地存在。月升日落，花开花谢。河水推着河水走远，一代人终将由另一代替换。

原载《青年文学》2020年第10期

1980年的大酱

王海滨

我家房后有一小片蓖麻地，稀稀拉拉地长着一些蓖麻。蓖麻结子的时候，三奶奶罩着白羊肚手巾会去摘蓖麻子。我和二仓正在蓖麻地边上玩“印板”——泥巴做的，圆形，上面有凹凸的图案，供我们自己仿制，相当于现在制作橡皮泥的模板，随口问三奶奶蓖麻子能吃吗。

“小祖宗们，可不能吃。会毒死人的。”

我们一听赶紧跑开了，背后，三奶奶还在高声叮嘱：

“这蓖麻叶啊蓖麻秆子啊，也别随便动啊，都是有毒的，听见了没有？”

我们听见了，但是齐声喊：

“没听见——”

喊完就哈哈大笑。

蓖麻子收完了，三爷爷会在蓖麻地边缘种几行胡萝卜或者茴香或者大葱，总之不会让地闲着。

二仓问：

“你三爷爷那个人整天不是扛着锄头就是抡着耙子，怎么那么忙呢？”

这我哪知道，闭口不答。

二仓他娘满囤婶子恰好捂着腮帮子走过——她牙疼病又犯了，正紧忙地去村头供销合作社买一包糖精，糖精专治她牙疼，随口搭话：

“要都像你爹，横草不拿竖草不动，人那一大家子早喝西北风儿去了！……我可是倒了大霉我，哎——哎——”

满囤婶子说得没错，三爷爷家人口是多：有一个老奶奶——已经很老了，满脸褶皱如枣核，牙齿全无，一张嘴说话透风撒气：

“pī啊，快来，我这还有颗醉枣儿。”

才不去，我明明叫“滨”，却给喊成“屁”！

天气好的时候，老奶奶爱拄着榆木白拐棍拧着小脚到村头河边看河水东流。她的脚粽子大小，塞在粽子大小的小鞋子里，鞋是白底黑面，白是白黑是黑，一尘不染；走起路来，颤颤巍巍摇摇摆摆，她在前面走，我和二仓就在后面学，三奶奶见着了，笑哈哈地一巴掌轻轻打在我屁股上：

“臭小子，学得还真像——”

三个叔叔，老大在县化肥厂当临时工，刚刚结婚。结婚那天，姐姐们带着我去闹新房，我拿到了一瓶雪花膏——小辈们闹新房可以拿走新娘子陪嫁的小物件，例如小镜子、梳子、搓脸油什么的。回到家，我把雪花膏送给了二姐，二姐打开盖子，小心翼翼地揭开锡纸一角，放在鼻子底下一闻，马上闭上眼睛，一脸陶醉：

“真香啊——”

用小手指抹出豆粒大小一摊雪花膏轻轻往脸上抹，上上下下左左右右抹了一个遍——这是她第一次拥有一瓶属于自己的搓脸油：

“四儿，走，姐去给你折‘甜棒’去。”

甜棒就是还未长穗的玉米秆，有的会很甜。

三姐没得到雪花膏，第二天坐在我家门洞里抹眼泪，老大新婚的婶子正挑着水桶去胡同口的井里担水，一扭脸看到了，忙问怎么了，三姐抽抽搭搭地如实告知，新婶子把扁担和水桶往地上一放，转身走了，不一会儿笑嘻嘻地回来了，手里拿着另外一瓶雪花膏：

“这是你的。快别哭了，哭皴了，雪花膏也遮不住了……”

三姐把那瓶雪花膏紧紧捂在胸口，生怕雪花膏长腿跑了，脸上挂着泪水咧开嘴笑了。

事后，三姑姑对大姐说，嫂子总共陪嫁了两瓶雪花膏全到了我们家。

老二老实木讷，中学没毕业就辍学在家。母亲一见他，就吩咐我跟他去玩，实际是让他看着我——自接受任务开始，他的眼珠子一刻都不会离开我，比外祖母都上心。

老三比我大不了多少，刚上小学三年级，正闹着要辍学：

“……是真不懂啊，你没看见我自己的名字都写不好……”

三爷爷一脚把他踹开了：

“怎么这么没出息啊！”

他爱下河摸鱼：和几个半大小子下到村头小河沟里，先堵上两头，然后在封闭的河面上起劲儿地来回蹚，直至把河水蹚浑，鱼啊虾啊被呛得全浮上水面来喘气，被抓个正着；抓的最多的是小鲤鱼小鲢鱼小鲫鱼，带回家后，交给三奶奶和几个姑姑们收拾一番，抹上盐，在大铁锅里煸熟——搁油很少，油搁多了就叫炸了，吃起来焦脆，很咸，就着一条拇指大小的小鱼可以吃掉一个窝头；偶尔会抓住嘎鱼——黄颜色，头大身子小，嘴角两边有尖利的刺，一不小心会被扎破手，肉很鲜美。

老三炫耀说，有一次抓了满满一脸盆嘎鱼，回到家把鱼开膛去肚地洗干净，用大姑姑织毛衣的竹签子钉了满满一锅盖，扣在锅上，大火猛攻，鱼肉被水蒸气蒸熟后稀里哗啦地掉落在加了葱姜盐的锅里，刺却留在锅盖上——这事儿，我不怎么信，因为从没见过他真抓过那么多嘎鱼。

我见过老三抓过一脸盆的河蚌，都鹅蛋大小，还张着嘴喘气呢，满满一大盆，累得他走走停停，歇了好几次才到家——河蚌肉筋道，很有咬头；吃过的蚌壳码放在墙头上，阳光一照，远远地晃眼。

老三每次去抓鱼都会给我带回几条“神仙鱼”：一两厘米长——最大的一条不过四厘米，薄薄的身体，大大的肚子，色彩五彩斑斓，太阳光一照亮晶晶闪烁，放到罐头瓶子里，不几天色彩尽褪，还原成普通小鲫鱼的模样

为什么这种鱼在河沟里是彩色的，一到家养就褪色呢？

至今也不明白。

去年回老家，和一个晚辈说到这种鱼，他们大睁着眼睛：

“哪里有这种鱼？从来没听说过啊……”

哎。

我央告老三再抓鱼的时候带着我和二仓，他同意了。来到村头河边，他吩咐我们负责看衣服：

“要是敢下到水里，以后就再也不带你们出来了。”

他表情很严肃，我们不敢不听，一人抱着一个脸盆老老实实坐在树荫底下，他抓到鱼就扬手使劲扔到岸上，我们急忙颠颠儿地跑过去捡到盆子里。那一次收获很丰富，不仅有鱼，光半厘米长的小虾就抓了几十只，还有十多条神仙鱼。我们对老三崇拜极了，回村的时候紧跟在他屁股后面，努力跟上他的步伐。远远地看见三爷爷扛着锄头走在前面，我忘形地追上去，炫耀“战斗”成果，三爷爷欣赏地看了看我手中的罐头瓶子：

“赶快回家去换一个大点的瓶子，不然这么多鱼一会儿就全憋死了。”

一扭头把老三踹个仰面朝天：

“他们这么小就带着去下河吗？谁给你这个胆子？再有下次，打断你的腿。”

三爷爷牵着我的手往家走：

“小孩子可不能随便去下河，淹死的都是会游水的……”

身后，老三委屈地爬起来，把洒落在地上的鱼啊虾啊一一捡到盆里，一边捡一

边抹泪。

三个姑姑老大在县棉纺厂当临时工，老二老三也早早辍学在家，每天都罩着和三奶奶一样的白羊肚手巾，扛着锄头铁锨上地挣工分。

村头能说会道的胡大娘给大姑姑说了一个婆家，男的是一个从甘肃酒泉回来的退伍兵。三奶奶跟我母亲说让我去压车。

压车，一般都是至亲晚辈，一个或两个，结婚那天紧跟新娘子，是件很光荣很实惠的差事。

母亲急忙谦让：

“让老三去吧，老三不愿意吗？”

老三当然愿意，但是三爷爷愿意让我去：

“老大跟你家四儿亲，一家人一样，就四儿了。”

结婚那天，我穿上了过年才穿的新衣裳，被大姑姑握着手，坐在三爷爷借来的胶皮轱辘大马车上，父亲骑着自行车也作为送嫁的跟在马车后面。那天，父亲喝酒的气势很豪壮，唬得大姑姑婆家一众陪席的私下打听：

“这人是新媳妇的亲哥哥吗？”

“哪儿啊，好像就是邻居。”

打听者竖起了大拇指：

“啧啧。”

在父亲通过喝酒给大姑姑装势造威的时候，我正在大姑姑身边如坐针毡，紧紧捂着上衣口袋，宴席吃到一半，实在忍不住，撒谎说想上厕所，她婆家一个陪席的婶子急忙牵着我的手送到厕所门口，我躲在里面，掏出口袋里的红包，打开：

呀，十块钱！

要知道，当小学老师的母亲一个月工资才 27 块钱啊！

一兴奋，尿撒到了新鞋子上。

那十块钱在我身上还没捂热乎，一到家就被外祖母收去了：

“正好，你俩姐该交学费了。”

还是回头来说三爷爷吧，他们一大家子住在我们胡同一个南北狭长的小院落里，正房三间，中间是堂屋兼灶间，东边一间住三爷爷三奶奶，西边一间住老奶奶；两间东厢房住着三个叔叔——老大结婚后，老二老三就搬到北房和老奶奶一个房间了，一间西厢房住着三个姑姑。

我有事儿没事儿地就去三爷爷家，找老奶奶要醉枣儿——她炕里头一个瓷坛子里，一年到头有醉枣，随时随地变戏法一样塞给你一颗或者两颗，酒香十足，每次，三奶奶都善意地提醒：

“这醉枣后劲儿大着呢，可别醉喽啊……”

找老三玩——三奶奶一般不放心让他带着我玩，爱让我去找老二：

“……老三只知道到处野，让他看孩子保准给看丢了，还是去找你二叔玩吧……”

老二正在用废旧车链子做盒子手枪，能扣动扳机，我喜欢，死活要过来，抓在手里就往家跑。身后的老二一脸不情愿，哭丧着脸，三爷爷就呵斥他：

“怎么跟孩子一般见识！就不会再做一把吗！?”

老二就委委屈屈地闷头再做——早晚还会到我手里。

看三奶奶以及大姑姑织布：织布机就放在正房堂屋正对大门的位置，比现在的一架跑步机略长一些，很复杂的架构，人坐在那儿，身子一仰一俯，同时，手脚并用，脚踩机杼，左手递右手接，梭子长了腿一样飞快地来回穿梭，伴随着有节奏的哐当哐当声，一绺绺线就变成了一匹匹布——三奶奶一家人穿的衣服全是这些布做成的。

真是神奇啊！

我一看就眼花缭乱，一看就呆。

除夕夜，人们都到胡同口的空地上“着听”：每家每户都贡献一捆秫秸秆或者棉花柴，堆放在一起，燃起熊熊火焰，火焰映红了人们辛劳但幸福的脸庞，父亲和一众叔叔们在放爆竹、二踢脚、钻天猴以及满天星，外祖母、三奶奶、母亲还有各位姑姑们簇拥着远远地站在一边，一边观看一边小声说着话，每个人的脸上都带着笑……

这个时候，母亲就把我交给老二，老二既能带着我和其他孩子们一样兴奋地跑闹，又能保障我不被一颗火星一个鞭炮溅到。

孩子们的欢叫声连同鞭炮声把一冬天都没出门的老奶奶都惊动了，她把手绢四角捏在手里，兜一些醉枣，拄着拐棍，捣着小脚，走出门来，倚靠在墙角，张着没有一颗牙的嘴巴看着篝火笑，看着人们笑，见哪个孩子跑过就喊住递一颗醉枣……

篝火渐渐熄灭，人们扶老携幼地走回各自的院落去吃年夜饭，大概只有我还不消停，我还要去三爷爷家，家里人都习惯了，谁也不阻拦，任凭我提着气死风灯，大摇大摆地走出门。

胡同里静悄悄地，空气中弥漫着一种特殊的味道，有爆竹的硫黄味，有炖猪肉的肉香味儿，有馒头出锅的面香味儿，有炸丸子炸藕盒的油香味儿，还有隐隐的酒香味儿，使劲吸一下鼻子，呀，真好闻……

三爷爷家大门敞开——每家每户都这样，一大家人正围坐在堂屋里吃饺子。见到我，一位姑姑不言不语地探身从旁边拿过一张小凳子，摆在自己身边，努努嘴示意我坐下；另外一位姑姑马上起身拿来一双筷子笑吟吟地递到我手里；老三也不说话，一边往嘴里送饺子，一边用眼睛和我交流：饺子很香，快来一个。

大年夜不能大声说话，是三爷爷家的规矩。

三奶奶说：

“大年夜说话声音太大会惊到灶王奶奶……”

三奶奶还说：

“大年夜不能说‘完了’，什么吃完了干完了一类的话都不可以说……”

“大年夜打扫的垃圾不能马上倒进猪圈里，得大年初一早上太阳升起才可以……”

…………

这些规矩，读过师范当了老师的母亲都不懂，但三奶奶懂，每每让我感到神奇，特愿意听她讲。我问：

“灶王奶奶什么样儿？”

三奶奶小声地：

“和你老奶奶一个样子。”

也就是说灶王奶奶也会把我喊成“pī”？！

那我不喜欢。

…………

过完年，我就上了小学。天天从三爷爷家门口经过，每次放学回到家，从干粮筐子里拿出一个馒头一掰两半，转身就往三爷爷家跑，进院招呼都不打，直奔北屋窗根底下的酱瓮，掀开瓮的木头盖子，伸出手指挖一点大酱，抹在馒头里，往嘴里一咬，撒腿往外就跑，往往这个时候，会从屋子里传来三爷爷笑嘻嘻的呵斥：

“哪里来的小狗啊，又来偷酱了，快抓小狗啊……”

间杂着三奶奶的打诨：

“哪有小狗啊……你又和孩子闹……”

…………

是的，我就爱吃三奶奶做的大酱。

每年春天，村里人都做酱，整个村子上空都飘荡着面粉或者大豆发酵的味道。外祖母也做酱：煮熟豆子，连同一些发霉的馒头，摊晒，装瓮，撒盐，放水，上盖，发酵数月才成。但她做的酱就是不如三奶奶做的酱好吃。听说三奶奶家做酱，外祖母急忙撂下围裙去看个究竟，她发现三奶奶做酱都舍不得用豆子，几乎都是剩玉米面饼子和地瓜面窝头，很少是剩馒头，还有就是地瓜干，这些做出来的酱怎么就比豆子馒头做出来的酱好吃呢？

真是邪门。

看了半天，外祖母得出原因：

“老三家的，就是因为是你做的，所以他就爱吃。”

1980年，我们全家要搬到县城居住，一家人把里里外外打量了半天，一致决定不带走什么东西：

“正好，也都该置换了……再说，什么时候回来住几天的话也方便……”

“我可不想再回来。”

说这话的是三姐，她手里紧紧攥着那瓶雪花膏，说得斩钉截铁——雪花膏用得很节省，一年多了，还剩大半瓶。

没有大件东西要搬，一天工夫就把家收拾妥当。黄昏时分，父亲从县城找来的一辆大解放停在胡同口，三爷爷一家还有其他街坊四邻帮着我们很快把该搬的都搬到车上，外祖母也搂着我坐到了驾驶室里：

“老三家的，没事你可得来找我说说话啊，没个说话的人，那不得闷死我啊……”

三奶奶连声说好，偷偷撩起衣襟回身擦着眼角。

二仓站在最前面，歪着脑袋，很不解：

“你还能去抓‘神仙鱼’吗？”

问我好像又在自问。我点点头又摇摇头，急忙找寻老三，他正躲在人群后面，他听到了二仓的话，直勾勾地瞪着我，高声喊：

“抓了神仙鱼我会给你留着，放心……”

老二挤到前面来，从车窗递进来一把崭新的盒子枪：

“我连夜做的。”

大家都冲着我们摆手，我们也都挥手示意。车就要开了，我忽然大喊等等，拉开车门跳下车来，撒腿就往三爷爷家跑：

“三奶奶，我想带一瓶子你家的大酱。”

原载《时代文学》2021年第5期

来，我们玩跑得快

赵燕飞

多年前，台下是黑压压的观众，台上是欢天喜地的她。

“好春光啊，”她唱道，“过了一山又一山，丛林茂密遮日光。连理枝头比翼鸟，粉蝶成对映晨窗……”这个对人类和爱情充满向往的小狐仙，单纯美丽的模样令多年以后的我心生惶恐。

如此年轻如此迷人的母亲，其实我从未看到过。在我日渐模糊的记忆里，母亲那些腋下总有黄渍的汗衫，显得格外清晰。华美的戏服，层层黄渍的汗衫，母亲手里的拐杖轻轻一点，戏服与汗衫之间便隔了银河。银河水深浪高，我的想象力无法泅渡。

前些日子，母亲突然给我打电话，说要买公墓，双棺的那种。我当时正在阳台上侍候茶花。那是一盆烈香，芬芳更胜其美貌。花事已近尾声。凋落的花朵，香气依然不管不顾。从地板上捡起来的烈香，我一朵接一朵，全晒在了窗台上。我要用她们做一个香囊，虽然毫无理由也毫无必要。

手机开了免提，倚放在窗户旁，我一边接听母亲电话，一边修剪茶树的枯枝败叶。母亲的话有些突兀，我的手一抖，剪刀碰落了一朵将谢未谢的烈香。

母亲说：“十五栋的刘姨走了，上午还在公园里散步，下午就走了。”

十五栋的刘姨“走了”与母亲买公墓有什么关系？

母亲又说：“我和你爸存了点钱……”

“不是钱的问题，”我打断母亲的话，“钱不是问题。”

我的话有点绕，母亲嗫嚅着还想解释什么，我忽然明白过来，母亲要为她和父亲做最后的“划算”了。母亲常说过日子要有“划算”。我没想到买公墓也在母亲的“划算”之内。母亲有很多忌讳，过生日时桌上不能有豆腐，过年时不能穿白色衣服，初一、十五要给观音菩萨上香上供品……自从摔伤腰椎，母亲对自己的未来更加悲观，但越是这样，我越不敢在她面前提到买公墓之类的事情。我甚至企图在潜意识里过滤掉父母终有一天要弃我们而去的真相。公公去世时，我假装不知道生我养我的父母也有永远离开我的那一天，假装不知道如果那一天真的到来自己会有怎样的悲伤。不过，有很长一段时间，我总是莫名其妙就湿了眼眶。车开得好好的，忽然忆起那次一大家子去韶山玩，两三台车，公公想坐我这辆，我却建议他坐另一辆，就因为公公常年抽烟，而我无法接受自己的车里有烟味。我的自私甚至不需要有人来提醒。公公上山的那天，我站在一间大门紧闭的房子里，做着所谓的面试答辩。早知结局已定，早知自己不过是一只小小的蚂蚁，我却固执地要将那些巨大的脚掌看个真切看个明白。这不是最重要的，最重要的是，我错过的，永远都错过了，从此再无机会弥补。哪怕是在为了准时参加第二天上午的面试而连夜独自开车赶回长沙的途中一直泪眼蒙眬以至差点出了车祸，哪怕之后的每个清明节我都会去公公墓前想要和他说声对不起，哪怕此刻的我不得不向后仰起头……我都无法原谅自己。

母亲喜欢逢人就夸她的儿女有多孝顺。以母亲的争强好胜，哪怕自己的子女不够孝顺，她也会夸出一朵花来。为了对得起这些夸赞，我会假装自己真的很孝顺。那天，我为母亲按摩腿，随口问她怎么不染头发了，如果染发剂没有了我可以马上去买。在我的内心深处，其实是反对母亲染发的。一则经常染发有害健康，二则六七十岁的人了，满头白发是正常现象，有什么必要总把头发染得那么黑那么亮。母亲淡淡地说："有什么好染的，连路都走不动了，还染什么头发。"这话，不像是从母亲嘴里说出来的。大前年受的伤拄的拐杖，前年一直染发，去年一直染发，今年怎么就不染了呢？不染头发的母亲，反而让我更担心了。

近几年，母亲变了很多。我从小喜欢种花，母亲却颇有微词。当我嫁为人妇，可以在属于自己的小阳台想种什么花就种什么花，想种多少花就种多少花时，我甚至一次又一次引诱母亲种花，母亲始终不为所动。直到母亲买了新的电梯房，为了去甲醛，破天荒同意我搬了几盆绿萝回去。慢慢地，母亲的飘窗上有了吊兰，有了小家碧玉，有了长寿花，甚至还有了动不动就开爆盆的天竺葵。

那盆烈香刚到我家时，满树繁花，我特意和母亲视频聊天，将镜头贴近开得最美的那朵，我问母亲这花好看不。母亲说好看，确实好看。

"不仅好看，还香得不得了，等我下次回老家，带一盆给您，要不？"

"不要不要，家里这几盆我都不想养了。"

母亲说她不想养花了，我不太相信。母亲的养花水平，远在我之上。我家的花，换了一批又一批。米兰，月季，凌霄，飘香藤，三角梅，木瓜海棠……她们乘兴而来黯然而去，除了那棵对我死心塌地的幸福树。母亲却是养什么都活泼泼热辣辣的。那些长寿花，红的红，粉的粉，紫的紫，从春开到夏，从秋开到冬。母亲随便折几枝下来插在什么空盆子里，便又是崭新的花花绿绿的一大盆。我说这花了不得，好看、吉祥，还这么好养。母亲反问一句："你不是养死了一盆吗？"

母亲偶尔得理不饶人，尤其是在父亲的面前。父亲经常被母亲驳斥得哑口无言。每回都是父亲早早"投降"："好好好，我蠢，全世界就你最聪明，我们家幸亏有你这么个聪明人……"

母亲聪明一世，也有难免糊涂的时候。比如打跑得快，她总是看不出自己手里有顺子。作为老师，父亲不急也不躁，他告诉母亲按数字的大小顺序扯出牌来，3、4、5、6、7、8、9，母亲还拎得清，到了10、J、Q、K、A，母亲便半天数不出来。我是个急性子，启发式教学不奏效时，便直接去扯母亲手里的牌，母亲没握稳，被我一下就扯落了好几张。父亲慢条斯理地发话了，"莫急，一张一张地扯"。这方面父亲比母亲厚道些。若是拎不清握不稳牌的是父亲，母亲肯定要骂他蠢了。

学打跑得快的母亲，完全颠覆了几十年来聪明而又强势的能人形象。母亲盯着手里的扑克牌，脸上的表情很投入也很无辜，像一个牙牙学语的孩子。你无法想象母亲曾经有多讨厌打牌之类的"不务正业"。父亲历来喜欢打扑克，他有一群比较固定的牌友，都是退了休的煤矿工人。当然，父亲也是一位退了休的煤矿工人。只要不下雨不下雪，他们每天吃了中饭就会围坐在小区花园的石桌旁打扑克。玩的是升级，不打钱，也不粘胡子。有时热得衣服湿透，有时冻得直打哆嗦，但他们照打不误。母亲想不通他们为什么会有这么大的瘾。小区里有很多麻将馆，满屋子男女老少，好几桌同时开战，吆喝喧天的，一块两块的赌注，不大，但绝对不会不打钱。赢钱的想多赢，输钱的想扳本，上瘾还可以理解。连胡子都不粘一根，一坐就是一下午，难怪母亲想不通，连我都想不通。

每每母亲埋怨父亲不该打扑克，我就劝母亲别生气，老人家就该打点牌，可以预防老年痴呆，回过头来我又说父亲，打牌可以，但不能一坐就是一下午，打个把小时，站起来走动走动再接着打。父亲只是笑。去年，母亲中过一次风，出院后，拄着拐杖都走不稳路了，两只手也不太灵活。我建议父亲教母亲打扑克。一是锻炼双手的灵活度，二是锻炼脑子。刀不磨会生锈，脑子也一样。刚开始时，母亲很抗拒。在她看来，打牌赌博是败家子才干的勾当。我说打牌和赌博是两回事，如果不想变成"老糊涂"，就得每天打几把扑克……固执了几十年的母亲，忽然就开窍了。某个周末，我抽空回了趟老家，吃完晚饭，母亲坐在升降茶几旁叫我："来，我们玩跑得快。"我以为自己听错了。父亲从厨房里走出来，边擦手边对母亲说："等一下，我帮你热了中药，吃完药再打牌。"

我不想评价父亲和母亲谁对谁更好，谁为谁付出更多，但自从母亲摔伤，父亲就成了一个尽职尽责的好保姆。做饭，熬药，洗脚，按摩……有一回，我看到父亲蹲在母亲脚畔，为她穿袜子，母亲的脚有点肿，袜子便有些紧，父亲的动作却非常熟练。我的鼻子忽地一酸。父亲高又瘦，母亲矮而胖。母亲坐着，父亲蹲着，看上去差不多高，那一刻的他们，从未如此般配过。很久很久以前，外婆家门口有一棵杨梅树。拖着鼻涕虫的父亲，趁着外公外婆都不在家，噌噌噌爬到树上去，揪一颗青里泛黄的杨梅，往嘴里一扔，酸得龇牙咧嘴。再揪一颗，闭上眼，又往嘴里一扔……母亲站在树下，警惕地望着通向菜园的那条小路。远远地，看到外公掮了弯嘴锄朝这边走来，母亲对着树上喊："别吃了！我爸回来了！"父亲赶紧往树下一梭，黑不溜秋的鞋子穿反了，他也顾不上，沿着另一条路撒腿就跑。父亲的这些"丑事"都是母亲告诉我的。我便开玩笑说："论身高，老妈配不上老爸；论聪明，老爸配不上老妈。"我的话音未落，母亲懒懒地斜了父亲一眼。那眼神，貌似不屑，我却忽然想起了小狐仙娇羞的模样。

母亲坐在茶几旁喝完父亲端来的半碗中药，我已将扑克牌洗好摆在了母亲面前。母亲抓牌握牌都很慢，我一边等母亲一边顺手替父亲抓了牌。父亲坐下来整理属于他的牌时，我便指点母亲整理她手里的牌。"小的放右边，大的放左边，按顺序来。"我对母亲说，"这样就能一眼看出来有没有顺子。"母亲小心翼翼地扯着手里的牌，一张方块 K 掉到茶几上，母亲好不容易捡起来，却分不清这张牌应该插到哪个位置了。我说别急，慢慢想。母亲盯着左手握住的牌，右手举着的方块 K 僵在半空。好一会儿，母亲还没厘清自己的思绪。她皱着眉，额头沁出了微微一层汗。父亲凑过去，想指点母亲，被我摇手阻止了。母亲又思考了一小会儿，还是不敢确定，她着急地说："怎么得了，我脑壳里全是粥……"我这才提醒母亲："您从 10 往上数。"母亲以低得不能再低的声音数着，终于，母亲明白过来，将那张方块 K 插进梅花 A 和红桃 Q 的中间。我笑着说："非常好，就是这样摆的。"母亲的表情瞬间从懊恼变成得意。父亲呵呵地笑了。

在摔伤腰椎之前，母亲无论做什么都是风风火火的，要她花几分钟的时间只为找到某张扑克牌的正确位置，那是多么不可思议的事情。当我敲出风风火火这四个字，脑海里却突然回放几十年前的那场大火，那场我试图将它埋葬在记忆最深处就当从没发生过的大火。母亲一手抱着才几个月大的弟弟，一手胡乱搂了床薄棉被，她那惊恐的尖叫声吓得我和妹妹跳下床赤着脚就跟着母亲往外跑。"起火了！起火了！救火啊！天哪！"母亲的喉咙很快嘶哑。有人来救火了。一个，两个，三个，很快来了一大群。火舌咬破铁桶一般的黑夜，让我们的悲伤无处遁形。我的身体不可控制地颤抖着，上牙齿嗒嗒地叩击下牙齿。那一刻，父亲可能正在遥远的矿井里埋头挖煤。他或许正想念年幼的孩子和年轻的妻子。父亲知道，一旦走进矿井，他的命就攥在了老天手里。父亲绝对想象不到，他的妻子和孩子差点被一场莫名其妙的大火吞没。他绝对想象不到，自己的妻子与孩子们跪在熊熊燃烧的房子旁边瑟瑟发抖哭作一团，冲天火光映照出他们脸上的绝望……

那场大火是一个谜。成年之后，我曾试图解开那个谜，母亲却不肯多说半句。我理解母亲。无法改变的痛苦过往，我们要么遗忘，要么原谅。当母亲渐渐老去，刚说过的话转眼就忘，终有一天，她会真的忘记她想要忘记的东西，甚至连不该忘记的东西也一并还给某双看不见的翻云覆雨的手。母亲左手握着一把扑克牌，右手举着一张黑桃J，她的眼神略显慌乱。母亲说："这张牌要摆在哪里？我怎么又想不起来了。"我安慰母亲："没关系的，您从3开始往上数，不要急，慢慢来。"我想，母亲可以忘了怎么数数，可以忘了我是她的女儿，只要她还认识扑克牌，还想玩跑得快，只要她能吃能睡能发脾气能拄着拐杖在家里笃笃地走过来走过去，我就应该知足了。

因为家境不够宽裕，父亲和母亲一直都很节俭。他们舍不得倒掉剩饭剩菜，更舍不得为自己买件好一点的新衣服。母亲其实很爱美。再旧的衣服，穿在母亲身上，也是干干净净的，有棱有角的。母亲唯一舍得花钱的地方，就是染头发了。家里来客，出门做客，母亲都要事先染好头发。这么多年，母亲只跟我出了两次远门。一次是去北戴河和北京，一次是去杭州。仅有的两次长途旅游，还是我再三做母亲的思想工作，骗她说这是会员福利，不用我自己花什么钱，机会难得，如果不去的话，白白浪费了好不容易才争取到的度假指标。北戴河与北京之行，母亲玩得很尽兴。第一次乘坐豪华游船出海，第一次吃原汁原味的海鲜，第一次爬长城，第一次参观清华北大天安门……母亲没读多少书，但她很想看看我心心念念若干年的清华北大到底长什么样子。遗憾的是，那一回，父亲坚持留在家里"守屋"。我说又不是家财万贯，有什么好守的。父亲反正不听我的劝。我知道父亲其实是舍不得让我多花钱。去杭州时，父亲终于一起去了。他不得不去。母亲的腰伤虽然痊愈，却一直离不开拐杖，也离不开父亲的搀扶。为了劝说他们去杭州，我天天打电话，又特意请了假跑回老家当面做思想工作，只差没有声泪俱下了，母亲这才松口。母亲松了口，父亲自然也不好反对了。

杭州之行，是父亲和母亲第一次一起出门旅游。作为母亲的御用拐杖，父亲自己其实也需要一根拐杖。父亲的双膝因半月板磨损严重而经常疼痛。父亲牵着母亲的手，母亲蹒跚着，父亲也是一瘸一拐，我亦步亦趋地跟在他们身后，心里说不出是欢喜还是难受。好不容易陪父母远游一趟，也不过是坐了两天火车睡了几晚宾馆，不过是去灵隐寺走了走看了看，打车去西湖边转了两三圈。所幸西湖里的荷花开得正好。我给父亲和母亲拍了很多合影。母亲的笑容比荷花更灿烂。他们从没拍过婚纱照。我要父亲和母亲面对面手拉手，他们扭捏了半天，总算给了我这个“导演”一回面子：父亲低了头去看母亲，母亲微微仰起头去看父亲，两人的双手终于拉在一起。我赶紧按下快门……那张照片，成了父亲和母亲合影里最生动最有纪念意义的一张。

母亲常常抱怨父亲不够体贴。母亲抱怨的时候，父亲大多保持沉默。从他们身上，我无法验证爱情作为命题的真伪。曾经做过一个很奇怪的梦：我喜欢的男人要结婚了，新娘不是我，我是那个鞍前马后的女司机。梦境无比清晰，我开着一辆陌生的银灰色越野，接客人去酒店参加婚宴，一拨又一拨，一趟又一趟。梦醒之后，我还能明明白白地记起梦里发生的一切。我再三叮嘱陪同新郎敬酒的人，要将白酒偷偷换成纯净水，不能让新郎喝醉了，醉酒伤身……

中过一次风的母亲，就算有拐杖的支撑和父亲的搀扶，也很少走出家门了。母亲害怕再次摔跤，更害怕再次中风。现在能让母亲暂时忘记病痛的，大概只有玩跑得快了。买了公墓之后，母亲似乎了却了最重要的一桩心事，她不用再“划算”什么，更不用担心百年之后的安身之所了。那天晚上，因为身体很不舒服，母亲半是赌气地说：“天天不是这里疼就是那里疼，还不如死了算了。”“那怎么行？”我说，“要您陪我玩跑得快呢。”母亲眉心的结立刻松掉了，高兴地说：“要得，我们玩跑得快。”我说“等一下吧，老爸还在洗澡”，母亲说：“不等他，他喜欢耍狡。”

等父亲加入“战斗”时，我问他为什么要在母亲面前耍狡。父亲叹了口气，“你妈有时手气差，我好心好意告诉她出牌，她的牌实在太烂了，左打是输右打还是输，她输了就怪我耍狡”。果然和我猜测的一样。等母亲上洗手间时，我悄悄对父亲说：“您老人家实诚了一辈子，还不晓得变通？您让老妈每回都先抓牌先出牌，如果她的牌实在太烂，您可以自己出错牌让老妈赢啊。”

父亲嘿嘿一笑，认真地说：“那有什么味呢，打牌就得讲规矩啊。”

原载《湘江文艺》2021年第5期

天才的圈内

朵 拉

林风眠说："我其实没有什么天才，我只是比较勤奋而已。"

这句话对许多喜欢绘画的人充满鼓励。听起来努力才是成名的关键，天生的才赋并非想象中重要。

1971年巴黎卢浮宫举办一个史无前例的画展，为一个仍然在世的艺术家主办个展。受到法国政府这种空前待遇的画家是毕加索，为献给毕加索90岁的生日礼物。在卢浮宫的历史上这是第一次。

毕加索被誉为20世纪最伟大的天才，他在卢浮宫个展后说过一句话：

"我不怕死，死亡是一种美，我所怕的是久病而不能工作，那是浪费时间。"天才告诉我们要好好利用时间，认真工作，要不然，上天赐予的才赋等于白费。

1973年4月8日毕加索死后，后人点算，他留下的作品有：1885幅油画，1228件雕塑，2880件陶器作品，18095件铜版画，6112件石版画，3181件麻胶版画，7089件素描，不包括画在本子上的另外4659幅素描和速写，11张挂毯和8张地毯。

从毕加索遗留给世界的大批文化遗产，可以清楚地看见画家平日的时间到底用在哪里。

提到梵谷，每个人不约而同点头，承认他是个天才。这位公认的天才，进入比利时安特卫普皇家美术学院上油画课，亲自执教的院长看见梵谷把厚厚的颜料像倾倒般流泄一地，吃惊地问："你是谁？"梵谷自信地回答："荷兰人文生。"（梵谷原名文生 · 梵谷）得到的结果是被院长马上贬到素描班从头开始。幸好梵谷完全不理睬人们怎么看他，所有异样的眼光或种种恶意的批评完全不能影响他对艺术的如痴如醉。不过，由于教授和他之间的难以沟通，他的学院生涯只维持3个月。今天人们眼中的天才，在他生存的那个时代却因坎坷的生活和间歇性的疯病无人了解。为了不停画画，颜料和画布使他成为一个负债的人，虽然如此，他宁愿把钱花在画画上而不在乎是否吃得饱。"要不是我长期饿肚子，我的身体会很健壮的，但我继续不断在饿肚子与少画画之间进行选择，我尽可能地选择前者，而不愿少画一些画。”在这之前，梵谷曾遇到一个欣赏他的绘画才华的牧师芒德诗·达·柯斯达，也是他的语文老师的芒德诗牧师，给予梵谷的鼓励对梵谷是一份永恒的安慰，也是一个启发。“你只能以你的勇气和力量做你认为是正确的事，也许结果不一定正确，重要的是去做，按照自己的理智所指引的最好方向去做，让上帝来判断它的最终价值。信心是你对未来唯一的指针，你应该有充分的信心。”画家一生中，依靠自己的信心，对绘画艺术创作抱有狂热爱恋。把艺术视为生命的梵谷，在他从事艺术创作的生涯当中，从来没人买过他的画，没有谁觉得他的作品值得收藏，除了他的弟弟提奥。最后他终于成名，并且成为绘画历史上，一个一生中只卖出一幅画的画家。

为罗丹写传记的人这样书写：“罗丹是著名的法国雕刻家，也是近代欧洲的雕塑巨匠，西方传统雕塑艺术的集大成者。罗丹在欧洲雕塑史上的地位，正如诗人但丁在欧洲文学史上的地位。他是旧时期（古典主义时期）最后一位雕刻家，又是新时期（现代主义时期）最初一位雕刻家。”

如果说雕塑大师罗丹是天才，没人可以否认。这位天才学生在 14 岁进入初级美术学校时，已显露他惊人的才华。然而，不同凡响的才华并没有在他考美术专科学院时，给予他任何帮助。由于一再落选，他在三年内一共考了三次。每一次考试，他拿出来的作品，让同学们都以妒忌的眼光看着他，讽刺的事实却是，公布考试结果时，罗丹一次次名落孙山。最后根本没有机会进入美术专科学院。因为那些老师的评语是：“这名考生毫无才能，继续报考纯属浪费时间！”

在现实生活中，天才同样屡屡遭受挫折和失败。罗丹有一个雕塑作品叫《幻想——依迦之女》。依迦是希腊神话中的人物。他用蜡和羽毛制作翅膀飞到空中，因为飞得太靠近太阳，蜡制的翅膀被酷热的阳光融化，依迦掉下来死了。这座雕塑中的依迦意象是女体形象。1896 年罗丹完成这个雕塑后，充满幻想地说：“依迦在飞翔的时候，突然落下来死了，但她的翅翼还在空中鼓动，她是不死的，因此我猜她会振翅再飞。再飞再跌，命运永远播弄着她。”《依迦之女》象征的是人类的美丽幻想，明知为难，明知不可能，明知到了前面会遇上艰辛阻碍，但依迦却仍然充满希望，屡败，屡战，充满勇气一再出发。

罗丹是在暗喻自己吗？他所描述的、雕塑的，其实是所有对人生存有美妙幻想、美好希望的人们。

如果不是对自己存有希望，对未来存在幻想，雷诺阿不会坚持作画。许下当画家的志愿以后，画家经济没有来源，生活成为问题。曾经和莫内一起住的雷诺阿，两个爱上艺术的年轻人，满怀理想而作品却都卖不出去。可是日常生活照样要过，支付房租，请模特儿的工资等等费用都有待解决，必须把三餐的水平降到最低。富裕的时代，人人回头去寻找所谓的清贫生活，你不需要同那个年代的画家灌输这种概念，他们平日过的正是除了艺术之外，一无所有的清苦生活。莫内有一封写给朋友的信，说明他们的穷困日子："雷诺阿正从他的家里拿来面包给我们，以免挨饿。一个星期没有面包、没有炉火、没有灯光……这是可怕的。"后来，雷诺阿回忆这一段和莫内共处的岁月时，他的说辞却难以置信，令人惊讶："那是我一生中最快乐的时光。"

53岁的雷诺阿开了一个回顾展，深获好评，这次的成功令画家本人激动不已。然而，在他年轻时候，有一天和莫内一起画图画，马奈正好走进来，站在一边看了一会儿，过后，马奈私下和莫内说："如果这是你的朋友的话，你劝告他放弃吧，他没有什么绘画天分。"

天分到底重不重要，到今天仍是一个充满争论性的议题。不过，兴趣却是艺术创作必须具备的主要条件之一倒是毋庸置疑。

50岁以后的雷诺阿，得了风湿病，双脚无法站立。有一次，在医生的帮助下，他艰难地在室内走了一圈后，画家泄气地说："如果走路需要花掉我所有的力气，我再也没有毅力画画了。"在这两项活动中，他的最后选择是放弃恢复走路的机会，因为他更愿意将所有的时间都用来画图画。这是闻之鼻酸但令人钦佩的抉择。

雷诺阿曾经公布他的成功秘诀："问题出在，当一个艺术家一旦知道他具有天才以后，他就会完蛋。唯一拯救的方法是像工人一样地劳动。"他以个人作为最好范本，1919年12月3日，雷诺阿去世的那天，之前还在作画，画一束刚刚采回来的花，并且在画好以后说："我感到今天又学到了一些东西。"

当年批评雷诺阿没有艺术才华的马奈，在他死后，崇拜他的人说："何等杰出的画家，他拥有一切。"但是马奈的天才，却也不是与生俱来。他的父亲是司法部高级官员，母亲是驻瑞典大使的女儿，出生家庭环境良好。依照父亲的本来愿望，要他攻读法律系。他则一心想当艺术家，投考海军学校两次失败以后，父亲终于同意让他学画。18岁的马奈向当时著名的画家汤玛士·高提尔学画，不过他一点都不欣赏自己老师的古典画风，同样的，倾向古典主义的老师汤玛士·高提尔也无法忍受这位反对他的绘画风格的学生。27岁的马奈参加沙龙展落选，4年后绘出至今仍然赢得赞赏的《草地上的午餐》。别看今日群众对挂在巴黎卢浮宫的《草地上的午餐》这幅画推崇之极，现在在这幅作品面前永远围满舍不得走开的观众，包括我。但这画作在当年推出的时候，不是完全获得好评，而是毁誉参半。事实上马奈长期受到官方的轻蔑和忽视，到了40岁，才有画商对他的画表示青睐，一次购买他 24 幅作品。

马奈一直认为艺术创作不能够靠教导，也不必多加解释。他曾经说过一句话，证明他坚持并相信从事艺术创作必须具有过人的才华。“艺术是一个圆圈，你不是在圈内，便是在圈外，但看你诞生在哪一边。”

无论在哪一边，单是依赖天赋便想要成为艺术家，那是不可能的事。从事艺术创作固然需要天才，才华确实能使艺术创作升华，才气可洗去作品的匠气。然而，从不同的画家身上，我们看见的却是他们的投入和认真，宁要艺术不要命的他们无怨无悔地付出一生的时间，只是为了圆满自己对艺术的信念。

假如艺术真是一个圆圈，那么非常不幸的是，大多人都站在圈外，并且不是非常渴盼走进圈内。在圈外的人从来不以为圈内具有什么强烈吸引力，就算一生一世没有走进圈内，也不认为自己有任何损失。

因为他们不知道他们的损失，也就等于没有任何损失。

对他们来说，这篇文章毫无阅读的价值。

原载《散文百家》2021年第3期

最深处的基因密码

麦　阁

一

在阅读中得知，有一位美国的摄影师，小时候生长在纽约布鲁克林贫民区，六岁时目睹的一场车祸，让他看到被车辗过的女孩子的头颅。这样的一个童年经验影响了他日后的创作——他几乎所有的作品，都与苦痛、死亡、幽怨、惊悚、病态等等相关的词语结缘。有人问他，为什么不避开灰暗，去拍清纯健康一些的东西。他答，赏心悦目的事情很容易做，但我已然无法从中得到满足。他承认自己的作品有着趋向光明的需要，但更必须先经过这幽暗。

我对上述的那个有着童年奇特遭遇的摄影师所说的一切，有着强烈的内心认同。每当看到这样的文字，我都会无法自制地想到我的童年——那个凝重不堪、忧伤困厄的童年。

有文说，人的一生中，在童年或少年时最好不要看见死亡，更不要直接看到人的尸体，据说看见了，就会改变一个人的性格，甚至其一生的岁月都会蒙受阴影。然而，童年和少年——尤其童年和少年，是最最不容人选择的，生活与命运要给你什么遭际，并不是你所能躲避的。

记忆中，有关我姑姑的画面，晃动在眼前，至今依然那么清晰。那一年我大约八岁，站在一根圆形的木头柱子前，定眼看完这么多人，帮我的嫡亲二姑穿上了她在人世间的最后一身新衣服。二姑的身体似乎很倔强，很僵硬，帮她穿衣服的人费了好大的劲最后才如愿以偿，我看出了这么多人为我二姑穿戴时的艰难。然后那些人又让二姑躺在堂屋里那块木门板上，用一块极其鲜艳的大红布匹从头到脚把她盖住，亲爱的二姑始终悄无声息，她已侧身进入那一个无人同行的通道，把人间喧闹远远抛在了另一边。八岁的我隐约感觉到，那红色布匹隔开了生与死的世界。

后来的我在很长时间里为这件事花费心思，曾不止一次想，当时怎么会没有人来阻止我观看上述的这一切，要知道我是愿意有人来阻止我的，我愿意自己记忆的屏风上没有这些画面。我的亲爱的二姑，那年她才二十七岁。

然后，是遥远的那年冬天，我才不到十二岁，一直最疼爱我的父亲生病离世。四十岁。在西边每年春夏开满大片白色野蔷薇的场地上，父亲在暮冬寒冷的夜晚，从县人民医院回到他出生的村庄……日后我每次想起父亲，不知怎么也总会想起他最后穿在脚上的那双黑色布鞋。

我在家里排行最小，上面有一个哥哥和一个姐姐，但最得父亲宠爱的人，一直是我……父亲的最后时光，我曾用手抚摸整理他的头发，他是一个爱干净整洁的人。

命运与人生的无常让人颠沛流离。没有了父亲的生活，不仅是让我感到忧伤与思念，没过多久，我的学生生涯也开始跌宕起伏，先是断断续续旷课、请假，直至后来最终失学，这是母亲的决定。她对着在春天里上门来为我送书本劝我上学的老师说，她已经决定了，牺牲我，来与她共渡生活的难关……知道我热爱学校、热爱读书的老师，好心留下了他带来的书本，拿着他的蓝色帆布包失望地走了。江南寂寥的广阔平原上，多了一个失去学校的少女辍学者。

谁又能抗衡得过命运，一些无形的力量远比我们想象的要强大，它要人做的，唯有接受。

有一些日子，我一步不离跟着母亲，闲暇时，听四季的风声呼呼地吹过房子。印象里春天和初夏的风有些狂野，像是少不更事，喜欢没有来由乱跑乱闯，把门扉吹得“乒乓”作响，带着湿润翻新的泥土味与各种植物花香，人不可能一直在悲伤的情绪里度过，这样的气候有时也会让我感到一些莫名的欢喜。秋天和冬天的风相比而言，显得有些高远，同样是干燥，冬天的风要比秋天的风更有怒火，而且根本就不想克制，这一刻的风，把秋天的含蓄或耐心全丢了，在广阔的田野上、河流间，在高高的屋顶与树梢，呼啸而来又呼啸而去，冷峻、严肃又无情，仿佛想乘着这季节吹走人世间所有的不平、纠结、愤懑与幽怨。一场雨雪过后，天气放晴，气温最冷，冰凌一排一排、长长短短挂在灰白房子的屋檐下，仿佛整个村子也都是透明的，房屋也光亮了许多。

天地间乃至屋子中央的虚无与空旷……那时的我，就已经独自地、与年龄不相符合地“提前”感觉到了。我在时间里穿越白昼与夜晚，那里的光影、天空、田野、河流、植物……无一不是我的读物，无一不丰富滋养我的内心，启蒙、教给我审美，无声感染我，她们无一不让我爱。

我仿佛是得了某种召唤，我的心里堆满语言，我开始渴望倾诉，渴望能与人分享，渴望有人聆听，我独自找来笔、本子，甚至有些兴奋地、暗暗羞涩地开始写起日记……我想，一定是因为有这样的一个成长经历、这样的一个童年与少年，才使得我找到纸笔……那时的日记，实际也就是我开始聆听自己的心声，开始最初地书写，尽管底调也终是忧郁，我想，这无可避免。

谁又会拒绝受童年的挫伤，受少年的教益，唯有童年、少年的挫伤与教益，在任何时候都不会模糊，它们就犹如你的血型一样在你身体的每一个角落，被你随身携带，深深刻在你的心壁，清晰、永恒。

二

记得昆德拉曾说：人的一生注定扎根于前十年中。是的，唯一的童年、少年与故乡，在不知不觉中早已决定了一个人内心的气质，影响其一生的基调与走向。

所以说，故乡于每个艺术家而言，也是必然要回去的地方。每一个真正意义上的艺术家都会溯流而上，最终回到自己的童年、少年与故乡。唯有那里，才是他们真正的根，无论从故乡走出多远，而事实上，走这一路，他们从来也没有离开过自己的故乡，他们只是在这一路的深情行走中，靠自己的才华、勤奋与创造，最终让自己亲历的童年、少年与故乡为人所知。

我个人喜爱的台湾民谣歌手胡德夫，他的《太平洋的风》《匆匆》等等，我私自以为那种歌声给人的影响和意义，早已超出歌唱本身，最后依然是归结到他所传递的生命魅力，给人精神的牵引与感染……

出生在台湾的胡德夫，最早是个放牛娃，因此他还创作有一首经典著名的《牛背上的小孩》。溯流而上，当他在这首歌里再回到故乡的时候，他已然成为用灵魂歌唱的民谣之父，可以和人分享他的童年与以往，和他一起抵达一个生命源头的“那条清澈之河流”……

想起有一次，看到他的一个访谈影像，他说，由于自己小时候放过牛，当他离开家乡到城市求学，在校园里看到一片长满青草的大草坪，他就给他妈妈打电话讲这件事，要让妈妈把牛寄过来吃草。这个小故事，后来成为他的经典段落，喜爱他的人们说起他时都会想到。

台湾民谣歌手胡德夫，早已把对童年与故乡的衷心之爱融入艺术，融入了自己灵魂的深情歌唱之中……童年、少年和故乡，对每一个人一生的影响力都是巨大的，大到——可以超出任何想象。

三

此时的脑海中，自然而然就冒出了湘西作家沈从文。在沱江水边度过整个童年的沈从文，一生都与水有着千丝万缕割不断的关系，水早已在他自己都不自知的情况下，融入了他的生命与血液。

他创作的大部分小说，都跟河流有关。他自己也说：我的教育全是水上得来的，我的智慧中有水气，我的性格仿佛一道小小河流。我创作，我所写的故事，也多数是水边的故事。故事中我最满意的文章，常用船上水上作为背景……

用船上水上作为背景，我想到的自然是我已经看过三遍的《边城》。有着湿热空气的边城，有着水雾弥漫的边城，泛着不同绿色植物馥郁的边城，处处是美好却又处处不凑巧的边城，下着密密无声细雨的边城，让人有着无言伤感的边城……

翠翠，被自然雨露沐浴的翠翠，受青山绿水滋养的翠翠，她善良纯净，风里雨里跟着人世间唯一的亲人——她的爷爷，为过路人摆渡。她活泼又有些俏皮天真，带着一份自然的野气和秀美；依稀而又朦胧的情窦初开，憧憬着还未出现的爱情——那个热情勇敢的有情郎，会从哪个方向而来呢……这样想着的一刻，她就独自抬头仰望那天边上的云彩了，喜欢听爷爷暗示性的“玩笑”，但又羞怯脸红着嗔怪爷爷……

从爷爷那里，翠翠从小就懂得爱人，似乎从来都没有脾气。即使是那场并不明确的爱情误会有点让人恼，却也只是用默不出声的叹息来排解心上的遗憾。她没有一个人要怨，也没有一个人要恨……爷爷在一个风雨交加之夜死了，她忍着心头的凄楚与哀伤，仍持着那一份温柔、那一份希望，撑起爷爷留下的那条渡船，给那个地域的行路人方便和暖意，心里在等待“明天”。

在沈从文的这支笔下，翠翠本身就是那崇山峻岭间一泓清泉的化身，通体纯美透亮。以水为背景的写作，翠翠的形象，无一不与水相互映照契合，水与翠翠，水性与人性，在这个故事中从一开始便融为一体。沈从文以自己的书写，借从小就熟悉的湘西之水，借翠翠，合唱了一曲他自己理解的、追求的生命之歌、理想之歌。

如果说水意象是沈从文精心营造的、用以构筑理想世界的载体，那么他已然从中找到了极富意境与美感的艺术传达方式。《边城》最后，细雨依然还在不停落下，水面上一片蒙蒙薄烟，与翠翠内心的孤独、寂寞与漫上来的凄凉是如此自然贴切地交织在一起。愁苦以外，心中对“那个人”仅存的一丝希望就是那朦胧和潮湿的美感了吧。

沈从文一辈子把做人、写作与水时时紧密联系在一起，水犹如一条血脉贯穿在沈从文的大部分作品中。是童年的水，养育了他的生命，陶冶了他的性格与灵魂；也是童年的水，后来给了他成为一个作家创作的灵感。他小说中的人物，也都像水那样，有着自身生命的独特灵性和张力，这些无一不显示着沈从文对养育他的故乡之水的浓浓深情。他把自小从故乡之水中得到的生命体悟，全都转寄到写作的笔下了，并赋予了它更多的美的内涵与质感，纯净、深情，清透而温和……

那年八月，出凤凰古城沱江畔的听涛山，沿山道向右拾级而上，一块近两米的石碑，上面写着“沈从文墓地”五个遒劲大字。墓地建在一块狭长的小草坪上，离那不远处，还置有另一块长长的石碑，上面刻有“一个士兵不是战死沙场，便是回到故乡”的字样，这是画家黄永玉为表叔沈从文题写的碑文。除此，一块硕大的天然五彩石上，正面镌刻着从文先生手迹：“照我思索，能理解我；照我思索，可认识人。”背面是张充和（从文先生的姨妹）的撰联“不折不从，星斗其文；亦慈亦让，赤子其人”，其联句尾四字“从文让人”，高度浓缩而又准确地概括了沈从文先生的一生。

先生的墓地清幽、静谧，阳光穿过绿荫从四周照进来，我竟感觉有异样的美感，有植物的芳香。墓前有好多支点过的烟摆放在那儿，是也来此祭拜的人敬献给先生的，周围的草地上、台阶上，摆放着一些野花和柳枝编的花环，也都是前来拜望的人们怀着敬意留下的……

既不轻易折服，也不屈从，但却又有一颗仁慈之心和谦让之心，先生的文章就好像星斗一样在我们的头顶璀璨，他的为人就像赤子一样，温和、真诚、悲悯……这正是我心中从文先生的形象。

是的，像水一样做人。这一定和从文先生有一个在水边的童年有关，和他一路在水边的成长有关。

四

江苏省宜兴市北渠村，吴冠中先生故居坐落在此。那年春天前去拜访，我是第一次去，同行的人这样跟我说：已经翻建过了，我几年前来时，就只一间小平屋，房子是一并排的，吴冠中家的房子，排在中间。

修整后的故居显然扩大了不小的规模，雪白围墙在四周环绕。从前门到后门，都是成片成片麦苗与油菜的田野，春天的植物在太阳下发亮，绿意盎然，让人感到亲切与心身的自然惬意。就是在这里，这一片江南的平原，吴冠中先生迎来自己的生命，度过自己的童年和少年；也是从这里，少年吴冠中一路走出去，一直走到遥远的法国……

《水乡青草育童年》，是吴冠中先生在绘画之余，写就的很多美文中的一篇，记录了他当年以优异的成绩考取太湖边有名的无锡师范，离开故乡北渠村的最早经历——他的当时做小学教员的父亲，和他的姑父，摇着一条小木船，在橹声欸乃的水上，送他前往无锡。由此，他告别故乡。

吴冠中先生同时也是一个热爱文学的人，一直非常看重和强调文学的功能与素养对人的影响。先生曾有言说，一百个齐白石也抵不过一个鲁迅。他有言必行，有行必果。在绘画的同时，《吴冠中文集》《美丑缘》《吴冠中散文自选》所体现的在文学艺术上的高度，也绝不会比他在美术领域的魅力差去丝毫。也难怪他自己曾有过如下猜测，说是在时间的推移中，他的散文读者会超过他的绘画赏者。

在故乡宜兴市通往丁蜀镇的湖滨公路旁，被丰茂植物掩映的一侧，现今建有吴冠中艺术馆。我也曾去那里看过先生的画，尽管大多是复制品，但观赏着的那一刻，仍使我屏息凝神，激起联翩浮想……青山绿水间的白墙黑瓦，江南的诗情与深情，他用另一种极为个人的形式吟唱，色彩与点、线的自如运用，是他对故乡江南的深深理解与别样的感情依附。

从画上看得出，故乡的一草一木，是常萦于先生心间的，仔细看他的线条，时而像在风中自由飘荡，像在空中迅疾拂过的轻烟，在即将逝去的霎时，忽然又没有预兆地转向另一方向。同是在垂柳烟雨的江南长大，对于这些，我都并不陌生，也因此，我更深信，是故乡宜兴的山山水水，启蒙了他最初的艺术审美，先生在绘画上的造诣也更让我感叹佩服。

读先生的《归乡记》和《故乡宜兴》时，有更深刻的印象，他是用一颗赤子之心在感知自己的故乡并热爱自己的故乡的。他是一个真实而性情的人，不会造假，在《故乡宜兴》中，他这样写道："……春天，桃红柳绿，村前村后，前村后村都披覆着一丛丛浓密的竹园，绿荫深处透露出片片白墙，家家都隐伏在图画中。我一直到无锡去念中学时才离开故乡，以后愈走愈远，愈别愈久，也终于体会到少小离家老大回的人生感受……"

而家乡对于他的绘画意义，吴冠中先生是这样说的："我画过西藏高原、玉龙雪山、重重叠叠的山城、西双版纳的节日……但我最爱画，而且年年想画的，还是江南宜兴。"

是的，只有童年、少年与故乡才是唯一的。对于一个艺术家而言，故乡就是那汩汩不息的深源，他所有的作品，都会慢慢从那儿冒出来，扩散开去……它们是藏在其作品最深处的基因密码，只要我们细细品读，就会发现，唯一的童年、少年与故乡——无论是光明或幽暗，都早已是所有无法绕开的来处与归途……

原载《雨花》2020年第7期

笨笨是个乖孩子

瓦　四

今天，我为笨笨尽了最大的努力，但也没能挽回它幼小的生命。

笨笨是个纯种的可卡幼狗，它虽然只是一条幼小的狗，但来到这个世界上也和人一样有生命有灵性，也和人一样有思维有感情，它也和人一样有朋友有娱乐。

此时此刻，我能做的就是好好地陪它一夜，能为它做的唯一的一件事就是明天隆重地安葬它，送它到它的天堂去寻找它的快乐。

笨笨，你到了天堂可别忘记，你还要做个听话的乖孩子。我的笨笨，你在吃饭的时候不要只是坐在那儿傻傻地等，要像你姐姐那样懂得叫，懂得要，这样才能吃饱吃好，才能快点再长高长大，长成帅小伙子。

笨笨你要记得2007年7月20日下午3时50分是你的生日，2007年11月30日下午3时45分是你忌日。你来到这个世上整整134天，这134天，每天都有一个故事，每一个故事你都那么憨态可掬，令人难忘。

笨笨生下来的时候就是最文静的一个，也是三姐弟中个头最大出生最晚唯一的小帅哥。笨笨吃奶的时候总是被两个姐姐挤到一边，它只有等两个姐姐吃饱了才有机会安心地吃，直到吃得小肚子圆圆的才肯躺下睡觉。

笨笨的性格特别温顺，就像猫一样。笨笨出生还不到一个月，我就发现它的性格特别温顺，无论它的姐姐怎么欺负它，它总是一味地忍让，但它总会想办法摆脱姐姐的欺负，让它的姐姐跟着追，然后掉头就跑，在这个时候你就会发现它其实并不笨。在它忍无可忍的时候也会反抗，它会瞅准机会咬住它姐姐的耳朵，拉着跑，直到它姐姐叫个不停才肯罢休。

笨笨是个明事理的好孩子，在它的心中有对和错的概念。小的时候不懂事，也不知道在什么地方大小便，干脆就在客厅里随便大小便。我看到它在客厅大小便实在让人生气，于是就把它抓来，按着它的头让它闻，然后再打屁股，告诉它这里是不能大小便的，几次以后，它知道在客厅大小便是错的，于是就跑到卫生间的便池前大小便，等它拉完出来，就拿零食表扬它，它会非常高兴，它会跳到我的怀里撒娇，别看它平时笨，这时候它就不笨了。

笨笨有两怕，其实这两怕就是四个字：刮毛、电电。刚满月时候，用毛刷给几个小狗刷毛，可它们三个都不喜欢刷毛，一到刷毛就叫、就逃。久了它们只要一调皮，只要喊“刮毛、刮毛”，它们就屁滚尿流往沙发下面钻，它们肯定知道沙发下面是避难所。稍大的时候，再喊“刮毛”对它们来说已经不是太灵了。一天他们又调皮，我拿着电蚊拍，按着开关去吓唬它们，可它们不怕就往电蚊拍上碰，一碰就发出啪啪的声音，这下它们怕，特别怕，就连它们的妈妈也怕得要死，所以只要它们不听话，就喊“电电”。一喊“电电”它们就东躲西藏，一个比一个动作快。

笨笨也有两喜，这两喜也是四个字：洗澡、跑步。笨笨洗澡的时候最懂得配合主人。每次给它洗澡，它总是乖乖地站在那儿，等你给它抓痒，给它冲水，给它吹风。在吹风的时候，懂得躺下，把腿翘起来，任你怎么摆弄。笨笨最喜欢的还是跑步。在它们刚刚会走路的时候，我傍晚都带它们到小区内跑步，让它们锻炼身体。我把它们放在地上命令它们跑，它们就跑，不让它们跑，它们就停下，笨笨两个大耳朵忽闪忽闪总是跑在最前面。它们小的时候，我在前面跑，它们在后面追，直把它们跑得舌头伸得长长还不愿停下。我上街总是带着笨笨，因为它听话，不乱跑。我走快它也走快，我走慢它也走慢，总是在我的左右，寸步不离。过马路的时候，笨笨见了红灯也知道停下来，这个我没有教过它，也许是它自己摸索出来的。

笨笨很爱它的东西。笨笨有它的玩具，凡是它的玩具，别人是不能碰的，它的妈妈、姐姐要是玩它的玩具，它是要发怒的。到了11月，天渐渐凉了，笨笨也知道睡地板会冷的，它就和妞妞跳到沙发上睡。但它们也知道，它们是不能到沙发上睡觉的，睡觉的时候也是十分小心，只要听到开门声，会马上跳下来，妞妞怕打，像猴子一样闪电般钻到沙发下面，而笨笨则不钻，把头埋在肚子下面等着你打它，任你怎么打它都没有反应，你说笨不笨啊！

在笨笨生病的前一个礼拜天，我用旧棉被套给它们做个垫子，在做垫子的时候，我一边缝制，它们一边睡在上面，我想它们一定是知道这是给它们做的。垫子做好了，让它们在上面睡，傻乎乎的笨笨非常爱，霸占着不给别人睡，没办法又做了一个才解决问题。笨笨生病的时候，它一直睡在上面，尽管它病得很厉害，已经严重到便血，但还是坚持到卫生间去大小便，到死的那天也没有在它的垫子上拉一点，可见笨笨是多么爱它的东西。

笨笨是个好吃的孩子，看到人吃什么它都想吃。最让我佩服的还是笨笨磕葵花籽。它的嘴很大，一颗小小的葵花籽在它嘴里，它却能把葵花籽皮吐出，把葵花籽仁吃下，这是我没有想到的。笨笨还喜欢吃各种水果，但最喜欢吃的还是高山雪莲。我每每吃雪莲的时候，它总是坐在我前面看，不给它吃它也不叫、不急、不闹，但可以看到它的嘴在流口水，我知道那是它太想吃了，给它吃它就非常高兴，把它的屁股和秃尾巴左右摇晃，那频率非常的快。

笨笨有两个好朋友。一个是贝贝，纯白的波斯猫，它的“舅舅”；一个是露露，也是纯白的波斯猫，它的“舅妈”。为了使两只猫和几只小狗搞好关系，和睦相处，我把贝贝和露露放在小狗的窝里，让贝贝和露露带它们睡觉，几个小狗慢慢长大了，自然也就和贝贝和露露成为好朋友。笨笨和它姐姐妞妞还是经常一见到贝贝就往贝贝身上压，贝贝也非常配合地和它们玩。但只要喊笨笨，告诉它不能压了，那是你舅舅，笨笨就会看看我，放开贝贝，然后它们又很高兴地在一起玩。

笨笨也有它的娱乐，它特别喜欢看电视，而且还上瘾，每晚八点准时坐在电视机前。我每天必看中央电视台黄金时间段的电视连续剧，在笨笨还不到一个月的时候，我每天都抱着它看电视剧，久而久之，笨笨也离不开这个时间段看电视剧了。我不知道笨笨能不能看明白，但我知道在精彩或场面紧张的时候，笨笨就会汪汪汪叫上几声。我想它可能是激动，也许是愤怒吧。

就在笨笨生病期间，央视正在热播《戈壁母亲》这部电视剧，开始有战争的场面，它听见枪声就叫，而且对着电视机狂吼个不停。就在笨笨走的前一天晚上，它已经没有一点精神了，我在看《戈壁母亲》的时候还是把它抱着看，但我看出它毫无表情，没有了以前的反应，到最后笨笨还是轻轻地叫了一声，也是它一生中最后的一声，这一声是和我告别的一声，也是和电视告别的一声。笨笨你到了那边还喜欢看电视剧吗？还能看得到吗？

笨笨最讨人喜欢的就是在它激动的时候，那激动也许就是撒娇或是亲热。只要你从外面回来，它们几个见了肯定欢天喜地一起往你身上蹿，围着你、抓你、亲你，这时候你要抱抱它们，说些让它们高兴的话，什么笨笨是乖孩子，笨笨最听话啦之类，几分钟后才去做它们自己的事。

可爱的笨笨走了，走得很可怜很痛苦。现在回想笨笨生病的那几天，我觉得它本不该走的，是庸医夺走了笨笨幼小的生命。我清清楚楚告诉狗医，笨笨又吐又拉，但狗医只给笨笨打退烧的针而没有打止吐和止拉的针，到死的那天也没有给它对症用药，也许狗医认为笨笨是一条狗，生命不重要吧，但狗医错了，笨笨也是一条生命，和我们人类一样，既然来到这个世界上就有生存的权利，作为狗医也不能草菅狗命啊。我想如果对症用药，笨笨生命的结局也许会是另外一种。

我再也看不到笨笨傻傻的样子，再也看不到笨笨坐在我旁边的样子，再也看不到笨笨跑步的样子，但它的一举一动直到现在还是挥之不去，今生今世我都不会忘记笨笨的傻样子。

原载《红豆》2021年第2期

隐匿的证据

王　芳

随着时光流逝，我慢慢地明白了，只有存在的东西才会消失，不管是城市，爱情，还是父母。

——卡尔维诺

一

从沅江的河面，到杨梅山的树梢，再到桃花仑密密麻麻的店铺前，雨已经整整下了一个月。雨脚不停歇地从此处迈到彼处，悄无声息地在屋顶、窗台和墙壁以及行人的脸上留下湿漉漉的痕迹。益阳城像一艘停泊在资江边的巨型船只，上面载着繁华都市的尾音，欢欢喜喜地等待着必将到来的日出。

清晨，当我穿过沉重的雨幕走到校园廊下的时候，一个老师正与另一个老师打趣道，要允许三胎了，你打算要一个不？被问的是一位年近四十身材丰腴的女子，有银盘一样明媚的脸庞。我望着她，忽然就有了一种期待，不管怎样的回答，从她的嘴里流淌出来的必然是欢喜呀。于是我停下脚步，笑着等她的回答。她看看我，又看看提问者，皱着眉头说，啊，三胎，怕不是一个令人惊惧的梦吧？

雨下得更大了，砸在廊前的屋檐上，散成碎屑，形成一个又一个微型波浪，瞬间吞没了她的声音。天空阴沉，看样子一时间不会亮起来，他们说着说着往前面去了，我想着早餐还没解决，犹豫了一下，便往食堂买简易早餐。我随意要了一个水煮蛋，一个烧卖，这样可以边吃边往教室去，既省时又便于携带，并且水煮蛋营养高，味道也不错。考虑到吃着东西进教室不雅，又想着三胎问题或与之并行的一些其他事情，我完全忘了自己的禁忌，三口四口就吃下了这只蛋——

瞬间，蛋黄一下子全部卡在了喉咙口，出不来，下不去。此时，我的喉咙变得十分狭窄、僵硬，决不妥协，不管我用手抚摸还是起跳，喝水，都无济于事。我被哽住，逐渐感觉到了呼吸困难，我的嘴角不自觉地流下了涎水。没有人可以帮到我，我扶着走廊柱子，蹲下来，试图吐出，涎水带出了一些蛋黄，但依旧无法带出更多。我不停地仰头看天，低头看地，做吞咽动作，反复良久，才使一部分蛋黄得以勉强吞咽下去，另一部分被我使劲吐出，呼吸才恢复通畅。

我曾经被人指责是个挑食狂，被许多人视为有“小姐病”的人，很多年以来，经过对自己极限的挑战，已经变成了一个“平常人”，很多从前不吃的东西都能吃一点了，很多从前不能做的事也能做了，那么多的禁忌都已经突破，那么多的难过都逐渐消散，我以为早已过了吃水煮蛋会被哽住这一关，然而并没有。不仅没有，这个雨声喧哗的早晨，它还以如此突兀的方式给了我森然警告：你以为已经消失了的证据并没有真正消失，它潜伏在你身体的深处，生活的深处，等待时机，将你再次击倒。

二

六岁之前的若干个日子从岁月的河底浮起，纹理清晰，语声可辨。禾场里来了一堆穿中山装与皮鞋、腋下夹着一个公文包的人，母亲搬出长条凳，拘谨地招呼着他们，父亲则在他们中间站着，脸上乌云密布。我知道，那意味着将发生一场来势不小的争吵。

他们说了什么，我并不懂，但我感觉到一阵战栗恐惧，身体像被什么锁住了，动弹不得。不多久，父亲面色难看地向我招手，芬儿，过来。我像受了什么魔力的召唤，尽管脚一下都不想挪动，但还是走了过去。父亲以不容置疑的口吻命令我，让我张开嘴，叫一声“啊”，让那些人都看看。

我想起前些天——三月三，母亲用地菜煮了几个蛋，放在泥坯茅草屋的8字形柴火灶台上，我欢天喜地吃到蛋黄时，只一口便被哽住，小脸憋得通红，几乎失掉呼吸，母亲慌了手脚，没命地灌我水，命我一小口一小口地吐出来，然后让我张开嘴“啊”给她看。里面蛋黄是没有了，但似乎有了些别的东西，她紧张地叫了父亲和祖父来看，他们火炬一样的目光全投进我的喉咙里，看完叹着气，摇着头，祖父说，做不得数了。祖父的语声里，有黯淡下去的云彩，随着这语声，父亲沉默着往外走，母亲则蹲到灶角往灶里送柴，压抑了一会儿，还是哇的一声哭出来。我不知道发生了什么，母亲的悲伤让我手足无措，也让我有种莫名的恐慌。

又要张开嘴。其实我很不情愿，但大人太多，他们又高又黑又壮，令我无力反抗。我仰起头，拼命张开嘴，缩着我的舌头。春日的太阳明亮温煦，全部投在我脸上，耀得我眼睛生疼。大人们的头都凑了过来，往我的嘴巴逼近，仿佛有一群乌鸦在头顶上空云集。我想起母亲常说的那个奇怪的梦，生我的前一夜，她梦见我家屋顶上集中了许多乌鸦，突然天空像打开了一道口子，群鸦散去，只有一只还停留在屋顶正中，羽毛从黑色变成金色，慢慢长长，最后变成了一只尾巴极长的五彩鸟儿。她一惊，醒来阵痛不已，生下了我。

如今这群乌鸦又来了。其中的一个捏着我的下巴，对我说，你再“啊”一下。我又“啊”，他吓得手一哆嗦，立即放下，并退了两步。所有的人都沉默了，他们望着父亲，又望着我，不知道说什么好。

父亲脸上洋溢着一种阴沉，但也饱含了某种不可描述的洋洋自得。他说，你们看到了吧，我这个女儿，做不得数，她很快就会死去。没有一个人反驳，他们把怜悯的目光抛向我，然后叹气说，是有些可惜了，一个这么聪明乖巧的孩子。

那就还给我一个生育指标吧，我必须还要一个孩子。

乡干部中的一人沉吟半晌，说，嗯，我们是听说你老婆已经有了才来要求你们打掉的，国家政策，三胎本来不被允许，既然你们是这个情况，那就保胎结扎吧。他一边说一边掏出一个小本子，写了一个纸条给父亲，父亲欢天喜地地接了，他们也一一散去。

禾场里只剩下默默发呆的我。没有人在乎我的感受，他们并不觉得我听得懂他们的谈话。这是我第二次张开嘴巴“啊”给别人看，谁来告诉我到底发生了什么？为什么“死”这个我并不懂得意味着什么的词语会让我再次有一种冰冷恐怖的感受？母亲是要还生一个孩子吗，我已经有了一个妹妹，这个家庭是多么需要一个弟弟，可这是意味着要用我的“死”去交换吗？

我不知道去问谁。但多年以后我常回头看着那个站在禾场上的小女孩，我知道她懂得一切，她的记忆会因此而强大无比，这注定早慧的她要经受种种心灵的折磨，在死亡中穿行，直到完全长大。

我真想穿过时空，拥抱彼时孤绝的她。

三

廊前的雨越下越大，小小的波浪汹涌起来，那些砸在屋顶上的全化成了雾，层层叠叠。聂鲁达说：“寒冷与烈火摄人心魄的精华，它们一路陪伴着我，常常领先于我，渗入所有敞开的事物，反复敲击世界封闭的子宫。”当往事将我击中，我一向用以示人的热情、宽厚逃逸无踪，骨子里的寒凉与疏离迅速扩展，直到全面占领我……那些被悄悄隐藏在岁月深处的证据，或者从此时起即将被隐藏进岁月深处的证据，都在这一刻被重新翻找出来，成为打开某一扇门的钥匙。钥匙转动，生命尘封的大门便能轰然开启。

那个被困在时间里的女孩，从此便被赋予了张开嘴向别人发出“啊”的理由。父亲为了使这个保胎结扎的生育指标变得更为名正言顺，他开始笃定地判定我“死亡”的时间以及必然。他拖着我四处“炫耀”，说，芬儿，张开嘴，“啊”一声。我便顺从地张开嘴。父亲就问，看到了没有，两个小舌头！再长大是要封掉喉咙的！封掉了就不能呼吸了，是会死的！我这个女儿命不长了。路人唏嘘不已，均摇头慨叹，可惜啊，这水灵灵的大眼睛，可怜的孩子。

从此村子里不再有人用我们家为什么能生三胎来质疑生育政策，父亲还顺利地逃掉了因超生而应该承担的罚款。

不久后母亲去了一趟乡公社，回来时如释重负地说，结扎了也好，不管这一胎是男是女，以后我都不要受折磨了。她又开始频繁地和村子里的妇女们一起带着我，玩一种游戏，即把我拖到身边，让我摸她的肚子，问我，是弟弟还是妹妹呀？大人们都以为小孩子的嘴准，不会说谎，我也知道母亲希望是个弟弟，便会说，是弟弟。母亲一把抱住我，亲我，说，我的好孩子。母亲的语声哽咽，欢喜里掺杂着悲伤。

那时我的心里，就升起了无限的悲凉——我无师自通地读懂了放弃。成长的时间流逝得很缓慢，每一分每一秒，都在促人长大，所以当我读到杜拉斯那一句“我在十八岁的时候就已经变老了”，心中惊诧，只因为同感过于强烈。我的父亲永远不会知道，那个被他反复说“很快会死”的女儿，其实知道“死亡”的含义，她一直从旁窥视父亲的脸，希望看到一丝狡黠，以证实那只不过是一个对外宣称的谎言，或者看到一丝伤感，以确认他对这个女儿即将永远离开的不舍。然而都没有，他单纯只是陈述，他陈述时不可避免地带着几分得意，完全无视我内心遮天蔽日的悲伤。

我确定，那是悲伤，它宏大、深广、黑暗，像一张无边无际的网将我拢住，令人逃无可逃，只能束手就擒。

在被判“死刑”后的某一刻，我突然想知道两个小舌头究竟是什么样子，为什么它们会使我对所有淀粉质或遇水就会变成坨的食物如此抗拒，一旦不慎摄入将全都堵在喉咙。我找来一面小圆镜，对着镜子张开嘴发出“啊”声，终于看到，在舌根与喉咙相交的部位，两块被称为“小舌头”的、柔软绛红的肉并排垂着，挤得喉口极小，气流很难冲动它们。既然大家都说多了一个“小舌头”，想必别人只有一个。为什么我会多长一个呢？而且根据父亲的说法，年龄越大它们会长得越大，果然就有将喉咙封住的势头啊，难怪我吃什么东西都只能小口小口地吃。那一刻我明确地知道，我确乎是很快就要死的了。

一年级期中考试过后，我不明原因地病了，将近二十天，我总是半夜发高烧，迷迷糊糊里，记住了母亲捶打父亲的哭泣，父亲背着我往卫生院跑时焦虑的喘息，医院里晦暗不明的灯光和浓烈刺鼻的苏打水气味。我睁不开眼睛，但意识相当清晰，所有发生的一切明镜似的刻在我的记忆里。村子里的人都来看我，安慰母亲，说这孩子过于聪慧，注定不是人间长久之客。母亲做一会儿事就来我床边坐一会儿，哽咽着唤我的小名。学校班主任来家访，说孩子会好起来的，好了一定要继续读书，是块好料子，母亲便哭得更厉害了。

我还是觉得有浓得推不开的悲伤，我一直试图用一把刀划开一道口子，却找不到刀片。黑暗中我找啊找，终于，看见了一根有金属尖头的木棍，我使尽浑身力气握住它，掷向看不见的网，光亮照了进来，我睁开了眼。

多年以后我看到博物馆里的矛，一下子就认出来，这就是我划破黑暗的东西，曾经幼小的我从神秘的黑暗里借来的武器。那一年期末考试，我在昏迷二十天后考了全区第一名，这件事在此后的若干年里都被乡亲传颂，令我父亲每每说起都会嘴角上扬，眼睛望向无尽的远方。

四

父亲说，我哪里知道你知道什么是死啊，那么小的孩子，我随口说的，要是说得不逼真，谁会信？再说，当年你那两个小舌头，确实眼看着会越长越大，难测后果呢。当我有足够的底气与父亲叫板、往事重提时，他讪讪地笑着。

我无从得知对于我可能会来临的死，他究竟持什么态度，但弟弟出生时他脸上的喜悦把很长一段岁月都照亮了。我的父亲并不是重男轻女的人，这从他在我四岁时就教我写毛笔字、下象棋、背诗可以看出，也从无论生活多么艰难他都坚持送我读书可以看出。时间能证明的，他想要第三个孩子，不过是他热爱孩子。弟弟出生的那一天，下午放学回家，我家堂屋的大门只开了一条缝，我背着书包推开门，跨过高高的门槛，看到一个很小的肉团在母亲怀里。父亲非常兴奋地叫道，芬儿来看，这是你的弟弟。我的鼻子一酸，莫名的气流刺得我两眼通红，一种穿过外婆家松树密林时才有的气味笼罩全身，仿佛就是那一瞬间，我感觉我的另一个小舌头隐身了。

我没有告诉任何人，也不敢照镜子，我并不知道究竟发生了什么，只是从那以后确实也没有再张开口将我的小舌头示人。弟弟出生的喜悦使所有人都忘了那个从前总会被提起的小舌头，日子平静得如同门前静静流淌的河。我安然无恙地活下来，善良的人们当然不会再追问我为什么没有真的死去。只有我自己知道，被遗忘的小舌头，剥夺了我多少快乐：母亲过年做甜酒煮糯米饭，一家人争着吃，我只能眼睁睁看着，因为我只要吃一口糯米饭就会很久吞不下去。所有跟糯米有关的东西我都没法吃，因为我会哽住；红薯、南瓜、芋头、土豆、淮山……所有会成团的东西我都无法吃，因为我会哽住；鸡肉、虾子、猪蹄……不能吃，不能吃……我成了一个对食物提不起兴趣的人，我成了所有认识我的人眼里跟我一桌吃饭会影响食欲的人。

在我这里，食物成了累赘，而非生活里恰到好处的修辞。

然而，当我的弟弟慢慢长大，我们发现了一个奇怪的现象，对所有我不能吃的食物他都表现出惊人的喜爱，并且，直到六岁他都讷于言，无法清楚吐词，仿佛我那隐身的舌头化为了他舌底的一根筋，赐予他对食物的敏锐，却剥夺了他语言的灵动。

随着时间推移，弟弟在语言上的匮乏日渐明显，我自然而然地担当起了他语言老师的责任。在许多个清晨与黄昏，上学前和放学后，弟弟总会搬一条小板凳，昂着头，用很崇拜的眼神看着他尚未成年的姐姐——电视里"咚"的一声，《红楼梦》的开头音乐响起，嘹亮尖利的语声唱道"一个是阆苑仙葩，一个是美玉无瑕"，他的姐姐就教他噘着嘴念"红"，舌尖抵着上颚念"楼"，双唇相合再打开念"梦"。他一个字一个字跟着念，可是努力得满脸通红，依旧无法发准音，而我则可以一千遍一万遍，不厌其烦地教他。

我想，后来我之所以能顺利地成为一名教师，一定与当年这样教弟弟说话有脱不开的关系。生活中隐藏着许多密码，你永远不知道哪个开关在哪一环启动了，又会把我们送到哪里。我和我的弟弟，通过那隐匿起来的舌头缔结的，不仅是从同一个子宫里出来的关系，而是带着共同的证据，遥遥地相望于人间。

五

邻居倪章死后，过了很多年，某一天，我毫无预兆地想起他打我弟弟一巴掌的那个正午。在我遥望生活的那一刻，它体现出本质的荒诞——一个充满恶意的人，却在那个正午让我突然意识到我弟弟是我的亲人，是不容他人侵犯的亲人，他的生命与我的生命注定交织，他的荣辱即我的荣辱。当我重新想起他，又明白了如果每一个人都是一座孤岛，那么一定有某些东西把这些孤岛连接起来，然后陆地形成，大地上绿荫成片。

炎夏接近尾声时，太阳依旧暴烈。我家与东邻家中间的橘子园里，橘子长得把路都遮住了。我们从路上经过，头顶是硕大的、一挂挂青中带黄的果实，诱人得很。但这些果实不是我们家的，它们属于倪章。倪章是环子的父亲，环子是一个长相漂亮娇俏的小姑娘，是我的发小。她家家境向来殷实，倪章在二十世纪八十年代就第一个尝试做饮料厂，做橘子汽水，全村男女老幼都给他洗汽水瓶子挣钱，因此他的脸上总有一种说不出的傲慢，一种凛然不可侵犯的冷漠。

年仅六岁的弟弟从橘子树下经过，一挂特别饱满的橘子就在他伸手就能够得着的前方。他急急地前倾，要去摘，我吓得一把拉住他的手，说，不行，这是别人家的橘子。弟弟“嗯”了一声，“我……想……吃”，他眼神恳切，吐词十分含糊，除了我，几乎无人可懂。在他的世界里，橘子就是橘子，不分自家与别家。我不能满足他，只能丢下他往前走，将他远远地甩在背后，等他跟上来，心想，如果他自己摘了，一是可能不会被发现，一是可能人家看他这么小，发现了也不会责怪。

他果然摘了。然后，倪章出现了，一个那么大的男人，像铁塔一般站在弟弟面前，一把抢过弟弟手中的橘子，铆足力气，对着我弟弟就是一巴掌，还大声吼了一句：“这么小，就会偷！”

“偷”，多么羞耻的词语！我吓得一激灵，转过身，看到我弟弟站在光影斑驳的橘子树下，青黄色的橘子布满他的头顶，而他的脸上，清晰地印着五个手指印。弟弟吓蒙了，含糊而激动地说着什么。而倪章，这个自以为高人一等的中年男人，万分鄙视地看着他眼前的孩子，骂道：“哑巴，小偷！”

刹那间，一股“杀机”弥漫我全身，我向他冲过去，用头使劲撞他的胸膛，撞得他打了个趔趄，如果那时我的手里有一把刀，我一定用尽力气刺进去了，他也一定会横尸当下。然后我抱着我的弟弟，声嘶力竭地大声哭喊：他没有偷，他就是想吃个橘子！你会不得好死！

倪章或许见过世面，但他一定想不到这个被判了死刑却一不小心长大了的女孩会诅咒他。他愣了一下，迅速以不容置疑的口气，冰冰冷冷、居高临下地说，这是我家的橘子，他就是偷了，小孩子要接受教育，不然小来偷针大来偷金。他的声音即使在他销声匿迹若干年后，我依然能从万千声音里辨认，那是来自地狱的声音。我不相信宽恕，如果记住意味着存在，无论他消失在哪里，他都可以借助我的记忆以这样的方式存在，这声音便是他活过的证据。

祖父、父亲、母亲，相继来了。村子里的人分为两个阵营，叽叽喳喳，指指点点，最后因为倪章的富有，他拥有了绝对的说话权，而我贫穷的父母只能带着受伤的孩子悻悻离场。在乡村，孩子的喜怒哀乐从来都被忽略，现场变成了一场原因不明的聚会，最后变成了倪章的个人演讲会，他谈起整个村子的未来，有一种指点江山、睥睨众生的倨傲。仿佛只有我在乎不会说话的弟弟脸上鲜明的五道指印。从那时起，我成了一个对没由来的恶意永不宽恕的人。

时间带走很多东西，岁月无痕，直到我们可以相逢一笑泯恩仇。弟弟八岁那年，父亲带他去医院动了一个小手术，割掉了舌头下多出来的一根筋（真的是多了一根筋），捋顺了舌头，自然就能流利地说话。其赫然的证词便是，他突然就能吐词清楚地说“红楼梦”了。那时他对我说的第一句话是，那天我不知道是“偷”，我只是想吃个橘子。就这句话，他憋了两年。为此我热泪盈眶，又欢呼雀跃，又有什么东西正在我的体内消隐，我明显感觉到了。

没过多久，倪章突然去世，留下一封遗书，其中写了他对我弟弟的歉意。他是服老鼠药自尽的，谁也不知道具体的原因。许多年来，我都会发问，如果那天的橘子不是那么诱人，如果我的弟弟没有突然想要吃它，如果倪章的心稍微柔软善良，是不是就不会有那一巴掌？是不是从我喉咙里冲出的那句话就永远不会夹带我的怨念融入空气？是不是我隐身的小舌头就不会显出它神奇的力量？

时隔多年，我愿意选择宽恕，并且为自己年幼时随口说出的诅咒深深后悔，但时光已无法倒流。

六

如果当时我就选择宽恕，会怎样呢？我的母亲还会离开我们吗？我那个隐身了的小舌头会因为并不甘心的宽恕而再次显形以堵死我下咽的路吗？成年后某个农历六月初六，我们按惯例搬东西到禾场里翻晒，我翻找母亲那件左胸上绣了一朵大花的墨绿色呢子大衣，却不见了它的踪影，就像母亲的身份证（那上面有一张母亲的相片）、几个珍藏在木箱子底的银罗汉，以及那把生了绿锈的铜锁一般，它无缘无故消失了。

所有消失的事物都有令人恍惚的本事，它们只存在于记忆里，一旦失去行踪，便会在话语体系中变成可疑之物，比梦境更不可确认和捉摸，因为消失，我们可以随意添加想添加的内容以确保记忆的真实可靠，也可以模糊甚至避开那些刺痛我们的瞬间，或者美化原本稀松平常的事物。只要没有旁观者，我们可以随心所欲地在记忆里挑选、决策。比如，每当想起阳光刺眼的夏天，母亲搬出黑漆早已剥落、散发着清香的大木箱，在太阳底下掀开暴晒，我便会觉得母亲一定是某个大户人家的小姐，流落民间，苦难相随，只是为了增添她生活的戏剧效果。箱子平时总是锁着，两块半圆形锁搭发出黄铜敦实厚重、比金子稍微暗沉的光泽，它们完全可以成为曾经富有的证据。箱子里无非是些换季的衣服或者账本之类，但我们睁大眼睛想看的，就是那十八只纯银铸的憨态可掬的罗汉，每一个都拇指大小，母亲深情地抚摸它们，说着外公得来它们的惊险，别有一种过往岁月的神秘。接着她一定会又掏出一把十多厘米长的铜锁抚摸一番，锁的表面光滑，锁芯与花纹凹陷处长满了铜绿，特别沉。母亲叹息，可惜这把锁的钥匙找不到了，不然倒是一个极好的古物。

母亲这么说着时，我总是浮想联翩。大概，我会是那个突然被发现的流落民间的公主？童年时，谁没有借助这样那样的事物期待过自己令人艳羡的身世？因此每年六月六，成了比新年更令人期待的日子，罗汉与铜锁都不是梦，母亲的神秘也不是梦。

母亲走得突然，她走时，连一双没有破洞的袜子也找不到，还是邻居雪奶奶拿了自己的一双新袜子给她穿上，她才能穿戴整齐入殓。我们烧掉了她所有的衣物，我不敢问父亲那些银罗汉与那把铜锁是否要陪葬，但它们从母亲去世的那一刻起再也没有出现，就像它们从未存在。

当那件仅被母亲穿过一次的崭新呢子大衣被要求烧掉时，我拼命护住了它。一九九四的春天，雨也是这样铺天盖地，初春天气，寒意料峭，生活极为节俭的母亲在卖掉一担蒜苗后，头一次给自己买了一件新衣服，这是一件中长的墨绿色中式毛呢大衣，左胸用同色丝线绣了一朵花瓣张扬如同凤爪的花。平时因为劳动和忙碌总是蓬头垢面的母亲，穿着这件衣服在镜子前站了许久，并多次问我好不好看。

对于我而言，母亲永远是好看的，她的眼睛很大很黑，似乎能照亮黑暗，只这一点就足够，新衣上那朵张扬的花升出长长的瓣，有些说不清的妖娆，衬得她有点幽深。这是平日辛苦劳碌的母亲从未有过的气质，但与她很贴合。在三个儿女面前，母亲隐藏着现实与心灵之间盘根错节的苦难，但我在她保胎结扎回来后黯淡的眼神里，在她怀抱我刚出生的弟弟低眉垂目的表情里，在她轻轻哼唱的忧伤歌谣里，窥得天机——生育与爱并非同时进行，但她无可奈何。如果她可以选择，她宁愿要我平安长大，而不需要一个未知的生命取而代之。

生完第三个孩子的母亲，依旧要在田地里像男人一样挥洒汗水。回家后，父亲躺着休息，母亲做饭洗衣。很多次，她突然晕倒在田地里，被父亲扛回家，我看到脸色苍白双眼紧闭的母亲，预演失去她的绝望。等她真正离开，悲伤完全不是排山倒海，而是在绵长的时间里一小股流水一样汇聚成深潭。

在我的第二个小舌头确定不知去向后的第七个年头，也就是在我诅咒倪章的第二年，母亲突然抽身离开。若干年后，她到人间来过仅剩的证物（除了我们三个孩子），那件墨绿色呢子大衣遍寻不着，只有那朵张牙舞爪的花，还印在我的脑子里。

我第一眼看到曼珠沙华，便确认与它谋面已久，这种花不见叶，叶不见花，专门开在坟头的花，就是绣在我母亲已经消失的呢子大衣上的那朵，只有我的记忆有权拥有这个证据。

七

祭奠母亲时我跪在老家堂屋正中高悬的神龛下，神龛上竖写着“太原堂列代宗亲位”，墨迹黑亮，笔画敦实，自带威严，左右两边分列“故祖考王公玉轩大人之灵位”与“故显妣王母彭氏之灵位”。

房子装修后，堂屋做成了客厅，神龛下面是沙发的贵妃位，灰白的布面沙发，柔和温润，冲淡了神龛的肃穆气息。也许是过于现代化的装修风格与这种古老的仪式相冲突，在后代眼里，祭奠成了一种哄骗祖宗的把戏，少了一分庄重，多了几分过场感。但父亲仍旧是一丝不苟的，他每月朔望日必定点香与蜡烛，烧几片纸钱，以保证他还记得死去的人。

一日，没有燃尽的纸被一股风吹到了布沙发的贵妃位上，一下子就点着了布面，火苗渐渐壮大，等父亲发现，整个沙发都燃起来了，神龛也烧着了，父亲情急之下只能先浇灭沙发，再扑神龛，但无济于事，一切都要重建。父亲说，一定是沙发上坐留的秽气冲撞了神灵，重建后他坚决要空出这一块地方来，并且他也开始使用电子蜡烛。黑漆漆的乡村之夜，堂屋那一盏红彤彤的烛光通宵不灭，多少安抚了父亲在失去最重要的两位亲人后凄惶的内心。

人是需要精神支撑的物类，神龛只是寄托哀思的载体。用父亲的话说，只要心诚恳，即使神龛只是一张纸，也一样有它不可替代的威严。我知道，父亲仍在怀念从前堂前那一纸铁画银钩——那张写着宗亲位的红纸，是一个书法家跪在堂屋地上，一笔一画写成的。父亲不知道那个书法家的出现对我意味着什么，也不懂得那个人的离去带走了我多少感情。父亲只是单纯喜欢那个人写的字，喜欢他写字时的虔诚，喜欢他如同宗亲一样稳定的性子，喜欢他温暖的笑。

他的字是那样好，这为他赢得了俗世纷沓的赞誉，也赢得了父亲的尊重。过年之前，父亲买好红纸，满含敬意地请他为我们的祖宗写一个牌位，并撰写对联。当时已经名声大噪、地位显赫的他，依言在写字前沐浴更衣，焚香敬拜，再匍匐在地上，一笔一画地写。笔画流动间，徘徊俯仰，风流韵致，刚劲如铁，柔媚如银，墨迹干后贴在堂屋正中，整个黯淡的房子都被这字照亮了。写完他微笑着，目光如炬地直视父亲，承诺以后每年他都给他写，保证墨迹新鲜，红纸干净。

但我不是这样的，为了我的弟弟能够顺利读完高中，在遇到那个人时，我拼力迷惑他也迷惑自己，我以为一场樱花般绚丽粉红、漫山遍野张扬的情意是发自我的本心。而事隔多年回望，缘起于需要他帮助的感情里，隐藏了太多其他因素。我将自己献祭给了一场势力悬殊的追逐，成了才貌出众的他的俘虏，当然，他也名正言顺地为我解决了当务之急——我的弟弟，在他的帮助下一帆风顺地完成了学业。那时，我已毫无风险地迈过二十岁的门槛，没有如世人所料提前死去。我的父亲承诺，只要那人愿意，他同意我嫁给那人。

然而承诺从来是不可靠的，终究，我小小的喉咙吞咽不下如此盛大的情意，他那有质地的生命于我而言无异于水煮蛋的蛋黄，无论怎样诱人，都是我消化不了的东西。在我将所有他赠送给我的书法、国画作品付之一炬之后，我还把日记、礼物全部毁灭，我试图以此证明我的世界里他从未来过，直到我抬头看到他写下的牌位。我要撕掉牌位。父亲焚香敬拜，坚决不肯。父亲说，牌位有什么罪过？等它自行褪色、变脆，直到不能用的一天吧。就这样，他曾来过的唯一证据，被父亲保管了好几年，直到房子装修，破旧的纸张终不与新房子洁白的墙面相配。

电脑书写的牌位客观多了，所有的证据最终都销匿于岁月。

在换上新牌位的那一刻，我的内心五味杂陈。

八

舌头被割了一刀的弟弟最终考上了重点大学，毕业后在一家大型国企上班。尽管他思维敏捷，早已经能够口齿清楚，然而从童年出发时带着的讷于言的习惯，伴随了他的一生，使他在职场除了埋头苦干别无他途。他不甘于碌碌一生，经过多番辗转，最终选择在上海，这座谜一样的巨型城市落脚。他要把自己投到海里去，哪怕只是一滴水，也强过在陆地被蒸发于无形，他用孤注一掷的方式告诉我们，每一个人都在用自己的方式反抗着既定的命运，也反抗着过早隐匿的未来。

炎夏的一天，我带着刚满十岁的儿子，去往弟弟所待的传说中的大都市，看他，看众生。那天正午，我们路过著名的外滩，我停住了脚步。我要看看白天的外滩。于是给儿子买了一个乐高，徒步走到江边，此时滩边行人稀少，放目望去，黄浦江雄浑辽阔，滚滚东去，江面游轮缓缓驶过，汽笛声响彻云霄。对面的陆家嘴高楼林立，静默深沉，遮天蔽日。我们静静地坐在外滩边半人高的围墙下，借着一点点阴，儿子开始忘乎所以地拼他的乐高，而我，听着外滩的钟声每半小时敲一次，恍惚间似乎置身于无垠的宇宙，水流静止，人声静止，车马静止，时间一分一秒流淌的声音击打得耳朵生疼，大都市的繁华全都成了这悠远钟声色彩斑斓的背景。直到对岸的第一盏灯亮起，陆陆续续所有的灯璀璨成片，直到第一个游人出现，外滩观景的人似乎一瞬间全拥过来，人与灯，形成了上海外滩令人惊叹的夜色。

灯火人间，有多少故事在灯的背景里上演，就有多少生命的密码在被不断设定和开启。而这一切最终都将隐匿在岁月深处，无所作为，这是可以预知的宿命。那一刻，在嘈杂的人声里，我看着辉煌灯火掩映下的黄浦江如同薄薄轻绡，我听见藏到生活深处的欢喜与悲伤，如同奔雷亦如同萧萧车马滚滚而至，我前所未有地感知到了对这虚妄生命的热爱。

多年以后的这个春雨澎湃的早晨，被一个水煮蛋哽住的早晨，那些被庸碌的生活替换掉的一切，使我骨子里深感“清角吹寒，都在空城”之悲凉的一切，早已消失得无影无踪的一切，借助我的隐匿了的第二个小舌头，借助打开的生命之门，一一重现，并继承、流转、壮大，变成沉默里最具宏大意义的证据。

原载《青年文学》2021年第8期

鸟的故乡

叶浅韵

在逃不开的逆境中，她看见了鸟的故乡。

——题记

父亲的诊断书在她的手心里颤抖。癌症晚期，这四个字像铁钩一样，把她身体里的血肉一块块拉扯出来。锦西路上，梧桐落叶萧萧而下，冷雨秋风中，她像一只单飞的孤雁。她恨自己为什么要跟父亲赌气，以至于有两年没带他体检身体了。

昨夜有雨，气温骤降至2度，她新买了件蓝色半长款的羽绒衣，穿在父亲瘦弱的身上，显得有点宽大。父亲却兴奋得像是要用目光把她抱起来，对她连连说，合身，合身，正合身呢。这些年，她只要对父亲有一点点的好，父亲都想要极度地赞赏，甚至讨好。她不耐烦地觉得这是他对她亏欠太多的内疚。这一次，却那么心酸。

两年前，她跟父亲大吵了一架。她夺门而逃，伤心欲绝地。父亲在身后像一头老狮子，发出低沉的吼声。你有本事就别回来，当我白生养了你。人家没儿没女的人都要一天一天过，何况我还有你妹妹呢。妹妹，又是妹妹！在父亲的眼里，她永远都是多余的。

父亲对她笑笑，被烟熏得黑黄的牙齿像他沧桑的一生，胡乱堆砌。她的目光穿过它们，抵达父亲的肺部。最大的肿瘤紧挨着主动脉血管，另外一些小的攀附在肺的左叶和右叶，像血吸虫一样啃噬着父亲的肺。有一些已经转移到了头部，她像是看见自己幼年时满头的虮虱，奶奶用一把篦子一遍遍地梳理着那些白色的凤尾粒卵子，它们一出壳，就会紧紧地叮着她的头皮，吸食她的血肉。

她激灵灵地打了个寒战。那些年，村子里小伙伴们的头上都生虮虱。窗台上，除了梳子，还有篦子。篦子密密的细齿，是虮虱们的克星。一梳，又一梳，就一个个地消灭了那些会咬人的敌人。可总是有些残兵余将，永远在繁殖它们的队伍。只要奶奶忙不得管理她的头发一些日子，她的头皮就奇痒难耐，被抓破的地方因为新伤旧伤反复交叉感染，变成了黄水疮。

父亲住院，是因为头疼。头疼欲裂，只想满地打滚，实在无法忍受了，就用头撞墙。父亲是在心里挣扎了许多天，才给她打的电话。她去接他时，看见墙壁上凹下了一个浅浅的坑。那么坚硬的头和墙，父亲竟然用头让墙壁服了一次次软。黑黑的一片印子，像是一团模糊不清的旧时光。

父亲说，丫头，你把片子拿给我看看。桌子上这张片子是她昨天拍的自己的片子，她求着医生换成父亲的名字，想把眼前这关先糊弄过去。当了一辈子法医的父亲不信，他质疑从前肺部那个结节怎么会突然不在了呢。慌乱之间，连作假也显得粗制滥造。她想起了肿瘤专科医生的话，三至六个月的存活期，就别让他受放疗化疗的罪了。她转身出去，眼泪像山洪水一样，泛滥，急泄。

她从卫生间出来，站在走廊上平复了好一会儿情绪，才回到父亲身边。父亲拉着她的手，眼神里像是写着愧疚、不舍、忏悔。这些让她曾有过的报复似的心理快感，在此时全变成碎裂的疼，一阵一阵的冷风吹过裂口，一溜儿一溜儿的皮肉往下掉。墙壁弹回了她的目光、她的呼吸。她无法直视父亲。那些被继母打骂的童年令她无法正常面对父亲。她与父亲之间有一道巨大的屏风，屏风后面立着面目可憎的继母。继母用身体挡住了父亲的体温、父亲的目光、父亲的蓝衬衫。

许多年过去，她已经长大了、嫁人了。她还是跨不过这鸿沟。但她能强迫自己做到，对父亲好一些，再好一些。每年带他体检身体，给他买好吃好穿的。直到两年前那一次争吵。她觉得她再也不想回到父亲那里了。

她曾试着用奶奶教给她的道理来安身、立世。奶奶说，过日子要看不如自己的人，才会好过些。而做事情要看比自己厉害的人，才能学得大本事。她佩服奶奶总是能在纵向和横向的比较里找到合适的参照物，来验证自己生活得还不错。这种能力没有种在她身上，倒是向相反的地方掘进着。奶奶的比较是让自己更心安，而她的比较总是让自己更加难受。

父亲老了，令他牵心挂肠的永远是妹妹。每当这样一比较时，就觉得自己是个被抛弃的孩子。对镜孤影自怜，便开始伤心垂泪，黛玉葬花的音乐随心而起。更要命的是，她会顺着这种思路，想起种种辛酸。就像此刻，她能清楚地感觉到右边的额头上的疼。医生缝了十一针的血，正流到她的衣服上、泥土上。那年，她才几岁，她记不得了。奶奶也记不得了。总之，她还很小，很小。因为额头上的伤口，她的头上被剃了半边头发，被小伙伴们指指戳戳为鬼剃头，嘲笑了很长时间。现在，她必须要在额头前留些凤尾梳，以遮盖那条明显的疤痕。

继母下手太狠毒了。真是不能想那个人。这个时间，她刚进了病房，脸上堆起的笑完全是讨好和奉承。她热情地拉着她的手，管她叫燕燕，燕燕。你要吃苹果吗？我削苹果给你吃，香蕉，今天买的香蕉好得很，人家的开张生意，两块就卖给我了。眼前像是个温良的妇人，她无法想象她曾经对她做过的那些龌龊事。现在，连称呼都变得亲切了。那些年，她时时鬼喊辣叫，尖着嗓子狂喊，姜燕燕，姜燕燕。答应慢点，她就变成，这个烂尼姑婆，跑到哪里嫁人裹野汉子去了，姜燕燕！

她的耳朵根子里，又回放出这样刺耳的声音。她正在门外扫地，继母在楼上已经追命似的喊了她好几声了，她进门来，才扛起头，一个什么东西就飞了过来，她本能地向后躲闪了一点，一块玻璃就飞插到了她的头上，往下一点，是她的右脸。缝针是大姑带去的，她紧闭着嘴巴，扑在大姑的怀里，觉得那就是她的家。父亲已经很久没有抱过她了，自从有了继母，她还不如继母买回来的一棵小白菜。继母会计较小白菜的贵贱，会仔细地清洗它们。而对她，只有冷冰冰的恶言。

她看向这个给她生命的男人，她该叫他为爸爸。可是，爸爸却为了另一个女人让她活在屈辱里。她缝针回来的那一天，爸爸是晚饭后才回来的，她才听见开门的声音，忍了一天没有哭出来的眼泪，终于唰啦而下。她用稚嫩的小手指着继母说，爸爸，是她丢玻璃划伤我的头，缝了十一针呢，我疼，哇，哇啊。她以为当警察的爸爸会一大巴掌向继母挥去，那么，她所受的伤害就会在爸爸的关爱里得到最有效的治愈。爸爸看了看继母的脸色，对她说，肯定是因为你太古怪了。她顿时觉得天都塌在了自己身上，她不能活了，她宁可现在就死掉。

她用尽力气哇哇大哭，像是要把浑身的委屈都挣扎出来。额头上的伤口顿时被撕开，鲜血顺着她的脸流到了脖子上。这回，真吓坏了她的爸爸，抱着她直奔医院。她在路上还在想挣脱爸爸的怀抱，她想死了算了。爸爸在乎的不是她，是那个女人。她多么希望爸爸为她出口气，即使不打继母几巴掌，也应该指责她几句啊。重新缝合伤口的时候，爸爸安慰她的声音很温柔，很温柔，疼痛也像是被减轻了很多，很多。

夜里，她的伤口火辣辣地疼着。她听见父亲的喘息声音，继母的声音像是哭，又像是笑。她想，也许是爸爸也为她受的伤害睡不着了，正在找继母的麻烦呢。这么想的时候，她迷糊着进入了梦里。但在后来的许多夜晚，她又听到了同样的声音。她一直好奇，爸爸要打继母，为什么要背着她的面。

丫头。爸爸在叫她。继母出去打热水了。他说，爸爸这辈子最对不起的人就是你了，你要原谅爸爸，爸爸对不起你妈妈呀，我没把你带好，还好，你一直是个努力的好孩子。比起你妹妹，你给爸爸脸上争光了，唉，不说你妹妹了。一双混浊的老眼睛蓄满了泪水。她再也不能自已。好像她终于在与妹妹的比较中胜出一回，得到父亲的口头表扬了。继母提着热水瓶子回来，父女间的对话戛然而止。

继母看见两双泪眼，有几丝怯懦地看向他们。这几年，她的生活有了起色，可以贴补家庭开支了，继母常常变着法子启发她拿出更多的钱来支持妹妹创业。她为妹妹一次又一次的失败买单，直到她误入歧途。此前，来看爸爸的亲戚们给了上万的钱财刚被她装入口袋。这个她终身不肯叫一声“妈”的女人，永远把钱看得最重要。若不是这样，她也不可能嫁给比她大十五岁的爸爸。她对她说，钱不够，我这里有，我只是请求你能好好照顾好他。

回到家，丈夫正在煲汤，围着围裙的丈夫憨态可掬，魁梧的身材略微发福，显得更加可依可靠。这个当警察的丈夫，与父亲那么相似，又那么不同。她一头扑进丈夫的怀里，眼泪湿了一脸一胸膛。他紧紧地拥抱着她，对她说，我在，我在呢。她就要失去爸爸了，三个月，也许是六个月。爸爸的道歉令她不安。她把这种责任都怪罪到自己身上，如果早些带他体检身体，也许就有了手术治疗的机会。丈夫说，别难过，剩下的我们尽力就是，等一会儿把煨好的鸡汤送到医院里去。来来来，我先把你喂饱，才有力气哭鼻子。别哭了。吃吧。

她看着豪宅里应有尽有的温情，比衬着她饥寒屈辱的童年，再一次关不住眼眶里的泪水。那些湿淋淋的鸡汤文字里，要教导人心放下仇恨，原谅一切，懂得感恩，知恩回报。这些，她做到了，她唯一做不到的是原谅继母，她恨她，有时也常把这种恨牵连到父亲的头上。尤其是他们对妹妹那种没有节制的宠溺，与对她永远的苛责相比较时，那些被按下去的恨就像刚下过雨的麦苗，噌噌噌地生长。

鸡汤文字里有人说，一些人用一生来治愈童年，一些人用童年来治愈一生。她在想，电脑里的删除和屏蔽功能，如果能让大脑自动生成，她就可以拥有一个更圆满幸福的过去和现在了。

与丈夫初识时，她很害怕失去什么，很谨慎地一点点走向他，并一直怀疑他对她的爱是否是真的、足够的，以致让他产生一种错觉，她肯定不爱他，因为她很少对他笑，几乎没有过开心大笑的时刻。但他又那么喜欢她，盼着能早些把一个冷美人抱在怀里，焐热她，让他的英雄主义情结得到最有力的舒张。他太想当王了，她的王，而她是褒姒。他每每看到她抿嘴轻笑时，心就融化了。有一天，她勇敢地向他打开了心扉，把她所经历的那些苦难和心酸，像滚豆子一样倒进他的怀抱里。他心疼地抱住她，想要把他的世界都给她。

结婚后，一家人的温暖就焐紧了这个从小缺爱的孩子。那么美好动人的姑娘，她的左脸俊秀，右脸清丽，可是没有人知道它上面究竟挨过多少继母的大巴掌。她常常还在不知所措之间，就挨了继母狠狠的大巴掌，左脸的疼还在，右脸的痛又紧跟上。

多年以后，她自修了心理学才明白，那个有强迫症的女人打她的原因，就是想让她屈服地叫她一声“妈”。她迫切地想要一个孩子来承认她的地位。这个纽扣大的孩子，却始终不肯叫她一声“妈”。不被认可的愤怒伤害了她的自尊。她想要让她屈服，让她嘴软。但她失败了。再凶悍的手段也没能使这个姑娘成为自己的姑娘。即使后来她有了自己的孩子，成为一个母亲并没有让她的心变得柔软。除了这是个嘴硬的孩子，她更有她的嫉妒。她的女儿从长相到智力都输给了这个鬼丫头。她常常在气不知所起之间，就挥手一巴掌过去。小小年纪，她就学会了忍，她不敢告诉爸爸，因为她知道他们是一伙的，永远不会向着她。

厨房里，爸爸和继母吵了起来，不是为她，是为放辣椒的多少，吓得她抱着的妹妹大哭了起来。他们放下争吵，爸爸一把接过妹妹哄着，继母一巴掌又打在了脸上，责问她，你到底把她怎么样了，她干吗哭得这么炸啦啦的。她抬头看看爸爸，他像是没有看见这一幕。她开门出去，站在门外哭了很久。她希望爸爸能出来哄哄她。她又失望了。她凭着记忆，逃向奶奶的家。

奶奶家在小镇后面的大山上，爸爸带着她走过一次，要走半天。走着走着，就下起了雨，摸着黑路走了不知多久，终于到了一个黑灯瞎火的小村子，有几声狗叫。她抬起手来，却不敢去敲门，她有些害怕她走错路了。猪圈的角落里堆着一堆干草，她穿着淋湿的衣服钻进草堆里，迅速就睡着了。她梦见了一个长辫子的漂亮女人，张开双臂要拥抱她，让她喊她妈妈。妈妈，妈妈，她叫着睁开了眼睛。奶奶看见一堆会动的草，好像还听见有什么声音，她一扒开草就看见了孙女儿，一把搂在怀里，老泪横流。

没有了打骂的童年，她笑得很欢快。奶奶说，自古就说，有了晚娘必有晚爷，你别跟那个狼心狗肺的爹去了，吃粗糠咽野菜，奶奶也能养大你。那一年，大姑刚满二十二岁，在村子里该是出嫁的年龄了。读了几年书的大姑肩负了当妈妈的责任，教她写字、唱歌，带她下河下地。有个镇上的干部托人来说亲的时候，大姑很矛盾。最后为了多带她几年，就回绝了。后来又有大姑的表兄来提亲，说是要亲上加亲。奶奶放不下脸面来拒绝老姐姐家的儿子，但大姑还是一口咬死了不嫁。

她不知道爸爸对于家里丢了一个孩子的事情有多上心，在通信要靠走的年代，很难去还原一些真相。爸爸好不容易找到她的时候，第一件事情就是向她扬起大巴掌。她害怕地躲进大姑的怀里，爸爸要带她回去，继母说了找到就带回去，省得外面的人嚼舌头根子，说她带不得人，说她良心坏。大姑指着她头上还醒目的伤疤说，大哥，你还要带她回去，你这是想要了她的命吗？我就是出嫁我也要带着燕燕。那个蛇蝎心肠的女人，等老天来报应她吧。大姑抱着她，眼泪淌到她的小脸上，热乎乎的。

小学五年级时，老师布置了一篇作文，题目是：我的妈妈。她对于“妈妈”这两个字是茫然的，她不知道她的妈妈死了还是活着，她到底在哪里。村子里有人会议论她可怜，但她认为没有了继母的打骂，她已经不可怜了。有爷爷奶奶大姑们疼着，与从前的日子相比，她觉得自己很幸福了。但这个作文标题让她陷入了沉思，她不知道她妈妈是什么模样，会是梦里长着长辫子的那个人吗？她偷偷地把标题改成：我的奶奶。她看着教室外面落了叶的柿子树，柿子在枝头笑得正甜蜜。有几只鸟在枝头，啄开了成熟的柿子，一只鸟飞过去，又一只鸟飞过来。鸟儿也会有自己的妈妈吗？

作文在伤心和幸福中完成。伤心的一边在鸟妈妈的身上，另一边在慈祥的奶奶的衣襟里。她抱着一颗不安的心，等待老师的批阅。老师很年轻，也很严厉，她已经做好了挨骂的准备。令她没想到的是，老师在课堂上念她的作文时，眼睛一直含着眼泪。她这样写：我害怕老师批评我，我改了作文的题目，因为我没有妈妈。我不知道她在哪里，她长什么样子。我不知道她呼唤我名字是什么声音，我不知道她爱吃什么菜，她喜欢什么颜色……但我有一个奶奶……

老师念完了她的作文，并没有批评她，还紧紧地拥抱了她。但她的秘密就这样被公开了，同学们都好奇她的身世。她开始哭着嚷着要找妈妈，可全家人像要捂紧一个瓶盖子一样，紧紧地把她的妈妈装在瓶子里。她想要把妈妈放出来，要她帮她梳辫子做鞋子，像其他小同学的妈妈那样，围着一块花头巾，背着一个大篮子，笑盈盈地叫着她的名字。

有一天，爸爸来了，翻山越岭背来了两袋大米，还悄悄塞了点钱在奶奶的衣襟口袋里。她都上床睡了，爸爸和奶奶还在讲着什么，大姑的声音长一句短一句。她迷糊着睡了，一会儿又醒了，像是听见他们都在哭。隐约中他们还谈起了她的妈妈，她再也睡不着了。她听见爸爸说，这个死丫头，让她叫她一声“妈”，嘴硬得起壳，打死都不肯叫。奶奶说，我的儿呀，若是人家真像妈一样对她，她能不叫吗？她都认不得妈是干什么用的。大姑说，可怜的燕燕啊，懂事得让人心疼，不管教她什么，一下下就学会了，一提头就知尾。可怜啊，可怜了这个娃娃。

听来听去，她还是不知道妈妈在哪里，她还活着吗？大姑和村子里的人说她的可怜，难道是跟妈妈有关吗？想着想着，她又睡着了。

第二天一早起来，她不知是哪来的勇气，冲着爸爸就问，我妈妈呢？我的亲妈妈呢？我要找妈妈。她一边问一边哭，把全家人都吓慌乱了。大姑搂着她，哄着她，帮她擦眼泪。爸爸只丢下一句话，你哪天考了第一名，我就带你找她去。啊！她的眼泪迅速就被这突然的开心堵住了，原来，她是有妈妈的孩子，她的妈妈还活着！

大姑的年龄已经耽搁不起了，在提亲的人渐渐稀少之后，大姑嫁进了深山老林的独户人家。出嫁前的那个晚上，大姑一直在哭，她把她紧紧地抱在怀里，告诉她，要好好读书考大学。

她争气地考了第一名后，爸爸说可以兑现他的诺言。随后，继母带着一张笑脸上门来接她了，说要带她去镇上读初中。那里的老师更好。奶奶千恩万谢地交代继母，要好好生生带好她。奶奶说，她请算命的人看过了，这姑娘八字大，能成大器。之前的就不说了，往后别亏待她，手心手背都是肉呀。爸爸一脸庄重地向奶奶点点头，又把探询的目光投向继母。继母一脸堆笑，父亲像是安心下来，伸过大手，把她的小手放在手心里。她觉得父亲的手，很温暖，很宽大，很踏实。

奶奶是抹着眼泪看到山路弯弯的尽头，荞麦花开得像星星的小眼睛，一只只对着她笑。她走得有点缓慢，回过头去看奶奶很多次。奶奶交代过她，在继母对她好的时候顺势就喊她一声“妈”吧，奶奶说喊就喊了，又不会把身上的肉喊折掉几斤。如果一直不喊，这腔就使老了，再也喊不出来了。她把目光看向继母的时候，迅速觉得左脸和右脸又火辣辣地疼了起来。

又回到阔别了几年的家，有几丝亲切陈旧的气息，但更多的是她曾经受过的委屈。有几次继母对着她笑时，她想起了奶奶的话，但随即又被什么东西压了下来。尤其是他们要求她什么东西都要让着妹妹时，她被排斥被嫌弃的心就像被捆绑了。没有被她叫过一声妈妈的继母，情绪常常处于不稳定中。任何鸡毛蒜皮的事情到了她那里，都有可能酿成祸端。她看着他们不停地争吵，听她用最粗俗的语言骂父亲。最不能忍受的是，她居然说，等我哪天一瓶敌敌畏吃下去，死了让你干净。她怒气冲冲地指着她对父亲说，等我死了，你就讨她做小老婆吧。天啊，她被侮辱的心恨不能一头跳进河水里。“啪”，她看见父亲第一次动了手，一嘴巴打在继母的脸上，嘴角有血慢慢流出。继母顿时懵了，惊恐地看着父亲。随即蹲在了地上，哭得天昏地暗。

她刚刚受到侮辱的心，在父亲的巴掌挥在继母的脸上时，瞬间得到了些许抚慰，她觉得父亲是爱她的。但自从那一天之后，继母的脸色就越来越难看了，想要叫她一声“妈”的念头再也没有升腾过。有一天，她放学回来看见锅里刚煮了汤圆，她馋巴巴地舀了一碗，还没来得及吃下一嘴，继母就一把抢了过去，骂她，你这个害人精，你巴不得我被你爸打死呀，伸出手就打了她一嘴巴。她越骂越起劲说，这汤圆我是煮给你吃的吗？只有你妹妹吃剩了才轮得到你，你有本事你告你爸去，告给他，让他来打死我。继母被打过的怒气像被点燃的热气球，一点点往上升，骂到起劲处，又一嘴巴打下来。她的小身子被一阵阵眩晕和金星笼罩着，像溺水一样，她以为自己快要死了。爸爸推门进来，像是他已经习惯了这一幕，脱下警服就进厨房去了。

好几次了，爸爸才说要带她去看看她的妈妈时，继母除了冷言冷语，就是寻找一些茬子骂她。尽管她已经考了好几次第一名了，这个愿望还一直被挂在树上。她抬头看见门前高大的杨树上，有一个大大的鸟窝，她多希望她也是一只鸟，可以飞到高高的树上。那里，没有人会打她骂她。

父亲带她辗转坐车来到一个地方时，她已经有十三岁了。在路上，父亲告诉她，母亲是一个护士，漂亮能干，又心地善良。出车祸那年，她还两岁不到。她坐车去城里采购些过年的衣物用品，车满员了，又上来一个老人。她主动让那个老人坐在她的位置，她坐在引擎盖上。翻车时，她的头颅被卡进了引擎里，是救援的人把她的头从机械上面撬下来的。她听得惊心动魄，心跟着妈妈一起翻下了悬崖。

得救的母亲醒来时，只知道自己有一个女儿叫燕燕，其他的人事一概都不记得了。历经了无数次手术之后的妈妈还活着，但无法像一个正常人那样了。她问，她现在能站起来吗？爸爸说，她这一生都只能在床上度过了。她说，那我们可以接她回家，喂她吃饭帮她洗衣啊。爸爸的脸上就上了好大一层霜。他们之间的沉默，让她感到恐惧。她不知道自己明明有一个妈妈，为什么还要有另一个人来这个家里，打她骂她，还逼着她叫妈妈。

她回忆起这些的时候，不知不觉之间就走到了一座雕塑面前，这座被命名为虞美人的雕塑，风姿绰约地站在城市的中央，她赤裸着上身，向来来往往的人们展示着她丰腴美好的身姿。当年，她就是凭着对这座雕塑的记忆逃向妈妈的。那是在爸爸带她来找到妈妈之后的第二年，她因为不堪忍受继母的打骂，再一次离家出走。那一年，奶奶死了，她已经没有更牢实的靠头了。

她永远也忘记不了第一次见到妈妈的场景，一间小黑屋子里，破败的棉絮下面，躺着一个面容残破的女人，她沙哑深沉的声音像是从地底下传来。她怕丝丝地走上前，叫了声“妈妈”，妈妈笨拙地伸出手，揽她在胸前，四只眼睛里的泪水交织在一起。她的妈妈，她心心念念找到的妈妈，挣扎在疼痛里的妈妈，天天躺在床上不知白天黑夜的妈妈。她是她的燕燕，她是她梦里泪里的妈妈。妈妈哭哭又笑笑，笑笑又哭哭，一会儿让她站起来让她看看多高了，一会儿让她坐下，从床角里摸出一块饼干让她吃下，一会儿又让姨妈赶紧倒口水给她喝下。她感觉妈妈不知道怎么来爱她，害怕她一时就会飞了似的。

离开的时候，妈妈的眼泪淌在她的脸上，她一次次抱上去、贴上去。她感觉妈妈所受的苦，肯定比继母打骂她更多更疼。妈妈的语气跟大姑一样，都让她好好学习，将来考大学。

父亲是在很久之后才告诉她，离婚是妈妈提出的，这让她的情感在某种程度上暂时被安慰。她一直在想是继母霸占了爸爸，爸爸又抛弃了妈妈。每当她这么想的时候，就对这个家充满了仇恨。原来是妈妈不忍心拖累爸爸才主动提出离婚的，可爸爸为什么就同意了呢，他怎么能忍心丢下躺在床上的妈妈呢。她听邻居议论说，起初爸爸是不同意的，但后来因为继母出现了，爸爸就爽快同意了。为了弥补良心上的不安，爸爸把车祸赔偿所得全给了妈妈，而独身的姨妈也愿意来照顾妈妈。

从童年到少年，她所经历的、看到的、听来的故事，被她一点点串连起来。她觉得没有什么痛苦比得上妈妈不能下床的艰难，她忍一忍就过去了，心中只有一个念头，她要考大学。那是妈妈和大姑的愿望。自从见过妈妈以后，她残缺的世界像是被缝补得完整了许多。无论继母怎么打骂她，她似乎更能咬着牙齿忍受了。时间一久，她像是觉得自己连笑都不会了。在父亲和继母的争吵中，她捂上了耳朵，专心地背她的英语单词。

有一次她正在写作业，屋子里又有摔碎东西的声音。她抬起眼睛，一条比爸爸手臂还粗的大花蛇围绕着她坐的凳子，像是来守护她的神灵。它看她的眼神，慈祥温暖，太像奶奶的眼神了。一向害怕软体动物的她，居然没有受到一丝惊吓。她低下头又写了一会儿作业，她的心像被一种神秘的气息笼罩着，安静而上扬。她与蛇互相对望了很久，很久。一声刺耳的尖叫，蛇！继母惊慌地跑了出来，转身找来一把锄头递给父亲，命令他，快打！她伸手拼命地拦住父亲，哀求他，爸爸，不能打，不能打，它不是蛇，它是奶奶。继母说，快打，她在胡说八道，被鬼缠身了。蛇吐着信子，向继母示威，父亲的锄头挥了下去，它受了伤，挣扎着缓缓地抬起头来，看了她一眼。她说，快跑，快跑呀。父亲丢下锄头，像看个怪物一样看着女儿。在父亲的惊奇，继母的尖叫中，那条蛇迅速地沿着柱子逃跑了。

奶奶临终前最放不下心的就是她了，她交代父亲要善待她，还说死后也好好保护她、保佑她。继母在后来接连受到各种莫名的事故伤害，出门扭伤腰杆，在床上休养了半个多月。才好些上街去，又被汽车撞断了左腿。他们都把这些意外归结到那条蛇身上，归结到她的身上。继母骂她时，开口闭口就骂她是蛇妖精。父亲在跟前时，她略有收敛。父亲一不在家，她多吃一碗饭，都会被继母骂成猪、黑煞神、破草鞋。这些，她都写在日记本里。她从来都没有忘记过妈妈和大姑的话，她要读书，她要上大学，她要离开这个乌烟瘴气的家。不，那不是她的家，是她寄宿的篱下。

继母不知是哪根神经出了问题，有一天去找了算命的。小镇上住着一个神婆，许多人家有了不清爽的事，都喜欢去请神问仙。门前热闹如街市，常常很早就有人去排队等候了。算命回来的继母，忽然对她好了几天。原来，算命的告诉她说，那条蛇就是她奶奶的化身，专门来保护孙女儿的，劝继母不要恶毒，会遭报应的，如果这女娃娃将来长了大本事了，是要来找她秋后算账的。面对继母突然发起的善心，她倒是有些不习惯起来。可想让她发自内心地笑出来，还是那么艰难。她出落得越发漂亮了，班上的男同学在背地里给她取了绰号：冷美人。

假意慈悲的继母，在一天天的日常生活中像个常常穿帮的演员。她端了碗汤圆在她面前，满脸堆笑地说，我的儿呀，你要是肯叫我一声“妈”，我明天就带你做套新衣裳去。她惊慌地看向那碗汤圆，感觉像是里面放了砒霜一样。她的妈妈在病床上，这个人不是她的妈妈，她怎么能背叛自己的妈妈去叫别人呢。这么想的时候，她把那碗汤圆往桌边推了一下，对继母说，我不饿，给妹妹吃吧。继母的脸上由红迅速变为白，竖起眉毛就骂她，你这个没娘教养的东西，给你脸你不要脸，就是条狗也喂了会摇摇尾巴，是块石头也该焐热了。

到了晚上，继母说她摆在枕头下的一百块钱不见了。问妹妹，妹妹摇头，问她，她摇头。继母说，这家里莫非是进鬼了，这钱会长翅膀飞了不成。莫不是因为她想做新衣裳，偷去了不承认。就来逼问她，三问两问，她就哭了起来，怀疑她是小偷，比打她几嘴巴更让她不能忍受。她一哭，继母的心更被激怒了，几个巴掌就打了过去。

她坐上班车去城里找妈妈，车票钱是问同学借来的。凭着一座雕塑的记忆，她找到了妈妈。妈妈问她，继母对她好吗？她顿时泪如雨下。姨妈说，不是你妈妈不要你，当年，为抢夺你的抚养权，我们尽力了。你爸爸说，妈妈都要人照顾了，根本不可能去照顾得了你。只是没想到，你会遭受那么多罪。就要中考了，你回去好好读书，将来考上大学，就会像鸟那样飞走了。

姨妈送她回来，爸爸站在继母的身后，一高一低地数落她。继母说，你以为你长翅膀了，你就能飞了。有本事还不飞走别回来了。她向那棵杨树上望去，两只鸟无视人间的悲欢，正在枝头上嬉闹。窝里像是有了小鸟，轻言轻语地回应着它们。爷爷曾在背地里这么骂过她的爸爸，连鸟兽都认得要管好自己生养的娃娃，你说他算什么人吗。脱下警服的父亲，猥琐地站在继母的旁边，像个帮凶一样。那一时刻，她无比地憎恨他们！

这些年来，她心中的仇恨已经被生活的清流冲洗得差不多了。这个世界像是要回报她那些年受过的伤害和委屈一样，四处都是和风惠畅的通道。可一想起父亲和继母，她的心又会一时掉进深渊里。而眼前父亲这病，是她与深渊的对视，令她感觉她掉进了深渊里的深渊。她不知道要如何才能去除与父亲之间的隔膜，修复自己，修复父亲。

现在，父亲就像是一种符号，如他病床上的号码：14 号。在她的成长中，他缺席、迟到、做帮凶、漠视，亲人间应该有的温情和庇护，他只限于用在继母身上。不，还有她的妹妹身上。可妹妹在他们的纵容下，像一株不正常生长的植物，已经无法完成任何一种学业。最近，又染上了毒品。

她有时也这样想，尽管她在逆境中生存，比起妹妹，她又何其幸运。那一年，她参加全省统考公务员，考的是公安，以全省第二名的身份进入。后来被莫名洗牌，她成了一只无辜的狸猫。不服气的大姑去找人理论，牵强的理由令她哭笑不得，说她的身高不够。事实上，她一米六八的身高，倒像成了一种铁定的半废品。许多年后，她与当年顶替她的那个女孩子成了好朋友，她有一米七的身高，在相对数里，她是身高的短数。

她释怀地原谅了一切，她说，不怪她，肯定每个人的父母亲都希望自己的孩子有一个最好的工作，所以愿意花费毕生的力量去帮助子女实现愿望。其实，这是她单纯的愿景。她多么希望自己有这样的父亲母亲啊。别人替她实现了，她忽然就有了一种特别的情愫，就像看见与奶奶戴相同帽子的老人时，心中就倍感亲切一样。她说，没有被录取，她重新考就是了，对于读书和考试，她永远对自己充满信心。自从父亲说，她考第一名就能见到妈妈时起，这种有条件的爱，是她不懈奋斗的最大动力。在一个集体里争取成为第一名的决心推赶着她一路向前，她一直是这样。

中考分数出来时，她成了镇里的小明星。父亲和继母都觉得她给他们脸上长了光彩。分数上了重点高中许多分，足够录取到最好的中专学校。她想上大学。继母死活不同意，表面上说那样的花费是家里拿不出的。事实上，是她想起了当年算命神婆的话，生怕她成了大气候，回来报复她。这是她隔着墙壁听见的他们的对话。听上去那么可笑。父亲居然顺从了继母的决定。她上大学的梦想就破灭了。一所财经学校的财政专业录取了她，她不知道财政为何物。

毕业后的第二次考试，她顺利进入行政部门。她打败了一切考试，从助理会计师到会计师，再到注册会计师、注册税务师、资产评估师。但凡需要通过考试就能取得的资格，都无法难倒她。拥有这些证书之后，一份体制内的工作已不能适应她对自身的要求了。她挣脱了父亲想要她当个科长的理想，去更广阔的天地里，真正地做起了一只自由的鸟。从此，再也没有人打她、骂她、侮辱她。

大姑家还在深山里，她每年都要去看她。盖新房的大部分钱都是她给的。她小时候，曾看到大姑在一个小本子上写的一行字：一边是聪明可爱的小侄女，她太可怜了，需要我照顾她。另一边是自己老大不小的婚姻。我到底该如何是了！她总觉得是她耽误了大姑的幸福。若不是她的拖累，大姑应该嫁给镇上的干部，如今也许能过上更好一些的生活。她跟大姑挤在一张床上，谈过去的那些苦难时，总会谈到“原谅”这两个字。她们都知道应该放下一些东西，试着释怀。

她说的原谅，在大姑的口中叫“放得下”。其实，有些难过就像被镶嵌在脑子里，只要一碰触到，它就会自动叫喊似的。大姑勤劳操持一个大家，在物质上依然没有什么大的起色，那些年交通不便，山里山外就像两种世界。这些年村村通的公路修好，来来去去方便了，村村都有些在外面打工挣了点钱的人，他们像候鸟归来，在属于自己的土地上盖起了新屋。无论是多高寒的山上，他们不惜花费血汗钱，只为有一所更好的房子。她不知道，鸟是否有自己的故乡。人类依靠乡音的辨识度来确定故乡的归属感，从这山飞到那山的鸟，它们也有自己的语言吗？

出嫁了的大姑，她的故乡从娘家到夫家。在娘家她要为家庭的苦难和温暖交付自己，在夫家她也要为改造生活而榨干自己。连接生下的三个孩子，加重了她作为母亲的重担，大姑没有在贫瘠的土地上开挖出更优越的生活。但她能看见的是清贫的大姑应该是幸福的，有姑夫疼着她，知她的冷暖，懂她的心思。每当她出现在大姑家门口时，姑夫就笑着呼喊她的小名，把家里最好吃的东西端在桌上，他与大姑一道把她当成了他们的亲生女儿。

大姑曾经跟她讲过一个故事，在粮食金贵的年代，大姑去表姐家走亲戚。表姐家地里的包谷长得黑压压，每一棵包谷的背上都背了好大的一包包谷，对于农民，这比看到谁家的姑娘长得好看还让人开心。大姑就请求表姐留点种子给她，表姐爽快地答应了。第二年，大姑家土地上长出的包谷，却像病了很久快要过气的老人，连草都长得比包谷棵还深。大姑和姑夫是含着眼泪把那些包谷草砍了喂牛的，那一年的粮食就成了问题。大姑说，这还得感谢你爸爸暗地里接济我们，才没让这几个小的饿了肚子呢。这件事情一直在大姑的心里，成了她与表姐之间的隔阂。

起初的几年，表姐像是做了一件良心上过不去的事，也不敢主动上她家的门。后来这些年，表姐像是没了那辙事情一样，见了她就主动打招呼。大姑的脸上一直都没有好颜色。后来，大姑听人说，表姐是在报复她，因为那些年大姑没同意与她弟弟的婚事，让她们全家都觉得受到了侮辱。而大姑却以为她的弟弟早已娶妻生子，这件事情应该过去了。大姑说，表姐这么对我，我又怎么能放得下呢。那些人，说到底都是外人，一生也见不着几回的外人。而家里的亲人是一直要面对的，你爸爸若不是娶了继母，有他自己的为难，他是会把你当成心头肉的。她的脑子里忽然就想起了那些年许多夜里父亲的喘息和继母的哭笑，这些，也会是父亲的不得已的一部分吗？她试着进入从前的苦难里，想去保释所有受过的伤害，让它们都回到自己的故乡。

14号病床上，一个老了的警察，脱下那身制服，与其他病人已无二致。他除了眼前这个人人夸奖优秀的女儿，还有一个正在戒毒所里的女儿。继母不在，父亲对她说，燕燕，对于病情，你不用隐瞒我，这是我的命。你就当是那些年我亏欠你的报应，是你奶奶在天上惩罚我吧。父亲一边说着，两行混浊的眼泪就到了腮边，她的心一阵阵地抽搐。她说，爸爸，你别说了，你看我现在不是一切好好的吗？父亲说，你样样不要我操心了，但你还有个不争气的妹妹，哪天我眼睛一闭，你不能丢下她呀。她点了点头。脑子里却又闪过一些不愉快。即使父亲到了生命的尽头，他所有的爱依然要倾注在妹妹身上。她嫉妒这种爱。是的，她不应该这样，在理论上她不应该这样。可那些在身上被挖空了的洞穴又能拿什么来填充呢。

她的妈妈和姨妈已经住上了宽敞的房子，她通过投资理财赚下的钱足够让妈妈过上好日子了。她要做的第一件事情就是改善妈妈的生存条件。每当她想起自己是不幸的孩子时，就用大姑告诉她的一个细节来确认自己被爱过。母亲提出离婚时，父母曾为争抢她的抚养权而彼此不相让。她会告诉自己，他们是爱我的。还有爷爷奶奶大姑，这些人给予了她更多的爱。出嫁后，丈夫的原生家庭的温暖更让她觉得世界是温良美好的。是的，姨妈是个例外。她像生下来长大就是为了给自己的妹妹成为影子一样，短暂的婚史没有让她感受到来自男人的任何温情。余生，她宁可选择与一个长年卧病的亲人在一起，也不肯去找寻自己的爱人。或者说，姨妈没有过爱人。尽管她的前夫在台上是受人尊重的某某领导，但在她的口中还不如一根稻草，她看不起他，甚至连累了他的性别。在姨妈眼里，口袋里有一些钱，才是生命安全的底色。妈妈的事故赔偿一直存在银行里，她们依靠微薄的退养工资生活，如今她常常在物质上让她们尽量过得宽裕。她曾对姨妈说，只希望她能好好照顾好妈妈，那些赔偿的钱她一分也不会去争，全是姨妈的。姨妈听见她说这些的时候，眼睛里闪出几丝光芒，赶紧找来纸和笔，要她当场写下。姨妈让她难堪，是那种建立在金钱关系上的不信赖感，让她很受伤害。但她还是写了，她写了，姨妈就心安了。

待她的生活在这个城市处于上流水平的时候，钱在她眼睛里只是一个数字了。有时，她就会想一些关于钱的人和事。继母、姨妈、爸爸、大姑、妹妹，他们都还没有能力摆脱金钱的束缚，所以，他们计较一切。倒是躺在床上的妈妈，金钱对她来说还不及一张手纸，多少钱在她那里，都是无效的。她习惯了交由姨妈来打整她的生活，给她什么，便是什么。

夜晚，她独自坐在灯下，在刚读过的一本书里对照“悲惨”一词。比起人间的许多疾苦，她所经历的也许并不是最坏的。她的苦难，在她的一次次努力中已经开出花朵。她庆幸她的基因里流淌着母亲纯良的血液，而不是继母。有时又觉得继母也是可怜可悲的，她并非天性就如此，她只是在她狭隘的眼光里看见了眼前的利益。父亲曾跟她说起过，继母也是个可怜的人，她也是在打骂中长大的，她以为世界的爱恨都是由打骂构成的。父亲曾说过继母腿上的伤疤是她的继父丢柴打的，继母对她的打骂太像那些年受恶气的小媳妇终于熬成婆婆了，就要对新娶进家门的媳妇们重复她所受的伤害。善是人类美德，被传颂久远，恶是人类魔鬼，却也被无声地继承着。唯有文明的教化，才可让后来人免受伤害。这么一想的时候，她顿时就对继母多了些心疼。为什么她能原谅顶替她工作的人，却不能原谅一个为她做过饭洗过衣的女人呢。

她在沉思中接到儿子老师的电话时，心都跳了出来，如果说世界上有什么东西最能让她在瞬间就身心融化的，也就只有自己身上掉下来的这块肉了。被同学欺负的儿子，见到她的那一时刻，哇地哭了起来。儿子正上小学四年级，憨厚朴实，吃亏受气倒像是老实人的标配。她坚信善良是一个孩子最好的护身符，并没有因为这个而多伤脑筋，她与丈夫的观点一致，是骡子是马就让他自个儿遛遛去。欺负儿子的同学妈妈也来了，气势汹汹的样子，倒像是她的儿子是受害者。她问那个孩子为什么要打他时，没等孩子回答，他的妈妈接过话去，说，哼，他怎么不打别人偏要打你的儿子呀。她抬起头来怔怔地看着那个女人，如果世界上可以有这样的逻辑，那教育的意义又在哪里。几个小同学抢着说，他打他是因为他又考了一百分，之前交代过他，不允许他考一百分的，他不听招呼，又考了一百分，所以被打了。她想起了她的继母，她们都是一类人，在自己有限的认知里，用自我构建的蛮横逻辑来对待一切。

后来，老师说，那个女人从前就是街上一混子。遗传和言传对一个人的影响太重要了，什么瓜开什么花，什么花结什么果。她忽然就原谅了整个世界。没有成为继母那样的人，这是一件多么幸运的事呀。晚上，她跟儿子讲了一个故事，小和尚与一个人争论三乘八的得数，对方始终坚持是二十三，而小和尚一直说是二十四。他们去找老和尚评理的时候，老和尚选择惩罚小和尚。小和尚很委屈，面壁思过两天也不知自己是哪里错了。老和尚说，你跟一个无知而且固执的人去争论，比对牛弹琴还愚笨，这怎么会是牛的错呢。儿子听完似懂非懂的样子。

她经过一棵香樟树，一个退休老师傅养的八哥正在说话。它说，我是中国人，你好，你好。她欣喜地停下脚步，报以一只鸟同样的热情。它又说，人之初，性本善。浓厚的乡音，像他的主人孙大爷的家乡话，她一时觉得鸟也有自己的故乡。她的故乡在哪里呢？是那个小镇，或许是奶奶的小瓦屋，又像是大姑的怀抱。父亲说，等他走了，无论是化成灰，还是化成魂，他都要回到奶奶的身边，那里才是他的故乡。

她忽然对继母转变了一百八十度的友好态度，这让继母显得有些受宠若惊，她十分不安地摆弄着自己的手指甲。自从她们之间的金钱依附关系调动了位置，并让她明显感到自己处于劣势时，她像是又有了另一种不安全。她拼命地掩饰她曾经的恶，满脸上都是极度不自然的笑。她的存在，或许让继母觉得自己一生都是一个失败者。而这个可怜的失败者，却对与自己处于对立的一面还抱有无限的期待。她主动给了继母一个大大拥抱，继母的老眼睛里顿时上了好大的露水，吧嗒吧嗒，像大风吹过雨后的植物，大珠小珠落入泥土。继母说，都是我不好。她说，都是我不好。父亲在旁边说，都是我不好。

云开雾散时，天宽地敞。那天晚上，她在记事本里写下了这样一段话：每一个人的处世，都只能建立在自己有限的认知上。如果你不能原谅无知的那一部分，那么你的修养也还带着原罪。与世界和解后的阳光，温暖明媚。是的，人人都是要死的，没有谁知道自己将怎么死去。所以，在父亲剩下的时间里，她要和继母一起紧紧地拥抱他。每一天，都是在向父亲告别，很疼，很疼。所以，要很爱，很爱。以后，一定要对继母更好一些，对妹妹更好一些。

深秋的晴朗，高远辽阔，隐约之间包裹着丝丝缕缕的桂花残香气，星星点点未落尽的细碎小花，还在努力地绽放。她知道有一天她的生命也将要走到尽头，成为大地的一部分。那么，还有什么是不能原谅的呢。父亲和母亲所面临的生与死，她不知道哪一种才是更深的不幸。而所有的幸与不幸，都需要一种归宿。这种归宿，需要一个承担的载体，就像鸟儿的巢一样，那是它的故乡。

原载《北京文学》2020年第7期

安　眠

蒋建伟

让整个世界静下来，是安眠。

呼啸着的一棵树，一棵树，一段旅途，一段旅途，耳朵里灌满了“呼呼”的热风，女高音一样的暴风雪在尖叫，身后，尾随着一众仆从。我们钻进一个又一个黑漆漆的山洞，爬进电炉丝般颤颤巍巍的细扭扭的小道，钻进广袤的原始森林，把自己融化在别人的黑夜里，匆匆啊，似乎走不到尽头，似乎看到了尽头。

壤下，奔走，跑，蚂蚁们驮着举着扛着抬着我的梦，一路向下。

庄稼一茬一茬生长，它们的根须，壤下一米，也炸裂起一道道闪电，“啪”，照亮着蜿蜒弯曲的前方，那么多黑漆漆的世界，看不到尽头啊。一截截根须老死了，久了，成了一尊魔，心室住了一个，多少年了，枯坐着。我一惊，不敢看第二眼。就像一个沉默的老者，他不知姓名，他一身的愁，他半张着嘴巴，口水耷拉下来，他目睹这一切，很久，不愿意吐出一个字，死去无人知晓，肉身腐烂，湮灭大地深处，变成了土壤里的一粒粒。庄稼收割完了，人们吆喝着牛呀驴啊，套上犁，套上耙，也套上人，犁一遍，耙一遍，大坷垃耙成了小坷垃，小坷垃松了，软了，宛如一枚小小的蛋挞，再耙过去，小蛋挞崩炸，“扑哧”一下，散了一地，升腾起一缕缕有些斤量的尘埃，尘埃有的坠了地，也有的继续在飞，四散中，那些个根须、枯枝败叶、逃命的青头蚂蚱、绿爪子螳螂、老飞、老扁、放屁虫，好一番掺掺和和，翻耕下去，腐烂发酵，生发出了一团团白毛的霉醭儿，死死抓紧一把把的土，好吧，要死，一起死，一起变成壤，变成有机肥，等待下一季的播种。壤下，我，就是他那样的老者，变成了几个被历史省略了的壤块，牛喷嚏里的一朵唾沫星儿，一个个行走的标点符号，不知道明天，自己会走向哪里。

我变成了一只老豆虫，被蚂蚁们搬进壤下，暴风雪一路大喊大叫着。我的身后，尾随着一队长长的蚂蚁，队伍一直排到洞口，靠门口那个胖家伙，正在一脸好奇向里面张望。“你个死沉死沉的老豆虫！等会儿，哎哟，我的胳膊肘——看我们怎么收拾你！”一个瘦猴似的蚂蚁朝我身上吐唾沫，搓着冻得发红的右手，气呼呼地瞄着我说。黑漆漆的，黑漆漆里行走，我隐隐感受到，老灵魂们蹑手蹑脚地喘息，然后呢，一个个屏住呼吸，对我一阵漫长审视。也难怪，我不小心闯入了他们的领地，侵犯了他们，他们万分惊恐，这个人想干啥？老灵魂忽视了蚂蚁们的存在，忽视了喜怒哀乐、鸡毛蒜皮的存在，不知道为什么，它们却非常留意我。“呲”，一丝后怕炸裂，照亮天际，然后蒸发，无影无踪。

可是，我的灵魂醒着呢，周围的很多老灵魂都醒着呢，它们，怎么可以这样？

爹去了河西走亲戚，姐姐也跟着去了，家里只剩下两个人。我暗自窃喜，以为这样一直坐在黑暗里，娘不会发现，肯定四处找我，可是，大人会那么傻吗？

果然不久，娘顺着小孩子辣乎乎、甜蜜蜜的呼吸，一下子就逮住了我，骂我坐在那里，跟下神似的，发癔症了吗？我“嘿嘿嘿”笑着，也不搭理她，直接就进了灶屋，掀开了热气腾腾的秫莛子锅盖：“杂面卷子、玉米面锅帕子、辣椒炒梅豆角子，还有红薯茶，乖乖哰，咋做那么多好吃的？”娘一点也不意外，摸摸我的头说：“瞒不住你呀！趁他们都不在家，赶紧吃，撑死你个小鳖孙！”

等我吃饱了以后，娘扯着我的手来到堂屋，拿眼指了指四方桌子的下面，我的娘啊，好一大堆刚刚晒咧嘴儿的棉桃子！这得干到啥时候呀？我想跑，娘一把揪住我的脖领子，哄我说：“咱不掰完，掰一半就中。”手往靠墙的条儿一摸，摸出了一台半导体收音机，继续说，“今天晚上有曲剧《卷席筒》，海连池的戏，你想不想听？”我犹豫了半天，答应了她，我们平常听着收音机，干活时不显那么累，何况，这个戏还挺有意思哩。我们俩围着一个大簸箩，一屁股坐在板凳上，就着一星点昏黄的煤油灯光，开始慢条斯理地掰棉桃子。这种季节，庄稼地里已经下过两遍霜了，棉花叶子全都被霜打落了，开得好的棉花，我们早摘了。剩下那些个没有晒咧嘴儿的棉桃子，再怎么晒，晒开的寥寥无几，干脆，大人们白天把棉花秧子连根薅了，摔摔根子上的土坷垃，拽去一部分咧嘴儿的黑棉桃子，把没有咧嘴儿的绿棉桃子遗留在枝子上，码好棉花秧子，枝头朝上，根朝下，齐整整地在东墙根排成一个大方阵。大人们要干的事嘛，是继续让她们晒太阳，然后去摘咧嘴儿的棉桃子，然后继续晒棉桃子，继续摘，直到摘完所有咧嘴儿笑的棉桃子。

这晒的功劳，属于天上的太阳。而掰棉桃子的功劳，属于我们这些小孩。

晚上，才过七点半，娘拧开了收音机，一个女播音员在报幕，我很新奇，学了一句普通话“卷席筒”，逗笑了娘，她脱下一只臭鞋，朝大簸箩帮子上使劲磕磕说：“啥席呀，破席！”我抬杠说：“不对，是新席子！”娘也不跟我论理，自己大大方方地放了一个屁，声音很曲折，像秦雪梅哭灵时的那哭腔，把我笑坏了。娘感觉非常没有面子，狠狠瞪了我一下，说：“笑啥笑？没有听过人放屁吗？赶紧你，掰棉花！”我屁叽叽地说：“还是我娘的屁闻着亲！”娘也笑了，一边笑，一边从地上拿起了一个棉桃子，开始教我如何掰。掰棉桃子的难易程度，要看她们的小嘴笑的程度：开怀大笑的，桃壳子干瘪缩小，棉花瓤子早已经晒干，长长地耷拉出来，这个不用掰，轻轻一摘碎叶子，就万事大吉了；嘿嘿傻笑的，桃壳子半开，棉花瓤子很紧巴，也干，两根手指头朝花壳里一探，一夹，末了，再小心翼翼地引蛇出洞，一点点把瓤子勾引出来；抿嘴偷笑的，三四个花壳子通体碧绿，之间的缝隙很小，针尖那么小的缝儿，掰的时候，要两手握紧啰，上下左右几个旋转，棉花瓤子和花壳子就被剥离了，只不过，棉花瓤子里的水分多，还需要明天的一番晾晒。最难掰的，是鸭蛋大的、没有缝儿的棉桃子，桃子还没有成熟，水分就特别多，一捏一股水，我用两个小手使劲朝两边掰，怎么也掰不开，如果继续下去，掌心都会攥出了汗，棉桃子仿佛涂了一层油似的“骨碌碌”乱转。我眼巴巴地瞅瞅她，咋办？

娘好像看见了我瞅的动作，但是假装没有看见，更加气人的是，她还调大了收音机的音量，跟着小仓娃大声唱了起来。我实在憋不住了，叫了一声：“娘——”娘呢，回答的却是：“小仓娃我离了登封小县，一路上受尽了饥迫严寒……”万般无奈之下，我就把这个囫囵个的绿棉桃子放在左脚边上，继续掰自己脚底下的那一堆东西，不料，我身边的无缝的绿色的棉桃子越堆越多，一个馍筐子般大小。我朝着娘喊：“娘——我……”可是，娘正眯缝起眼睛，手上掰着，随着收音机摇头晃脑着，打着拍子，嘴里还不闲着：“……你看我浑身上下、上下浑身，都是冤哪——我的大老爷啊！”趁她最后的“啊”没有落地，我使劲掐了一下她的胳膊，她方才醒过来，慌忙擦去窝在眼角的一摊泪，问我啥事，我不耐烦地拿脚尖点点那堆绿东西，也不说话，其实我那架势，比质问她更直接。娘“扑哧”一下笑了，反问我：“就这点屁事？”我更来气了，一个字也懒得说，一直恶狠狠地盯着她。娘这时候呀，也不含糊，穿鞋，站起身子，朝我跟前那堆绿东西踩上十几脚，还攒着全身的劲儿集中到半只左脚上，前半只脚丫子一点，像芭蕾舞演员似的连跳几个旋转，最后，再放下整个脚底踩下去，来上一个大终结，就成了。一连串的快动作，仅仅几秒钟，看得我目瞪口呆：“这这这，娘，真是一神招！”再看看那些绿东西们，全都被踩得扁扁的，壳子和花瓤子严重错位，如果你揪住一个棉桃子把儿，随便一抖，棉花瓤子就都抖出来了，粗暴，麻利，一气呵成。老大难的问题解决了，掰的速度也就快了，紧接下来，收音机里的《卷席筒》也播完了，娘一边拍着老胳膊老腿，一边拿脚找着那双布鞋说：“不干了，不干了，该睡觉了。”我问她：“还有一半哩，真不干了？”娘瞪瞪我说：“就你能。明天晚上，继续干！”吹灯睡觉之前，我跟娘把大簸箩的棉花瓢子倒扣在一块被单子上，放在几堆高高低低的花壳子上，摊开，晾晾水汽，等天明以后，再移到太阳底下暴晒。哎哟，你可不要小看这些棉花，山河一样起伏的棉花，娘可以用棉花籽榨油给我们吃，棉花絮儿可以纺线织布，可以做被子、单子、小铺腿、棉袄、棉裤，我们吃的穿的住的用的，多得没法说，都有她们暖暖的影子。平原上的棉花秧子消失了，我们又把棉花们穿在身上、盖在身上、吃进肚子里，一股股温暖重新流过平原。仰望，这温暖，流呀流呀，流到天上。

我想，我们终究会变成一只只行走中的老豆虫，仿佛平原上一骨弄、一骨弄的小河，漫过小麦大麦玉米高粱大豆绿豆芝麻棉花红薯秧儿，漫过热乎乎的牛屎驴屎羊屎人屎猪狗鸡鸭鹅鸳鸯屎，漫过绿，漫过红，漫过黄，漫过紫，漫过蓝，漫过青，漫过白，漫过橙，漫过血性，到后来呢，她们个个美得不像话，热情奔放，人来疯儿，该胖的地方胖，该瘦的地方瘦，枝枝叶叶，棵棵根根，生一场，死一场。热风奔跑，“呼——呼儿。呼呼——”向上跑，不要命一样，好家伙，大地翻香，酒浆炸裂，丰腴、丰满、丰硕、丰盈的庄稼们，高举着一对对沉甸甸的乳房，喂养你，哄睡你。掐不准是什么时间，低头看你，你，安眠中。

梦见你想要梦见的人，完成你渴望完成的事，圆你所有的幻想，天堂天堂天堂魔鬼天堂魔鬼，我的，我们的，都可以送给你。我爱的人，你挑选一样，好不好啊？

原载《广州文艺》2021年第12期

八月炸

李青松

头一次吃八月炸是在秦岭山区。

那是若干年前的事情了。当时，盘子里一颗外形粗鄙的野果张着嘴巴——不知是什么果子，但当地的朋友说这是好东西。好东西是什么东西？我剥开果壳，吃了一口果肉，立马就噤声了——因为舌尖上乾坤颠倒、天旋地转，甜得人差点从地球上跳下去。幸亏没跳，跳了也是白跳，八月炸就是那么甜——那是一种惊心动魄的甜！

三月开花八月瓜，
心有甘饴气自华。
平时害羞不见客，
今日开门笑哈哈。

民谣中的八月瓜就是八月炸。八月炸属藤本缠绕植物，主藤分出枝藤，藤绕着枝，枝勾着藤。枝枝蔓蔓，蔓蔓藤藤，数也数不清。然而，藤蔓繁茂，并不意味着果实结得就多。一般来说，一棵树结三两颗果子，多的也就七八颗。果子未成熟之前，颜色一般是绿的，随着成熟期的临近，果子会由绿渐渐变成紫红色，进而变成麻黄色，且在腹部中轴悄悄出现一条白线——危险和意外就潜伏在白线上——这就是它将要炸裂的部位。

时令到了白露，来不及惆怅，夏天就过去了。也许，大自然中所有的野果都有自己的逻辑和节奏，多数野果慢慢数着天数渐渐成熟。熟了之后，倘若没人注意，也没昆虫和鸟雀理睬，便很无聊地落到地上，长叹一声，哀婉凄凉。八月炸，也是那么低调而安静。平日，就那么硬邦邦地挂在树上，藏在叶子里。然而，这是一种假象——看似平常的一切，正在积聚一种极端的能量。

农历八月底到九月初的某一时刻，“啪——”一声爆响，它就炸开了，露出里面白白的果肉，香气弥漫。瞬间，阳光就照进来了，果壳里的阳光也有了香气。也不知道蚂蚁、蜜蜂、苍蝇等昆虫是怎么得到的消息，它们以最快的速度从四面八方赶来，争相享用这片山林里最鲜香的美味。

接着，鸟也来了。鸟倒是斯文，没有表现出贪吃的一面。它先是在树上唱歌，唱累了就歇一歇，然后环顾四周，再看看天空看看地面，见没有天敌出现，就嚯的一下把脑袋塞进果壳里，尾巴一翘一翘，用不了一会儿，八月炸就成空壳了。果壳里的蚂蚁、蜜蜂、苍蝇等昆虫也没了踪影，只剩下阳光，孤独而落寞。最后，鸟连阳光也没有放过，狠狠啄了一口，便扑棱棱飞走了。

八月炸一旦炸开，便一改以往的低调和安静，性情变得慷慨而激越。此时的它，需炸开即食，能吃它的时间，就那么一两天。未炸开的果肉不能吃，淡而无味。若炸开的口子时间长了，也不能吃了——果肉已经氧化变黑，且干涩。后来在云贵、川北、赣南及闽西山区走动时，我亦多次遇到八月炸，但再也没有吃过，每每有些小小的遗憾——或者季节不对，或者季节对却还没有炸开，或者炸开了果肉却不见了。

八月炸的籽，粒粒饱满。黑色，硬如铁粒，能把牙硌掉，人是不能吃的，要吐出来。果肉与籽紧紧抱在一起。或许，心急的人吃不了八月炸，因为八月炸不是果肉多于籽粒，而是籽粒多于果肉。一颗果子里有多少籽粒呢？没数过，应该是比多还多——把籽粒上的果肉剔下来需要时间、需要耐性。

八月炸也叫拿子、八月拿、麻藤包、木通果、野香蕉、野木瓜、预知子、圣无忧、压惊子、三叶木通、牛腰子果、狗卵蛋子等，别名可以列出一长串。有雅名，有俗名，也有不雅不俗的名——就不一一列举了吧。

预知子是八月炸在中药里的名称。为何称作预知子呢？李时珍《本草纲目》里有注解，大意是其果有预警的功能——取果两颗缀之于衣领，遇有蛊毒，其果便发出嘎嘎的响声，故名预知子。此说是真是假我没有验证过，但我宁愿相信李时珍。可是，何谓蛊毒呢？有三解：一曰，谷久积，则变成会飞的毒虫，唤作蛊；一曰，以巫术致人毙命，令人不自知，谋害之法谓之蛊；一曰，取百虫置于皿中，经年开之，必有一虫尽食诸虫，此虫即蛊。

蛊是蛊，毒是毒。毒不一定都是蛊，但蛊一定带着毒。

蛊是悬疑的，毒是残忍的，蛊毒合谋往往就干出坏事了。然而，有蛊毒也一定有克蛊毒之物。《开宝本草》《医林纂要》皆有记述，预知子杀虫、治诸毒、辟蛇虫毒。或许，八月炸果子里真的存在某种元素，遇毒便会产生激烈的反应，进而除邪解毒吧。然而，我好奇的是，缀于衣领上的果子是青果呢，还是干果呢？抑或是炸裂后张着嘴巴的残果呢？李时珍却没有说清楚。

作为中药的八月炸，如何入药，如何服用,《本草图经》倒是讲清楚了——“其根味苦，性极冷，其效愈于子（果实）。山民目为圣无忧。冬月采，阴干，石臼内捣，下筛，凡中蛊毒，则水煎三钱匕，温服，立已。”

瞧瞧，八月炸的根和果俱可入药。从药效来看，根比果的药效更强。果，可通乳，可起性。根，可杀蛊，可驱毒，可治病，也可治未病之病。常食八月炸能强身健体、能神清气爽是肯定的了。就道地性而言，蜀中的八月炸最好，滇地的亦难得了。

鸟是八月炸的挚友。八月炸的播种主要靠鸟，鸟把八月炸的籽粒吃到肚里，却不能消化，就连同粪便排出去，正好也就播种了。八月炸的生命力极强，它不择地势，善于攀缘，恣意生长。无论荒山野岭，还是废矿残垣；无论河边沟畔，还是裸岩崖壁，它都欢欢喜喜，繁衍成族，借势延伸。八月炸，由内而外的自我“炸裂”现象，也许正是此种野果生存与繁衍的智慧吧。

“八月瓜九月炸，九月不炸烂泥巴。”又到了八月炸炸裂的季节，秦岭山区的朋友来电话说，要快递几颗果子过来，让我尝尝鲜，我却拒绝了。因为我知道，食用八月炸需要一种机缘和运气，需要一种野性的激情和现场的气氛。

那种惊心动魄的甜还是深藏在记忆中吧。有些事物，空间和时间一变，味道就寡淡了。味道寡淡了，心境也就不是当初的心境了。

原载《中国校园文学·青春号》2021年第3期

不旧

朱成玉

春天从来不会旧，但夏天还是将它替换；夏天也不会旧，但秋天还是会将它驱赶；秋天也不会旧，但冬天终将把它征服；冬天也不会旧，春天只是把它融化。这不是诗，是时光的本质。我们日复一日地老去，但从来不会旧。你的皱纹，你可以认定那是你丑陋地在老去，但它不是旧的，你若仔细看，你的皱纹也会闪着深刻的光。把活着的每一天，都认真地过了，每天晚上临睡前，都对自己说一句“晚安”。如此，即便到你离世的那一天，你都是新的。

透亮的光，始终都照在我们身上，哪怕是死亡也可以不旧。就像美国电影《大鱼》的结尾：父亲的葬礼上，他生命中出现的人都到场了，大家快乐地问候，像是在庆祝一个美丽生命的诞生。看吧，是新生命的诞生，这是对于死亡的最特别的诠释。

黑塞在《堤契诺之歌》中有过一段优美的描述：“人生苦短，我们却费尽思量，无所不用其极地丑化生命，让生命更为复杂，仅有的好时光，仅有的温暖夏日与夏夜，我们当尽情享受。玫瑰花及紫藤已开开落落了两回，白日渐短，每个树林，每片叶子都带着惆怅，轻叹着美景易逝。晚风徐徐，拂过窗前树梢，月光撒落在屋内的红色石板上。故乡友人别来无恙？你们手中握着的是玫瑰或是枪弹？你们是否依然安好？你们写给我的，是友善的信，抑或是谩骂我的文章？亲爱的朋友们，一切悉听尊便，但无论如何，请切记：人生苦短。”人生苦短，美景易逝，当下即为珍珠，即为天籁，即为桃源般的曼妙之境。如此，在一面镜子前，我才能认真地反复地看着我自己，像看一件孤单的事物。依稀可寻的棱角，骤然猛增的白发，沧桑就是这个样子吧，所幸，依然有光，我还不旧。

当我们老了，也不必怅惘，我们还能靠着回忆生活。蚕吐的是丝，我们吐的是往事。用回忆把自己包裹，期待重生。

在公园的山路上，我们看到一个年过八旬的老者，绕着山路走步。他精神矍铄，步履轻盈，我们都走不过他，总是被他轻易地超过去。每每这时，他还不忘善意地“揶揄”一下我们：“快点走啊，连我这个老头子都走不过！”这样的场景持续了几年光景。忽然有一天，再见不到他的踪影，我们都担心他是不是生病了。再一次见到他的时候，是半年后，他佝偻着腰身，精神头还在，一边快走一边大音量地播放着欢快的曲调。这一次，我们轻松地超过了他。他还是不忘调皮地冲我们眨眨眼，竖起大拇指。他终于慢下来了，像一座挂钟，虽然心劲儿还在，但明显是发条松了，越来越慢。但我相信，他依然不旧。

我一遍遍地读北岛的《时间的玫瑰》，被他的诗性与意象所震撼。我们终将被时间的玫瑰所热爱，也终将被时间的玫瑰所遗弃，时间可以被描述为玫瑰，也可以被描述为利斧。种植玫瑰，也砍伐玫瑰，人就是这样，一边悲悯，一边施暴。所以，时间美丽，但它有刺，最美的时间的玫瑰，是蘸着你血的红玫瑰，也是披着你月光的白玫瑰。时间可以把我们带向衰老，但它永远无法把我们变旧。

如果时间忽然脱臼，我们会在那空白的缝隙里，做些什么呢？

这永恒的意义，在这个瞬间抵达，多么令人惊喜，桃花不落，云朵定格在天空，不再消散，微笑不灭，眼泪也在眼角凝成珍珠……当我们还沉溺于这样的美梦时，时间的手臂忽然“咔嚓”一声被接上了。

年轻时，我也有过一把刀，锋芒犹在。就像妻子那件风韵犹存的旗袍，不舍得送人，那是年轻时的最爱，现在早已穿不到身上去。不论是刀，还是旗袍，尽管知道，它们于自己已经没有多大用途，但依然想保存起来。那亦是一颗不旧的心。

妻子对我说：“你越来越像你爸了。”这并无贬义，只是说我的状态一点点趋向衰老。父亲瘦小羸弱，但我知道，父亲也曾健壮过。得了大红花的那年，他拍的照片就显得很多肉，一如我意气风发时的样子。我与父亲在彼此的身体里自由穿越，因为我们流着相同的血，所以，妻子在说我越来越像父亲的时候，并不觉得悲哀，相反，以此为荣。老了又如何？那不过是放下了虚浮的那部分，我瘦了，但骨头依然硬朗着。最起码，我不会认为自己生了锈。

在一家饭庄门前，我看到有无数个旧轮胎被填上了土，种下一些花，那些花都开着，艳丽妖娆。旧轮胎，无论如何也没有想到，有一天，它还能以这样一种方式“存活”着。因为花朵的绚烂，人们忽略了旧轮胎做成的花盆。管他呢，欣赏美就好啦。轮胎变成花盆，它便不旧了。

母亲老了，但她的爱是不旧的。她会把一个年轻的女子，递到你的身边来，照顾你。诗人祁人在他的诗中就是这样阐释“新娘”一词的：“新娘啊，是母亲将全部的爱，变做妻子的模样，从此陪伴在我的身旁。”

新娘，是崭新的娘，年轻的娘，这是母亲的回光返照，是母爱的传递。

亲爱的新娘，与你相比，我才知道自己还是有那么一点点陈旧的，我用雪，用月亮，用滔滔的时光，不停地清洗，我要配得上你，配得上这份旷世之爱，配得上与你在一起的每一个平凡的瞬间，配得上与你拥有的伟大的点点滴滴。

原载《做人与处世》2021年第19期

生长是自己的事

秦湄毳

1

晨，遇一只小水牛。

高大的杨树林，是我每个清晨要穿越个来回的一段路，行走的过程里，看到很多风景。

初夏的清清风里，我遇到一只小小水牛，长长的两只前辫子，往上伸着探路呢，还是触摸晨风——反正，我远远就看到它，在我前方的路上匍匐前行，我走过去了，又停下来，折回身，没舍得触碰它，举了手机，对着它拍个照片，留个影儿，存在私密空间里，记录我的遇见。

在小的时候，幼时的乡间，少年时候的繁华闹市，我每每遇见，都会捉了它们来，在手上，把玩，观看，轻轻或用力地捏着、抓着、提溜着，哦，当然，也有小心拈过，它们的长发辫，不一样的手势或用力或不用力，或仔细或潦草地嬉戏玩耍，或放走，或不待放走它们已奄奄，更多的时候，在乡村，在城市，大人或自己，都曾把它们的大板牙掰掉一颗，为着是不让它咬到手指，还有的时候，会把它们的两个长辫系缠在一起吊着玩……总之，玩耍多样，简单，也复杂。常常是忘记了它们的所终吧？不知道最后怎么处置了它们，或埋进泥土里，又归入风中，还是放入绿叶丛林中，想来是都不记得了呀！

这一次遇到它，我沉思着走了过去，只因为，自己已经老呀老，老得没有趣味赏玩它们，也因为周围没有一个小孩子可以用来哄逗的，白白捉弄了它来，岂不可惜了它的风姿；更也许是心生悯意吧，捉了它也是一个命案呢，我并不想带它去我要前往的阅览室查阅资料，过了年少与青春年纪的好奇、浪漫与矫情，懒得给自己多撷一个它，多一份“不合时宜”，曾经多过，如今不想再多，什么样年纪做什么样事……这么想着，叹年华随风，又不禁回头，因了我的驻足和放弃，引起别人关注它的目光，它是会因此受助受护佑，还是被劫持被捡起把玩，不得而知，看那扫地的清洁老人，会不会一扫把呜呼了它，对它来说，可谓是一山放过一山拦。瞥一眼，回过头来，继续前行，感觉老人的扫把放过了它所在的那一巴掌地儿，那它可以前行了，继续它的绿林行，向着它夏日的梦想——

初夏清晨的这只小水牛，给我的心上拂来一阵微风，美好地吹，掠过童年，掠过记忆，小水牛的前行里，是入丛林，还是落尘风，不得而知，它自己的匍匐，际遇的境界，风光雨露绿叶林枝，是否给予它梦的成全。

静静立，轻轻想，杨树、水牛、我、清风，世上万物，各有各的方向，各有各的来路，轨迹无痕，如羚羊挂角，无迹无痕只是因为你不是它，它有它的起承转合，由它亦不完全由它，其中之妙，如蚯蚓的脑髓，谁说不是宇宙的神奇和大自然的顺其自然呢？

小水牛啊小水牛，你在时光里伸出长长的辫，抚摸的是空空的天空里，满满的天空里，一阕寓言，一曲童谣，还是写进风中的一行箴言……

2

我伫立在清晨的风里，聆听，聆听小水牛的脚步声——

风里，绿色里，传来丹青的妈妈给我的微信留言，“又是起床晚，又是快要迟到，早餐又没有吃完，我在吃她剩下的饭”“怎么办怎么办”“快要迟到了，到校门口的那一段路都没有跑一下，还是走过去的，真淡定啊，我是不是太不淡定，太焦虑，太着急”……

丹青的妈妈嫌丹青慢，做什么都慢，磨磨蹭蹭的，她甚至感觉这样没有进取心，不上进，怎么办啊，她说她不想女儿长大过落魄潦倒的生活，现在得努力——娘俩儿总是因为这个斗争，斗争啊斗争，女儿不开心，没改变，妈妈也不快乐，妈妈也没改变——

拧到什么时候是个头啊？纠结啊！有时候也想放手，又怕将来后悔没有管束她。纠结啊！

她给丹青的班主任说，老师说，你多虑了。她给要好的家长们说，人家也说，你妞多好了，还想怎么样。她也给我说，一开始，我还给她出主意，想办法，有时候附和，有时候劝导。

渐渐地，我发现，慢性子的我，要是有个这样的妈妈，可能也早崩溃了吧。因为，有一天，我设身处地地想了一回——我是个磨蹭的人，什么都慢，也是一个逮不到机遇，什么都撵不上的人。

想想她平时，日日里，时时里，刻刻里，对丹青的催促、敦促、监督、监管、督察——要是放到我身上，要是换进我的生活里，我曾经的学生时代——哦，天！细思极恐——

我数了数，这个早晨，关于这个问题，她连语音带文字给我发了二十一条，是二十一条吗，当真二十一条，哇啦——我给她回了一个信息：

我突然很庆幸，多亏没有你这么个有文化有上进心的妈，不然会唠叨成啥样哩。想当年考高中时，踏进考点学校大门时，预备铃已响；考大学进考场时，好几场都是，已经分发过了卷子……天哪，回想起来要是遇见你极恐！话说回来，要是遇上你这样的妈，我会被唠叨成病，还是会更优秀……

今天啥也不干，就想想这个吧——

我也开始想，想我一路走来的磨蹭与磨蹭，想起来都是磨蹭，琢磨起来都是耽搁：我居然在考高中的前一个月里，还在读小说，印象最深的是，还让同桌从家里带了一本厚厚的《瀛台泣血记》，一气读到尾，也就是从那时候，我开始牵念光绪皇帝还有大清的那些光阴……这样的做法，要是放在而今，搁在丹青妈妈这里，还不要疯了吗？可是，那时候，我就那样船过水无痕地，读了，做了，即便不胡写乱画地涂涂抹抹，也是全仰赖了自己的“自主”和“自觉”，我自己也不知道我考进那所省重点中学的成绩是一百零几名，家人和老师全没有关心过我的名次，我自己更不知道名次从何数起，之所以有这个名次记着，还是好事的兄长，他当时在大学读物理系，物理读多了吧，变得无理起来，不可理喻的“无理”，他居然跑到那个高中的红榜前数了数我的名次，还说，我应该进到前一百才对！他一说出这话来，我就登时傻懵了！好在当时父母听了这个汇报，一点表示都没有，我反倒替兄长歉然抱憾……想现在，周周清，月月清，期中考，期末考，考考都排名排次排顺序，还常常用名次来排座和选位置——

当然，当然，时代不同了，不同了。比如丹青的妈妈盯着丹青，比如我的最资深闺密，不管她银行高管的位置，此时正在津陪宝贝儿子应试；也比如我的行业内好友，她也曾经是最最最敬业的英语女教师，如今，甩手了市教育局教研主任的职责，也去照顾在他乡的女儿之吃、喝、拉、撒，比如比如比如，但是但是但是，有些道理可是一样的啊，一样的啊！例句 1，生长是自己的事情；例句 2，不一样的植物要不一样对待……

丹青妈妈还在我耳旁聒噪——我——丹青——我们这样的人，跟你、你们那样的人，不一样，我们是不一样的植物——

我的心口涌出这样一泓水。一泓水一样的一句话，流淌进微风轻轻吹送的初夏的晨。

3

站在清风里，我像一株植物——

我试探着问丹青妈妈：我们这样的，跟你们那样的，是不是，不是一类植物呢？怎么可以用要求你们的，来要求我们呢，你们喜光喜水，我们喜欢干着点好！

世界大同，众生本是一人，具体到各人，其实，每一个意念，每一个想法，都不一样，千怪百奇，怎可一样——如同小狗和小猪，如同青草和花岗岩，也如同，同一样成分的石墨和金刚——虽然成分一样，因了分子排列不同，大相径庭，软和硬，光和芒，荣与耀。人，也一样，如此，可说与不可说，可类与不可类。莫相较。

生长是自己的事，一圈人帮忙，也还是得要自己长，或者，因为围观，挡了风和太阳光，也未可知道；扶正，松土，施肥，剪枝，打杈，总是好的。然而，如同引火，或吹而燃，或吹而熄，是宿运，还是造化。

你从哪里来。你往哪里去。人生在世所求者何。

人生在世不过百年，你是我的亲人，何苦一定要难为我，一定要叫我长成你所希望的样子？请问，你长成你所希望的样子了吗？那你干嘛强求于我……

正因为人生苦短，活着不易，妈妈不希望你过潦倒的生活，想让你拥有相对主动选择权，我才这样要你在能够努力的时光里努力……

孰是孰非，父母与子女，就如丹青与妈妈的对话，母女之争其实是当今社会大多数家庭里的常见状态与现象，没有谁对谁错，角度不同，主张不同，父母如此“执著”以求，是爱，是从爱出发。

作为孩子，她有特点，也有本性，江山易改，本性难移，丹青说，她就是这样的一株慢植物，再逼会被妈妈逼疯掉，也依然改变不了慢的本性；说到未来，未来也还是慢本性，但是世界是多样的，自然会有适合我的角落，也未必就不好，也未必就没有妈妈给我设想的好，况且妈妈也左右不了我的未来，谁也无法左右，虽然说命运由自己掌握，有些因素可以，有些因素谁都不能掌控……这是丹青的振振有词，也是又一代人的心声。

成长是成为更好的自己，而并不是成长为妈妈想象的样子，更不是成长为妈妈想要的样子，辣椒想象着成为榴莲——那是作死，不是励志——

一次教育研讨会议上，一位老教授讲的这句话，虽显粗鲁，却也实话实说。

想来，果真如此，有些东西，就如人的口味一样，是不应该有争执的，不必各执各词，所谓“趣味无争辩”。你我他也是人间的一株植物，生长，是自己的事，帮助有益，但不是都有益，如同拔苗，助长是一时假象，或许呜呼了其油油的绿意与盎然，岂不更为可惜可叹嗟。

初夏的清亮阳光里，窗下，我的那棵金钱树又出新芽，一个芽，两个芽，在我不知道的时候，它又发芽，破土，钻出土壤，伸展在天日里——

新芽，如笋，尖尖圆润，青青欲滴，令我惊喜，赞叹不已。

默然良久，想着，孩子们是一株植物，如它，自觉，自主，它的生长它做主。想往日里，我曾经精心培养过的一棵，一日看三回，天天浇一遍，那棵金钱树竟然黄了叶，萎了枝。我也想起，我种菜的菜农姑姑，待我查阅完资料，便离开阅览室，往去黄河边的郊区探望她，她正浇水施肥锄草，我赶紧帮忙，浇了韭芽，浇了紫茄，浇了黄瓜，浇青菜……在浇辣椒的时候，姑姑断然阻拦：“不可以！它们不适合水多！”

我一愣，停了手上的水注，不再对着辣椒棵们喷洒——

我拍了青青的菜苗田给丹青的妈妈，一畦畦碧绿，不一样的蔬菜，不一样的打理方法，蔬菜才能成为更好的蔬菜。孩子也一样啊，顺应她的特点，因材施教，她才能成为她自己更好的模样——而不是让茄子长成辣椒，或者期望辣椒长成甘薯；让孩子成为自己吧，生长，的确是自己的事情，谁也不能替代，相信她（他），有自己的模样，有独特的精彩！

成长，是自己的事，要靠自己，一点一点生长，成为更好的自己。

原载《阳光》2020年5期

背着太阳的老人

王宗仁

这个老人没有几根头发，鼻梁上点缀着几点红斑，有些不修边幅，行动并不迟缓。太阳泼洒金色光波的天气，他比太阳起得早，在我们小区花园那块仿佛只属于他的阳光丰盈的墙角，屁股下压着个小马扎，脊背朝着太阳采暖。他闭目养神足足能静坐一个小时，脊背被太阳差不多热透了，他才提一身饱满的阳光，掂着小马扎，忘掉了含蓄，哼着“我是一个兵”的曲调，心满意足地回家。走路时仍然半闭着眼睛享受阳光的余热。

我发现老人用脊背采阳光，是去年盛夏。最初吸引我的是他那件像破筛子底似的背心，我丝毫不夸张，那背心在我看来早该当废品处理了，烂破得不堪入目，前襟后背上很不规则地布满大小不一的网状破洞，说是背心其实既没有背也不见心，两根线绳拴着挂在肩上。这样的老人并不少见，吝啬得把钱在手心攥出了汗，也舍不得花。一次我打他身边走过，无话找话地随便递过去了一句：“老人家，换件新背心吧，超市十元八元随便拿一件穿上比这件顺眼！”没料到正晒暖暖的他连眼皮也没抬就回敬了我一句：“扔了？宝贝！你不可惜我心疼！你知道那些眼眼窟窿是咋来的？”我还没回话他先亮底了：“那是太阳咬的！咬的味道谁试谁快活！”

太阳咬的！这话撩拨得人心有点喜疼！我本是随口问问罢了，瞬间被他意外的话打得乱了脚步，百感交集。太阳咬的，太阳长出了牙？我咀嚼着这句自己一时也难懂的话，他却又闭上眼睛享受太阳咬他的受活滋味了！

我索性想一走了之。谁知他又说了：“都这把年纪了，黄土拥到了脖子根，适合自己干的事很少了，甚至再费心也难找到。不如退一步，可能空间更大，把自个儿身体摆弄好了，就是不给大家添乱，多好啊！”

是做老人的态度，我喜欢。

此后，我仍然每天那个时辰能看到老人脊背朝着太阳尽情感受阳光的爱抚。不，应该像他所说，是让太阳咬他。看到他那么悠闲自得任凭太阳撕咬，我实在不忍心打扰。一次，我刚很不舍地从他身边走过，没想到他倒喊住了我：“请留步！”

我回转身。他问:“你有话要说吧?”

“是呀，有事请教你老人家!”

“不敢说请教，请讲!”他摸了摸光亮的脑壳，脸上浮现着似乎猜不透的庄重，但我看出，没有坏意。

“还是你那件背心，我就不明白，怎么会是太阳咬烂的?”

他笑了，是那种很单纯的烂漫，与他这样的年纪很不般配的稍有轻视的笑:“跟你开了个玩笑你也当真!别说你不信，我也不信!”

老人从屁股下抽出马扎推给我，他很便当地盘腿坐在了草地上。我看了看那简易得无法更简单的马扎:四根细铁棍交叉呈两个“X”形，上面绷了块旧帆布，倒是蛮结实。我不好意思坐，站着说话，闲聊。

“老人家，你这晒脊背有什么说道，你把背心都晒成筛子底了!”

他仍然微闭双眼，分明受活万感地让阳光抚摸，说:“人活我这把年纪，就怕有病!摊上难缠的病，说不定哪一天两眼一闭，腿一蹬，找阎王爷报到去了。心脏病缠了我差不多10年，就是不饶我，死不了活不好，头发不断掉，前额的地盘不断扩大着。最揪心的是浑身没有一处不疼!我方方窍窍用遍了就是不见效。后来关节炎又扑上我双肩。浑身都是祸害!我求医跑了大小数不清的医院，腿肚都颠细了，就差没去寺庙磕头了!”

“为啥不去磕头?”

“说的是呀!”他的语气里没有后悔，说着用五指梳理了一下光亮的额头，好像要把心头的烦躁怨恼梳掉，说，“真的，是这脑门给我引领来了治病的好方子。一天，一个陌生人冷不丁地站在我面前，说，你这头发还得掉下去，他说有个方子可以试一试，保不住会有救。那人告诉我这方子是一个土大夫的家传秘方，那大夫得知我求医无门后，就托这位陌生人给我转告了一个不用花钱就能治病的秘方!”

这还听不出来，我:“背着太阳晒脊背!”

“是的!那大夫转告我要坚持每天坐在太阳下面晒脊背。还说再不晒满头的头发都会留不住。转话人不让我问为什么，照着办就行。问，人家也不说。爱信不信!我照着他传递的办法晒了一个多月脊背，初有成效。再坚持下去，半年是有了，就越来越好了。血压接近正常了，头也不晕了，关节开始消肿了，可以灵活地转动。就这样!就是这样!”

我仔细看了看老人的脑门，虽然还是那么光亮，却透着丝丝血色。血脉通了吧，还有软软的茸毛，只是近看有远看无罢了。

人类生命是同根连气的，是一损俱损的，切不要只是想自己而忘了他人。老人因为晒脊背身体健康有了平日难得的喜出望外的收获，对人对社会的交往渴望井喷式爆发。他以自己的事情为实例，传了几个同病相怜的老人也在太阳下晒脊背，都喜获效果不等的收益。

太阳真好！

老人的生命里有了阳光，他告诉我，他要感谢给他阳光的那位大夫。没有贵重的礼物送恩人，当时庭院里他亲手栽的石榴树上的果子正成熟，每颗石榴笑得都咧嘴露牙的，把树枝都压成了弓形。他捏肥挑瘦地选了一篮上好的石榴，要送时才发现恩人无名无姓又无住址，送哪去？他只好托捐药方的那位中间人转递。谁知人家不收礼，传递人又提着篮子退了回来！

老人讲完自己这段耐人琢磨的经历以后，他的食指和拇指一捻一松，敲出得意的脆响。他像身边那棵香樟树一样，那么简朴而安静地活着，也生根，也开花，却无欲无求的淡定。我感到他从一个心脏病的受害者超脱成沧桑的局外旁观者，时间的消失使他站到人生的一个高处，看到了原来每个人的生命里都有可以让自己和他人欣赏的风景！

这之后不久，我就再也没有见到老人了。他晒脊背的那块地方，尽管太阳依旧照着，却倍感寂寞，空旷了许多。就连他放马扎的那片草地也好像苍老了一些年龄。我心里空落落的不自在。有他时不觉得多，少了他还真有难耐的不习惯。不就是一个陌路人嘛，我也不明白为什么会这样在意他！这天，我遇到一个熟人，顺便向他打听老人的去向，还有口无心地给他絮叨了老人传递秘方治病的前前后后故事。

熟人听了我这番陈述后，仰头大笑，鼻子都快歪到耳根了。他说，你怎么那么容易让别人牵着迷路，什么药方的主人，全是传递药方的人编造出来的故事。那个晒脊背治心脏病的办法，就是他自己在10多年和疾病较量中琢磨出来的，当然他肯定也看了些医书，两下一拍就成了秘方。他传了好几个同病相怜的老人，你别说，总会有想不到的好效果。熟人拍了拍我肩膀，笑我："你被他骗了，善意的骗人啊！"

我听罢脑子嗡一下，像被他敲了一闷棍！竟然有这样离奇的事！日常生活中人们照镜子是少不了的，但是我们往往看不到镜子背面，那是另一番天地！隐姓埋名助人为乐，为什么这样不显山不露水！恐怕只有他自己能说个明白。我不想去探求这里面的答案了，由他去吧！ 但是这件事催促我很想早一点见到晒脊背的老人。当时我就从熟人那里打听到老人的住址。其实我们住得相隔并不远，穿过两栋楼一拐弯就是他住的平房。

次日中午，正是老人平日晒脊背的时辰，我来到他的家门口。叩门，不开。再叩，仍然无动静。我连续敲门，嘭嘭嘭……

隔壁一位妇人从门里探出头，问："你找他？"

"是！"

"他走了总有10天了吧！"

"去哪儿？"

"阎王爷叫去报到了！"

好像又有人在我头上击了一闷棍，肯定比上次那一棍更猛。这怎么会是真的呢？那个手提着饱满阳光给自己脊背泼洒的老人，怎么不打一声招呼就去了远方？生活已经超出了我们的生活经验！老人是太阳色的苦菜花，他对人对事是悄无声地热爱！此刻，我对他那种坚持晒脊背的似乎偏执的做法的好奇，变成了对他无名的牵挂。我又问邻居：

"他的家人呢？"

她答："我住这里晚，来后就看到他每天出出进进一个人，是单身！"她说着指指窗外，一树玉兰正开得饱满。

这时，我才看到门旁的那个马扎，就是我经常看到的那个简易得不能更简单的马扎，上面放着一篮石榴。阳光从走廊的窗口射进来，洒在石榴上，反射出的光波，仿佛能承受一切，重超所有坎坷。从这个在生活中恐怕再也找不到第二个的马扎上，我看到了时间的残酷，看见了与之相关的许多内容……

我再也看不到这位晒太阳的老人了。他的姓名我也不想去打听，知道了名字，也许会更让我伤感。但我想说的是，每一个人都有享受太阳光泽的权利，也都有做太阳的机会！

原载《散文百家》2020年第7期

当时只道是寻常

王本道

一场清爽的春雨，扫尽小城往日的阴霾，挥洒在大街小巷。迷蒙的细雨中，公交车在通衢大道上缓缓而行；打着花雨伞的行人络绎不绝，间隔有序；步道树上鲜嫩的绿芽已有长成绿叶的盎然蓬勃之势；街心公园里开满了鲜花，红的，粉的，紫的，黄的……眼前的一切，原本是以往暮春时节司空见惯的寻常景致，然而在全国人民抗击新冠病毒肺炎疫情取得决定性成果，人们重新走出家门之时，曾经熟视无睹的景致却让人倍感流连、亲切。虽然是在雨中，但是很多人情不自禁地凝眸沉思，抑或是拿出手机抒怀拍照。

年初以来，突如其来的疫情打破了世人原有的生活节奏，随之逐渐改变了生活习惯。最近正读一本书《灾难改变历史》，书中列举大量史实，佐证古今中外诸多天灾人祸，对人类历史产生的巨大影响。抚今追昔，不难让人想到，千百年来灾难改变的岂止是历史，同时也在改变，并正在改变着人的思维方式和行为方式。记得新冠病毒肆虐期间，宅在家里不能外出，又无外卖可叫，读书写作之外，吃饭成了生活中“最大”的问题。尽管娶妻生子以后，也时而在厨间造厨，却总认为是寻常小事，很少认真过。由于没有熟稔的厨艺，宅家之初，还不敢轻易去尝试新的菜式，但想到正读大二的孙女难得有这么长的假期与自己朝夕相处，让她日复一日吃着熟悉的“老三样”又心有不甘，于是便翻出家中所有食材，绞尽脑汁尝试多种菜品的混搭。如把大白菜裹上肉馅，蒸出春卷；西红柿炒鸡蛋出锅前放些番茄汁以增加醇厚的口感；炒肉丝时事先将肉丝放些淀粉揉进去，这样肉丝更加鲜爽细嫩，还把当年在瓦房店山区插队时学成的厨艺“片粉皮”老菜新做、细做。“无论食材有多优质，最后的调味其实是我们的心情。”孙女果然对我大加赞扬，还把那些菜品及我扎着围裙造厨的场景拍照发到朋友圈中“显摆”。如此，宅家两个月，我被孙女的众多同学网上投票，评为“四大美爷”之一，且名列榜首，让我不经意在宅家期间活出了充实，活出了精彩。

人生旅途，每个人各自的生命轨迹各有不同，但众多的人都不可避免地要面对庸常的家居生活。琐碎的生活细节，人们或许普遍熟视无睹，但是若能从最平凡的家居生活中寻找到亮点，对这些亮点多些洞察力，无疑会感到一种新的智慧被打开，让日复一日的平凡生活产生新鲜感，成为好日子。诚如抗击疫情取得决定性成果，武汉、湖北解禁，生活又按下了快进键，尽管展现在人们眼前的，依然是一条条绿茵茵的大街，依然是樱花烂漫的东湖之畔，依然是浩荡东流的长江、汉江，依然是“晴川历历汉阳树，芳草萋萋鹦鹉洲”，却处处让人有种久别重逢的喜悦。是疫情让我们改变了自己的思维方式和行为方式，让自己的内心世界极大限度地回归到了日常生活之中，懂得了寻找并珍惜生活中的亮点和隐藏其间的许多美好。著名美学家朱光潜先生曾著文写道，阿尔卑斯山谷中有一条大汽车路，两旁景物极美，路上插着一个标语牌劝告游人说：“慢慢走，欣赏啊！”许多人在这车水马龙的世界上生活，恰如在阿尔卑斯山谷中乘汽车兜风，匆匆忙忙地疾驰而过，无暇回首流连风景，于是这丰富华丽的世界便成为一个无趣的囚牢，这是一件多么惋惜的事啊！诚哉此言！

新冠病毒肺炎疫情暴发以来，全国人民通过“硬核”群防群控实践，对以往许多习以为常的东西大彻大悟，从而愈加热爱生活、珍惜生命，重新认识自然的价值，自觉养成文明、卫生、科学、健康的生活方式。“当时只道是寻常。”纳兰性德当年写下这感伤的词句原意是，失去方知珍惜，从而深深缅怀以往那稍纵即逝的爱情生活。如果换一个角度思考，从广义上讲，人世间的“当时”和“寻常”，并非都是值得怀念与珍惜的。在全国抗击新冠疫情取得决定性成果的今天，人们普遍悟出，包括疾病在内的许多自然灾害，一定程度上是人类某些习以为常的错误意识和不良的生活方式造成的。是人类与自然的某些不和谐，产生了这场灾难。事实上人类社会发展史早已证明，人与自然是生命共同体，人在自然中存在，首先要解决的一个问题是以什么样的思维和方式对待自然。人与自然之间应该构建起平等秩序，进而形成和谐共生关系。我们的先人历来看重自然的价值，崇尚和热爱自然，《庄子·齐物论》上说：“天地与我并生，而万物与我为一。”《淮南子·精神训》中也讲：“夫天地运而相通，万物总而为一。”需要反思的是，现实中人的实践活动指向和行为方式往往存在诸如人与自然的“主奴式”关系，以及无限放大的物质欲望等有悖于人与自然和谐共生关系的活动形式和行为方式，并将这种理念和不良行为视为“寻常”。有那么一些人，一味追求口腹刺激，吃喝嗜好扭曲血腥，猫狗鼠蛇蛙、蝙蝠果子狸，皆成盘中餐。还有一些地方官员为谋求政绩，不惜以牺牲生态环境为代价，无限度搞开发经营，严重破坏了植被和自然生态，势必招致大自然的报复。自然万物不仅是人类审视观照的客体和对象，更是人类与生俱来的朋友与伙伴，理应崇尚和敬畏自然万物，使人性人格从俗世拘囿和欲望束缚中摆脱出来，达到臻于率性恣意、自然洒脱的人生境界，恰如陶渊明“悠然见南山”，李白“相看两不厌”，苏东坡“口腹贪饕岂有穷，咽喉一过总成空。何如惜福留余地，养得清虚乐在中”。如此，才是为当代人所倾慕与向往的价值追求。

转眼又是人间四月，天清气朗，惠风和畅。世间熙熙攘攘，万物眼花缭乱，只是由于众多人的心灵因匆忙而失去了质感，而忽视了许多美好，把生活简单化，以致形成了许多“当时只道是寻常”。著名散文家林清玄先生曾经说过：“以清净心看世界，以欢喜心过生活，以平常心生情味，以柔软心除挂碍。”如此心态，才会练就一双慧眼，不断捕捉日常生活中的美好来充实自己。新冠病毒的肆虐也时时提示我们，还要善于反思和筛选以往诸多的“寻常”，去粗取精，去伪存真，养成健康、卫生、文明的生活习惯，使之成为“寻常”，不断把自己从日常混沌中推向全新的空间，一个此前无法企及的精神高度。追求美，热爱美，珍惜美，也是珍重自己。

原载《海燕》2020年第7期

巢

刘云芳

一

一个人坐在一枚果子上，稀疏的头发被风吹起，像是朝着天空或者飞过天空的谁打招呼，抑或是在对着天空照镜子，她在高远的苍穹之上看见了另一个自己。这是我在纸上画下的一幅画。黑白的色块和线条缠绕组合在白纸中央，成为这张白纸黑色的心事。

这画里的情景像极了“巢”字，我无意之中，用更加具象的图形解剖了它。然而在这幅画上发现这个字的意象时，我首先想到的并非鸟巢、蜂巢或者蚁巢，而是已经九十岁的我丈夫的奶奶，我称之为“婆婆奶”的老人。她腿脚不好，终日坐在炕头。银色的头发变得稀疏、干枯，它们卷曲、翘起，像是连接旧时光的天线。她一张嘴，讲的都是少年往事。比如蓟运河发水，家里没有粮食，她在河边捡到一只大乌龟，带回来，让饿得发慌的家人大吃了一顿；比如日本人路过村子时，忽然折返回来扫荡，她往脸上抹了锅底灰，藏在人群里，瑟瑟发抖；比如她跟着婶婶去讨饭，一个卖烙饼的大叔，把整张大饼都送给她；比如河边的那片芦苇长得真密啊，她要将它们采回织苇席，瘦小的她隐在芦苇荡里，不停挥舞着镰刀，总也割不到头……她眯着眼，不断纠正和确认这些事件的细节。在最后几年中，她所重复的往事出现了多种版本，讲述的次数也逐渐减少，却开始藏东西。

经常，吃完饭，婆婆奶的筷子和碗就不见了。我带孩子去看她，那双皮包骨头的手在被窝里摸来摸去，好半天，终于掏出两块沙琪玛，拿出来塞给孩子。我帮她整理房间，在被窝里找到碗筷之外，还会发现一大团头发。她遵循那古老的教诲：头发亦是神圣之物。不忍心将它们随意丢弃，而是一根根收集起来，藏在被窝里。她一生养育了六个孩子，六个孩子又生出十个子孙，这些子孙大部分也都有了下一代，可谓儿孙满堂。她想他们，却极少要求他们回来看她，也从不索要什么。每个夜晚来临，她甚至舍不得开灯。那张被子裹着她和她收集的那些物品，像极了一只鸟躺在自己不断衔回的枯草或者漂亮石子建造起的巢里。

她的大儿媳（即我的婆婆）跟我一样不能理解，婆婆奶为什么要把食物和碗筷藏在被窝里？然而，几年之后，我婆婆住进了我们在城市的家，她藏的东西虽然不是食物和碗筷，却有类似之嫌。只见大大小小的塑料袋或叠或卷被塞进门缝，塞进抽屉，塞进小桌与墙之间的夹缝里。各种购物袋自然是不会放过的，但后来，我们发现连装卫生纸的袋子和面粉袋也在她的收集之列。其次是纸片，各种箱子、盒子都会被她剪开，整齐码放在一处。一开始，我还会因为担心滋生细菌清理掉，后来发现她做这些事情，完全是无意识的，仿佛，收纳这些东西能够让她心安，便由着她去了。

我从网上查阅过这种现象的成因，有的说老人爱收集旧物，可能是老年痴呆的前兆。也有人说，是因为他们经历过穷苦年代，体会过生活的艰辛，所以才要杜绝浪费。然而了解到很多老人都如此，我便想，这是否是一种返祖现象？早在新石器时代的有巢氏，便“构木为巢室，袭叶为衣裳”，“昼拾橡栗，暮栖木上”。我想象着有巢氏在树上生活的样子：那些树木一定古老而粗壮，像一个个巨大的手掌，把每个巢穴举向高处。他们在树上吃喝、睡觉、生儿育女，有点像卡尔维诺在小说《树上的男爵》中描绘的某些情景。我不清楚这两个老人的行为是不是这种古老本能的遗传。

很多鸟类也有收集东西的癖好，比如喜鹊和乌鸦。它们喜欢色彩鲜亮、闪闪发光的小物品，甚至喜欢小型的金属制品、钱币、手绢等等。它们将这些东西收集在巢穴里，以此来向异性展示自己的富有。听说，还有鸟类为了捡拾火红的炭块，不慎将身体烫伤。这多么像一个为了爱情冒险做傻事的人。

婆婆总是惦记老家的房子。她在城市里帮我们带孩子，每次一提到回老家，前一天总会失眠，在心里将那些旧物盘点一遍。双脚一踏上那座小院，立马像换了个人，精神抖擞，看哪里都需要收拾、规整。她不喜欢住楼房，总说，那么多人挤在一个大盒子的小盒子里，又不是蜂、蚁。

阳光好的时候，她会下楼晒太阳。我从楼上往下望，几位阿姨穿着厚实的棉袄坐了一排。麻雀们飞飞停停，不时落在离她们不远的地方。跟婆婆聊天的阿姨们也都来自农村，跟她一样，居住在儿女的家里，心底想念的是故土上的家园。每过一阵，这些老人就会回去一趟，里里外外拾掇一番，像充电一样，呼吸几天老屋里的气息，再过来住上一段时间。

婆婆住惯了的老家，院子里有片竹子，枝叶间住着很多鸟。鸟们归巢之前的景象异常壮观。冬天的黄昏，几百只鸟在旁边掉光叶子的柿子树上、房顶的瓦片上、太阳能上聚集着，叫成一团，像是下班、放学后终于团聚的人类，聊着这一天的所遇所见。直到夜色逐渐深下来，才能把它们的声音淹没。鸟儿也是恋巢的，它们每天晚上回到这竹林里，是那么兴奋。

二

并非所有人都会恋着旧巢，比如少年时期的我。那时，我最怕没能在城市里扎下根，在应该工作的年纪却只能住在老家的房子里。我惧怕我的一生就这样被扣留在大山深处。

在学生时期最后一个暑假，我借用学校的教室，召集村里的小孩给他们上课，教数学、语文，在太阳快落山前，用他们的名字编长长的离奇的故事。这故事不仅吸引了孩子们，还吸引了村庄里的人。每一次，教室里都会黑压压挤成一片。我像个说书人一样，把脑海里的故事搬出来，并且尽可能讲得精彩。为了让他们感受到故事带来的惊喜，我总是时不时把他们的名字缀到故事里，直到现在我还记得，那些人忽然听到自己名字时，眼神里散发出的那种光芒。其实，我是热爱这份工作的，但九月份一来，我就要把教室还给学校里真正的老师，“鸠占鹊巢”让我常常不安。每次放学都会很晚，大家欢笑着带着我的故事回家，而我总是用忧郁的眼神看着照射进两座大山夹缝里的外面世界的光。

在那个秋天，我将自己逼向了远方。

接着，我开始了租房、换房的历程。租住时，我习惯于把它们称为“家”。下班后，猫在这临时的住所里，读书、写作、胡思乱想。那些个房子在城市的不同方位，像表针一样，沿着城市中心不断转动。它们有的潮湿、阴暗，有的邻街，晚上总能听到楼下烧烤摊上年轻人忽然传来的尖叫声，不知道是什么扎疼了他。我站在六楼的阳台上，有时能看到楼下有一对男女在电线杆旁互相推搡，又互相拥抱。而自带音箱的摩托车也常从深夜的街道飞奔而过。

那些年里，我所有的努力，好像就是为了搬到一个个新“家”，然后再搬离它们，像跳棋一样，一步步往前挪动。为了方便搬家，在每个出租屋里，我都不太添置大型的家当。推开房门，放眼看到一些蒙了布的所谓大小桌子、衣柜，可能都是些纸箱而已。这样子有点像山村里那些借巢而居的懒鸟们。

但结婚前，搬离那座城市时，需要邮寄的东西也已经像座小山了。

我和丈夫租住在一座大学附近的小房子里。隔壁总是没日没夜播放着当时流行的电视剧《哑巴新娘》主题曲。一天，有人敲门，我打开门，隔着铁丝纱窗看到一个老人端坐在板凳上，吓我一跳。聊了几句才知道，她是我的邻居，因为前两年腿坏了，无法正常行走，只能借助于一只板凳。她怀疑我们是附近那所大学的学生，担心我拿着家里的钱上学，却出来与男朋友同居。她是带着一腔正义感来询问的。其实，那时在这座老年人居多的小区里行走，我和丈夫时常被一些老人指指点点。他们不仅喜欢收纳旧物，还喜欢收纳流言。

我有点气愤，也有点好笑。但为了自证清白，还是拿出刚领了几天的结婚证给她看。她有点不好意思，说看见我们年龄很小，跟她孙子也差不了多少。

有一次，我受到老人的邀请，进入她的房间。那间屋子杂乱，还散发着一股奇怪的难闻气味。屋里光线很暗，窗户被一些塑料品挡住，大约是她捡来的什么东西，这让她看起来像一个体形模糊的影子。我问，您有衣服要洗吗？我可以帮您洗。她说，不用，我有儿子。

她已经独居很多年了。儿子隔两天来一次，给她拿些馒头或者什么吃食。早晚，她是不吃饭的，只在中午吃一顿。后来，我在门口听到她儿子的抱怨，他大声呵斥，问她为什么把馒头放到被窝里。他一边清理一边大声质问。老人一句话不说，等儿子走了，她挪动着板凳坐在门口望向楼梯。这个从她的子宫出生，从这套房子里长大的儿子就这样走了，对这里的一切充满了嫌弃。而她和那套房子，像两个空旷的被遗弃的巢穴，沉默着。

好半天，我隔着门问，您需要买什么东西，想吃什么就告诉我，我可以帮着买回来。她冷冷地回答，我有儿子。然后，慢慢地关上了那扇破旧的房门。

后来，我们又搬过两次家，终于有了属于自己的房子。我们在新房各个房间里转悠，像是在自己的领地上巡逻。因为新买的床要散味，只能在另一间房里睡地铺。那段时间，我们用仅有的一点收入还着房贷，添置家具。第一个月买床，第二个月买柜子，第三个月买沙发。到第四个月不能买了，要积攒生孩子的钱。我们像两个鸟类一般，从远方衔来各种东西，精心装扮着这个小家。

夜晚，站在客厅里，丈夫忽然把灯关掉了。我们看向窗外，那里正是万家灯火，一幢幢高楼错落着，树木与路灯交相辉映。我感觉自己的家就藏在这时间的壳里，等着我们两个从各自的故乡出发，相遇，再一起手拉手来到这一刻。心里猛然有种感动，那感动是接受父母买房馈赠所不能体会的。

转眼十年过去了。我们已经把一套房子完全住出了家的气息。孩子在他的作文里写道，感觉我们家住着一位魔法师，原来空空荡荡像出租屋的房间，不知不觉就变得满满当当，越来越好了。

两个卧室外墙的空调眼里都住了鸟，应该是麻雀。我经常隔着墙听它们叽叽喳喳，这两家子鸟，它们都在说什么呢，那应该都是快乐的交谈吧。但更多的时候，是它们在听我们说话。有一次，一只麻雀站在窗外往里看。它大约也好奇它的邻居是一家什么样的人。

在城中村，房东给予的刁难；某一个出租屋里的寒冷；刚搬至一个新的住处，外边墙体上便写下了大大的拆字；房租该交了，可是工资还没有发……那些年的焦虑处境偶尔还会在分解之后重新组合成新的梦，闯进我的意识里。忽然惊醒，坐起来。身旁的丈夫传出轻微的鼾声。两个睡得横七竖八的儿子已经把被子踢开。我给他们一一盖好，重新躺下，像只老鸟一样，在深夜里，在这坚固的巢里，回望着自己在那些年一次又一次的迁徙。

三

说起来，没有谁的房间比舅太奶奶的住处更像巢穴的了。里面堆满了各种树枝、麦子秸秆、玉米秸秆，还有玉米骨头。在她家经常能看到别人家多年前遗弃的旧物。有一次，我甚至看到了我家曾经当垃圾丢掉的一块毛巾，也看到过一个粉色的蝴蝶发卡，被她别在挂历上边。在灰暗的屋子里，这发卡好像随时会飞走似的。

今年夏天的某个午后，舅太奶奶忽然来找我，她说，要是我能在娘家待到冬天，她就储存一罐蜂蜜给我。她告诉我，有次，她去一面土崖下蹲着拾杏，忽然，肩膀上响起“嗡嗡”的声音，她刚要赶走它，却看见接连有几只蜜蜂聚拢过来，这才意识到，原来第一只落在她肩膀上的是只蜂王。她赶紧小心翼翼地跪下，从草丛里一点点往外爬。就在侧边一个小坡上边的杜梨树下，有一处她孙女婿几年前用泥坯造的蜂窝，但这几年，始终空着。她缓慢地爬上小山坡，连头都不敢回，生怕惊扰它们。直到挪至蜂窝门口，她一直跪着，像个虔诚的信徒在等待某种恩赐一样，肩膀上的蜜蜂越聚越多。不一会儿，第一只蜜蜂飞进了蜂窝，紧接着，其他的蜜蜂也一只只飞了进去。这件事发生在这位九十岁老人的身上，她问我预示啥。我觉得很神奇，告诉她这是好兆头。她虽然半信半疑，但是很开心。

她带我和丈夫去看她的蜜蜂。提前就悄悄问我们，是否吃了葱蒜。又说蜜蜂不喜欢这些味道，嗅到后会蜇你的。我们看她拄一根从山里砍来的木棍，摇晃着羸瘦的身子走到那片高大的土崖下，指着蜂窝下边一座古老的宅院，说这是以前地主住过的房子，现在，已经沦落为羊圈。院子里满是黑色的羊粪粒，几只雪白的小羊羔卧在那些古旧的门阶石上。以前她就借居在这房子里，当时舅太爷爷还在。他们一辈子没有生养，一双儿女都是抱养来的，因而，从不对孩子们有所奢望。在舅太爷爷去世前的最后两年里，他走路都不利索了，还要搭着三轮车去锄苗，笑着说，我爬着也能把地里的活儿干好。

此刻，大门紧锁着，里边放着些杂物。在墙壁高些的地方，是阁楼上的一扇小窗，它像是房子的眼睛一样。让我与它对视的时候，总是想起若干年前，去这房子里探望舅太奶奶、舅太爷爷的情景。屋里总是很黑，感觉人总是躲在暗影里说话。对于房子现在的主人来说，这不过是他们的祖辈在漫长时间里蜕下的一个重壳。除了空着，圈羊，别无一用。那在墙缝与枯草之间隐匿的沧桑感总是无人相认。我不知道，舅太奶奶看到住了大半生的院子布满羊粪是一种什么样的心情。但她不再往那里看，而是一遍遍轻声告诉我，蜂窝就在上边了。那里有一个像村里供神龛的那种的小房子，用砖石砌成，又用泥土抹了一层，前边镶嵌了一个弃用的石磨，上边两个原本放豆子的洞变成了蜜蜂们进出的大门。她说，担心夏天雨多，怕冲坏了蜂窝，便在上边盖了一层塑料布。

脚下杂草丛生，还有一些细微的小野花在青草间开放，像散落在草里的星星。而在这房子的对面和侧面，到处都是废弃的土窑洞，有一间里，还放置着坏了的织布机。舅太奶奶告诉我，这里曾经住着谁的爷爷，谁的太爷爷。她告诉我我们祖上的窑洞的时候，我忍不住看过去，它在那块有柿子树的田地的里侧。远远望去，像一只猫在大地深处的眼睛，走近了，因为坍塌得厉害，已经变成一个破洞，仔细看，墙壁上还留有曾经的烟火留下的痕迹。

舅太奶奶踩着长得像头发的那种绿草走过去，其间还摔了一跤，没等我上前去扶，她就站了起来，到了那道小坡下边，她向我演示了一遍，是怎样遇到蜜蜂，怎样把它们运送到那间蜂窝的。我们看着小蜜蜂进进出出。她眯着的双眼，藏在满脸的皱纹之中，干瘪的嘴角漾出一层笑意。

我们久久地坐着。在看不见的蜂巢里，蜜蜂们忙忙碌碌，酿造着花蜜。舅太奶奶又说，不管冬天有多少蜜，我都给你留着。顿时，我感觉那些飞进飞出的小蜜蜂仿佛都是她的使者，是她派来给我酿造花蜜的。那蜂巢藏在泥坯房里，多像舅太奶奶对我的心意。

几天之后的一个傍晚，她忽然来找我，问，你刚才是不是来我家了。我说没有。原来，她听见狗叫了好几声，就以为我去看她了，她担心我因为怕狗，没有进门，便一路追来。那时，天色已经暗下来，我不放心她一个人走，便跟去送。走进院子，她呵斥那条狗，并把我挡在身子后边。接着，她在黑乎乎的墙上摸灯绳，灯亮了，但是光线很暗。她说，你快坐着，我给你包了饺子，咱们煮饺子吃。我这才明白，她是先包了饺子要给我吃，才出现了幻听。她往炉子里塞了一截干柴，火光映照在灰黑的墙上。我看见一只花狸猫站在窗台上发呆。灯光太暗了，以至于窗户、猫和外边的树都变成了黑白的剪影。在它们的衬托之下，舅太奶奶的身影看起来更加孤单。

我离开时，她硬是要拄着拐棍出来相送，依旧是把我挡在身后，呵斥那只跃跃欲试的狗，她在我的推辞下，坚持送下那道山坡，压低声音重复着说，今年冬天如果蜂蜜少，我一口都不让别人吃，专门给你留着。其实有她这一句话，我的心里就已经装满了蜜了。

村里人因为外出打工，到处都是空房子。夜风之下，那些空房子在暗处沉默着，所有的一切都变成盛装时间和感激的容器。我站在那里，搜肠刮肚想找一个合适的词，表达我内心的感激，又让她听起来不那么突兀。然而，在家乡话的语系里，竟然没有一个合适的词语能在此时跳到舌头上。于是，我一遍遍重复着说，您回去吧，家里没人。

而她比我更像个诗人，除了要在冬天给我留一罐蜂蜜，她在我每年归乡时都会送来十个鸡蛋。去山里跑一趟，回来后，让我伸手，往我手心里放一把松子。有时候也送我一把杏，说是路过某棵树下捡的。她还时不时送我两个山楂卷，几个苹果，一把豆角。她说，去坡上转悠，在路边看见了它们，便摘来送你。每次，她那轻描淡写的话都能把我的心紧紧抓住。

面对这位可爱的老人，我忽然感觉，每一件物品，每一种名词，都像是一座年代久远的庙宇，它们的内部聚集了太多生命的祝福、信仰。经过这三十几年的关爱，当我想到鸡蛋时，必将想到她的笑脸，她那粗糙的手。当我想到蜂巢，也必想到她跪着爬上小土坡的样子，她说要为我留一罐蜂蜜时，脸上有羞涩的神情。那些名词背后的含义，需要安静，更安静，才有可能逐渐抵达。

这个深夜，不知道深山里那间如巢一般的房屋中，炉火是否燃得尽心尽力。而她一定会像往常一样，又一次念起我们的名字，就像念一段让自己心安的经文。

几个月前，因为父母身体不好，我在弟弟所在的县城为他们租了房子住。临行前，杀了鸡，送走了狗，卖了父亲的机动三轮车。能送的全部送人。看着我们家那空了的房子和墙下巨大的空了几年的蜂巢相对着，心里的滋味也是复杂的。临行前，我去看了舅太奶奶。她叮嘱说，等你爸妈好了，就回来，房子一旦长久空着，连蚂蚁都会欺负它。我点头应着，并且用力地握着她的手。

原载《青年文学》2021年第7期

闻风起

苏沧桑

他向我递过来一饼刚从篾席上收回的粉干，像递过来一团盘得很细致的纱线，白露时节傍晚的暮光，为它涂上一层金色和银色之间的另一种颜色。他递过来粉干时，也递过来浓烈的汗味，递过来他身后炉火的红光、夕阳的金光以及光笼罩下的一片深绿色菜地。

我接过米线。视线最前端变得模糊，景深里最清晰的部分，是那团粉干后一个男子赤裸的上身。黝黑发亮的胸肌和腹肌上，密布的汗珠随着他急促的一呼一吸，汇聚、滚落、流淌。在炉火的轰鸣声和火光的映照里，刚从锅炉前直起腰来的这个五旬男子，美如一尊古希腊雕塑。

他转身回到巨大的锅炉前，将一大块木柴塞进炉膛，并捅了捅里面的柴火，白炽状的火焰熊熊燃烧。他眯着眼睛，皱着眉头，像是眼睛被火光灼痛，又像被额上淌下来的汗水渍痛。

东海边温州龙港余家慕村的白露时节，离寒起霜凝还很早，36 摄氏度的气温里，他在锅炉和蒸炉之间穿梭，从凌晨三四点到夜里 10 点。

那时，我不知道他就是盛余粉干的当家人余德情，改良传统古法蒸笼粉干独创余氏制作新流程的人。那时，他也不知道我是谁，我偶尔来到龙港，偶尔听说余家慕村盛产我从小最爱吃的粉干，临时起意请两位当地朋友美红、海哨陪我到村里看看，偶尔路过他家门口，便踱进去东看看、西问问。对我们这三个不速之客，他毫不防备、毫无保留地回答着我们的盘问，比如，刚听说你家粉干特别有名，为什么呢？

米第一要紧，如果用陈年米，最多也不能超过两年的。别家可能用一种米，我用三种米搭配，其中有稻花香米。

水也要紧，用山泉水。

火也要紧，烧柴火，不烧煤炭。

做工也要紧，我家的是双蒸，米粉蒸一道，压出的鲜粉干再蒸一道。

在蒸腾的热气和锅炉的轰鸣声里，时光回到了52年前，离此地12公里的温州平阳南坡老街，一位母亲轻轻夹起一根浸透海鲜汤、细滑白皙、绵软柔韧的汤米线，放进4个月大的女婴嘴里——吃了4个月奶水和米糊的我开荤了，人生第一顿正餐就是海鲜汤米线。4个月大的婴儿无疑记不住她在人间尝到的第一口荤腥，味蕾却替她永远记住了汤米线的美味。米线，也就是老家玉环人说的“米面”、温州人说的“粉干”，从此成为我最喜欢的主食，没有之一。

早在北宋初年，温州粉干就已享盛名。先人们将米用水磨磨成水粉，煮至半熟后用臼舂捣蒸，用水碓反复捻捣，再将粉团压出细如纱线的米粉，放在竹匾上晾晒干。得天独厚的龙港美食无数，蝤蠓、梭子蟹、海蜈蚣、泥蚶、蛏子等海鲜自不必多言，妙的是龙港各种手工美食，红曲酒、索面、粉干、鱼干、百打糕、馄饨、炒灯盏糕等，皆凝聚着龙港人的智慧。余家粉干由北宋工部尚书余靖公晚年归隐创制，此后余北、余南两村粉干传统技艺400多年来经久不衰，近百个家庭作坊及工厂日夜流淌着粉干瀑布，流向全国各地乃至海外。

在蒸腾的热气和锅炉的轰鸣声里，时光回到了属于余德情的20年前。属于他的这20年，是一天一天一夜一夜熬过来的。当时，他生意亏本，家里一分钱都没有了，一个儿子、一个女儿连吃饭的钱都没有了，东拼西借两千元钱打算去菜市场卖菜，可摊位的价格远远超出他的想象。走投无路之下，他去买了米和简陋的粉干加工机器，夫妻俩边学边做。一天一天做，一天一天熬，直到如今一天能做3000斤。

老祖宗留下来的做法虽然好，但蒸笼做法数量做不起来，他一边做一边改，最大的改动就是将米粉做好后挂在杆子上再用锅炉蒸，质量和数量都上去了，村里人甚至外地人都来跟他学。这几天，宁波一家米粉厂天天电话催他过去当师父，可他没空。连下雨天也没空，别人家下雨天休息，他买了烘干机，天气不好就用烘干机，一天也舍不得休息。

那时我不知道，在锅炉和蒸炉之间穿梭着的这个浑身湿透的男人是一个老板，我问他什么时候不用自己亲自动手烧锅炉，他说，10年后再请工人来做吧。

这意味着，这个50岁的身体还要在锅炉和蒸炉前再流10年汗水，来回穿梭千百万次。我想，哪怕到了花甲古稀之年，这个人也是不肯歇下来的。我仿佛看见，多年后，他依然身手矫健地穿梭在锅炉与蒸炉之间，继续着他一个人的狂奔。

从余德情家出来，我们路过一幅“画”。一座老屋幽深的门洞内，一个女人正用一把巨大的剪刀将米粉机里吐出来的湿粉干剪断，顺手晾到架子上，然后用双手将米粉团归拢到米粉机孔里。在她身后，一个赤裸着上身看不清眉眼的男人，正用肩膀扛起一桶刚出锅的米粉往米粉机里倒。弥漫的蒸汽和夕阳的光影，将他们定格成一幅油画。

暮色中的余家慕村，每一家敞开着的门洞里都喷着米粉干的味道，每一个人包括老人都在忙碌着。一个刚学会走路的女婴踉踉跄跄走到我跟前，突然从米粉干竹帘后仰起脸，冲我露出向日葵般明亮的笑容。

多年后，镌刻在这个粉干后代生命里异常勤劳的基因，会让她成为谁呢？

二

潮水未涨时，龙港肥艚村的海风身上携带着两种浓稠的海腥味，一种是它经过黑滩涂往岸上走时，它自身的味道和滩涂的味道，是海洋和大地拥抱过后的味道；一种是干燥的、温暖的、诱人的香味，是晾晒在向晚的渔村里的那些油鳗、鱿鱼、虾的味道。其实，它们的主人们一直在等待着秋后更猛烈的海风，更迅速地带走那些海货里的水分，那么，海货极致的鲜味就会被快速锁定，传达至远方人们的味蕾之时，会更直接地触及东海的味道。

这是九月的渔村，白露即将到来。海货的主人阿芬掰开一块油亮亮的蒸油鳗，一缕热气从一丝丝洁白的鱼肉间溢出来，钻进人的鼻孔里，舌尖瞬间涌起口水。微咸、极鲜、韧韧的、油滋滋的，吃一块，再吃一块，还想吃一块，像老家玉环人说的“赖根头”。

阿芬的丈夫将晒在门口的虾干扫拢，海风将虾干的香味吹进了沿街的屋内。我和美红、海哨围着一张凳子坐在矮竹椅上，将一颗又一颗虾米、一片又一片油鳗干、一块又一块鱿鱼干送进嘴里，根本腾不出手去捋被海风吹得狂乱的头发。

阿芬从早晨三点多起来忙到现在，剖鳗、煮虾、晾晒、收摊，还兼着卖，五六个巨大的冰柜里，是她和丈夫日夜辛劳积攒的海货干。她烫了头发、文了眉，脖颈上戴着细细的金项链，和所有温州女人一样打扮时尚，笑起来露出的牙齿整齐洁白。

通往渔船码头的街巷寥无行人，偶尔有电动车飞速穿过，两个男人在渔需店门口将船缆绳拉成直线钉入地面，叮叮当当的声音仿佛在山谷里回响。其实沿街每家每户的门洞里都有人，他们都默默忙碌着，补网、做编织袋、缝礼品袋、做小吃等等。一个 30 多岁的微胖女人扎着高高的马尾，穿着时髦的黑色 T 恤和牛仔裤，坐在一堆绿色的渔网中间，专心致志地织着渔网。

都说龙港人是平阳最勤劳的人，勤劳得甚至都不怎么懂享受，只知道干活，所以，一个小小的渔村，硬是变成了一个富足的城市，就像一个奇迹。阿芬家世代住在舥艚村，捕捞作业，本本分分。白露过后每一个晴冷天，对于精于美食的温州人都是黄金时节，他们开始晒酱油肉、酱油鸭、酱油鸡和鳗鲞，龙港人也晒鱼干、虾干和鳗鲞，为的不是自己的口福，而是生计。女人们翘首等候秋风乍起，将鳗鱼、黄鱼、虾等晒满房前屋后，将海洋的馈赠贮存得久一些，更久一些。

海风从未带走过渔村深入骨髓的海腥味，也带不走东海岸人深入骨髓的勤劳和智慧。52年前，离舥艚村12公里的平阳南坡老街，母亲将4个月大的我背在背上，趴在床上无师自通地学做裁缝。在报纸上画画剪剪无数次后，她决定放手一搏，将父亲唯一的一件呢大衣一针一针拆下来，用报纸画好样子，记住整件衣服的结构，然后到坡南街一家裁缝店里，等缝纫机空出来时，将整件大衣缝合如初。在往后的岁月中，母亲无师自通的裁缝手艺和父亲微薄的薪水，养育了三个孩子，并将他们一一送入大学。

"露从今夜白，月是故乡明。"白露时节的海风吹拂着舥艚村，也吹拂着一海湾之隔的玉环岛。离舥艚村150公里的玉环岛山后浦村，母亲仰头看见桂花树一夜间爆出了米粒般的花芽。桂花开的头一天，年近八十的她会矫健地跨过二楼阳台栏杆，站在平台上，找几枝从树下往上看不易看见的桂花枝，将桂花撸到篮子里，刚好一篮子，她便停手，舍不得撸多了。然后，她静静坐在院子午后斑驳的光影里，用一根牙签将桂花里的小花梗等杂物一一剔除，将一半鲜桂花直接拌进白糖里，一半桂花晾干，洒在她刚学会做的开花馒头上。当阳光渐渐变成越来越温柔的淡金色时，她会筹谋着让父亲去菜场买最好的排骨和猪肉，或者虾，或者鲳鱼，她要做很多香肠、酱油肉、酱排骨、虾干、鱼干，给远方的儿女寄过去。

离山后浦1.5公里的楚门南门街，母亲最小的妹妹、我的小姨妈晓芳，暮春起便每日凌晨4点左右起床，做冷饮所需的所有配料——蒸糯米、煮花生和绿豆、做冰块等。她家开着楚门最著名的冷饮店，最著名的一道冷饮是花生汤，花生酥烂软糯入口即化，汤很浓稠，且有浓郁的牛奶味和猪油香。她做生意很"拽"，每天午后3点准时开门，不管门口早已等着多少老顾客，冷饮就做那么多，样样都要做好，宁愿少卖一点。这个外婆家最小最受宠的女儿，不知何时无师自通学会了各种美食的做法，每天汗水一抹一大把，夜里只睡短短几小时，勤快得让家里人匪夷所思。白露过后，天气转凉，生意淡了，她也就"懒得卖了"。她的"懒"字里有一丝丝不甘，如同千年前那个卖炭翁的"心忧炭贱愿天寒"。

染上秋阳的每一寸时光，都微微沉了一点，仿佛真是金子做的。白露之三候为"群鸟养羞"，百鸟开始忙着贮存干果，百姓开始忙着"抢秋""晒秋"，一只蜜蜂久久停留在它喜欢的那朵花上。据科学家研究，蜜蜂有访花恒定性，它们对颜色的敏感度远胜于花朵的形状，当它偶尔在某种颜色的花里寻到它喜欢的花蜜，就会一直去寻找这种颜色的花。大地之上，无穷远方，无数人们，蜜蜂般飞翔着、寻觅着自己喜欢的某一朵花，一心一意专注于某一朵花。那朵花不是花，是一条生路，带他们飞的风不是风，是“穷不失义，达不离道”。

龙港舥艚村，阿芬等着秋风起时，晒出一年里最鲜美的鱼干。

龙港余家慕村，余德情全家和毛小张夫妇等着秋风起时，晒出一年里最好的米粉干。

玉环岛楚门镇山后浦，菊香在静静等待桂花开放，她最小的妹妹晓芳在等待秋风起时，终于可以歇一歇，骑着电瓶车到姐姐家赏桂花。

玉环岛坎门，每一个渔村、每一个海滩上都将铺满竹帘，晒满各种粉红色的海鲜干。

于是，秋风起时，沉默的力量将无数岛屿变成一朵朵巨大的粉色莲花，在东海蓝灰色的波涛间怒放，其实，那是果实。

原载《解放日报》2021年10月29日

养猫那些事

赵 峰

我小时候，乡下孩子都有副业，就是饲养生灵。大人负责鸡、鸭、鹅，猪，下放给孩子的是羊、兔、猫和鸽子。养羊我比不了宝来，放猪我赶不上元生，侍弄兔子根长是师傅。术业专攻，养猫、养鸽子我自己敢说我最好，大家恐无异议。我只要单说猫，他们只有听的份，恭恭敬敬地听。我说猫，可不是“猫三狗四，猪五羊六”，这些都太表皮、太浅，我能说好半天猫的“小百科”，绝对比百度鲜活。

猫和老鼠世仇，和狗也难做朋友，那就闲插话说几句狗。刚出生的小狗眼里都有层膜，厚厚的，和白内障一样。按惯例三天该扒眼，用手指使使劲也能撑开。最过瘾的是找根秫秸𥮴，揽过狗，用腿夹住，拇指和食指扒开狗眼，拿𥮴子轻轻一划，那层膜就破开。睁开眼的狗兴奋地和人对看，还有周围一切稀奇。猫不用拉，生下来眼睛就亮亮的，晶莹的猫眼比狗眼漂亮。

实际上狗眼不扒，也睁得开，只是时间会长一些。小孩心急，沉不住气。像是做手术的那感觉很好，轻轻地，轻轻地，像是踩在薄冰上。稍用过力，会伤了狗眼，狗眼瞎了，看人低。

我猫多，黑的，白的，花的，灰的，咖啡的都有。它们不习惯登堂入室，明目张胆地和宠物猫一样和主人同眠。屋头一间堆满杂物的小偏房，它们都窝在那儿。猫三个月一窝，繁殖起来很快，老鼠更厉害，一个月就能生。

我管大猫叫大花，它有段时间格外警惕人，我知道它生猫了。只要有人进去，大花就在横七竖八的棍棒间，冷不丁跳出来，非常厌恶地看着我。我知道它不欢迎我，它在逐客。那时我还不太懂猫，看它喵喵个不停，吹胡子瞪眼的，我以为它是跟我装模作样闹着玩，就继续往它跟前靠。连扔了几条小鱼也没改变它态度，我也生气了，责怪它翻脸不认人。离它不到一步远的时候，猫愤怒了，半个身子立在一根旧檩条上，像眼镜蛇丝丝吐蛇信子，向我呲牙咧嘴。在杂物错乱的缝隙里，我还是看到草窝里几只拳头大小的小猫猫，一脸惊恐地看着我。

就要触到了大花的底线，再往前，它会一点也不客气！那次，我很侥幸，没彻底激怒大花。

只是过了一天，我去小房抱柴火，惊讶地发现，大花叼着小猫要去另一个地方，发现我就一动不动。我觉得大花太残忍，咋能咬小猫呢？伸手想去夺下，大花把小猫一放，就要扑我，一副拼命的架势。后来听大人说，猫不愿意被人发现“产房”，看到了就要再找一个不为人知的地方，不受一点干扰才可以。至于猫搬家，就是用嘴叼，很安全，不会伤及一点皮毛。除非把小猫领出来，不然不会让任何人见。猫特神秘，除非受伤死去，否则死不见尸，猫科的虎也这样。

小猫长得快，不久大花就全领出来，五只。三只小花猫，黑白相间，一只灰猫，还有一只黑猫。我能感觉到，大花温顺了许多，看我的目光多了些友善。细细品鉴这些可爱的小猫，唯有个头最小的那只黑猫，看着有些异样，一只眼里竟然长出个疙瘩，像个小菠萝花，另一只眼却犀利无比。我意识到这是只“独眼猫”，私下喂猫，总是要偏心多给它一些。它好像能看懂我的心思，常没事就蹲在我脚面上。

海是个愣头青，说话不过脑子，喜欢乱杵打。他说我的猫是“瞎猫”，我回骂他：你才瞎呢！嘴不把门，眼也不把门！他嘿嘿一笑：也就说说，急嘛？说不定能吃不少死老鼠，嘿嘿！然后扬长走了。这人够坏，说吃死耗子这话更难听，还是暗说我的猫是瞎猫。我抱着小猫出来，好多大人也这样说，我都一一回敬：那么大个人了，会说人话吗？大人被我抢白了个讪讪，都闭了嘴。我知道他们依旧会私下说，我想，只要不守着我，说就说吧，反正我听不见。西街上有个小孩，出过疯，是真傻，都叫他“傻春”。村里还有两个小眼睛的人，一个被叫着“老鼠眼”，另一个直接就“瞎水”。乡下很多事，让人没脾气。

小黑猫虽有眼疾，可胆子大，又沉稳，半大猫的时候抓老鼠就是最出色的，后来成了不折不扣的老大。盯鼠窝它有一套，好像知道老鼠啥时候出洞，它屏住呼吸守在洞口，老鼠只要露头它就准确咬住脖子。有次干粮架子上趴个大老鼠，正大快朵颐，小黑猫并不顺着柱子上爬，然后再跳到架子上去逮。而是用力喵呜一声，然后直接往桌子上跳。老鼠好像听了命令，不知是计，大惊失色后，也玩命往桌子上跳，被声上击下的小黑猫逮个无路可逃。小黑猫似乎早就料到老鼠逃命线路，架子、桌面、床底，然后鼠洞。

抓住老鼠的小黑猫肯定不客气，几口就咬断了大老鼠的脖子。那些欺负过小猫的小猫，都被刚才这一幕惊呆了。小黑猫“温酒斩华雄”，让别的猫不再小看它。后不久，那四只都送了人，唯独留下了它，我还给他取了个新名“小包”。

猫狗也好像不共戴天，除非一家养的，青梅竹马就没事。不一家的就不行，见了容易眼红。狗随人，有次海家那只大狗跑到我家门口，大声地汪汪吓唬大花，半条街都能听到。大花审时度势，赶紧躲了，小包也急着逃，我却不撒手。小包再也不客气，情急伸出锋利的爪子，把我的脸都抓了，我才松了手。后来好多年我才弄懂，不自量力的事猫不做。

猫打架和人一样，混不吝的那些玩撕咬。高手都是虚拟过招，只需举起前掌，相互拍一下，高下立判。猫，前掌的肉垫可以无限温柔，抚摸小猫，和朋友玩闹都用肉垫。藏肉垫里的钢钩，遇敌需要格斗时才露出来。有只蛮横的大黄猫欺负我家大花，对阵厮杀的时候，小包一马当先冲在前面。大黄猫被小包的气势威慑住，居然甘拜下风，悻悻地走了。子威母荣，我家的猫母子再也没猫敢惹。

猫善跳，轻功是最好的，从平地跳上一人高小墙头，一点声息也没有。落地，更是如此。麻雀那么贼，小猫都悄手拈脚地，一口逮个正着，它还能从小河边抓小鱼吃。猫最喜欢吃耗子和鱼，据说鱼和老鼠的牛磺酸最多。家里有猫，老鼠基本上不敢逞能，有鱼的话，一定要放得严实些。不然，它也偷吃不客气。

小猫长成了大猫，成了一只赫赫有名的猫。一只眼，身残志坚，逮老鼠的业绩很励志。乡下忌讳吃猫肉和燕子的，海家就剥过一只断腿的猫，还送给我们家几块肉，没人吃，父亲倒掉埋了。据说，猫肉不好吃，酸。见过狗皮、兔子皮，很少有人家有猫皮。

猫没事就用唾液洗脸，直到干干净净，它们喜欢体面。现在混在垃圾桶里那些猫，也没见过邋遢的，混饱肚子，要找一个无人的地方梳洗打扮一番。猫嗜睡，整天眯着眼，一天要睡多半天，据说充足睡眠也是美女要件。不过，那时鼠患多，猫睡不踏实，稍有动静就大眼圆睁，它的耳朵高度敏感。看着猫睡，实际上多半是假寐。现多数猫晋级宠物猫，情同家人，也没抓老鼠的任务了，可以放心大睡，猫多的地方，常闻一片鼾声。

原载《解放日报》2021年10月29日

结绳者

朝 颜

一

“八根线，七个面，四十八个结。”七十九岁的老人杨群寿一边念念有词，一边在竹篾骨架的交会处熟练地打上一个结。

说到“结”字的时候，他忽然将声音顿了下来。顺着他的目光，我望向厅堂里那一地已经完工的蛇灯骨架。金黄的竹篾间，一个个乌黑的绳结如繁星点缀其间。我被一缕叹气般的余音怔住，不敢伸手去数，也无法计数。

从总角之年到耄耋老者，这一生，杨群寿已经打过多少个绳结，谁能说得清呢？

关于扎制一个蛇灯的程序和数字，杨群寿熟悉得仿佛是自己的左手和右手，伸出手来，十个手指头，即便在黑暗中也连接着内心的亮光。

那是怎样的一双手啊，苍老、枯瘦、斑驳、粗糙、青筋暴突，指甲正在无可挽回地向内萎缩。然而这双手又是如此灵巧，它们和竹子、刀具、绳结、彩纸打了一辈子交道。砍、破、削、剪、剜、糊、扎、凿……所有的动词，都和这双手有关；所有的动作，都经由这双手去完成。

“做这些活，累吗？”我说。

杨群寿却避开了我的话题，颇有些自得地说：“做纸扎能锻炼身体，还能动脑。”我又一次打量着眼前的老人，的确，他人虽清瘦，却精神矍铄，连腰板也挺得直直的。

不经意间，他吐出一个词：轻功。我心里一惊，莫非，这老者是隐匿在民间的武林高手？为了消除我的惊愕，他实地比画给我看，用极迅速的动作，在蛇灯骨架上糊好一张纸。然后，抬起头来看我，意思是，这便是他说的“轻功”。

我笑了，他也笑了。

事实是，这一个看似简单的动作，个中包含着修炼多年的手上功夫。那纸薄如蝉翼，一不小心就有可能糊爆，力度把握需又快又稳又准。而那些琐碎的工序，哪一道不是看似轻易，实则考验着人的巧劲和耐心呢。

年复一年，杨群寿坐在这里做灯，就像坐进了往事之中。

“我们石城人制灯舞灯的历史，有一千多年了啊。”他说。没有任何铺垫的，他为我讲述了一个远古的故事：相传，古时候黄帝手下有一条神龙叫应龙，它有蓄水行雨的本领。在黄帝和蚩尤、夸父作战中，立下赫赫战功。后来，他到南方山泽洼地，主宰降雨。每逢干旱之年，百姓就祈求于他，用稻草扎成应龙王，是为秆龙灯，到田间地头舞动，以求降雨祛灾。

这便是石城最早的灯种了。

后来，在人们无尽的想象和多层次的精神需求中，又有了河灯、罗汉灯、茶灯、花灯、狮灯、马灯、蚌壳灯……只要人们愿意，只要人们需要，万事万物皆可入灯，皆可被赋予他们所期冀的寓意。

因着北民南迁，因着中原习俗在赣南客家的传承演化，作为客家民系的石城人是那样炽烈地喜爱着灯彩，从大年初一到正月十五，全县城乡，无不沉浸在灯彩的热闹和喜庆之中。他们舞着灯彩，追述渊源，庆祝新春，祈祷好运。全县上下，真可谓是“妇孺知灯，人人会灯”。灯彩最鼎盛的时期，甚至发展到“月月有节，节节有灯”。

这样的盛况，持续了几百上千年。直到某一天杨群寿陡然惊觉，偌大一个村庄，竟只剩下他一个人在扎灯制灯了。

就好像，你同一群人热热闹闹地朝前方走着，走得越久远，人声越寥落。当你猛然回头，环顾左右时，发现四周空空荡荡。

二

事物总在时光中上演荣枯和盛衰的戏码，曾经淳厚的乡间民俗也概莫能外。然而总有一些人，还矗立在原地，像一块倔强坚硬的磐石，试图拦挡那股从四面八方刮来的风。

可想而知，这样的人少之又少。当现代文明的车轮在城市乡村隆隆驶过，当时间、速度和金钱左右着人们生活的节奏，一个孤独的背影显得如此落寞，如此不合时宜。

反过来说，这个背影，又以他的孤独辉耀了整座村庄，整部石城灯彩史。

我决定去寻访杨群寿。是的，我无力捉住那些正在消逝的事物，但至少可以留住那风中执着的背影。

从石城县城去往大由乡濯龙村，大约有四五十分钟的车程。车子在公路上蜿蜒前行，我见缝插针地眯了一个午觉。待摘下眼罩，午后的阳光明晃晃地包抄过来，地面的温度已升得温暖热烈。

这时候惊蛰已过，春分将至，池塘里的春水活泛开来，鸭群在水中扑腾着翅膀觅食、叫唤。我跟着村主任走在水泥铺就的村道上，道路两边，是新翻耕的水田，粼粼地漾着波光。

春天一到，乡村干部就要踏上这样的村道，挨家挨户动员农民下种、插秧，因为，许多人都不愿意栽种水稻了。耗时、费力、收益低，人们把这笔账算得清清楚楚。现在，政府只能以发放补贴的方式，激励一些留守村民的种粮热情。一幅千年繁荣，人人争先恐后的春耕图景，渐渐淡出了乡村。

就像，村子里曾经家家户户都会扎制灯彩的盛况，也一去不复返了。

具体的时日已不可考，只知道有四百多年了，每年正月十五，濯龙村村民都要举行盛大的舞蛇灯活动。长长的蛇灯队伍，由无数个小小的灯笼串连而起。每个家庭的男丁都要出灯，都会扎灯。

杨群寿还记得小时候的情景。父亲领着他们三兄弟，郑重其事地坐在厅堂里，准备正月十五的蛇灯。破竹、塑形、结绳、糊纸、贴花……一招一式、一板一眼，父亲都要求他们认真看，仔细学。父亲总是说："等我老了，这灯就要由你们来做了，门户也要由你们撑起来了。"那时候天气还很寒冷，杨群寿不时地搓着双手，往手心里吹一口气，好让自己暖和暖和。然而父亲的端肃，又分明让他感受到作为一个男丁的责任，以及蛇灯在家族传承中的分量。

稍加留意，杨群寿发现，做蛇灯这件事，村里的张家、熊家、陈家、李家……都有男性长辈带领着后人学。男人们很难将事情说得头头是道，只知道小时候他们就在这样的训育中长大，如此再往前追溯，祖祖辈辈皆如此。以至于一年一度的制蛇灯、舞蛇灯活动，在人们心中渐渐升起了一股神秘的意味。

杨群寿便是在这样一种神谕般的氛围中，从最简单的结绳开始，逐渐掌握了制作蛇灯的全套技艺。从十几岁开始，他便能独立制作出一个漂亮的蛇灯了。与许多纯粹为了顺从长辈的男孩不同，他是热爱扎灯的。在他们三兄弟中，唯有杨群寿对于父亲的教习孜孜不倦，仿佛父亲领他进入的，是一个华美无比的殿堂。

上过初中的杨群寿又提及了一个令我惊讶的词：艺术。是的，总有人身处乡野，却对艺术有着与生俱来的感悟力。在他眼里，灯就是艺术品。

那么，一个为灯倾注了毕生心血，并能制作出精美灯彩的扎灯人，无疑可称之为艺术家。

三

午后的时光静寂安然，连最爱闹腾的大公鸡也卧在草丛中休憩了。

呈现在眼前的，是一座前后栋相连的新屋，气派又亮堂，这是杨群寿和他三个儿子共同的家业。如今，日日守在这幢大房子里的，只有杨群寿夫妻二人。

能飞的年轻人，都飞出这山窝窝了。愿意待在家里，安安静静完成一只蛇灯的人，也只剩了 1942 年出生的杨群寿老人。

门前的白墙上，钉着一块竖式木牌，上书："各种纸扎联系处。"黑色的宋体美术字，在以拙朴自然为主调的乡间，显得有些扎眼，也有一些老夫子般的学究气。

杨群寿穿着蓝色卡其布的旧中山装站在门厅内，像一竿笔直的瘦竹。他的身旁，摆放着一张工具和物品杂陈的方桌。剪刀、木尺、钢锯、蜡烛、凿子、线绳、竹片、短木棍……还有一副黑框的老花镜。什么时候开始，他需要借助老花镜才能完成无比谙熟的工序呢？在我的提问中，他似乎忽然感觉到了光阴的汹涌。屈指算算，从第一次跟着父亲学扎灯，七十余年的岁月匆匆而过。

在濯龙村，几乎每个人都使用过杨群寿制作的灯彩。

"从前，各家各户自己做灯时，能手到处都是。后来啊，大家都不愿意费时费力了，就来找我做。"杨群寿眼睁睁看着老古流传的东西，就这样渐渐式微了。别人都嫌麻烦或偷懒，只有他不。每拿走一个蛇灯，村民们给他六十元。而完成一个蛇灯，他需要花上两天时间。

杨群寿历历地数着其中的甘苦："一个灯，扎好骨架就要一天，糊好纸又是一天。六十元，交换的纯粹是两个白天黑夜的时间。"是啊，在快节奏的时代，即使是做一天零工，也不至于收入如此微薄。

划不来吗？当然。可是他偏偏不愿意丢了这门老手艺，不愿意村里再寻不到一个扎灯人。"我不做，谁来做呢？"他看着我，眼神中写满无奈，仿佛天问。

幸而，蛇灯的骨架是经久耐用的，好的竹框架可以用十几年不烂，每年舞灯前糊好纸就可以了。或许，这就是杨群寿一人扎灯仍能支撑全村年年舞蛇灯所需的缘故。每一年，只有家中添了丁的、娶了媳妇的、建了新房的，会添置新灯。更多人拿骨架请他帮忙糊纸，二十元一个，每户三个灯，也只能挣六十元。他掰着指头数了数，这些年，全村人舞动的蛇灯有一半以上是经他手出去的。而他一年的收入总和，才三千元左右。如果单靠做灯来谋生，只怕老两口早就无法生存了。

2020年春节，因为一场疫情，来买灯的人更少了，一共只卖出四条即十二个灯，那还是家有喜事的户头，依习俗买一条灯供在家中的神位上，叫作彩头。也即意味着，在一年中唯一可以有扎灯收入的春节里，杨群寿仅挣了七百二十元。这可怜兮兮的数字，像一个荒诞不经的笑话，嘲弄着这个顽固坚守的老人。

三个儿子，一个在机关工作，一个开车跑运输，还有一个名义上是农村户口，实则年年外出打工。除了扎灯，杨群寿夫妻俩守着儿子的责任田，辛勤耕种，以收获日常的口粮。儿子们要老两口在他们家轮流吃饭，他们不肯，只愿夫妻俩相守相伴，一口锅吃饭。

杨群寿的妻子，也已七十三岁。她穿着日常干活用的格子罩衫，精精神神地站在他身边，有些骄傲地说："不和他们一起吃，自己还能做得动，这样更自在。"

一代人有一代人的生活方式，谁也勉强不得谁。现代人的处世哲学，早已潜移默化至山野乡村。

正如杨群寿希望三个儿子跟着他学扎灯，像他继承父亲的责任那样，将手艺一代一代地传下去，但是三个儿子没有一个愿意学。

"年轻人，吃不得这苦。很苦，很累啊。"他反复喃喃道。

四

从一个以家族传承为主的乡村扎灯人，最终进入纸扎艺人行列，于杨群寿而言，皆缘于超乎寻常的痴迷。

在竹与纸之间消磨时光，是他从小的爱好。因着对艺术天生的敏锐和直觉，他不需要手把手教便能模仿制作很多东西。他常常在睡梦中牵挂一件尚未完工的作品，为之铺开无比绮丽的想象，而后千方百计地实现它。

在多年的细心观察中，杨群寿渐渐发现，乡村有一些制灯人，可以凭着手艺养家糊口。那就意味着，他们生命中的每一天，都可以与灯为伍。那时候，他还不知道什么是活着的理想状态，但潜意识中他觉得，这就是了。他甚至暗暗选定了一位手艺很好的老人，决心拜他为师。

然而命运却给他安排了一份大多数农村人都梦寐以求的工作。因为，他是乡村少有的初中生，知识分子。在计划经济时代，进入供销社，便意味着一口咬住了香饽饽。衣食，生存，永远被人们排在首位，谁能够拒绝一份光明的前途呢？在所有人眼中，他理应为此感到庆幸。

一个人的前半生，仿佛倏忽而过。杨群寿回忆起那些年，有些讪讪，目光中充满了难为情的神色。他像一个意志不那么坚定的战士，一边混迹于队伍之中，一边又随时伺机做一个逃兵。他总是在节假日暗暗拾起怎么也丢不下的嗜好，去破篾，去结绳，去接近他一直没有完成的梦想。不为挣多少钱，只为过把瘾。有时候，他请假出去帮人做活计，整个身心都沉浸于纸竹的馨香之中，可心里却像做贼一般，忐忐忑忑。

1992年，杨群寿从单位退休。这时候，改革开放恰好也来了。人心都在浮动，许多新鲜的观念和事物向着人们招手。于杨群寿而言，退休不是为他划上一个休止符，而是一片广阔天地朝他欣然启幕。

一个终于拥抱了自由的人，不管不顾地扑向了与手艺为伍的生活。

回到老家，杨群寿立即拜师开始学习纸扎。是的，他有着很好的灯彩制作天分和技艺，但在石城乡村，一个真正的纸扎艺人需要掌握的远不止于此。他们要应对所有的节庆及装饰灯彩，还要能替主家操办红白喜事。石城的灯彩种类浩繁，纸扎的规矩复杂琐碎，点点滴滴都必须由师傅手口相传。

我想象这样一幅画面：一个六十岁的花甲老人，像十几岁的小学徒那样，在师傅的面前低眉顺目。“师傅会不会像教训小学徒那样教训你？”抛出这个问题时，我不禁扑哧一声笑了。他搓了搓手说，有时候会的，也不好意思地笑了。

杨群寿的双手依然灵活，悟性也依然很好，只是他怎么也不能像一张白纸那样，接受完全崭新的涂抹了。他需要比别人更加刻苦，更加谦逊，并忍痛清除掉许多固有的认知。

当然，这注定是要吃苦的。

最苦的，是坐。做纸扎，全是手上的活计，必须坐得落心，定得住神。整日整日地坐，整日整日地保持一个姿势。“像块木头。”他说，“坐久了，再站起来时，常常连路都不能走。”我能领会这样的一种艰苦和枯燥，若非内心充满兴趣，坚持本身无异于一种酷刑。

可以说，石城的纸扎艺人，每个人的生命中都饱蘸着久坐的辛酸。杨群寿难道不明白这些吗？当然不是。只是自己找的苦头，含泪也要吞进肚里。何况，他是真诚地将之当成艺术来热爱着的。

最终，所有的苦，又都化成了甜，化成了梦想照进现实的成就和满足。

杨群寿有些得意地告诉我，自己记性非常好，学什么像什么。进入纸扎业后，杨群寿接触到了更加丰富多样的灯彩样式。他经常观察别人做得好看的作品，回来就自己做，能做得一模一样，甚至更精美。

他拥有一种常人所难以企及的能力，仅凭目测，便能够记下任意一个灯彩的结构、尺寸和样式。我好奇地问："有什么秘诀吗？"他有些羞涩地说："熟能生巧嘛。"

此后，无论是船灯、鲤鱼灯、金鸡灯、凤凰灯、铜钱灯，还是云灯、堂灯、如意灯、风车灯、走马灯，凡石城县所保有的几十种灯彩，他都可以做得惟妙惟肖。

五

作为纸扎师傅的杨群寿，曾有过一段辉煌的辰光。出师不久，他俨然就是一个老师傅了。把顾客的活计完成得干净利落、漂漂亮亮，是一个纸扎艺人行走乡间的通行证。

杨群寿回忆起那样的好日子，仍觉得无比怀恋。那时候真可谓是上请下迎，吃香的喝辣的，每天都过得欢喜而热闹。宁都县固村镇的纸扎行情尤其好，价格也高，他在那里做了很长时间，才回返濯龙村。

那时候他怎么能想到呢，好时光如同天边的晚霞，美则美矣，终将呈现出越来越暗的景象。

电影、电视、网络……各种新兴媒体像雨后春笋，纷纷露出了新鲜的吸引力。人们的业余生活中，可供选择的娱乐方式何其多也。而新一代的年轻人，从小在流行音乐、快餐文化中长大，灯彩在文化基因中所占的分量越来越轻。

这时候的灯彩艺人，多么像传说中的鸡肋，陷入无比尴尬的境地。

杨群寿将一应工具搬回了自己的家。最后，他从一个替千家万户制作各种纸扎的热门师傅，退回到了最初那种单纯制作蛇灯的平淡日月中。大半辈子已经过去，除了做灯彩，他仍旧没有别的兴趣爱好。他只能守在自己家里，等待村民们寻上门来，请他做一条（三个）灯。这是一户人家，或一个男人进入蛇灯队伍的准入基数。

在一个杂物间里，杨群寿搬出了一块两米长的木板。木板两头，凿有两个大圆孔，中间是六个小孔，均匀地插着三根弯下来的竹篾。他将蛇灯套在竹篾上，又将可活动的圆木置于大圆孔中，向我演示了蛇灯榫卯连接的机关。做这些的时候，他是那样郑重其事，仿佛每一个动作都充满了对神灵的敬畏，仿佛即将开始一场真正的蛇灯舞。

木板和圆木还很新，显然是他们家为新近加入蛇灯队伍的男人制作的。如果三个儿子不分家的话，他们是可以选择只出一条灯的。我看见那根圆木上，写着大林二字。大林，是杨群寿的儿子。拥有了写上自己名字的蛇灯板，便意味着已经自立门户。而这块灯板，亦相当于一户人家的传家宝。

人们对灯彩的热度越发消退，杨群寿对于制灯并参与蛇灯舞这件事便越发执拗。

生意是一年比一年冷清了，只有妻子作为坚强的后盾永远支持着杨群寿。有空的时候，妻子也帮着做些简单的活计。譬如当杨群寿画好人物或动物图案时，她可以照着样子剪纸。村里人对剪纸的要求不高，粗糙一些也无妨，样子看着像，有个吉祥的意思就行了。

时间如流水冲刷着乡村固有的秩序，许多人和事，甚至曾经多么不可更改的神圣风俗，都在悄悄地发生变化。杨群寿必须接受一个事实，他的身边，只剩下妻子这个制灯的同伴了。他招不到徒弟，没有一个人愿意跟着他学纸扎。

杨群寿不无遗憾地看着我说："可能会失传了，人的性质变了，没人爱学了。不像以前，讲德行，讲厚道。现在的人，越轻松赚钱越好。"

是啊，谁还愿意像他那样，花上两天时间去挣六十元钱呢？更何况，连这样的收入都无法得到保证。对于那些古老的手工艺、古老的风俗，总有一些人在拼命挽留，另一些人则弃之如草芥。

杨群寿比任何人都清楚，消逝正在一寸一寸地迫近。作为全村最后一个扎灯人，他喜欢未雨绸缪，提前做好许多蛇灯的骨架。若非下地干活，他总是坐在厅堂里，破出细细的竹篾，依长度根根截断。然后，将这些篾片用火烧软了，弯出恰当的弧度。在竹子的打弯处，有四十八个交会点，需要他一一系上绳结。

大多时候，杨群寿都是只影孤灯，用那双业已老迈的手，默默地忙活着。他的脑海中，总是映现出童年的场景，父亲、兄弟，村庄里所有为着灯彩、为着节日而忙碌欢笑的人。而现在，陪伴他的，只有竹子窸窸窣窣的声音。

关于意义，杨群寿似乎没有想好怎么回答我。"能做一天是一天吧。"他说。尔后，又低下头去，捻动手中的细绳。

我的眼睛忽然有些模糊，仿佛眼前的老人每打一个绳结，都在为往事束一支挽歌。

原载《雨花》2021年第8期

梦回故乡佳木斯

赵国春

夜深了，在农垦宾馆后边的大排档里，我的几个文友还没有结束宵夜的意思。我家在这儿生活了10年，离开佳木斯也15个年头了，很少回来和大家一聚，仿佛有说不完的话。有酒精的作用，更重要的还是朋友的真情所致。

我和佳木斯的缘分得从58年前说起。我家当时住在二九一农场，这是个以父亲所在部队团的番号命名的农场。1954年春天，他们一个师从山东省广饶一带，集体转业到北大荒，他们是成建制集体到北大荒的第一支部队。

1957年春天，我出生后不久高烧不退，农场的医疗条件有限。无奈之下，父亲借了一个马拉的爬犁，母亲抱着用军大衣裹着的我，坐在爬犁上，连夜赶到了佳木斯。医生给我诊断后说："这孩子已经烧成了肺炎，我们这儿治不了，你们当家长的咋不早来？"父母听了这话，如一声晴天霹雳，第一个男孩已经在三年前扔到了荒原上，难道这棵独苗又要……父亲来不及多想，用央求的口吻说："行行好，大夫，你们就尽量治吧，治到啥样我们也不会埋怨你们的。"

父母的大爱，感动了上苍。没几天，我的病居然一天比一天好起来，我的小命当时是从佳木斯捡回来的。

我们在佳木斯的10年，之所以给我们留下了深刻的烙印，正是因为我家共同度过了那段艰难的时光。

1991年3月14日，我从九三管理局调到总局党委宣传部。刚来报到时，我被安排到农垦二所的总局机关宿舍，一天三餐都在单位餐厅用，晚饭后就到办公室加班。我们的办公大楼就在佳木斯火车站对面，每天从候车室传出的喇叭声，我在办公室听得一清二楚。乘火车回九三探亲时，我就坐在办公室等着，广播通知说检票了，我拎着包走都来得及。

我还清楚地记得，那年8月下旬，我的家搬到了佳木斯，报社的吴继善帮我租的房子，位于佳木斯的东南岗的城郊接合部，和他家住在一个院里。每天早晨我还没起床，就听见马蹄踏在水泥马路上的声音，清脆又有节奏，有一种韵律美。卖菜的马车来了，车上的青菜水灵灵。

我当时每月工资不足150元，每月房租费就得30元，妻子还没有工作。后来，我领导帮我妻子找了一份工作，是在车间里分割猪肉。一次不小心把手划破了，几天后就感染了，手指肿得很大。妻子上班只好坐肉联厂的通勤车，人家司机不是往下撵，就是用话敲打她。那一段时间不仅生活上紧巴，好像尊严也没有了。

我家住的地方离城里大约有6—7公里。我上班可以骑自行车，上小学的儿子只好搭乘报社印刷厂的通勤车。有一天他在班里值日，没赶上班车，自己从市里往家走。天黑了还不见他回来，我就顺着通勤车走路找。半个多小时后，我突然发现他正在帮助人推车呢。那个车子拉了一车木头，正吃力地走在上坡处。看到这儿我的心里一阵阵酸楚。懂事的孩子在助人为乐，却忘了和家长说一声，那时候还没有手机。

第一次租的房刚住两年，房东就开始找借口撵我们了。我们就又四处找房子，那10年我们一共搬了6次家。我当时还在散文中形容我们家，是草原上流动的大篷车呢。

从九三搬来的攒了多年的家底儿，扔了许多，也丢了不少。最后，我家租到春光巷时，离我单位也近了，可房子实在又太小，不足10平方米。30多箱子书，装好箱子后，寄存到姐姐单位。我当时从九三带来的一箱子木匠工具，和一个结婚时岳父给做的书柜，都只好放到总局宣传部的库里了。后来，我们到库里取东西时，发现箱子已经被撬开了，工具所剩无几，让我心疼了好一阵子。睡觉时，只有把炕沿上的木板支起来，我们的腿才有地方放。克服了许多当时难以克服的困难。夏天还好说些，到了冬天取暖就成了问题，因为住的平房坐落在楼群里，烟囱没有抽力，只好在烟囱上安装了一个引风机，气温太低了，引风机就冻得不转了，看到往外喷烟的炉子，妻子急中生智，踩着方凳，再踩着门把手爬到房上，用手转动几下就好使了，有时一天要上三次房顶。回想起当时的情景，我佩服妻子的同时，也感到心酸。当时有许多无奈，都是生活所迫。

刚刚来到一个新的城市，应该感到孤独和陌生，我当时却没有这种感觉。因为我家的周围的邻居们，很多都是农垦系统的，更多的是农垦日报和北大荒文联的，有的在我还没到佳木斯的时候，就已经认识了。在我活动的圈子里，也还有许多市里的文友，像佳木斯日报的吕品，市公安局的兰景林、邢铁志等。

在佳木斯生活的10年，我在文学创作上也有一定的收获，出版了近百万字的作品。在第三届北大荒文代会上，我当选为作家协会的常务副主席。1991年第一本散文集《珍藏的记忆》，在百花文艺出版社出版。这本书里还收入了我1989年写佳木斯文友的《吕品印象记》，我的传略收入社会科学文献出版社出版的《中国当代艺术界名人录》，我的第二本散文集《散逸集》由人民中国出版社出版后，《三江晚报》发表了老作家丁继松撰写的《喜见满枝春》的文章，专门评论了我的散文集《散逸集》，这本散文集后来还荣获第三届丁玲文学奖三等奖。我还荣获全省自学成才奖。我写的传记文学《文化名人在北大荒》在《中国农垦》1997 年第 11 期发表后，被 1998 年第 2 期《读者》杂志选载，又在《人民日报海外版》发表散文《獐子》和散文《塔克拉玛干的忧思》,1998 年，我写的长篇纪实文学《北大荒风情录》，在北方文艺出版社出版。

我还清晰地记得，1999 年 7 月我被中国作家协会批准为中国作家协会会员，我的散文《北大荒的动物》（四篇）和纪实文学《文化名人在北大荒》选入黑龙江教育出版社出版的黑龙江垦区九年义务教育乡土读本。我的第四本散文集《荒原随笔》由中国文联出版社出版，著名作家贾宏图同志作了题为《对北大荒的深知和厚爱——读赵国春的〈荒原随笔〉》的序，发表在《文艺评论》2000 年第 3 期，我的传略收入中国文联出版社的《中国作家大辞典》。

2000 年初，我撰写的传记文学集《荒野灵音——名人在北大荒》在北方文艺出版社出版，我的散文《文化名人在北大荒》收入中国文联出版社出版的《中国新时期二十年微型小品精选 · 欢乐的歌》。我在报刊发表了上百篇文学作品，这些作品的创作，都是在佳木斯租的房子里完成的。

时间长了不回去，我真想那儿的朋友们，有时我在梦里都能见到他们。还梦见过柳树岛、松花江边，梦见过西林公园和杏林路。每次从媒体上看到有关佳木斯的报道，我都能联想起我当年在佳木斯的那段生活。有时我带车出差路过那里时，恨不得下车住上一夜。有时我就特意在安排日程时，挤出一宿时间住在佳木斯，留出和文友们小撮的时间，让我难忘和感动的是他们的那份今天少有的真诚。

原载微信公众号

旧时风物

凸 凹

木 壶

故乡那时很能。

比如说盛水的桶、担水的筲、擦身的盆，甚至沏茶的壶，都是木制的，更不要说桌椅板凳之类。

木只是山里的木，是就地取材的意味。

其实木壶是只有一把的，比不得家家都有的木桶、木筲及木盆。

就是老木匠五爹那把。

五爹无子嗣。黑乎乎的那半边炕上，就盘着他那无牙的老伴，整日吧嗒着一杆烟。

五爹的手艺是山里无双的。靠手艺，他吃了一辈子好饭。

那年他进山择木料，就见到了那一棵长瘤的檀，削去那处疤瘤，五爹就迷惘了。

匠人有匠人的癖好，有料就想琢成器。

相了半日那瘤，五爹到底是拨开了迷惘：就旋一把壶吧。

就旋了一把壶。

壶面用砂纸打了，纹路极斑斓；但五爹意犹未尽，又刻了一个女子的头像。

五婶刚瞥过，就说："个经不得官的，那是你表妹。"

五爹就乐成孩子了。

之后，五爹就用那壶啜茶。

把烟抽枯了，五婶央求说："也给一口喝吧。"

五爹说就不给，五婶就不言语了。

五爹临终前攥着五婶的手说："别忘了，把那壶给我带上。"五婶没言语。

装殓时，五婶把木壶抱紧了："个经不得官的，他想得倒美，就是不给他带上。”

木壶就留下了。

幼小的吾辈，便多了一件珍器和一桩很不错的故事。

祖上，往往是这样，给我们留下了什么。

眼　子

故乡的人爱养羊。

山里的羊叫山羯子，腿精细，个儿也不大，身子却极灵活，在悬崖峭壁、荆棘丛中，时时能见到羯子们的身影。

羯子走路不走熟道，单找人不乜狗不去的险处。比如山的皱褶，山的沟坎。

山里牧羊就不用牧羊犬。

山里人走路就都走不过羊倌子。

后来我偕伙伴去登黄山，伙伴说，好险啊，都是羊肠小道。我就说，羊肠小道只是人的概念，羯子们是不屑的！这话，他至今也不明白。

山里的草杂，就不免有毒草。羯子误食，就吐出满口的白沫，抽搐着死去。

羊倌子就在梁顶和一些沟坎，放几块平展的石头，撒一层细盐，叫羯子舔一舔。盐能缓毒解毒。

羊倌子管这叫“淡羊”。

为什么山里的羊倌子在腰间总挂着一个白布袋，道理就在这里。

那年，下放来的南先生曾喟叹：“喂咸的还曰淡，悖论也！”

这只是他自己的事情，倌子们依然是“淡”下去了。

山羯子耐旱，但淡后的羯子，仍急着要喝一些水。山上的梁峁上很难弄到水，倌子们就很费筹措。

后来倌子们发现，雨后的梁上，总有一小块一小块的凹处，有一汪一汪的积水，把羯子轰过去，就能喝个半饱。

但山顶的日头极毒，不到几日，水汪便被晒干了，倌子、羯子就都失望。

到底是倌子有主意。他们在汪过水的地方凿出坛子样的洞，里大口小；存的水又多，蒸发得也慢，水就留下了。

红日头下面，那洞子里的水，泛着幽亮的光，极像美人的眼睛。倌子就叫它“眼子”。

自有了眼子，两个羊倌相遇，那碰头话儿就这样了：

"伙计，眼子还满么？"

"满哩，嘿嘿。"

那年大旱，日头早落山了，羯子们也都咩咩地回圈了，倌子二爹的影子却久久也不曾见到。

大呼小叫地一个梁一个梁地找了，终于在眼子边上找到了。

二爹躺在眼子边上，胸口动得很微弱。人给渴过火了。灌下两口凉水，二爹就睁开了眼睛。

二婶说："就是个死人，怎就不喝眼子里的水？!"

二爹嚅一嚅干裂的唇竟说："有羯子哩。"

圆 米

圆米是玉米做的。

把当年的老玉米，用沸水过一下，热腾腾地就放到石碾上，待老皮被碾破了，碾身也就停下了。

只去个皮儿，米粒还整呢，这就是圆米了。

圆米看着就让人饱：白白的，圆圆的，亮亮的，濡湿濡湿的香气将鼻孔都堵满了。

圆米是用来烧圆米粥的。

圆米粥的味道很特别，甘如栗，香如酥，韧如牛脯，苦人吃着忘了忧苦，病人吃着忘了病痛……能吃上圆米粥的山里人，在苦日子里也从不叫苦。

圆米粥的辅料是大豆，黄豆、小豆、黑豆和豌豆都是代用品。

于是，山里的作物，便主要是玉米和大豆。

烧圆米粥的锅子是大一点儿的好，米膨得彻底，吃着上口。

圆米粥熟得极慢。

早晨起来，劈足了木杆，就坐稳了，慢慢地烧。火是文火，旺一点儿圆米就抓锅，便由不得性子。待圆米把锅盖顶起来，自然就熟了，那日头也就高挂中天了。所以，农忙时节，山里人是很少烧圆米粥的。

山里人家有客来，再忙，也总要烧上一锅圆米粥。这样，客人尝了鲜，主人安了心。

问到过山里的城里人，山里如何？

竟脱口而出：圆米。

由于圆米粥的缘故，山里的石碾至今也是没有废弃的。

电磨磨不出那个茬口。

一进腊月，石碾便停不下了。

心急的婆娘们，总想早些碾下圆米，围着火炉踏踏实实地过年，就吱吱扭扭地连轴转了，山里就分不清白天和夜晚了。

碾圆米是个力气活儿，却没有哪个婆娘惜力偷懒而少碾一些的。

五婶劝二婶说："嫂子，少碾一些吧，吃多了爱放屁。"

二婶竟说："放屁也不臭，五香屁。"

吃圆米粥的山里人，是很幽默的。

皂 荚

皂荚是故乡很不稀罕的一种树。

山里不叫皂荚，而叫皂角。

皂角，开很淡的黄花，有卵形的小叶子，一到秋天就落了，遒劲的枝上，那一列列的刺就显得很锋利了。

皂角树，结的果实褐而扁平，酷似豆角，又有不错的洗涤作用，就叫它皂角。果叫皂角，树也被人称皂角了。

村前那棵皂角，因家乡人没人能说得清它的年龄，就叫它老皂角。

老皂角，其实是极丑陋的，花也不美艳，去它身下纳凉的人就极少。

然而就有个幺姑。

那年，幺姑很美丽很懂世故了，就常在老皂角下想心事。

皂角还青时，幺姑就已吃力但兴奋地举了钩镰，早早地摘皂角。

把皂角捣烂了，她便坐在山间的溪流边，可劲揉搓。揉得久了，便揉出黄白的沫子，她就很高兴了。沫儿涂在脸上，脸就洗得桃花般明丽；涂在腿上，腿就洗得如两节藕。

她的嗓子极动听，一边搓着沫子，一边柔媚而欢快地哼出歌子：

皂角儿，滑沫儿，
小媳妇，洗脚儿，
老头儿，洗袄儿，
就是不给脏小子儿！

那年，我已八岁了，望着幺姑那两节藕般白净的小腿，高兴得不眨眼了。

幺姑轻轻地摁一下我的脑门，看什么呀你看。

我说：“幺姑，你是小媳妇儿么，不然，你的脚儿怎就变得恁白净了。”

幺姑便又在我的脑门上轻轻地摁一下，说什么呀你说。

我说：“就给我当小媳妇儿吧，我很想摸你的脚儿呢。”

幺姑的眼泪就乐下来了，就当你媳妇儿吧，幺姑掩着脸儿说。

我便怯怯地摸她的腿儿。好白净好光滑呀，光滑如滑沫儿了。

那一刻，我想我明白了，为什么“皂角儿，滑沫儿……就是不给脏小子儿”了。脏小子儿丑得很哇。

后来，幺姑爹给幺姑找婆家了。而幺姑从轿上跑没影儿了。

同时没影儿的，还有山里最能干的小伙儿，米柱儿。

后来，幺姑又悄悄地回来了，肚子也翘翘的了。米柱儿被幺姑爹聚人绑了，送山外经官了。幺姑爹对幺姑狼般吼，把她打出门去，住岭上的一个山洞了。

幺姑便在山洞里生下了小幺姑。

幺姑爹已得了喘病，老痰一块一块地吐。幺姑便背着孩子掰老皂角的刺，细细地磨了，给他入药。幺姑被刺扎破的手，红肿了一个冬天，她竟没有一丝丝苦相呢。

幺姑爹的病被侍候好了，火气就又牛般了。

幺姑的腿，终于被他打折了。

折是折了，但允许她回家住了，而且也默许米柱儿时不时地回来看一看。

幺姑爹苦笑一下，对幺姑说：“这一回，咱谁对谁也不该欠了。”

燎　荒

故乡很偏僻。

家乡人就多吃自己种的菜。

野菜当然极丰富，吃多了野菜的山里人，味觉自然比城里人要好得多。但大宗菜就要自己种了，比如芜菁、萝卜、土豆及胡萝卜。

山里的萝卜，叫地萝卜，比城市的萝卜小，味儿微苦。

但山里腌菜，绝对少不了地萝卜，腌渍得久了，饱满、响脆和有咬劲的优点就出来了。而城里的萝卜，一腌渍就瘪，不知什么缘故。

“咬得菜根，百事可做”，其真意，估计就是“咬”这种萝卜。

农历对山里极重要。“头伏萝卜，二伏菜”，反正一到交暑季节，山里人就异常忙活。

种菜，不用熟地。山里地少，好堰地都让给谷黍了，次一点的也给了玉米。

就用燎荒地。

燎荒时，出工的人最多。也有凑数的，便是一群一群的崽们。

先在梁与梁的袂处，拓出宽宽的防火沟。山里的山场广阔，这一点极重要。

崽们喜火，燎荒的引火就由他们点了。

火争着往梁顶爬去，万头攒动，且毕剥成一片，火愈烧愈剧，人也愈来愈感动，终而情不自禁了，于是就呐喊了：

大人嗷嗷，

崽也嗷嗷；

男人嗷嗷，

女也嗷嗷……

大火映照下，那声音都是通红通红的，且冒着一股子一股子的青烟。温柔的秀和野性的乔站在一块岇上，一同嗷得没缰子了。

乔就问：秀，好绵的你，怎么恁大气性了？

秀说：痛快得要死啊！

火头终于熄了。老少男女却更亢奋了，如林的镐子就挥舞得如雨点一般绵密了。

秀的镐子也抡得欢快呢，大汗就把薄衫子淋透了，紧紧地贴在身上，胸便鼓得没办法。

正被侧面乔看去，乔便脱口叫：“哎哟娘，秀，你可真结实啊！”

秀就低声“骂”：“快抡你的镐子吧，个经不得官的乔！”

乔的镐子就抡得撒欢儿了，远远地跑在众人的前头。乔喘着气，心跳着：不成，俺死活都要把秀娶过来！

…………

于是，干草味的山里生活，就被创造出来了。

从这里走出的崽们，便个个乐观，个个精壮。

砸 场

在故乡，婆娘们聚得最齐全的时候，便是砸场的时日。

砸场是个细活儿，婆娘们干着是最合适的。

先是把去年的旧场招酥软，再用水泼湿，然后在场面上盖满了红羊草，就赶毛驴上去，拉碌碡压。

就说说红羊草。

这种草，长在山垭的阳坡上，红的茎，红的穗，长得比别的草要高许多；但它味涩筋多，羊就不爱吃。所以，山里人把红羊草叫“轰羊草”。

但正是它的筋多，使它质地柔韧，很有拉力，就成了砸场用的好料子。这是植物界的机智，它昭示了“尺有所短，寸有所长”的哲学思想。因此，孔子和老庄，可能都见过红羊草。

碌碡压过，婆娘们便成排地坐上去，用扁平的木榔头在压熨帖的红羊草上砸。砸场是急不得的，要前茬接后茬地跟进，且力气也要使均匀，一下是一下。

砸场，不仅仅因了婆娘的心细和有耐力才由她们独揽了权力，更重要的，是山里的那条古训：生产过的婆娘臀子肥，大臀子砸场谷成堆。

于是，从婆娘们身后望去，便见到慢慢蠕动着的极壮观的一片浑圆。

在一起砸场的婆娘是很开心的，唰地扬起手臂，又唰地放下去，寂寞的山谷便回荡着一个很强劲很整齐的节奏。

叭嗒——叭嗒——叭嗒嗒……

在一起砸场的婆娘也是很齐心的，面对着共同的丰收前景，各自的芥蒂是微不足道的。谷场的平展与凹凸，牵系着她们同样的命运；心必须没有杂念，榔头必须砸成一个声调——

叭嗒——叭嗒——叭嗒嗒……

细细地砸过之后，便小心地用手把砸烂了的红羊草揭去。于是，浑圆的、光滑平展的一片谷场便镜般可鉴了。

场体被日头晒干之后，谷物便被不断地送到场上，在汉子们高亢的号子声中，谷穗便被碾成金黄的谷粒，谷山便把今后的日子耸饱满了。

这时，砸过场的婆娘们，便被人们遗忘了。

打　柴

儿时，山里的植被极茂盛，果木也葱茏，烧饭暖炕便都用柴。

故乡的山柴约略可以分为五类：

一类是山壁的干草和作物的秸秆。这种柴由于太易燃而不耐时的缘故，人们并不当它作正柴，而是作为点火的引柴。

二类是果木的干枝。山里的果木，老树多于新树；又由于那时山里人并未重视自己的果木资源，而是荒疏了、放任了果木的管理，病枝和枯枝便很多，就被人们折去，当柴烧。

三类是山壁的灌木，灌木自生自灭，但却极茁茂，就成了山里柴料的大部。只要人勤勉，是取之不竭的。

四类是材木的下脚料。山里人对用材林是很珍爱的，只到了盖房、筑桥、打车具的时刻，才小心翼翼地砍一块材木料，素日，即便是打些家具，人们也轻易不动用好料。所以，这类柴的量便极少。

五类便是羊牛的干粪。粪柴燃的是暗火，且火势温温，常被婆娘们用来焖饭或煮不太爱熟的圆米（玉米被碾掉外皮后的整粒，也叫碌碡米）。年关煮牛肉时，也要烧一些干粪，用暗红的牛粪火，煮暗红的牛肉，是很有趣儿的。

山里人打柴的事体，并不是单独去做的。是出工时捎带手的事，为的是把晌午和小憩的时间一点也不浪费掉。

我家的燃柴主要是靠母亲去打的。

那时父亲正当着村里的支书，出工的次数自然就比别人少些，这不免引起老少爷们的嫉恨。母亲为了给大家一个心理上的平衡，就不管风霜雨雪，天天和大家劳动在一起。

人们很少和她说话，工休时母亲就拼命砍灌木柴，晚上收工时，走在曲曲的山径上，就数她的柴捆大。

但砍柴毕竟是汉子们的事，母亲打柴的勤勉，就渐渐引起汉子们的敬重；在热被窝里便对婆娘说：瞧人家支书的婆娘，能干得很呢！

婆娘们便很怨恨母亲。

那日收工，母亲刚欲背起柴捆，便有三二婆娘奔过来，把她的柴捆搬倒了。母亲不解，看一看大家，就又把柴捆扶起来。但还是被搬倒，母亲就明白了。她放下柴捆，轻身踏上回家的山路。身后，那几个女人便呵呵地笑着，把母亲的柴捆推下山涧去了。

背惯了柴捆的母亲，空空地走着，步子就颇不稳，泪无声地流在她的脸上。

她不知道该恨谁。

后来，父亲不再当支书了，去山那边做了走窑汉。因为不是干部家属了，嫉恨就平复了，母亲就又于出工的间歇，毫无挂碍地打起了干柴。不久，山里走窑的多了，人们就渐渐烧起煤来，但母亲却仍执着地烧着自打的干柴。

山里的煤极便宜，母亲自然就省不了几个钱，但她说，烧柴的日子，才过着踏实。这种习惯她一直保持到现在，以至于成了与故乡的一种感情纽带。

捉蝎

那时故乡很穷。许多来钱的路子都被堵死了，连猪都卖不上好价钱。

但山口上的供销社收蝎，而且每斤干蝎能卖到八元之多，对山里人便是个极大的诱惑。

于是，山里老少就都朝山壁上攒拥，掀翻了许多陈年石板，用筷子制成的镊子捉那丑陋的蝎。

曾一度荒芜了农事。

撤了那一任支书，庄稼地里才有了人声。

自然的，学子们便成了捉蝎的主力。

起初是三两个结伴去捉，蝎捉得多与少是很少被考虑的，要的是大家相聚在一起的那一份情趣。但大人们很不高兴，这般那般地叮嘱之后，学子们就懂得了在情谊之外，还有一种叫利害的东西。

就都独自去捉了。

再见面时，大家都觉得有些尴尬，但久了，就什么事也没有了。

在捉蝎的学子中，我捉得最多，因为我很聪明：我发现，阳坡的石板底下蝎最多，而阴坡的石板下蝎则寥寥无几。我就不盲目地翻坡上的每一块石头了，而是单拣照到太阳的石头翻。收获自然就多。

那一年的夏秋两季，我竟得了八十多元的蝎钱。这是一笔巨款，把山里人都惊呆了。

母亲曾答应给我买件新衫子，最后却买了两头瘦驴，去犁地、去驮脚，让本来就懒的父亲变得更懒了。

抻一抻衫子的破袖子，我黯然神伤，心想：这准是父亲的主意。

来年却仍捉得极欢，只是怕伙伴儿超过我。就又为母亲挣了不少钱。乐得合不上嘴的母亲便对我说："崽呀，咱的书就别念了，就捉蝎吧，将来娘给你说一房好媳妇。"

我就怔了。

那年我正念五年级，秋后便要考初中；中学就在山外，那里的世界我向往已久。

晚上我睡不着觉，点灯翻自己的作业本。那本上尽是红红的对勾，尽是一个一个的五分——那里藏着我多少骄傲啊！我心里很迷惘，我的家的确是很穷啊，酸酸地，眼泪终于是流下来了。

第二天，我却对母亲说："妈，还是让我上学吧，如果考出去了，咱家就在山里叫响了；要是没考上，我就白天黑夜拼命地捉蝎，把欠了的都给您补上。"

娘兀地就没了主意，在地上挓挲着双手："崽这是怎么说呢，崽这是怎么说呢！"

于是，善良的娘终于还是让我去继续读书。

后来，我便走尽了弯曲而狭窄的山路，走到了广阔的大平原。

山里的蝎们仍自生自灭着，我却学会了如何主宰自己的命运。

那年，母亲被我接出山来，让儿媳陪她看了一出她盼了大半辈子的古装大戏；走出熙攘的影剧院，母亲抹去了一行热泪：

"这人哪，还是看得远些好啊。"

捕　鱼

故乡有一条迤逦的小河，清清浅浅地流到山外去。

河里有自生自灭的鱼。人们叫上名字的，有草鱼、石鱼、鲫鱼、鲢鱼和鲶鱼，当然还有泥鳅。

山里人没有打鱼习惯，河里的鱼就生得安然，游得实在不耐烦了，便跃出水面，翻个筋斗，水面便有一朵好看的浪花开了。

那年，城里的工人叔叔要来山里支农，怎么招待客人呢？父亲便想到小河里的鱼。

父亲便找了一张纱网。

父亲一网下去，还真的捞上来一些小鱼。父亲乐了。他是被逗乐的。网里的鱼全是小手指大的鱼崽。就再捞一网。网子起来，仍是一网小手指大的鱼崽。"真是小山沟啊，水里连条大鱼都没有。"父亲说。

就又把网里的鱼放回水里。

真的没大鱼么？有。便是鲶鱼。

鲶鱼长得很美。有一颗大大的脑袋和一张不停翕动的大嘴巴。腮边有两对长长的须，很优雅地摆动着。只要它一露头，你便会认出它：瞧，鲶鱼！

但鲶鱼总是待在河底的石头下面，你站在河边望它半日，也不见它露一次头。你用长把的锤子捶那石头，仍不见它出来。把石头都捶碎了，被捶扁了身子的鲶鱼还依然在那里伏着。

懒！懒得大难临头都不屑动一动身子。

怎么办呢？

父亲坐在河边的鹅卵石上，想主意。

“药它。”父亲突然说。

“用啥药呢？”我问。

“苦杨。”

“行吗？”

“兴许行。”

便随父亲到山上去打苦杨。

苦杨，并不是一种杨树，它是山上的一种灌木，枝条柔曼，有细长的叶子。苦杨的皮剥下来，捣碎后放到碗里，倒上水便呈一派浑黄，喝上一口，苦极了；但去火治瘀病，是一种山里人离不开的药材。

随父亲打了几捆苦杨，背到小河边上。父亲选了一处河面最窄的河脉，从上游截断，把河道改到一边去；再到下游筑一道沙垄，便截了一段有十米长的不流动的“死”河。

把几捆苦杨放到这截河里浸泡。两天后，再把泡酥了的苦杨捞上来，我与父亲坐在岸边，一人一把锤子，以一块大的卵石为砧，把苦杨的枝条砸碎，然后再撒到河里去。

啪啦啪啦，砸。

哗啦哗啦，撒。

河水被染黄了。

我们注视着水面。那黄色的水面很平静。父亲看看我，我看看父亲，心里都着急。

哗，那黏滞的水面终于被撕裂了。几条肥大的鲶鱼浮上了水面，身子懒懒地扭了几下便舒展开了。

它们被“呛”晕了。鲶鱼的线条很流畅，很优美。我被惊呆了。

“快用网把它们捞上来，等它们醒过来，就不好抓了。”父亲说。

苦杨的药性很快就会过去的，因为河水不断地稀释着苦杨汁。

我们赶紧用小网捞。竟捞满了两只水桶。

果然有些鱼苏醒过来，不耐烦地扭了扭身子，又游回水里去了。

父亲笑了笑：“回家。”

鱼跑了，并不存有一丝焦灼和遗憾，山里人对什么也不太贪婪。

客人来了，便用焖好了的鲶鱼待客。用筷子从鱼的中脊上轻轻一戳，两片细白的鱼肉便完整地从鱼骨上分离下来。

那么大的一条鱼竟只有细细的一根骨刺。

客人很惊异。再吃那鱼肉，客人更惊异，已顾不得城里人的面子，大块大块地往嘴里送。

“这山里真有好东西。”他们说。

老核桃

曾祖父在世时，那棵核桃树就很粗壮很蓊郁了，把三间石板小屋衬得极孤陋极拙朴。鸡婆在荫下咯咯地唱，曾祖母在荫下仄仄地扭，是一方长满苔藓的风景。

曾祖父也不知这树到底经了多少岁月，逢人问及，便随口答道：“老核桃了。”

这树就叫成了老核桃。

老核桃的果子结得很稀，仅数十颗；其果皮比一般的核桃要厚两倍，任你在街石上、沟坎上摔来摔去，只听到叭叭的脆响，表皮的纹理竟不曾有一丝破绽。所以，若食核中之物，便需重锤砸。砸开之后，令人叹息不止：果核的内里多隔，其隔厚且坚硬，果仓就极狭小，核仁不易弄出来，就用刀尖剜。一剜，果肉就碎，只好把砸开的果子放在鼻翼之上，张大了嘴巴，接碎下来的果肉，细细嚼来，甘香无比。

这甘香是一种诱惑，激起人的贪心，便想多剜些果肉入口；但多隔的狭小的果仓里，并没有多少果肉，剜不到两下，便罄尽了，就只好觊觎下一个果子。仍是收获甚少，仍是不能满足，就不停地砸下去。待果实已砸尽，入口者却零星，贪心得不到平复，心里就特烦，骂道：“什么鸟果，招人兴起，又惹人兴丧！”

于是，这果就珍贵得近乎无用。

谙其性质，每当新果下来，曾祖父就以他从私塾那里温习来的古旧语气，说：“这果，啖一啖十，其性同焉，啖一足矣。”

大家就都吃一个果。

余下的，曾祖父就放到砺石上去磨，那密密的纹络就愈来愈明晰，晶晶地闪着光，让人爱不释手。山里人管这叫麻核桃。曾祖父就分头给老伙计们送去，揉玩于指掌之中。

曾祖父每只手搓动四只麻核桃，双手可同时搓动；他将身子陷在太师椅之中，不慌不忙地动作着，室内便哗响成一片。这气氛竟有几分诡谲。

到后来，老核桃的果结得愈来愈少，枝杈也枯了二三。每到夏日，老核桃的肥叶上，爬满了黑色的毛虫，蹲在院中吃饭，便常有毛虫掉到碗中，令人吐咽两难。更甚者，便是溽热的晚间，老核桃的上下，均是蚊蚋嘤嗡之处，树下的梦境，便总是被咬得很红肿。祖父便说："爹，还是把老核桃砍了吧。"

曾祖父不停地捻着麻核桃，像什么也没听到。祖父便大了嗓门又说。曾祖父的麻核桃仍捻得声色俱在，若进入忘川。祖父就挪到跟前，刚要再张口，猛地发现，曾祖父那鼓鼓的眼泡，分明是悄悄地垂得沉了，便倏地一个冷战，偷偷地退出屋去。

祖父便对父亲说："别急，这树早晚是要砍的。"话里的意思是很分明的。

但曾祖父活得极硬朗，一活活了一百零八岁。他掌中那八只麻核桃，被揉搓得光滑如润，抚之若温；放在托钵之上，置于油灯之下，灼灼然，若八只小星。

曾祖父殁去的翌年，父亲问祖父："老核桃，砍了么？"父亲没忘祖父说过的话。

祖父赧然一笑，"砍它做甚？老爷子高寿，兴许跟它有干系哩。"

后来，老核桃干脆就不结果了，只是叶子长得又黑又肥，招更多的毛虫，聚更多的蚊蚋；秋冬变节，便"败叶纷纷拥砌石"，小小庭院，总也收拾不干净。祖父却耐心地扫着落叶，似出家人，无欲无念地扫冷清的庙门。

但老核桃的荫惠，并没有让祖父比曾祖父更长寿，虽然也活到了九十岁的高龄，与其父相比，到底是差了一些。那日，他叫父亲把曾祖父的八只麻核桃拿来，两只干瘦的大手抖抖地握住，却怎么也搓动不起来，便哀叹不迭："到底是前人的物件，怎么敬重，也不属于后人。"

到了父亲这里，我总以为，那无用的老核桃该做釜底之薪，尽一点实实在在的用处。但父亲却说："都习惯了老核桃了，没有它的日子到底咋个样子，想一想，都觉得恓惶，就留着它吧。"

老核桃就依然是老核桃。

于是，老核桃下的生活，因为不曾改变，便很让我迷惘，很让我郁闷，也很让我无可奈何。

…………

在远离故乡的地方生活得久了，故乡的许多记忆，都渐渐地淡去了；但奇怪地，老核桃的影子却愈来愈清晰了——一想到故乡，就出现老核桃。

老核桃，你还好么？

老核桃，原来在游子的心中，居然还有这样一种情不自禁的感情。

对老核桃的思念，使我的心永远与故乡贴近着；且思念愈久，愈有一种深沉的况味，它滤去了许多市井风尘。

但思念归思念，老核桃下的日子，却横竖不想再过了。一如思念过往的恋情，之所以时时感到美好，因为都是无用之用。

杏的故事

也是一个曾祖父与树木的故事。

曾祖父在祖父娶亲那年，在庭院之中植了一株杏。栽时，他并不知其性之甜苦，因它的叶子长得硕大而干净，日后是可以用之包一些肥肥大大的粽子的。

到了第二年，杏树竟结了第一颗果实。杏极红艳，硕大如鸡卵，是曾祖父平生所未见也。曾祖父便终日厮守，以防不测。待熟得滴紫时，曾祖父烧过一炷香，才小心翼翼地将它“请”下来，且于掌心中摩挲复摩挲；终是不敢尝一口，便奉在祖祠里，任红艳的光芒幽幽地照，那灰黄薄脆的龛纸上，就亮了好大一片。

数日后，满室便奇香氤氲。病中的曾祖父便让爷爷搀他入室，拼命地嗅。

此时，祖母正小心地孕育着父亲，那奇香扑面的杏子便很让她不安分，便将“圣果”偷吞了。正巧被祖父撞见，脸色就煞地灰白，便偕妻在曾祖父膝下跪了。曾祖父果然就气得手之舞之足之蹈之，纵情的骂声，是一串极动人的歌子。兀然，他住了声息，俄顷竟说：“拿册子来！”祖父便将曾祖父枕边的书小心地捧上：是一部古旧的《周易》。

待曾祖父极沉重地翻了一过，竟朗朗地笑了起来，又沉吟片刻，对祖父说：“一颗杏，为‘独’，独谐‘犊’，她身怀六甲，泽被后世，该受用也！”祖父母的泪才敢流得恣肆一些。

曾祖父竟问：“味儿厚么？”

祖母便一把抹去满脸的泪水，努力绽出微笑：“好香好甜！”

曾祖父说：“但要记住，明年的果子，你们却莫动了。”

“记住了！”

来年，竟有十数颗杏子在枝头红艳着，但想到曾祖父的叮嘱，即便果实多多，祖父也是不敢摘的。祖母却经不住那奇香奇甜的诱惑，忘了已应允的孝悌，任自身的贪婪去嗫嚅。曾祖父得知，也不说话，只是两腮抽搐了一下，把手中的拐杖扔给祖父。祖父的两腮也抽搐了一下，捡起了拐杖。但久久不见动静，他是等待着拐杖的主人能猝然生出悲悯。然而却听到严厉的一声低吼：“孽障！”祖父无奈，便把拐杖打在祖母的身上。羞恼与怨恨，让祖父手下失去了方寸，不小心将祖母的一条腿打折了。于是，祖母瘸瘸拐拐了一辈子，祖父的爱情也瘸瘸拐拐了一辈子。

祖父那年冬天病得重，以为自己不会再有来年了，便对父亲说：“你娘几十年不吃杏了，院里的杏熟了，给你娘留着。”

杏一下来，父亲便给祖母端去。祖父看见，远远地躲了——他是在躲内心的惭愧和迂腐的夫尊。祖母长长地叹息一声，泪水就汹涌了，两腮抽搐了一下：“且留给你们的父亲吧。”

祖父竟也不曾动过一颗，就久久地搁在一边，终至烂得淋漓，惹苍蝇满室嘤嗡。于是，父亲便觉心里别扭，杏子再熟时，也就没心思去摘，任璀璨的杏子掉在地上，被猪狗们噬得得意……

我长到能爬树时，就盼着那棵老杏树结得一年比一年多，杏子才熟了五成，便攀到丫间，一颗接一颗地吃下去，酣然无顾忌。父亲便在树下或叱或乜，我便喊：“爸，你真是个大傻蛋，恁好的玩意儿，谁吃不是吃呢！”

现在想起来，老杏树毕竟是属于岁月的。而且，祖先的规矩因为跟他们的私心有关，反倒让后辈失去了敬意。

古松林

故乡之西畔，有一片古松林。

幼时，古松林是一爿眠床，常去那里寻一些似懂非懂的梦幻。后来，经过世事沧桑，有闲时，竟还能淡淡地想起它，得一片温馨。

古松林的第一诱惑，便是它的静。

晨时的古松林，叶披珠露，伸手必湿，去的人就少。日挑中竿，古松林就很干爽了，穿于林畔，除沾惹些松香，便是眺小鸟栖于枝畔。

仰于厚厚的落叶之上，鸟之啁啾就愈显热烈。

只因为风在林中不兴，尘在林中不起，除鸟声之漫袭，便是梦的氛围。

朱光潜说，极微弱极平静的背景中，稍强一些的信号就极强；所以，鸟声之响脆无比，便不足怪。

这与古诗所说的“蝉噪林愈静，鸟鸣山更幽”有相反相成的意境。

其实鸟就那么一二种，数也就四五只。

于是，在古松林，闻鸟啼声久，便分雌雄，又不足怪也。

古松林落叶之厚，是我以前没见过的。小心翼翼地踏上去，便陷了半身。于惊惶中将身腰拔出来，就闻到了微腐的幽香。

香有三种：一种是清香，就如真美人；一种是淡香，恍若轻烟；一种便是浓香，令人窒息，如市井脂粉。但腐香就独特了，明明是臭，却香，令人张大了鼻翼，吞噬不已。这或许是身不由己之故，进了古松林，必闻其味，不香也香，一如不可拂逆的寂寞，沉溺久了，反倒觉得好了。

其落叶已积了千年。

古松林就怕骤雨即晴。哗的一场急雨，倏地就一片响晴，松林之中窸窣一片——千万种松菇就从根畔挤出来，如待嫁之村姑。村里人便奔入林中，往荆编小筐中采摘，顷刻间，便白白胖胖地拥满了。

往陡陡的房脊上晾了，如抚的阳光下，鲜菇便含蓄成深厚却其貌不扬的情谊；挨过夏秋，到冬日中客来，扔进沸水中滚煮，炖进肥肉数片，便是稀世珍馔；客人食过，便终生难忘。

有一种极难令人相信的奇观，便是夏雨之后，马蕈子的猝生。雨后采菇时，远远地看到一胖胖大大的人形菇兀然立着，人便喜不自持，往往脱口而出：“马跑儿！”喊声未落，那巨菇便急速萎下去，终至萎成一抔滑腻的黑土，让人怜惜不已。于是，若偶然触及，千万莫呼出声来，悄悄地奔到跟前，猛地掐断根际，再呼、再喊或狂喜若哭，它终不萎去。幼时不懂个中缘由，视之怪异；后来才知：此乃珍贵菌类之一种，怕骤袭的声波。山里人叫它“马跑儿”，乃是一种智慧，喻消失之疾如奔马矣。

后来查了半日《辞海》，终不知其学名，便不去再查，安慰自己说，仅记住这一客观存在就行了。

于是，合理的不一定存在，存在的不一定合理。

踩着腐叶咯吱咯吱地进去，见到不少古松的根都腐了，枝叶却常青如洗。细细望去，原来这松的枝杈与周遭的松紧紧地纠缠着，成一种刻骨的爱情；且生出不少气根，或攀于他松之躯干，或飘浮于空气之中。松树不同于玉米，玉米的气生根，是一种作物属性；而松的个体生态，或拔地而生，或轰然毁灭，不依不倚；所以，古松林之中，松之攀附、根之气生，便是很难让人理解的。

后来，读了几本书，多了几重世态，就释然了：那松毕竟是生于群体之中，群体的力量是可敬畏的，可化腐朽为神奇矣！于是，芸芸众生中的英雄不必嘲笑懦夫，懦夫也不必一味地自我惭愧——因为，生存的土壤是互相造就了的。

…………

古松林的启示很多，说多了，就没人相信了，适可而止为好。

原载《草原》2021年第11期

大与小之间（外一篇）

刘 厦

有人曾质疑我：你每天都待在家里，没有生活，如何写作？这让我想到史铁生面对类似问题时的回答：难道你觉得我没活着吗？他的回答是准确和令人深思的。这句回答的力度在于它的问号，这个问号同样是对质疑者的质疑。

每一个生命存在，就会有它的感受和认识，上帝给予每个人的 24 小时不会是空的，我的确没有经历他们所指的生活，但我经历着我的生活，在貌似平淡的一天中，我会走过我的千山万水。

他们用自己的角度去定义别人的存在方式，甚至是别人的存在内容，这无疑是一种错误。

但当我离开自己的天地，进入他们的天地之后，用接近他们的形式活着，我体会到了他们的理解和感受。

我每天都会遇到许多人，甚至每天都会认识新的朋友，他们每个人都带着不同的信息，与每个人接触都会让我发现世界一个新的角度，从而可以看到一些新的景象。我每天都会遇到许多事，而且每一件事都可以引发人的思考和疑问，我每天都会接触到那么多的真理和思想，几乎每天都可以听到新的学说，了解到重要的历史真相。在大学的每一天，我都觉得很长，不是无聊的漫长，而是内容的大和多造成的容量上的长。当傍晚回想早晨时，总会觉得，那是今天吗？今天发生了那么多事啊。

那天因为我出门晚了，母亲推着我匆匆走在去教室的路上，正好赶上了学生流，上千的学生向教学楼流去。

在那一瞬间，我正好混入了他们中。

在这熙熙攘攘的人流中，我突然回望属于我的那个小世界，从这个角度看，那真是一个角落，或者说是一个砖缝，而那个足不出户的人，只是砖缝里的一只虫子，活着还是已经死了，对于外界来说又有什么区别呢。

我突然明白了，为什么那些多年不见的亲戚或熟人见到我们都只会问那一句：

身体还好吧？除此之外，就再也开启不了属于我的话题了。因为他们实在想不出这只看上去没有变化的虫子会有什么样的生活。

因此，我纠正了自己给他们下的错误定义。他们那种认识不是错误，准确地说是一种角度的局限。

这局限就在于客观的认识不等于主观的体验。客观的认识只是事物外在的一面，而主观的体验才是事物的主体，才是事物意义的决定部分。

你要想真正了解一个遥远而古老的城池，不能只是在地图上了解它所属那个国家、地区，是经纬多少度，不能只是从书本上了解它历史上所发生的事件，更不能只是从旅行社了解它的宣传材料。而是要亲身抵达那里，进入那里的生活，和那里的人融为一体，服从那里的风俗与规则，看那里的日出和日落，听从四面八方吹来的风，并学会从那里眺望远方。只有这样，才能真正了解那个地方。

地域与地域的不同，或许就在于它们存在于世界不同的位置吧。这种位置他人不知，毕竟子非鱼。所以千万不要从自己的角度给别人下定义。

他们没有进入过我的砖缝，不知道在砖缝里会看到什么样的景象，只是在自己“广阔”的天地中向砖缝望去，那真是微小的角落，也因为遥远，所以看上去那里没有空间。

但在砖缝中向外望去与在砖缝外向内望去，景象又怎么能是一样的呢。

我这只小虫身在砖缝中，自有一番景象，我看到的是从砖缝向外望去的世界，而砖缝只是我的一个角度。而且我还会因为这里的安静，而看见和听见更多这个角度以外不能看到和听到的东西，这些东西是我的，这些东西是独特的，这些东西自有它的丰富。

当然，每一只砖缝中的虫子，都会向往更辽阔的天地，期待在外面找到生命的圆满。

人生实际就是一场内与外的互动，我们只有在实践后才会有进一步的认识，我们只有不断地扩大空间，才能不断地认识自己。

但正因为人们对大的向往，才忽略了小的重要，甚至有对小的偏见，认为大就是好的，大作品、大人物、大气磅礴，小就是不好的，小聪明、小气鬼、小地方的人。其实大不一定是强者，小不一定是弱者，大不一定有智慧，小不一定就无知。人们仿佛忘记了在微小的世界里寻找自己的缺失。

虽然他们无法抵达我的砖缝，但每个人又何尝没有自己的砖缝呢？只是他们在辽阔中找不到了。他们在复杂中忘记了简单，在喧闹中忘记了安静，在自由中忘记了局限。

当一个人从繁华的世界退出来，离开了叱咤风云的环境，进入这样一个砖缝，没有了奔跑的条件，眼肌也无法得到舒展，他一定会觉得无趣、寂静，甚至是迷失。那是因为他还不会亲近小中的一切，更不懂理解小中的一切。那需要把角度调整好，把打捞信息的网眼编织得更精密，把心静下来，唤醒内心更细微更敏锐的触角，才能够欣赏这个小的世界。这不仅需要耐心、勇气，更需要一个人高远的悟性。

其实无论是辽阔的世界，还是微小的世界，都是无限的世界。

我们要开阔自己的视野，让自己的心胸变得宽广，让自己的认识更加高远。这种开阔是从个人的角度说的，因为这取决于一个人能看见多少，能听见多少，能发现多少。如果是一个狭隘而且迟钝的人，周游世界又有什么意义呢。

辽阔的胸怀需要更辽阔的天地去驰骋，但能够被环境囚困的胸怀不会是辽阔的。

或许这一点我们已经普遍意识到了，但我们是否也意识到了我们也应该把远望的目光收回来，把辽阔的疆土忘却，对着一只蚂蚁俯下身子，仔细分辨每一朵花的姿态，静静地欣赏云朵的流动。

如果不能感受细微的情感，那我们的故事就只能是一个梗概，如果不能收缩镜头，那我们只能看到苍白的世界地图。

可以宏观，也可以微观，可以发现大的，也可以看清小的，只有学会在大和小之间转换，才能看到真正辽阔、真正精彩的世界，那才是一个人可贵的能力。

大，可以是一个人不断争取的；小，却是他应该永远热爱的。大，可以让一个人自由地飞驰；小，才是他真正的容身之所。

写在母亲节

今天是母亲节。淘宝招摇着中老年服装的广告，康乃馨也被摆放在花店显眼的位置。面对这些，有朋友轻描淡写地对我说：这都是商家的促销手段，掏你腰包呢。没错，但这又让我们想起些什么呢？

这个母亲节我没有送给母亲什么礼物，只因为这几天真是格外忙。不只是课程多，母亲身体不适，还有就是央视新闻记者跟拍了我们好多天。主题是报道我的母亲，多年来照顾我和姐姐的故事。

早晨母亲推着我们俩，走在宽敞空荡的听课路上，远处是一台摄像机望着我们。那一刻，我们被放大了。

太阳在我们背后，我们前方的影子就像一个“山”字，因为母亲在中间支撑着，我们三个就是一座坚不可摧的山。这座山，在风雨中矗立了三十年。

母亲这个词是相对于孩子而存在的。自从我们来到这个世界上，我的母亲仿佛就只是母亲，女儿、妻子、一个独立的人，这些身份都成了次要的。她每天所做的只是照顾我们，其他的事便再无精力和时间去顾及了。母亲用她的爱拼命弥补着我们生命巨大的缺失。

我无论将什么想法付诸行动，同样也要以母亲的付出为代价。我幸运地得到了来大学听课的机会，而让这个机会成为现实，却要让母亲付出多少辛劳。

在学校，母亲一个人照料我们两个人的生活起居，为了让我们的时间符合课程的安排，每天八点上课，她五点就要起床，为我们穿衣洗漱，整理要带的物品，大多时候，是她跑着收拾，也没有吃早饭的时间了。

每一次走在上课的路上，在清凉的晨风里，在干净的阳光下，在宽敞的大路上，我内心无以言表的幸福油然而生。因为我知道，我们走了一个多么漫长的旅程才走到了这里，我们经过了多少坎坷和努力才有了现在这个短暂的美好时光。

而这一切的动力都来源于母亲，是母亲让我的轮椅在前行。

记得去年的第一场雪，母亲推着我们两个去上课。雪一边下一边化，后来又一冻，地上积了厚厚的雪饼，我的轮椅面对这样的路也退缩了。车轱辘就是不转，几乎是每走两三米，母亲就要把轮椅抬起来，往后倒转一下车轱辘，才能继续走。我们用了比平时多三倍的时间才到达了教室。那天我听了《红高粱》的复杂结构分析，了解了作品的双重时间。我生怕落下老师的每一句话，却已忘记了坐在我身旁的，经过一路辛苦后进入温暖教室的母亲，已大汗淋漓。

这就是我们的路，在这条路上母亲从未退缩过。

多少年来，是母亲的爱，在风雨中化作了大伞，在冬天化作了棉衣，在坎坷的路上化作了拉着我们向前闯的老黄牛，在黑夜里化作了我们可以归去的温暖灯光。母亲的爱，就是我的太阳、月亮和时间，母亲用她的生命让我们每天出生一次，母亲的爱让我们像人一样地活着。

面对镜头，被放大的不仅是母爱，同样放大了一个女儿内心的惭愧和自责。

多少次，看着母亲为我们洗澡累得满头大汗，看着母亲生病后独自去医院，看着母亲不小心摔倒，我都看着，却束手无策。

我将有如此爱我们的母亲而幸福的笑容挂在脸上，却将剧烈的疼痛留在心底。我说，我会用尽可能的方式，去回报母亲，去给予她幸福。这多像一句空话。

昨天我和母亲去买药，那是我们常去的药店，坐堂的大夫很健谈，跟我们讲起她的孩子就喜上眉梢，说“昨天晚上我的儿子对我说，妈妈，快母亲节了，老师让我祝你母亲节快乐。等我长大了给你买最漂亮的车和最漂亮的衣服”。这位三十多岁的女大夫脸上绽放出一个母亲最幸福的笑容。我说，是啊，明天是母亲节，给你妈买礼物了吧。她说不住一起，买了也送不过去。她的笑容戛然消失了，并由此讲起了她父母对她的埋怨，以及父母给她带来的众多烦恼。

事实上，生活中这样的情况并不少见，当儿女们成家立业，不再需要父母的照顾了，父母的爱便成了他们的负担。仿佛和父母之间不再熟悉，父母的一些习惯，儿女已经无法再接受了，父母的一些做法，儿女也已经完全否定了。除此之外，随着儿女生活中重要人物、事件的不断增加，父母的位置一再往后排，怠慢谁都会给自己造成损失，但怠慢父母不会。所以慢慢地，父母的感受被忽略了，父母的想法被忽略了，父母的利益被忽略了，甚至是父母的存在也被忽略了。最终，在情感上只剩下了应付，在理智上只剩下了责任。

虽然大多数人不会像我一样，一直需要母亲的日夜照顾，但我相信，母亲的爱是一样的，只是在儿女的不需要中被忽略了。

我不禁要问，难道当一个人独立后，有能力去孝敬父母的时候，孝，就不那么重要了吗？难道让母亲幸福，只是一个孩子的愿望吗？

其实，母亲的命运有着天然的悲剧性，随着孩子成长，对母亲的依赖越来越小，母亲也就越来越孤独了，母亲看着孩子成长而感到的喜悦，也就常常伴随着这种孤独。

母亲面对着孩子，目送着他一点点远去，让母亲的爱再无着落。

这和时空上的距离无关，和一个孩子是否孝顺也没有直接关系，这是一个母亲，面对时光，面对自然法则，面对衰老，必须承受的生命的重量，是人为所无法改变的。

当我们有了自己的能力和思想，有了自己独立的生活和心灵空间，母亲就再也无法靠近我们，只能远远地望着。

但值得儿女们注意的是，儿女的忽略会让本已孤独的母亲掉入深渊。

虽然母亲的付出不图儿女的回报，但如果自己的儿女是一个不懂感恩的人，在不需要之后，忘记了母亲的付出，哪个母亲会不伤心？那母亲一生的付出只能化作一声叹息了。母亲的爱或许不需要回报，但一定需要回应。

再加上年老的母亲随着能力和社会地位的下降，儿女就变成了她的天，就像小时候母亲是儿女的天一样，但如果儿女不去为母亲撑起这片天，母亲的天就塌了。

虽然谁也无法改变自然的法则、岁月的流逝，但儿女的陪伴、理解、关心，还是可以抵抗生命本质孤独之外，那生活中的孤单、无助以及内心的失望。

希望所有的儿女，用最大的努力，去弥补我们的原罪，那就是，我们都长大了。

希望我们不要忘记小时候那最初的美好愿望。

母亲节这天，母亲依然在诊所打吊瓶，为了照顾我们，便把我和姐姐一块儿推了过去。一个同样在那里输液的音乐研究生对我们说，你们两个真孝顺，都来陪你妈。我们笑了，母亲也露出幸福的笑容。或许在这一点上，母亲的确是幸福的，因为她的孩子长不大，永远需要她。

原载《北京文学》2020年1期

徒步缙云山

李元胜

要读懂缙云山，先得读懂华蓥山脉。

从万米高空俯瞰，华蓥山脉形如龙爪，斜插入重庆版图，活生生地隔开了西边的浅丘和东边宛如竖琴般优美而整齐的平行山岭。龙爪，也就是华蓥山的支脉，最有代表性的有九峰山、缙云山和中梁山。仔细看，龙爪经历嘉陵江的亿万年切割，被迫让出了一条宽阔的水道和曲折峡谷。

2000年起，我就爱上了高山峡谷间的徒步，最初因为迷上蝴蝶，后来扩展到野外的各种动植物。华蓥山脉距重庆主城近，自然成为我和同伴经常探访的地方，有几年的好季节里，我们都会在缙云山盘桓多日。后来对华蓥山主峰产生了兴趣，又移师过去连续考察。再回到缙云山时，更能感受到同一山脉物种的共同性和差异，对比研究，相当有趣。

我曾经写过一句话：读书如读山，宜溯溪而上。我觉得溯溪而上，真的是最美妙的读山方式，沿溪谷上山的路，风景多变，物种丰富，比枯燥地从头到尾拾级登顶要有意思多了。但是缙云山没有贯穿始终的溪谷，这种方式就不适合。

作为华蓥山脉龙爪的中指，缙云山长条形的山脊西坡舒缓、东坡陡峭，林相风物各异，选不同的线路上山，会让你怀疑是不是登的同一座山。缙云山岩层一般上层为厚砂岩，下层泥页岩。泥页岩能像海绵一样吸纳水分，超出容纳量后，水就从两种岩层之间流出，在东坡西坡分别形成平行的冲刷沟谷。

正是这种有如内藏水箱的岩石结构，支撑起缙云山大面积的常绿阔叶林，又因为东坡的陡峭，不宜耕作，在人类活动极频繁的地区，保留下来一个相对稳定的生态系统。抗战期间，缙云山成为南下的中国植物学家们的乐园，发现大量模式植物。

生物多样性从来不是单一的，缙云山还成为很多动物的庇护所，以我最喜欢的蝴蝶为例。重庆北碚区一个蝴蝶爱好者，锁定缙云山进行连续考察，最终记录到144种蝴蝶，这是2015年的数据，现在应该又有进展。横向对比的话，南京的蝴蝶研究者，近年出过一本《南京蝴蝶生态图鉴》，记录到152种。同样源自第三方观察者，缙云山和包含着无数山岭的南京市记录的蝴蝶种类竟能如此接近，生物多样性重要性不言而喻。

一

阅读缙云山，或者说以物种考察为目的的缙云山徒步，我是从黛湖区域开始的。

这是此山一个相对来说水系完整的溪谷，雨水被树林及落叶层吸收后，慢慢渗进岩层，这个过程经过近乎完美的自然过滤，再从不同岩层的接触面往外涌，形成众多的泉眼。

二十世纪三十年代，这个溪谷被筑坝截流，才有了黛湖。黛湖的下游，还有两个湖体。三个湖共同组成了一个波光潋滟的生态系统。

围绕着黛湖，从2000年开始，我有十多次不同时代段落里的徒步，有着完全不同的感受。

第一个阶段是2000年到2007年的4次黛湖区域徒步，算是一个阅读缙云山、认识黛湖的递进过程。最初的两次，是想溯溪而上，记录500米左右落差环境中的物种变化。但湖边小道有时很快就拐进了松林，有时又进了寺院，线路越走越糊涂，来回走了好多回头路。好在环境好，蜻蜓多，体验感还是挺好。

2006年秋天，完整地走了一次黛湖区域，是从绍龙观往上，经翠月湖再到黛湖，终点是翠月湖的上游水源。

那是记忆中最完美的黛湖了，湖水如黛玉，浅水处有水草蹿出水面，深水处浮着蓝天和白云，我竟然看得中断了记录纷飞的蜻蜓，坐在湖边发了好久的呆。感觉这湖虽小，却有灵性，一如缙云山之眼，和我们一样，也看蓝天，也看白云，有时，还在水草下眯着眼睛看蜻蜓飞舞。

由于有黛湖的关照，蜻蜓也显得比其他地方自在，并不怎么怕人。我毫不费劲地观察到好几种蜻蜓：锥腹蜻、黄翅蜻、红蜻、白尾灰蜻、异色灰蜻、玉带蜻和华斜痣蜻。其中的玉带蜻是这个区域最显眼最稳定的存在，后来的漫长岁月里，每到黛湖必能看见。雄性的玉带蜻，黑色腹部的第二至第四节为白色。所以，只要看见一只蜻蜓拖着白点在空中穿梭，那就是它了。体形稍大的华斜痣蜻还是有些警惕，我是第二次在野外碰到，特别想拍。它飞两圈，停一次，很有规律，可惜从不落在离我近的地方。

那次徒步的最后段落，在过膝的草丛里，还见到了难得的景象：足足有二十多只苎麻珍蝶在很小的范围内起起落落，享受着秋天的阳光，像一些忽然有了呼吸的金箔，耀眼而灵动。

苎麻珍蝶群舞的景象，给了我很大启发。次年春季的一天，我独自驱车来到了黛湖，停车后就急急往同一个位置走，想象那里应该有很多蝴蝶出现了。

可能到得太早，那一带尚未被阳光照到。进一步仔细观察，除了灌木、青草，也没有别的蜜源植物，就算等到阳光满目，是否会有蝴蝶来仍是问题。

在黛湖边来回走了四十多分钟，一只蝴蝶也没见到，只觉得衣服略单薄，吹来的风颇有寒意。

我边走边想，黛湖区域，正好是缙云山连绵不断的阔叶林的边缘，再往下就是农耕区，这种过渡地带是蝴蝶最喜欢的。所以，眼前的受挫一点也不能影响信心。回到车上，我掉头往下，见路口或人家就停，四处寻找有蜜源植物的地方。

在距离翠月湖不远的地方，有了惊喜的发现。一农家附近竟有一小块地的萝卜花正在盛开。春天的田野里，萝卜花和大葱花，是最能吸引蝴蝶的。但去那块地，必须经过农家的院子。

“你走错了，农家乐在上面那条路。”一个中年汉子闪了出来，在院门口挡住了我。

“我不是找农家乐。你家萝卜花那里有蝴蝶，我想去看看。”我指了指他的身后。

“我妈妈种的，萝卜花太惹蝴蝶了。你是研究害虫的吗？”他有点不好意思地笑了笑，一脸歉意。

“不，我喜欢蝴蝶，所以萝卜花是好东西。我能过去看看吗？”

“噢。”他看了我一眼，似乎松了口气，让开了路。

刚走到萝卜花旁边，我就发现有一只粉蝶很不一般，比菜粉蝶明显小一些。它停下来时，我的眼睛都瞪圆了：“黄尖襟粉蝶！”

襟粉蝶属的种类很少，重庆主城区能有机会看到的，就是这个脑袋小小、翅角尖尖的黄尖襟粉蝶。

我蹑手蹑脚，猫着身子迅速来到那簇萝卜花下，仰着脸拍了起来。

它也只给我这一个机会，再次拉升到空中后便坚定地向着山下飞走了。我叹了口气，扭头又来寻找别的蝴蝶，在我的视野里，至少有三种灰蝶和两种凤蝶。

这块地的缺点是稍微小了点，只要探出身来，举起相机，蝴蝶们就会受惊飞走。我只好蹲在那里，耐心等着它们回来。

“你要不要板凳？”身后传来了那个汉子的声音。他应该在那里站了好一阵了。

于是，我第一次坐在萝卜花地里蹲守蝴蝶——旁人看着一定非常奇怪，我自己却很舒服。

中午，我穿过院子，去附近农家乐吃了饭，再回到萝卜花地里幸福地坐下，等着下一拨有翅膀的客人光顾。

前后有十来种蝴蝶拜访了这片萝卜花，仅凤蝶就有金凤蝶、青凤蝶和碧凤蝶。真的没想到，才三月下旬，它们就纷纷羽化了。

这次拍摄后，我和朋友们对缙云山的兴趣转向了植被更好的密林深处，有很长时间没有专门在黛湖周边徒步，主要原因是这一带陆续出现了几个农家乐（名字还特别不像农家乐）：云登酒店、金湖湾度假村、大罕宫酒店，它们占据了黛湖视线最好的位置或者圈出了自己的地盘，已不适合自由行走。

这算第二个阶段吧，有几次路过，我也努力去小走了一下，但是黛湖已无之前的清幽，水质明显变差。我和这里的蝴蝶也失去了缘分，再没拍到感兴趣的蝴蝶，唯一值得一提的是，拍到过一条虎斑颈槽蛇。蛇喜欢在农家乐周边出现，因为有它们喜欢的食物——家鼠。

再来到黛湖，已经是2020年深秋，恰逢缙云诗会，我和诗友们在黛湖边散步，发现那些碍眼的农家乐都不见了，湖水清澈，仿佛一下子回到了十年前在黛湖边初次徒步的情景。当晚住在缙云山下，一时兴起，给黛湖写了首诗，还立誓等到季节许可时，再次徒步黛湖区域，看看我喜欢的蝴蝶们是否已经回来。

黛湖

只有怀抱湖水的人
才能看到真正的黛湖

他看到的湖更小
小得就像另一个湖的入口

小得像一个纽扣
把此刻景致、万古山河扣在一起

这一边是短暂的我们
另一边是永恒的宇宙

正是因为这种不对称的美
我们存续至今

渺小的我们，熟睡中
也不会放下紧紧抱着的湖

任凭桃花水母，代替我们
往返于两个世界

2020.11.6

七月，盛夏的一天，我终于开始了新一轮的黛湖徒步。

第一天，我以翠云湖为起点，穿过曾经的农家乐，再一路北上深入密林。这是我曾经计划多次的线路，可以在阔叶林和耕地间反复往来，可惜被农家乐们圈地后难以通行。现在，那一带已经清爽了，只有山林，只有干净的林间小道。

刚走几百米，在被拆除建筑后留下的空地上，我就看到了三三两两的蝴蝶在那里起起落落，我仔细观察了一下，其中的灰蝶似乎是没有记录过的，为了节约时间，放弃了其他蝴蝶，一路跟踪飞个不停的它。它在草叶尖上稍做停留时，我得到机会，飞快地按下了快门。这是一只东亚燕灰蝶。燕灰蝶属的种类后翅上都有纤小的燕尾，它们随风在空中不停晃动，非常可爱。

我继续穿行，穿过了房车营地，再往上踏上一条荒芜的小道。左边是森林，右边是花农的苗圃，我刚好走到它们的分界线上，这样的环境，是眼蝶最喜欢的。此时是下午蝴蝶乱飞的时间，眼蝶们十分活跃，难以接近，只能一饱眼福。我看到一种矍眼蝶、一种暮眼蝶和两种黛眼蝶。

天气炎热，我的T恤很快湿透，但每走几步就有蝴蝶飞起，加上山风阵阵，只觉得步履轻快，十分舒服。

突然，头上的树枝一阵乱响，我吓了一跳，抬头一看，原来是两只嬉戏打闹的松鼠在细枝上往来扑腾，全然没有失足掉下的担忧。这时，我又听到身后有轻微的动静，回头一看，不觉呆住了，一丛灌木上还立着一只松鼠，这不奇怪，奇怪的是它正啃食着一只竹蝗。

你不是吃坚果的吗？还抓虫吃？我心里暗自发问，呆了一下，这才想起什么，赶紧举起相机。

来不及了——它已经极轻蔑地转过身去，用屁股对着我，还示威性地晃了晃大尾巴。在我按下快门前，它就跳走了。

错失松鼠抓竹蝗吃的照片，我站在原地懊恼了一阵，才继续往前走。我很快就明白，松鼠为什么能抓到竹蝗了。这里的竹蝗太多太多，被我脚步惊动，成群飞起又落下，居然能发出类似海浪拍沙滩的哗哗声。

就这样，我不知不觉走了三公里左右，来到了这座山的垭口附近，视线里已经依稀看到下面半山的民宅。

第二天的徒步就更轻松了，我仍是以翠云湖为起点，先往下去绍龙观折返，再往上去黛湖环游一圈，完整地看到了整改后的黛湖区域的新面貌——还是如此干干净净的湖水，才配得上缙云山啊，虽然有失最初的野气，但颜值似乎更高，更能吸引北碚市民来环湖散步。

湖边种了很多花卉，引来蜂蝶逗留。正午的时候，湖边就我一个人，可以不慌不忙，从容拍摄。差不多花了半小时，我就非常轻松地拍到了虎斑蝶和斐豹蛱蝶。花丛中，还有几只小豆长喙天蛾在活动，它们的拿手好戏是悬停着采蜜，其轻盈程度不亚于美洲的蜂鸟。

二

缙云山的西坡舒缓，自然保护区内的宽叶林和山民世代耕种的坡地在半山犬牙交错，形成了蝴蝶喜爱的走廊，也特别适合观察其他昆虫。

我们在西坡有过好几次收获颇丰的考察，白天，我们会选一条线路徒步，沿途记录有意思的物种，晚上再到冬瓜、雨田等农家乐灯诱，观察有趋光性的昆虫，或拿着手电深入灌木丛林，享受美妙的精灵之夜。

五月，其他高海拔的山地尚在早春里，最高海拔 1000 米左右的缙云山已渐入佳境。这是此山最美妙的徒步时段，蚊虫少，野花多，各种昆虫粉墨登场。

这个季节，我们一度最喜欢的徒步线路，是沿微波站通往缙云新村方向的林间小道，然后看物种丰富程度和天气选择折返点。在缙云山也尝试过其他徒步线路，多是登山道，走着走着就进入密林深处，蝴蝶在树冠之上飞着，而我们只能在树根附近仰头看看，望洋兴叹。这条步道就不一样了，它会途经很多林间空地——正是精灵们最喜欢光顾的舞台。

也尝试过更早的月份进入这个区域，比如在四月上旬，想的是兼顾早春蝴蝶和野花，有一天春光明媚，我在这条步道上往返走了三个小时，只在山莓的白花上看到食蚜蝇和蜜蜂，但一点没感觉到失落，因为春天的山林有焕然一新的美，树林和灌木都是旧叶犹在，新芽已出，整个周遭充满了这样的微弱而又无边无际的喜悦。我走着，被这种万物共同的喜悦感染着——在这样的季节里，每个生命深处都有一种盘旋而上的力量，而当我们走在旷野中时，最能切切实实地感受到。

像是为了奖励我的喜悦，这天徒步的尾声，我在草叶上看到一只陌生的金龟子——它全身泛着金属色，身披绒毛，小盾片像一个舌头向后伸出。这是我与绒毛金龟科物种的第一次相遇，这个家族的种类都身体狭长，似乎比金龟科的更有灵气。这天吃完饭后，我和同伴们会合后，又在农家院外的落叶堆上，发现了中华虎甲，大家不由得一阵欢呼。

这过程，有点像前一晚我们在冬瓜农家乐的灯诱，那是一次山中早春里的寂寞灯诱，灯下的白布保持着干干净净，空无一物。直到午夜时分，我们聊完了天，打着哈欠准备睡觉了，突然，一只锈红色的大蛾从天而降，在院内翻滚扑腾。等它安静下来，同行的昆虫学家张巍巍认出是钩翅天蚕蛾，它的前翅顶角下弯如钩，所以得了这个名字。

一个多月后，同一个地方灯诱，景象已完全不同。

为昆虫们点亮的灯光，射向山崖和山下，就像铺好了无数透明的轨道，各种蛾子、甲虫沿着轨道从四面八方蜂拥而至，我们各自拿着闪光灯，忙个不停，人人都处在有点手忙脚乱的欢乐状态里。

其间，我们还打着手电，沿着山道完成了四十多分钟的夜探，那也是一次惊喜不断的夜探，差不多就在 200 米的步道两侧，光彩夺目的昆虫明星一个接一个被手电的光发现，引起此起彼伏的小声惊叹。

那一晚，我的状态和运气都特别好，拍到了停在草叶尖的褐蛉、刚刚羽化的沫蝉和倒挂在草茎上的绿鳞象甲，连藏得很好的晨星蛾蜡蝉和角蝉也被我发现了。

回到灯诱点，我们继续工作到午夜。我最后拍到的是一只不起眼的蛾子，但它在微距镜头下真的非常奇特：翅膀就像孔雀的尾羽一样，由扇形排列的一根根羽毛构成，只是缺少了那炫目的眼斑。后来我们知道了它的名字，孔雀翼蛾，翼蛾科的种类，也叫多羽蛾。

第二天的徒步，我们没有晚上那么忙碌，但引发我们围观和讨论的物种还是不少，我印象最深的，是在一种小型竹类上拍到的呆萌可爱的竹笋三星象，和我们见过多次的大竹象不一样，它的体色更浅，前胸背板上整齐地分布着戒疤样的三个黑点。我看到它时，它正用前足紧紧地抱着竹笋，把尖尖的喙深深地插进去。我的脚步惊动了它，它赶紧把喙退出来，保持一动不动，过了一会儿，似乎觉得没什么危险，又再次插了进去。大竹象可是超级警觉的，一旦惊动，立即弹开鞘翅，扑腾着飞走，哪里会像这货，只顾开心地钻个不停。

可能是受了它的感染吧，拍完竹笋三星象，我也收起了相机，山莓刚熟，酸甜可口，我采了很大一把，边走边吃，十分惬意。

七月八月，再来缙云山西坡一侧，我们会放弃之前迷恋的步道，选择山腰的缙云村黄焰沟至大屋基一线徒步。这样选择有两个原因，一是林中步道蚊子极多，特别是经过竹林的时候，二是夏季最适合拍蝶，而更宽阔的山腰土路比林中空地接触蝴蝶的机会更多。

这条路一直通向缙云山核心区，一般规律是越接近核心区，物种越丰富，但几次徒步给我们的印象并不是这样。除了蝴蝶丰富之外，其他的昆虫多为农耕区常见物种，比如，这条路上我拍到过红袖蜡蝉，这是昆虫迷都很喜欢的明星昆虫，但它实际上总是在玉米地里出现。

和当地山民聊天，我们才慢慢知道，不止黄焰沟居民多，核心区里的大屋基也住着不少人家。他们世世代代居住于此，习惯了里面的艰苦生活，不愿搬到山外生活。

近两年，听说缙云山在全面整改，包括黄焰沟至大屋基在内的自然保护区核心区和缓冲区，总共有两百多户已全部迁出，心里产生了想重走黄焰沟的强烈冲动。

七月的一天，烈日炎炎，我们一行人出现在了缙云村黄焰沟。下车后，我一边东张西望，一边急急往前走，眼前的景象让我相当震撼。黄焰沟的居民点缩水不小，以前村民屋旁的核桃树，孤零零地立于苗圃里，房屋已经不见了踪影。顺着公路，可以看到两边的树林，不时露出一个方框形的空地，那是人类撤退后拱手归还给自然的，看上去自然还没完全接手。

只有蝴蝶一如既往地多，甚至比以前更多，只走了百余米，我就观察到七八种蝴蝶：一只黑边裙弄蝶停在路边的竹子上，一只琉璃蛱蝶在残存的砖块上寻找矿物质，接骨草的花朵上则有蓝凤蝶、碧凤蝶等在飞个不停。

没有任何宣言，蝴蝶们很自然地接管了房屋消失后的空旷山坡。但大自然将如何整体接管并运作两百多户人家离去后留下的空白，还真是值得长期跟踪和观察的题材，相信是一篇很有意思的文章，不过，需要我们有足够的耐心。

我们随后又去参观了山下的移民新村，那是一个令人羡慕的背靠莽莽丛林的双拼别墅区，山民们两家一幢，各自组合，他们将慢慢适应全新的生活。我记得以前上缙云山，最有吸引力的就是去山民家里搭伙，吃他们刚采摘的竹笋，听镇干部的介绍，移民新村会有系列的旅游小镇开发规划，说不定会有以竹笋为特色的山珍馆。那时，再要吃竹笋，可能就非常方便，当然，也可能没有当初那种山野氛围了。

三

东坡陡峭，最有代表性的是微波站上行不远处的舍身崖，置身于万丈悬崖之上，北碚的部分城区像浓缩的地图尽在眼底，上面浮云阵阵。

每次走过舍身崖，都会中断观察工作，在那里远眺一会儿。在万山之巅，想象下面的都市生活，别有一种滋味。我们在密密麻麻的建筑群的小格子里，有时麻木，有时忘情，有时挣扎，有时奋斗，眼前似乎就是一切，就是全部世界。但当我们能抽身而出，来到这距离不过十公里的山上，那些小格子不过是模糊的斑点，我们能看到包围着小格子们的高山峡谷、万丈蓝天。

这或许是徒步缙云山的另一种收获？它准备了舍身崖，不是让你舍身，而是让你变得更辽阔。

从微波站出发，经舍身崖，往缙云后山去的山道，是我们徒步此山多年后的选择，称得上是自然观察爱好者的必走线路。

这条线路，我第一次走是2000年10月，9∶30从微波站出发，经舍身崖、阳龙山、铧头嘴下山，绕过猴子沟，再经龙家垭口，下午5∶00到达璧山区八塘镇附近的公路边。全程12公里左右，穿越针叶林、阔叶林、竹林等完全不同的林地，再穿过野生灌木与果园、农地混杂的过渡区，海拔落差约四百多米。

这是一次印象深刻的徒步，丰富的物种、变化万千的森林景观给我带来的喜悦，远远超过了远足的辛苦。从某种程度上来说，正是几次类似的徒步带来的精神享受，让我开始了二十多年的丛林徒步生活。

我和伙伴们，多次走这条线路，由于不再以穿越为目的，更看重沿途的物种观察，我们一次徒步的往返行程，很少超过五公里，特别是明星物种频现的时候，我们可能在几百米的距离，就会用掉半天时间。

我印象最深的是和蜘蛛分类学家张志升在五月的一次徒步。

和不同领域的动植物分类学家一起野外考察，总能解锁一个全新的世界，即使是在你非常熟悉的区域。那次，和志升一起漫步在缙云山，就是这个感觉。

我们刚下车，没走几步，他就蹲在路边不动了。我站在他的身后，低头看了又看，啥也没看见。

“这应该是个好东西，暗蛛科的。”张志升淡定地说，听不到任何兴奋。顺着他手指的方向，我在青苔的缝隙里，发现了一只个头儿很小的蜘蛛，躲在破渔网似的蛛丝下面。

“这是雄性的。”他补充说道。

“蜘蛛怎么分辨雌雄？”我好奇地问。

“简单，雄性有一对交配器！”张志升笑着说。

我再次低头，果然看见这只蜘蛛的头部有一对拳击手套似的交配器。蜘蛛的交配和其他动物区别很大，雄性会先把精子抽取到交配器中，然后寻找合适的机会，冒着生命危险冲向雌性，我后来多次观察到这个奇特的瞬间，雄性不像是举着拳击手套，而像是举着体外除颤器的医生勇敢地冲向急需救助的心脏病人。

把他挽留在路边的蜘蛛，是暗蛛科胎拉蛛属的朱氏胎拉蛛，模式产地正是缙云山。

“这破网能抓到猎物？”我伸出手指轻轻地触了一下蛛网，那网立即就粘在手指，并随着我收回手指的动作扯起来一大团，黏性居然这么强，我吃了一惊。

随后，我跟着张志升，又观察了十几种蜘蛛。有些蜘蛛，如果不是他讲解，就根本发现不了。

在潮湿的坡地上，有一些不显眼的圆圈，仔细看就会发现，这些和周边泥土同色的圆圈其实是盖子，下面竟然是蜘蛛的巢穴。

张志升用一根小棍，非常小心地把盖子掀开，果然，一个暴躁的家伙扑了出来，可能发现目标实在太过庞大，立即又缩了回去，那敏捷的回缩，不亚于寄居蟹回到贝壳里的娴熟。

不等它回缩结束，张志升的镊子同样敏捷地追了进去，一只肥胖的黑色蜘蛛被掏了出来。

“咦——这一种还没见过呢。”他脸上有一种很谨慎的欢喜。

就这样，我目睹了一个新物种发现的最初现场。这种蜘蛛后来得名缙云山宋蛛，已被相关研究人员确定为新种。

我们继续往舍身崖方向走，那一天，缙云山把这条步道慷慨地变成了无边际的昆虫博物馆，我完全无法跟着张志升去观察蜘蛛了。

就在一处灌木杂草混杂区域，不到两平方米的地方，我先后发现了假装成甲虫的蝇类——甲蝇，真正的甲虫——长角象和露尾甲，这三个物种都有着奇特的身体结构：甲蝇有着类似甲虫的鞘翅，长角象有着比一般象甲长出很多的触角，露尾甲的鞘翅简直就像人类的马甲了，它腹部的末端因此尴尬地露了出来。

过了一会儿，我在树干上发现了一只非常鲜艳的郭公虫，立即兴奋地拍了起来。远处，传来了张志升的喊声，听上去，不像他平时的淡定。

我过去一看，在他身边，灌木上立着一只气质非凡的甲虫，它头顶一对鹿角，夸张的长足正高高地向天空举起，仿佛在祈祷。

这不是黄粉鹿花金龟吗，我们多次在缙云山发现这种甲虫，但都是死后掉在地上的，见到活的还真是第一次。

我顾不上说话，蹲下身子就开始拍。

“不止一只，很多。”志升在旁边笑着说。

拍完一组，我抬头环顾四周，这才惊呆了，原来不是一只，而是数十只，它们占据了附近灌木的高处，多数安静不动，少数却急躁地爬来爬去。

再仔细看，原来安静不动的，是一些正在交配的，雌性紧紧抓住灌木，只把前足举起，雄性则在它的背上炫耀般地同步展开了长长的前足。

这姿势很熟悉啊，这不正是电影《泰坦尼克号》杰克和露丝在船头上所做的飞翔动作吗！

“今天是什么日子啊。”我突然问道。

“5月20日。”张志升答道。

它们还真会选日子！

我们离开步道，走进附近的竹林，发现整个竹林上空，有着更多的黄粉鹿花金龟。张志升抬脚踹了其中的一根，立即下了一场甲虫雨，数十只金龟子从天上摔落，多数在空中即飞起，少数反应慢的，直接笨重地落进草丛，场面极为壮观。

“元胜，你来看，这一只是不是搞错了对象。下面好像是别的种类。”张志升指着一只鹿花金龟说。

我凑过去一看，乐了。原来，不止下面那只是别的种类，上面也是——一对宽带鹿花金龟混入了集体婚礼的现场，下面的雌性全身黑色，没有鹿角，看上去像甲虫。

两种鹿花金龟，都选择了这个好日子完成交配。同一天，在附近我还拍到了一对白斑妩灰蝶的交配。

秋天的时候，我重走这条步道，这一带早已不复有五月的盛大场面。

整整一天，我都在追踪蝴蝶，因为没有别的昆虫可拍。蝴蝶还不少，只是很难接近，秋天的蝴蝶好像警惕性格外高。最终，我拍到其中的连纹黛眼蝶和稻眉眼蝶，前者我还是第一次在野外见到。

野外考察的经验之一，是实在找不到拍摄目标时，可以搬石头，撬朽木。那天，除了拍摄蝴蝶，我们就在闷头干这个。

在一棵树的树皮下，我们发现了一对广东肥角锹甲，这是在重庆不容易见到的种类。当缙云山吝啬起来的时候，我们若不这样讨债似的坚持敲敲打打，它是断不肯献上任何宝贝的。

原载《作家》2021年第11期

打结的流水

鄞 珊

街尾杳音

街尾，我们说的街尾并非街的尽头，恰恰相反，正是街的中央，而这一段基本熟稔的街段，在我们心目中才配得起整条街堂皇的名字——家汇街。家汇街中间被几条大的小的巷子打岔，打岔之后的街，依然完满。只是双臼巷子打断之后，续后的街段与这边格格不入，我们从没把那段灯火散落的街段计算在内，虽然他们依然门前开花，可显得很遥远，彼此见着都隔着一条街，大多连招呼都省略了。

所以阿九家理所当然被我们列为街尾，他的家已经接近蛇行冒出头的双臼巷。

我一直没问，也不晓得怎么问，阿九家怎么那个样子呢？那样怎么也算是一个家呢？这条临街的铺面作为居家的屋子，只有到了他家这里，一统天下，整个大间空荡荡的，作为“家”的整片空间都呈现给路人看，虽然他家是开药店，但药柜子不就占用墙壁那么丁点的地方吗？看到右墙的一个个药抽屉，更觉得他家的空空荡荡。

阿九家有很多兄弟姐妹，阿九是不是排行第九？我掰着手指恁是数不出他有八个哥哥姐姐。我曾问母亲：从他那个已经嫁出去的大姐开始算，阿九好像也没有排到第九呀？在门口晒太阳的外婆转过身子，白了我一眼：

“就你喜欢多嘴！”

外婆跟他们家很要好，虽然外婆跟谁都要好，但我知道外婆心里面那根线，通连的是他们家的心。外婆为什么跟距离最远的他们家贴心？外婆白了我一眼，她总觉得我多事。没有原因，没有理由，就像她告诉我，我不能吃白菜萝卜，我问为什么，她也嫌我烦：不能吃就不能吃，哪来这么多问！

外婆不用给个理由，其实我也是打心底里喜欢他们一家，不是因为阿九跟我一年级同班，那跟他家没关系，我在班里连看都没看他一眼呢。阿九一跟我说话舌头就打结，结结巴巴，口说不清言语了，但他的眼睛很明亮，纯洁澄明，只是心智和口舌鸿蒙未开而已。在这街尾的陋屋，他们一家的笑容灿烂了一条街。虽然他们家连把像样的椅子都没有，我去到他们家，他们的热情都超乎家里的承受力，他们全家人都是一副见到谁都乐呵呵的样子，没有椅子，还是拼命地在床铺底下搬出小凳子，他们的笑容会传染人，原始纯真，没有尘染，我也不好意思地笑着，告诉她外婆要我来抓几样药。阿九爸爸连连说好，一边伸手拉开那些写着药名的小抽屉，一边还转过脸来探问我外婆怎么样。

阿九妈妈嘘寒问暖，告诉我要吃胖点，虽然看起来他们整家人都很瘦，阿九遗传了他爸高身躯，更显得像豆芽般的弱。阿九妈妈在药柜底下找出一颗糖硬塞我手里。连阿九都没法吃到的糖，阿九父母却这么慷慨舍得！我已经有着这个年龄不该有的谦让，我知道他们家的孩子更多呢。

他们家比所有邻居家都空荡，家徒四壁说的就是他们，外婆说阿九家很难，一家十多口，吃饭都紧。就他们家那点不上档次的药，根本不像药店，我自始至终不知道他们家还有其他什么营生。可有的人天生自带笑意，阿九父母每天的笑容，足可冲淡一切烦忧。楼下是他们一天的活动空间，有人来抓药，阿九父母就得忙碌，可是来抓药的人不多，他们的药也不多嘛！街头就有正规的药店，药材堆得上了屋顶，一股中草药的味道溢出很远。

我们都在琢磨，阿九家楼下没有房间，那么楼上一家人是怎么住的。阿九的母亲每天把一大锅粥煮得特别的稀，就着一大盆青菜，一家人瘦高瘦高的带着菜青色。

人是活的，门口的小溪有很好的牙祭。阿九的哥哥们经常在溪里抓鱼，他们没有捕鱼工具，就是最原始的手脚和脸盆铁桶，姐姐们边洗衣服边接应。巴掌大的鲫鱼多得是，有时会抓到大草鱼。他姐姐眼睛很尖，有一次洗衣服时，看到水里有一大块黑色影子，她示意大家不要惊着它，悄悄拿起边上盛衣服的脸盆，往水里猛地一兜，竟然打上来一大条活蹦乱跳的草鱼，足有七八斤重，把邻居都给羡慕死了。虽然每天洗衣服都能看到水里的鱼，但它只是引诱你，说不定要拉你下水呢！

门前的溪流每隔一段有一个缺口，用麻石拼成的几级台阶扭扭捏捏直通到溪面。沿岸来到我家门前这个缺口的台阶最大，是这个镇的一个老码头。经常有船只在大树下卸货上货，这是镇里的一条运输通道。所以，这个码头的石阶最规整，因着人流，又少水草，鱼儿也少在这里停留。阿九家门口那一段台阶不一样，就是他们一两户人家洗衣服挑水而已，那段的溪边有好多石头和水草，鱼儿聚集多，那边的水草甚至能作为游泳换衣服的遮蔽处。

夏天，阿九家的男孩子齐刷刷从门前溪边的码头溜进水里，大半天浸泡水里，顺便摸几条鱼儿上来，水蛇、鳗鱼、泥鳅等河鲜都在溪里欢畅着呢。

这个活儿，油漆婶家的阿凯只有望洋兴叹了。每天在人家屋里干油漆活，他白白净净的皮肤，即使偶尔有空在溪里边浸泡，也没有那样的身手抓住鱼儿。

阿九姐姐用脸盆兜起那条大鱼，阿凯闻声兴奋得围观过去，又“啧啧”称赞，又估计着鱼儿的斤两，“应该有十斤！”他斩钉截铁地说。

最后究竟有多少斤，我们都不得而知，阿九妈妈很快把它变成两道菜：鱼头鱼尾滚萝卜汤，椒盐鱼肉。

一桌子的美味都飘到街头来了。

我们满脸羡慕，满心遗憾，并非没有吃过草鱼，而是这么大的一条草鱼，没让自家的脸盆给装上。为了溪里面的鱼儿，我宁愿换个远一点的码头，就因为那里有水草，鱼儿多，好几次都看着它们在我周边游，就是与我捉迷藏，满是青苔的光滑石板，我必须小心翼翼，溪水极深，谁都怕不小心掉了下去。

阿九家门前的这段溪流，他们都非常熟悉，阿九哥哥姐姐总是在下午以后，傍晚时分，来到属于他们家的这段溪流，他们家务和娱乐都在溪里。这是他们家热闹的时分。

阿九妈妈在洗刷锅盆，姐姐们在洗衣服，哥哥在溪里游泳同时清洗他们的竹竿等工具。

溪底有的地方很深，溪流会带着旋涡，我们蹲在岸边，看着流水打着一个个结，然后又裹挟前行。

阿九的四哥，没人注意他怎么就没了。阿九妈妈每次都叮咛姐姐，要看着玩水的弟弟，姐姐们边洗衣服，还要不时盯着戏水的弟弟。这溪，近岸边安全点，可溪底都是陷阱，暗流，相差一两步，人就会踩空，水随即没过头顶。这溪本来旋涡多，加上水深处高低不平，水流急，一直有危险潜伏。阿九的大姐二姐像保姆，每次都听到她们斥责弟弟的声音：

“快回来！别再去了！”

“还不听话！等会儿上来看我不打断你的腿！”她们会凶巴巴地威胁不听话的弟弟。阿九最听话了，他还不敢游泳，只好待在姐姐屁股后面玩水草。偶尔往水里面扔几颗小石头给三哥四哥。

四哥阿宽也就大阿九两岁，早就跟着大哥二哥等在水里嬉戏。白天太阳毒辣辣的，到了下午四点钟以后，日头西斜，树荫下的溪水一片凉爽，大人们开始往溪边跑，他们几兄弟早就憋不住了。几个人正嬉戏着，水花四溅，突然姐姐大喊，几乎带着哭腔：“阿宽呢？”

一下子台阶的两三个人齐刷刷放下手里的衣服，站了起来，朝水里巡视。

水里的几个男孩儿也站起来，四下张望。

姐姐脸色和声音突然变了，大喊大叫："刚刚还在这里，喏！就两手臂的距离，刚刚，我低头搓了会儿衣服，抬头就不见了。"

这下，溪边的人都喊起来。

阿九父母从屋里跑了出来。

邻里闻风而至，整条街震动起来。

有声音喊着：快！快！绳子！

有的已经跑进屋里搬出了带耙子的长竹竿。阿凯他们家几个男孩儿都出动了，一下子十来个壮年男子脱衣服，陆续下水。溪流因着人多且众也胆怯而缓慢了。

阿九家的姐姐们哭喊着，阿九母亲奔了出来，已经瘫倒在岸边，油漆婶她们扶着，不让她靠近码头。

这段溪流，被整条街的汉子围堵着，不一会儿在不远处便捞出了他，阿宽湿漉漉的身体被放在岸边，地上都是水，年长者指挥着，倒出他肚子里的水，撬开他的嘴巴，掏出泥土，人工呼吸……人们想尽各种办法急救，只是回天无力。

悲痛声已经传遍街头巷尾，竹篾婶、油漆婶忙拉着阿九母亲，不让她靠前，说孩子听到母亲的哭声会难过，尸体会七孔流血的。

死人有活人的耳朵。

阿九拿着阿宽的衣服，从街头走到街尾。边走边哭，我们站在门口，默默地看着他走过。阿九要去哪里呢？他又从我们门前走过。

阿九自己也不知道要去哪里，他捧着哥哥的衣服，从街尾走到街头，从街头走到街尾，边走边哭……

一饭一粥

褐色小陶砵刚好可以捧在手里。

陶砵外面分两层，上半部分上釉，深褐色。下半部分没有，呈现浅褐色。

这个小陶砵很像清明节做粕籽粿的模具，几乎一模一样，民间土窑烧制后，村民挑担卖，我们是极其喜欢的，价钱便宜，比瓷具便宜多了。吃饭时母亲给我们每人盛一份菜的量刚刚好。

母亲买了这些很是得意，便宜又好用，我们也喜欢，它比碟子深，盛放的菜感觉多了很多。

有荤菜的日子，盛放这个陶砵需讲究艺术，青菜先放最下面，差不多顶到砵面了，然后才分鱼。这样让人感觉家里很丰衣足食。

在这条街，家里吃饭也是吃给邻里看的。

父亲的刀法很狡猾。一条巴浪鱼，被分成三块平躺在刀砧上：头部、中间身子、尾巴部分。

我和妹妹站在灶台前面，对着砧板端详了好一会儿，不断衡量对比这三段鱼的不同，实在难以抉择。中间部分都是肉，那选中间得到的肉最多吗？不见得，鱼头因着头部，带着后面的脊梁肉，很厚，虽然连着头部的肉无法丈量，但头顶有肉，鱼鳃有肉，杂七杂八加起来说不定比中间那块鱼的肉多。

鱼尾巴呢？因着后面渐渐收缩，长度自然比中间长，只是如何把这收尾的长度计算成立方体的鱼肉，目测很难。如何挑选到鱼肉最多的那块，便是我们艰难的选择。

姐妹几个都很踌躇地拿走了自认为最大的那块鱼。

一个小围桌，临时撑起，是可以活动的，这也是父亲的手艺，谁不会个木工活水泥工，那根本不算过日子。我们吃饭时直接把围桌搬到门口才打开，门口的水泥地面是最好的餐厅，这也是父亲的手艺，那样的地面使我们同时拥有一片露天的宽阔床铺。

晚餐时分，每家每户都把餐桌放到自家门口，就着穿街而过的夏风，每家的晚餐都呈现在天空下。邻居们边吃边打招呼：今天晚了呀？

有肉的餐桌会把香味分享给左邻右里，使得大家又是一番热腾：今天好菜色啊！

“是农村亲戚送来的鸭肉，那边今天老热呢！”

每家每户的家庭成员晚餐时都集齐了，一天的劳碌在此时放松，跟着邻里交流饭食，那才是一种享受。

若只有青菜，那家就低调点，快快地扒完饭，再跟大家闲聊。

我们家的青菜可以继续加，这是我们家的不成文规定。父母亲高高的四方桌上一大盆青菜呢！青菜便宜得很，猪都不愁吃，肉不容易长，青菜还不容易吗？大地的出产很慷慨，芥蓝、白菜、包菜、春菜，我们对青菜还可以挑剔，厚合、番薯叶我们连看都不看的，那是给猪吃的。

我吃了两大碗饭，我又端着陶砵添了一次青菜，我的那块鱼头都还完好，它在我的筷子底下一直幸免，它是我的私房菜，我留着吃完饭再慢慢享受它。

我后悔拿了鱼头，检查了下，这次鱼头带着的肉不如妹妹那块多。妹妹看了看我的鱼头，又再打量自己陶砵里那块鱼尾巴，也表示同意我的观点。我更加懊悔，刚才是我先挑的，谁知挑了块最少肉的，自己选吃亏的事还真怨不了谁。

母亲在里面伸长脖子朝我扔了一句："别又打老三碗里的主意！"

我本来已经郁闷，被母亲这么一冤枉，我的气不打一处来："你怎么总觉得我欺侮妹妹。我们是商量事儿，你没厘清事情就随便说！"

妹妹低下头，涉及她，她感觉我受冤枉也有她一份儿。我狠狠地盯着她陶砵里的鱼尾巴，那块尾巴显得更长了，尾巴扇子都飘到外面，洋洋得意地对着我嘲笑。

油漆婶晃悠悠荡到我们家门口，笑眯眯地看着我们，说："吃饭啊！今天又是什么菜，别省着呵！"

她已经饭饱意足，晃荡了几家才来到我们家门口，她逮住刚吃完饭的外婆："现在的洗衣机实在是好，衣服放进去，干干净净地出来，又是干爽不用手拧。"

外婆没吭声，她也不知怎么附和这高攀不起的事物。

整条街就油漆婶家买了洗衣机。洗衣机这东西把所有人都打进旧社会了。只要她一提起来，听者立马自惭形秽，这东西比竹竿的顶端还高，我们什么时候能爬得到摸得着？

我不知道洗衣机是什么样的，油漆婶一直招呼邻居们去她家看看。我一直等外婆去看的时候带上我，谁知外婆已经参观完回来了，她就是跟母亲和父亲神秘地谈起那东西不可思议的事，好像还得藏着掖着。永婶看了回来，从此一直坐在门口叹气。不知道她叹啥气，永婶自认为很有钱，可一个洗衣机从此让她不再拿自家吃不完的鱼肉虾挂在嘴边，虽然没有人看到过她家吃剩的肉，事关家庭自尊，没有人会去主动探究真假，油漆婶的洗衣机像一座大山，压在她家之上，也是一记重锤给她重创。

油漆婶的洗衣机让永婶好些天睡不着觉，整天唉声叹气。"唉！人的命就是不一样！"我们虽然不羡慕永婶的鱼虾肉，可永婶家的富有也让其他邻居一直谦虚地贫穷着，但这洗衣机是个晴天霹雳，突然炸人家祖宗三代。

永婶的儿媳妇说了，要是有洗衣机，她就不用天天一大早洗全家人衣服，冬天冻得手都裂了。说这话时她拎着一大桶衣服、一只手把脸盆夹在腰间，她刚从溪边台阶站起来，蹲在溪边洗了太长的时间，腰都伸不直。

自从走进永婶家门，她每天都有忙不完的活儿。可她还是觉得对他们家有歉疚，永叔因为是右派，影响了儿子的婚事，镇上的亲事都谈不拢，只要听到他家右派，都退避三舍。虽然知道饿死的骆驼比马大，他们家阿昌可是顶呱呱的读书人，读书人就是孤傲，不怎么跟人打招呼。最后，永婶只好托远亲谈了这门农村亲事。

阿昌表示无所谓，喜欢不喜欢，门户般不般配在这个时候是奢谈，反正就是讨个老婆。虽然永叔是个有墨水的先生，可现在还在监狱蹲着，谈起这个，家里就矮了一截。阿昌也是吃墨水的人，有文化的人婚事自是三挑四拣，挑到后来，发现自己家“右派”的标签，已是无可挑选的烙印。对于婚事阿昌没有了任何想法。

阿花就这样随着媒妁之言走进阿昌家。阿花高高的个子，农村长大的女孩子身体结实，刚好弥补了家里劳动力的不足。生火做饭、洗衣买菜，甚至做蜂窝煤此等男人做的体力活都由她扛起了。

阿花生来就是劳碌命，但她从没半句怨言，也从没与邻居咬舌头，说家里半句话。虽然永婶家的门甚至比我家还矮，阿花娘家人来了却都觉得他们家门槛高，阿花高攀上这样的家庭让娘家人脸上贴光了 。

阿花娘家人来，哥哥扛了两袋自己种的番薯土豆，嫂子和母亲挑了自己晒的萝卜干、贡菜，阿花让哥哥放在门口，接过母亲和嫂子的几袋子东西，把他们让进屋里。哥哥干站着，手都没地方放，阿昌说了声“坐啊！”就继续跷起二郎腿看报纸。

阿花忙碌家务，母亲和哥哥嫂嫂被永婶留吃中午饭后走了，带着阿花给捎的东西。

阿昌吃完饭也就是看报纸，报纸就是他的全部。永婶自是习惯儿子阿昌保留下来的习惯，阿花也把阿昌的习惯看作与众不同的殊能。

她做蜂窝煤的时候，阿昌就在屋里喝茶看报纸。阿昌除了看报纸看书，还会灯谜，可惜这些与柴米油盐半点关系都没有。

油漆婶的儿子阿凯就不一样，外面的风一吹他马上就能跟着长草。

能赚钱的事儿阿凯都不错过，油漆活儿本来他爸是行家里手，他都没学过，干了好多种活儿。每年过年前油漆的活儿多，人手不够，价被提高了，他就把从父亲那里耳濡目染来的手艺，派上用场，反正阿凯人不笨，油漆一屋子的家具，再拉一个小弟帮忙，换来了几个月的粮仓满载。

尝到甜头，多赚钱的油漆活儿阿凯都收，忙不过来，让父亲出马，父亲本来就是老师傅，手艺响当当的，只是年龄大了，不想出去干了，窝在家里享清福。淡季时，他干别的，甚至给人家画点门上的画，他揽了各种事儿做。活儿也都完成，变成了票儿，大家知道阿凯每天都乐呵呵地找事儿做，可谁也没想到他竟然攒了那么多钱。

这不，把这条街第一台洗衣机就给摆上了。

这种叫洗衣机的东西也是阿凯去知识分子家干活时看到的。只见白色塑料外壳的崭新样子堪比洞房的新娘，阿凯看得都呆了，只见主人把衣服扔进去，一拧旋钮，盖上盖子。整个小方柜似的东西自个儿“呼呼呼”响，响罢就是洗好了，衣服可以拿出来了，这还未完毕，把湿漉漉的衣服放进边上另一个桶里，再盖上，又拧旋钮，一阵“呼呼呼”作响之后，拿出来的衣服可是比手拧的干多少倍！人什么都不用干了。

阿凯发誓一定要买这样的东西回来。并非为了娘亲的双手，其实他从不关心母亲和父亲的生活起居，母亲洗多少衣服，生病了衣服堆在角落没人洗，躺一天就得下地洗衣服。阿凯几兄弟没衣服穿了会骂骂咧咧，母亲也觉得愧对他们，生病是自己的事情，洗衣服也是自己的事情，孩子们找不到衣服穿就是不应该生病。

阿凯买的洗衣机，最大的功能是让全家人脸上贴满红光。

他们的洗衣机每天拧得“呼呼呼”地响，其实隔壁也没法听到。

晚饭时分，每家每户都在门口摆上小桌子时，他们感觉洗衣机的光芒也在脸上了。

油漆婶故意在门口朝里面亮起嗓门:“衣服放进洗衣机就行，吃完饭就洗好了。”

话语随风飘散，吃饭的邻居心里面五味杂陈，有的端起碗进屋里吃。

“真是好，马上就干干爽爽！”油漆婶虚张的声势让我对洗衣机产生了误会，以为从它里面出来的衣服就马上可以穿了，我一直想亲眼证实洗完了穿身上干爽的滋味，可惜我没有借口去她家转转。

永婶的叹息也不知不觉消失，不是因为她也买了洗衣机，而是每天继续在溪边洗衣服的队伍依然庞大，并没改变，清澈的溪水是大地的馈赠，她看着儿媳一堆堆衣服晾在阳光底下，指指哪棵合欢树的枝杈还可挂上一杆，她和儿媳妇细数着自家的衣服。

溪边是我们的旗帜，一件件衣服挤在竹竿上，展现着家人的肥瘦宽窄，日子张扬着色彩。我们家那些专门做粕籽粿的陶砵也在溪边清洗，趁着阳光，每个日子都晒干净，清明就要来了，粕籽树的油绿更在呼唤着我们的步履。

想起粕籽粿，我咽了一下口水，手里的刷子用力地刷起一叠叠等待着的陶砵。

老厝书斋

青叔两兄弟回来了，走进我的中年。

他们的年岁，七十年这么辗转曲折，初次回程，却能一头钻进巷陌中，他们提出要去看那书斋。

“老厝的书斋。”

老厝？书斋？是什么样？

我愣住了。

在哪里？我不知道，脚步只有跟着他们一块走，反而是他们在带路。

“这还是那时的院落。”

他们哥俩立住了，一个对着路边的残破石柱指着，我也随着站住，跟着他们打量，始发觉这是一个牌坊般的门，很宽大，但倒塌残破，我们每次走过都忽略了它其实是一个门，我的思维里就是走在路上，反正村里都是忽窄忽宽，宽敞时没有理由地敞开。现在才知道，这扇门，左右绵延着高高低低存在或偶尔断缺的墙体。墙发黑露出沙，可是仔细一看，竟然能围起这样一个宽敞的空间。

原来此处是院子。一个特别宽大的院子。那么对面的大门应该是祠堂，左右都是对称的巷。

我突然发现这么气势宏大的院落，被我平时踩烂了，踩得那么荒凉。那些本该住人的巷子里基本没人住，包括大祠堂，坍塌而剩下半边的院墙，让我以为此处是荒废的地方，有时地面晒着稻草，要知道现在的稻草基本没有晒的必要。那些东西堆在地上，反正人迹罕至，它们成了荒凉的闲置。

老兄弟就着老墙指点着。弟弟青叔若有所思，他指着另外的地方：“那里应该是大厝，我没记错的话，书院就在那边右转。”

太阳落下的光束，也跟稻草一样的颜色。在我头上有些抓痒。这个偶然才出现一个村里妇人的地方，几乎被村庄遗忘了。村庄也会走路的，它慢慢挪动着位置。这个在周围排老大的村庄，这几十年时间里，它在自己面前重新筑起浇灌崭新的肉，挂在自己的老骨架前像一个肉瘤。而丢下曾经的身躯，那身躯因着缺血的滋养而风干，剩下骨架。

我现在跟着他们兄弟俩，走在骨架中，他们指认着曾经丰满的肌肉。

走过这空荡的阔埕，对面那边该有的围墙没有踪影，像打通了，直看到更远的破房子。他们站住了，青叔戴着眼镜的眼睛盯着一处空地，这里还有一口井，自然是废弃多年了。他转了几圈，说：“这里，就是了，书院。”

卵叔张望四周，没有半个人。今天太阳一早就晒着，落在这里的时间显得很长。有个戴着斗笠的老妇，端着一筛子东西，一直往前走。看到我们这么一拨陌生的脸孔，她好奇地停住了，看着我们。

青叔跟她搭话：“这个是不是原来的书院？”她听不大清楚，伸长了脖子。一时半会儿没明白他的话吧！

卯叔走近前，看着她手里的东西问：“你晒黑豆啊！”这下她听明白了。不停地点头，她问：“你们是哪个家的？”她问的是我们哪家人的亲戚。

这真是说来话长。青叔越过她的问题，直接提出刚才的话题：“阿婶，这个地方是不是原先的书院？”看她的年纪这个问题是能够追溯到的。

她终于明白了，随即点头：“是的，连到后面那里，井后面那里，这一整片都是书院。”说起书院好像挺自豪的。看她样子是极愿意留下来谈的，可惜手里的筛子，她站了站，端着筛子继续往前去了。

青叔绕着空空的“书院”转了一圈。抬头，天空白云静寂，没有风。青叔问他哥：“那时你几岁走的？”

“十二三岁，还是阿叔抱我上船的。”他们去了暹罗之后，兄弟两个一块儿来幼时的家，这是第一次。

哥哥卯叔八十多岁了，青叔小他几岁，人生这条线，头尾都连接着故里。

从寂静的大埕又回到家里。卯叔看着这座大房子，又抬头仰望着左边伸过房子的芭蕉叶子，芭蕉树没有人管，浓密茂盛。左边巷子坍塌成空地，又被疯长的芭蕉等树霸占了，在楼上房间推开小木窗，芭蕉叶、龙眼叶随即探了进来。

逡巡了一圈，青叔算是完成了一番祭奠吧！他自言自语道：“我父亲那时建的，是他从那边过来建的。”

他们两个站在门口，两张布满皱纹的脸迎着近一个世纪的阳光，带着腐酸气味的空气在门口打旋，被我们吸进肺里。

有蝶儿翩跹飞进芭蕉林里。

原载《黄河》2021年第6期

秋天的太阳岛

秋 月

老舍写《济南的秋天》说：秋和冬是不好分开的，秋睡熟了一点便是冬，上帝不愿意把它忽然唤醒，所以做了个整人情，连带冬全给了济南……若是真有上帝，那他来到东北，一定又有了新的想法，因为东北的秋从来都是说来就来，说走就走，绝不含糊。过了“立秋”，天马上就充满了凉意，若是晚上出去散步，非得披个外衣才可。至于冬天，那要等花儿绽放得透透的，五花山的落叶像织锦般铺满了大地，秋才用隆重的仪式迎接冬。那时，冬携着冰雪，裹着寒峭，带着龙卷风一般的速度入场。秋，华丽转身。东北的秋像极了东北人，不拖泥带水、优柔寡断。

在北方美丽的哈尔滨，最能体现秋的魅力的地方莫过于位于江北的太阳岛，三面环水的岛屿绚丽浪漫、宁静悠然。

秋日里，放眼望去，偌大的太阳岛，好似披着彩色的云裳，风吹过，云裳抖动，不断地变幻着迷人的风姿，像在顽皮地跳着舞蹈。秋日的美，就在这天与地之间尽情舒展开了。到了晚秋，树枝是舒朗的，它欢喜地伸展着，向着太阳表白心中的热情，这个时候，它是愿意和太阳缠绵的，它想留住那春宵一刻的快乐，在激动的战栗中，它抖落了身上的羽毛，把它们奉献给大地，风和云，见证了它们之间的爱。

而阳光，在和树的厮磨中，不忘偷偷透过婆娑的树干，把它的爱洒下来，大地印下了它斑驳的影子。五色的叶子与它遥相呼应，在这个寂静的世界里，它们用风传播着悄悄话，商定着春日里的约会。

在太阳岛的树林和草坪里，坐落着不同风格的俄式木屋，踏过厚厚的落叶，走近这充满异域文化的房子，透过窗棂往里看，落着灰的地板提示着这里已有日子没有人来过了。偶尔，有青年男女骑着双人的自行车嬉笑着从身边疾驰而过，欢快的笑声打破了空间的寂静，也惊动了昏昏欲睡的鸟儿，扑棱着翅膀惊慌失措地乱飞。我喜欢太阳岛的秋天，不仅因为它的美丽脱俗，也不单因为三十六年前的秋天我大学毕业，来到岛上的一个单位工作，一直到退休。

那是几年前的一个秋日，我陪着抗联老战士李敏阿姨来到太阳岛上，我记得她灵巧地跳到江中一个大石盘上，手撩着江水，脸上露出了开心甚至有些顽皮的笑容，哪像一个九十多岁的老人啊？我们在松花江边留下了一张难忘的合影，又去了位于岛上的“抗联纪念园”。太阳岛之行，是我和老人唯一一次外出的行动，对于我来说，那是个不寻常的秋日。如今，斯人已去，每次到太阳岛，每每走到我们曾经合影的地方，都止不住黯然神伤。

我经常在晚秋的日子去岛上，寻一处僻静的草地坐下，看天空云卷云舒，听松花江水汩汩流淌，去了繁锦喧嚣的太阳岛，更多的是安静与从容，在这份淡然中，太阳岛上那些经年往事、那些沧桑岁月，就从疏枝瘦影中慢慢地浮现出来……曾经的太阳岛是外来者的“天堂”。二十世纪初，随着中东铁路的修建，大批的外国人特别是俄罗斯人涌入哈尔滨，他们中许多人看好了太阳岛这块风水宝地，不仅经常在岛上野餐、野游、野浴，还在岛上建教堂、盖别墅、开餐厅、养奶牛、种果树……总之他们是把“他乡作故乡”了，从此岛上也有了人气。

曾经的太阳岛还是个“红色之地”。

抗战时期，隐没于树林中的俄式民宅曾经是中共地下党、东北抗联传递情报、转运武器、开会议事的隐蔽之地。李大钊、刘少奇、杨靖宇、赵尚志先后在岛上举行或召开过会议。赵一曼和她的战友们曾在岛上的一栋俄式木屋生擒过伪警察。塞克、金剑啸等进步青年经常以看守住屋的名义，在岛上印制宣传标语、书籍等。抗联战士冯仲云夫妇利用战斗的间隙在岛上举行了婚礼；萧红、萧军也曾在岛上留下足迹。活跃于白色恐怖之下的哈尔滨“口琴社”，为了躲避特务机构的搜捕，就在岛上租了一间白俄木屋，他们在这里讨论国家形势，商议举行活动，练习口琴曲目。

中国第一次纪念“五一国际劳动节”的活动就是在太阳岛举行的。那天，上万名中俄铁路工人在太阳岛举行大罢工活动，他们向沙俄的中东铁路局提出 8 小时工作制、工人有权放假庆祝“五一”节等要求。这次大罢工震惊了沙皇俄国政府。

在那个充满恐怖、风雨飘摇的战争年代，太阳岛是哈尔滨进行革命活动的后方，是根据地，是大本营。

作家周立波曾经在岛上的一个小屋，从夏到秋，用了 46 天，完成了一部著名的小说《暴风骤雨》，如今当年的小屋仍在，被称作“凤翔书斋”。

几年前，在太阳岛的东侧开辟了一处“东北抗联纪念园”，可惜只有几个雕像，若是把这些背后的红色故事写上，定会让更多的人了解太阳岛，了解抗联。太阳岛也有悲欢离合。1997 年的冬月，一场大火在太阳岛餐厅（原米娘久尔餐厅）燃起，这座由犹太人卡茨建于二十世纪二十年代的木质装饰的雕花小楼毁于一旦，那是岛上最漂亮的建筑。1966年的一个秋天，那天一定是阴云密布，著名剧作家乌·白辛来到了他经常垂钓的太阳岛，他的作品《冰山上的来客》被点名批评是“黑”影片，遭受不公的他心中充满了委屈和绝望，他无法申辩，也没人听他的申辩，他久久地望着松花江水，他把最后的眷恋留给了太阳岛，呜咽的江水陪伴他走过了人生最后的时光，那年他才46岁。

若干年后，人们在太阳岛的哈尔滨城史文物馆门前为乌·白辛立了一座雕像，纪念这位留下不朽的《冰山上的来客》《赫哲人的婚礼》等作品的作家和诗人。只是我有些不理解，为什么乌·白辛背对着松花江，我真想轻轻地，轻轻地把他转过来，一如他临行前的样子，看着松花江，看着这所他喜爱的、已经现代化的城市，我相信他会放下委屈和绝望，继而充满了欣慰和希望。

如今一切的一切都远去了，都变成了烟云，岛上只有一样老“物件”还在，那就是栖身在“俄罗斯风情小镇”的那棵百年丁香树。它像一个饱经风霜的老人，以一种淡然的姿势在角落里盘踞。

据说这棵丁香树是一位白俄罗斯商人从家乡带过来的。也许，它给主人孤独的日子带来了温馨；也许，他们曾经相依为命彼此依靠。可惜，在它还幼小的时候，主人就离开了，留下它孤零零地守候在这里。

他的主人一定没想到，他一个小小的举动，却给这个城市带来了百年后的芳华，他的丁香树被认为是这个城市的第一棵丁香树，而且，丁香花还被推举为“市花”。这棵历经沧桑的老树，是“镇岛之宝”啊。阅历了太阳岛无数个“秋”的老丁香树，在秋天里轻装，在冬天里蓄积，等着在春天里勃发。就像我们一样，走过一个个“秋”，只为赶赴下一场风花雪月。

老舍笔下的秋是感受出来的，而太阳岛的“秋”是一枚一枚落叶组成的，每一片叶子都有故事，是要一点一点“读”出来的。

原载《哈尔滨日报》2021年9月15日

交际羊

小　七

2015年11月，小羊驼来到我家。

和我们待在一起时，它常做的动作是冲过来闻你的脚，心情大好时它还会绕到我们身后用牙齿轻咬脚后跟，实在是一个奇怪又惹人爱的家伙。它还喜欢跟我们出门散步。在路边发现一丛蒲公英时，它会啃啊啃的，直到把最后一片叶子卷入舌根，才会罢休。大家都很疼爱它，给它取名糖糖。

如果我懒得拔草，就把它带进院里野草遍生的地方，它的嘴像是除草机般，将杂草啃得一干二净。冬季，没有青草时，会给它喂苜蓿颗粒，它吃起来会发出嗑豆子的声音，咯，咯嘣，咯嘣嘣，真是可爱极了。

羊驼都有定点排泄的好习惯。糖糖也在院子里选定三处厕所，一处靠近睡觉的棚圈，一处靠近食槽，另一处在我们居所的侧墙边。到了春天，厕所上发出一堆堆苜蓿草，上面开满紫色小花。

虽说小羊驼糖糖是个吃货，做过嚼碎我的资料书、啃坏家具、偷吃鸡饲料之类的坏事，但它喜欢参与牧场各项社交活动的个性，给我们带来了无数谈资和欢笑。

最初发现它这个奇特个性，是去年春季的某个下午。我从城里回家，发现妈妈站在院门外，搓着手，脸色很难看。

"怎么了？身体不舒服？"我看着她的脸。

"是糖糖，跑丢了……我忘记关院门……"

我一头雾水。妈妈指着右面的小径："它就甩开蹄子，朝那个方向跑了。我越追，它越来劲，一眨眼就不见影了。"

我直瞪着她："不会丢的，我知道它喜欢四处转转……那个，它跑多久了？"

"从早上，你去城里之后，我想去门口商店转转，出门一摸口袋，忘记带钱，转身回来，它就跑了。"

我抬头望了一眼快要落山的太阳："一天了，它该不会找不到家了吧？"话音未落，便看到老努尔旦纠缠着双腿从院墙拐弯处慢腾腾走过来。在他身后，是脸上看不出任何内疚表情的糖糖。

老努尔旦扬起他那顶帽檐开花的帆布帽子，弹掉上面的灰尘，脸上挂起谜一般的微笑，缓慢说道："怎么样，把你的羊驼送回来了吧。"

他张口说话时，随风飘过一股很浓的马奶酒味儿。

"太感谢了！"我感激地握着他的手，"您在哪里发现它？"

"嗝——"老努尔旦甩开我的手，低下头，打了一个长长的嗝，"我哪有时间发现它呀……"

"啊？"他说的话和呼出的口气都让我发晕。

"唔……事实上是它找到我。"神秘的微笑又重回老努尔旦脸上。

"怎么回事？"

他双手插进外衣口袋里，耸起两肩，闭起了眼睛，身子前后晃动着，过了好久才猛地睁开眼睛，"昂，我们几个老伙计在山坡上放羊，天热口渴，聚在一起喝了点。"老努尔旦和他的老伙计们喜好牧羊，却更喜欢马奶酒。事实上，他们几个对马奶酒根本是以身相许。他们常常放牧间隙聚到一起喝点，解解闷。

"我的羊驼也参加了？"

"对——"喝了点之后，老努尔旦变得幽默许多，"老天爷，它可真是一只快乐的小羊驼，热情地把脸凑到每个人身边，挨个打招呼……嗯……有那么一瞬间，我还真把它当人了。你们猜猜看，我都对它做了些什么？"他话刚说完，大概想到自己滑稽得要命的做法就想大笑，忍得肩膀抽抽着抖动。结果，我们还蒙着呢，他就憋不住了。"答案是，我差点把酒壶塞进它嘴里，哇哈哈哈……哈哈……"他把自己给逗乐了，弯下腰，拍着膝盖爆出一阵大笑，浑身抖个不停。

老努尔旦笑了半天，突然停了下来，搓着下巴略有不安地望向天边，"哦……天都快黑了……我的阿任、白脸、圆肚……还有，那什么……它们还在山坡上等我呢……"老努尔旦只有十几只羊，每只羊都有自己的名字。在这年头，你已经见不着有名有姓的羊了。

他转身离开时，又四顾寻找起手中的帽子，最后在自己头上找到了。摘下，有仪式感地弹了下不存在的灰尘，戴上，冲我们点点头，背起手，摇晃着离开了。

为什么糖糖会跑去一公里以外的后山坡？

它的出走是一个谜。不过它对我们的热情没有任何改变，所以我们也不会揪住它的这点黑历史不放。

快要进入秋季，我和妈妈商量着维修一下房子的屋顶，以免冬季积雪把屋顶压塌。

拉水泥的小货车卸完水泥，没关院门就走了。我和妈妈把防雨布盖到水泥上之后，发现糖糖又跑了。我回，我和妈妈远征到后山坡和那附近的小径。可是几个钟头以后，我们还是沮丧地回家了。我们决定先吃点东西，安慰一下疲惫的身体，再去寻找。可是，院门响了。

又是糖糖。

“这是你家糖糖，没错吧？”带它回来的阿依旦大姐说。

“是啊，阿依旦大姐，您在哪里发现它？”

她抹去脸上的汗：“说也奇怪，我在集市上卖奶疙瘩，发现它在一堆人群中。”

“人群中？”

“对，它就像人的模样，东张西望，观察着说话人的脸，竖起耳朵认真听，好像听懂的模样。”

我听到这里，大气都不敢喘了！一只羊驼，跑到人来人往集市里头，还有许许多多拉货的车！

“天哪，就看那些女人和孩子吧，他们见到糖糖都围过去拍照！还有，摊子的主人、维护秩序的保安，所有人，都在拍照！街道也堵塞了，汽车的喇叭乱叫得不可开交。”

“有人给它一个干枣时，它还露出最迷人的微笑。事后，我觉得该亲自把它带回来。”

“太谢谢了，阿依旦大姐。”我看着糖糖，它依然是无所谓的态度，“我妈妈还在难过呢，她以为糖糖跑丢了。”

夜里，我翻来覆去睡不着。这两次幸好被送了回来，万一……我不敢想了。

果然，糖糖没有给我更多的思考时间。很快——大概一周之后，它又跑了。这回，我和妈妈没有出去寻找——我们各自忙着手中的活，竖起耳朵听院墙外的动静。

这次它很快回来了。12点左右，我们听到说话的声音。跑过去，打开院门。还是老努尔旦！他的身后站着略有点得意表情的糖糖。

这回，老努尔旦是清醒的。他叼着一根烟卷，回身透过阳光和烟雾，用欣赏的眼光看着糖糖走进院子。“它太棒了，我很高兴它参加我们的活动。我知道它是一只羊驼，但我很好奇它怎么那么懂得交朋友。”

“请问，这次在哪里？”

“哦，就在草场那边。我们几个老伙计聚到一起弹冬不拉，它就来了，直到刚才我们打算把羊群赶去后山坡。”

“啊？对了，努尔旦爷爷，你们弹冬不拉时它在做什么？”

老努尔旦将烟卷安顿到一侧的嘴角，开心地笑了起来：“好家伙，它和我们打成一片，还歪着脑袋听节奏——就像听懂了那样。”他活动起脖子，“看，就这么着，它还跟着节奏甩脖子。左晃一下，右晃一下，啧啧，可真叫人喜欢哪。”

紧接着，三天后，还是一个清晨。糖糖硬生生挤开院门，跑了。

我们忙着自己的事，等它回家。

中午时候，我去院子提水，看到糖糖挤开院门回来了，就像放学回家的小男孩。看到我，它奔跑过来，把脸凑近我，用额头一点一点地蹭我。

冬天来了。雪团悄然无声落在屋顶、墙头，并一点点铺满山谷、草场，把平日里熟悉的景色变成一片白茫茫的陌生新世界。

糖糖身上的毛，也厚得足以抵抗寒冬。它在雪地里溜达的时候，像是披着一件白皮袄，看着就很暖和。

白昼越来越短。漫长而又寒冷的冬天里，为了尽量把日子过得快乐一些，牧场的孩子们总是聚集起来，变着花样举办各种小型或者大型与雪有关的娱乐活动。糖糖依然不甘寂寞，常常跑出去参与孩子们的社交活动。

一次，我还目睹糖糖参与孩子们的滑雪活动。我看见它冷静地跟在孩子们后面，脸上露出沉稳且略显急切的表情。轮到它时，它以从容的脚步登上雪阶梯，然后沿着雪坡溜跑下来。落地后，它还会挂着洋洋得意的笑容，再重新回去排队。

后来，在邻里交谈中，得知糖糖还参与了牧场孩子们的打雪仗、堆雪人、雪中赛马……简直处处都能见到它的身影。

不过，大家都非常欢迎它的参与。

《光明日报》原载2020年7月3日

1981年的夏天

时庆荣

1981 年的夏天，我高中毕业。

我读的学校，是我们公社中学。那年，班上七名学生参加了全国理科高考。我平时的成绩全班最好，高考成绩也是七人中最好的。遗憾的是，考卷上不少内容都没学过。结果可想而知，七人全部落榜。

分数线公布后我很沮丧。今后怎么办？复读，条件不允许。父亲去世早，家里只靠母亲一人在生产队劳动挣工分，没有其他经济来源。做事吧，我尽管已经满 16 岁，但肩不能挑手不能提。

姨父是公社中学校长，母亲希望姨父安排我做一名代课老师。那天吃完晚饭，母亲带着我去了姨父家。

姨父刚吃完晚饭，坐在一张旧藤椅上，双手捏着报纸正在看。他的眼睛高度近视，报纸几乎贴到鼻尖，不像在看报，倒像在嗅报纸上的油墨味。

姨父猜到了我们的来意。他问："今后怎么打算啊？"母亲说："就是想听听姐夫的意见。""要正确对待，考不上很正常，全国几百万考生才录取十几万，没那么容易啊！"姨父的声音很洪亮，他又对我说，"你母亲一个人不容易，你早点做事，帮她减轻一些负担。"

我点点头，不敢吭气。

姨父说："前几天派出所许科长说，需要一名秘书。你的字写得好，作文也不错，我把你推荐给他了。明天你去他那里报到。"

母亲惊喜万分，没想到我这么快就有了工作。

派出所在公社院子里，只有一间房子，房门上方挂着"派出所"的牌子。许科长约 40 岁，高个子大扁脸，左太阳穴上有一块铜板大的疤。许科长在我们这里远近闻名，不少人都敬畏他。小孩哭闹时，大人只要说一句"许科长来了"，小孩就会立刻停止哭闹。

上班第一天，许科长面带微笑问了我一些情况，安排我在一张办公桌前坐下，给了我一支钢笔和几沓带有公社抬头的信纸，还给我一顶圆形大草帽。

第二天我跟着许科长执行任务。他拎一个黑色的公文包，头戴草帽，走出公社大门。许科长走路很快，很威风。我紧跟在他屁股后面。

我们去了庄子桥南的老校长家。

老校长热情地给我们倒茶。

不一会儿，外面来了两个人。前面的人先进门，在许科长耳边说了几句，然后招呼后面的一个中年男人进门。

中年男人见到许科长有点慌张。

许科长坐在木头板凳上，跷着腿，从包里拿出一把纸扇，慢慢扇动，对我说："把所有的谈话内容都记下来。"

许科长对中年男人说："把那天的事情说一说。"

中年男人慢吞吞地说："那天晚上，邻居家没人，我撬开他家门锁，把他家一袋大米扛回家了。"

"米有多重啊？"

"八九十斤。"

"知道后果吗？"许科长桌子一拍，"这是盗窃，要坐牢的。"又问："你打算怎么办？"中年男人赶忙说："我还米，再不敢了……"

第三天、第四天……都是这样小偷小摸的事。

自从去了派出所，亲戚朋友、街坊邻居对我刮目相看，说这工作打着灯笼也找不到啊。但我心里明白，给许科长做秘书，实际上就是一个记录员。我心里盘算着，这样下去，出息在哪里呢？

随着开学时间的临近，不少一起毕业的同学都在寻找出路。几个和我要好的同学晚上来我家串门，都认为我应该继续上学。他们说学校前几届考上大学的人，成绩很一般，补习一两年都考上了。他们认为我的成绩好，不上学太可惜了。

我心里很矛盾。

接下来发生的一件事，让我下定了决心，离开派出所，继续上学。

那是一个下午，大约三点钟，一个 50 多岁农民模样的人，急匆匆地跑进派出所报案。

"不好了，要杀人了！"来人惊慌地说。

"怎么回事？"许科长问。

原来一户人家儿子去世多年，儿媳带着一个孙女要改嫁。小孩的爷爷奶奶没有阻拦，平时游手好闲的小叔子却横在里面，死活不让嫂子走。接亲的小汽艇停在河边，小叔子拿着一把菜刀站在河边，说："谁敢下船接人就砍谁。"

"婚姻自由！这还了得，没有王法了！"许科长快速打开身后的柜子，拿出一根大拇指粗的麻绳，命令一个干员带上手铐，然后一起奔出公社大门。

许科长边走边把麻绳折成四段一米多长的绳子合在一起，右手握住一端。十分钟后，我们到达了现场。围观的群众让出一条道。

"把刀放下！"许科长老远处吼了一声，快步向持刀人走去。

持刀人右手拿着刀，嘴里在不停地说着什么。

说时迟，那时快。许科长冲上前，猛地挥起麻绳打了下去，麻绳像一条神鞭重重地打在持刀人的右肩膀上。持刀人惨叫一声，后退两步倒在地上，菜刀也掉了。

两名干员扑上去摁住，先戴上手铐，然后用麻绳将其五花大绑。

下班回到家，我脑子里不停地回放下午抓人的场景。真是太惊险了！今天这件事，如果没有许科长，后果不堪设想。如果交给我处理，我还真不知道怎么办。除非我口袋里有把枪。

晚上吃饭，我把下午的事情告诉了母亲，说想继续读书。

真是"知儿莫过母"！母亲说："家里老宅基上，你父亲在世时栽了二十多棵杨树，现在长大了，明天我请人砍几棵卖点钱。儿啊，我们就赌一把吧！"

那一刻，我眼泪"唰唰"地往下流。

当天晚上，母亲带着我去了隔一条街的外公家。外公是个读书人，常说的一句话是"万般皆下品，唯有读书高"。他有四个外甥，平时最喜欢和我聊天。母亲把我们的想法告诉了外公，外公完全赞成。

"去复读吧！"一旁喝酒的舅舅说。舅舅在社办厂跑供销，见识广。他对姨父安排我做许科长的秘书，不太赞同。

"舅舅帮你，将来考上大学继续帮你，就当我多养个儿子吧。"舅舅这样对我说。舅舅的话让我和母亲大大地松了一口气。我心里特别高兴。

暑期结束后，我去了姨父家。姨父非常严肃地对我说："你要考虑清楚，过了这个村就没这个店了。"我说："想好了。"姨父叹了口气，叫姨妈给了我十元钱。

我去了许科长办公室辞行。寒暄几句后他带着我来到公社财务科。财务人员让我在一张表格上签名，给了我十八元钱，这是我人生中第一份工资。临别，许科长把我送出公社大门，鼓励我好好读书。

1981 年的夏天，开学前两天，我怀揣梦想，踏上了他乡的复读之路……

《泰州晚报》原载2021年8月3日

和老人说话

范小青

人和人是不一样的。老人和老人也是不一样的。

有许多老人，他们是随遇而安的，老了就老了，没有用了，那就不用罢。每天可以重复着千篇一律的日子，就是那样的“活着”的状态。碰巧了说不定还可领取十五个鸡蛋。

但是也有的老人不是这样。这些老人觉得自己是有思想的，他觉得每个人在每个年龄段都会有自己的光彩甚至辉煌。

可是他想错了。

到了“老”这个年龄段，没有光彩了，更别说辉煌，那就是等着油干灯草尽。

曾经看到过一篇文章，写一个老人决定放弃生命，写得很真实也很现实，本想把文章收藏起来的，但是感觉太残酷，就没有收下来。

现在再回想，题目已经记不得了，文章内容还大概记得，大致的意思就是“如果没有什么事的话，妈妈就先去死了”。

把一个“死”字，说得如同“洗洗睡了”这样平常，这样无所谓，除了老人对于“死”的无畏，更多的是对于“生”的无趣、无意、无解。

“如果没有什么事”，是的，曾经是有许多事的，曾经有许多事情要找你，但是现在你老了，没有事情找你了，找你也没有用了，老了，就是无用了，无用，就没有人理睬你了，你不再是中心，你甚至已经被别人屏蔽在视线以外了。

也许大家会认为，人老了，如果没有大病重病，生活尚能自理，且有退休工资，那情况就很不错了。这是肯定的，不生病的和生病的比，有退休金的和没退休金的比，至少还没有成为子女和社会的累赘。

病和钱，确实是人生中最大的事情了。但是其实，有时候人生还会有另一些事情，也许不会成为别人的累赘，但有时候却成了自己的累赘。

用小辈的话来说，就是“作”。

《渐行渐远》中老头的儿子姜渐行对父亲说:“你现在的日子有多舒服，不像我们忙得要死，工作压力大得要命，还有小祖宗要伺候，还有房贷要还，还有什么什么要什么，你才是真正的自由人，早晨想睡多久就多久……”

你说他说得不对吗？他说得太对了。可是老头不接受，老头有自己的想法，老头说:“我不想睡多久，人老了，睡不了多久了，天不亮就醒了，要想睡得久的话，除非睡下去就不醒了……”

谁都知道，人老了不能“作”，但是有些老人他就是“作”。这个无关乎子女孝顺不孝顺，也无关乎物质生活水平，穷人和富人都会老，都会生病，也都会有孝顺或者不孝顺的子女。

只有老人，才能体会到那种没人需要你的凄凉心情。无论你曾经叱咤风云，或是默默奉献，每个人都曾经是父母手心里的宝，每个人也都曾经是子女的坚强后盾和靠山，是事业伙伴的主心骨，是亲朋好友的开心果。但是现在老了，老了就什么也不是了。没有人再把你当个宝，别说是宝了，作为人，你已经不完整，你是“老人”了。

老人对别人没有用了，没有用的人，或者东西，是不会有人关心的。

但是且慢，老人也许对子女没有用了，对社会没有用了，但是老人对骗子有用呀。

在现实中，骗子骗老人的案例太多了，花样层出不穷，手段变化多端。这是犯罪，却又无可奈何地成了一种正常的社会现象，因为它真实存在，因为它就在我们身边，天天可以看到，天天可以听到。

如果事情反过来，遭遇了骗子的老人，反手再骗骗子，这是反诈骗，这是正义的力量，但恰恰在社会生活中是少见的，甚至就是不正常。

从正常的生活中转折到非正常中去，文学就有了它的开端。

如果你写骗子骗老人，你一定写不过骗子，骗子的专用脚本，骗子的精心设局，要比文学写作者更复杂、更阴险、更狡猾。那何不试试反其道而行之？

一个有个性的、自我感觉良好的、不甘老去的老人，他去捉弄骗子，跟骗子玩游戏,《渐行渐远》里写了这样的情节和细节，但是，这其实不是小说要表达的话题。

老头其实真的没有初恋，他让小马去帮他找初恋，看起来他是逗着小马玩的，其实他只是想让小马替他做点事情，这样，一直想着要逃脱他的小马，就逃脱不掉了。

至于这个姓马的人，到底是骗子小马，还是护工小马，这一点也不重要，重要的是老头依赖上他了。即便他真是骗子小马，老头也心甘情愿上当受骗。

老头不依赖他，去依赖谁呢，除了骗子，谁来关心他呢。

想想也是，你都“老”了，除了骗子，谁还愿意和你说话呢？

那就让文学来和老人说说话吧。

原载微信公众号“小说选刊”

瓦的地方志

王剑冰

一

过了潇贺古道，一路走来，一路是荒川野岭。但还是要走，只有走，才能听到呼唤，找到故乡。

这里不像中原，村庄挨得都很近，这里曾是蛮荒之地。离乡背井的人，以一片片的瓦，抱团取暖。黄姚，也就成了汪洋里的一条船。当有人再次从这里出走，怀揣着的，一定是一次次的无奈与顾盼。

天还未亮的时刻，母子相送相别的身影，投射在村子的石板上，投射在村外的小桥上。游子的离去，从此成了游离于屋顶的一片瓦，使得母亲的心里，漏风漏雨，长时间潮湿。

走过无数的荒川，无数的野岭，终于在一个早上，随着一缕霞光，看到了一片瓦的世界！还有什么比这缕霞光，更为让人惊喜？

二

有些房屋的一角，会看到摞在一起的瓦，摞了好大一堆。从生出的绿苔可以知道，它们已经摞在这里好久。它们是瓦的预备队，随时准备发挥作用。摞在这里，也便是摞在主人的安适里。

我在很多的院子，都发现了这种多余的瓦，让人感觉，屋顶上的瓦，与屋角上的瓦，在某种意义上，是不同的。

我看着这些瓦，黄姚的这些瓦太多，大片大片的瓦，在我离开时，不会发生改变。

我问一家主人，这些瓦堆在这里多久了，主人也不知道，说自打他爷爷在时就有，有时会用几片，但多数没有动过。

爷爷没有活过这些瓦。

三

我总是有点担心瓦会掉下来，在有些房子上，它们的处境不容乐观。瓦的下面看不到厚实的椽檩，以及厚实的铺垫，瓦就那般随意地摆放在极薄的屋顶上，实际上瓦的身下什么也没有，从屋子的里面看，它就那么担在了两个木条之间。

有些木条已经弯曲，瓦也就随着弯曲，这使得有些瓦会脱离原来的地方，那样，屋子的主人又将在空缺处摆上一片瓦。是的，只是摆上。

岁月的流逝中，不断地滑脱，不断地填补，也就使得房顶失去了原有的秩序与井然。整个的弯度也更为加重了。

由于房屋的高低错落，瓦也出现了高低错落，不是低处的瓦危险系数高，高处的瓦危险系数就低，低处的瓦确实有一种挤压感。但是看上去，并没有明显的感觉，它们的表情基本上是一样的。

四

我仔细地观察过黄姚的瓦，它们同中原的瓦有些不同，它们不大，也不厚，轻轻瘦瘦的身段，让人担心它们的承担。最初烧造它们的师傅，是怎样的肚量，能让它们撑起繁重的日子。

让人想到，或许是南方没有北方的气候那般多变，要防暴风暴雨、冷雪冰霜。这里离雪很远，也就离寒冷很远。这里的瓦也就不需要做得那般厚实周正，意思差不多就可以了。

以致看着这些秀气小巧的瓦，觉得更像一件饰物，配合着黄姚的整体气质。

五

听到这样一个故事，一对投缘的男女，相爱了很长时间。

女方嫁不过来的原因，是因为男方家里一直没有盖起新房。女方不嫌弃男方家里的实力，但是女方家人嫌弃。于是就这么拖着。

男方使足了力气，一点点买来砖石，将房屋建起了四围，却因为一房瓦，停工待料。

女方最终说服了家人，带着那些瓦嫁过来。瓦成了女方的嫁妆，婚轿后面，是一车车的瓦，崭新的灰蓝蓝的瓦，让人们赞颂不已。

女方不等房屋盖起，带着自己和一房的瓦，到男方家里搭伙。该举行仪式举行仪式，该拜堂拜堂，进洞房就先进到低矮的偏房里。好日子不是人家说什么，好日子是夫妻双双共担风雨。日后宽敞的瓦房盖起，小两口又添了一对公子。

日后人们记起来的，还是那一房的嫁妆，和女子舒舒坦坦的日子。

六

一群鸽子，在瓦的上空旋飞。它们就像是一朵花，每一叶花瓣都保持在自己原有的位置，无论怎么旋转，都不会分散。

它们一会儿飞到这边，一会儿飞到那边，简直是撒网一般，打开，收回，再打开，再收回。自在极了。

九点的阳光照过来，成片的瓦与成片的鸽子被瞬间照亮，灰白对立而分明。

鸽群撒出去，是一片闪烁的银色叶片，回转过来，又显现出羽翅下的暗影。它们就这样不厌其烦地重复着。

没有这一片瓦，突出不了这群鸽子；没有这群鸽子，突出不了这一片瓦。瓦是鸽子的家园，鸽子是瓦上的绽放。

我后来在高处看到了鸽子的栖息处，那是瓦房下边的一个平台，鸽子早上就从那里，像霰弹发射出来，带着悠悠的声音。看不到鸽子的主人，他似乎悠然于鸽子的出发与回归。

七

在佐龙祠的门楼上，瓦变成了另一种装饰。它们不是叠压着，而是一整块瓦又一整块瓦地排列组合。这些瓦直接担在了椽木间。椽木经过了加工，变成了方条形，这样就产生了一种效果，每一溜儿瓦的两边是椽木，椽木的细线条与瓦的粗线条对应又对立，构成了设计美。

由于岁月的打磨，椽木与瓦都改变了自己原有的色泽。椽木变得发暗，呈现一种乌色，而瓦的灰色消逝了，泛着土白。从高向低排下的瓦，那般有质感，就像一道道龙骨化石。

后来走回去的时候，在古镇入口不远的风雨亭，也发现了这样的瓦与椽木的结合。那是前后左右四面都有的结合。也是椽木变黑而瓦泛出白色的反差。在四个方向，抬头时，就如看到了翩然的大鸟羽翅下边的秘密。

这是黄姚呈现给我们的特色，这些特色，或许黄姚并未在意。

八

古戏台矗立在村口，这是一片开阔地，人们在这里看戏，可以很好地看到戏台上的一切。当然，也能看到戏台上边的瓦。那些瓦为戏台遮挡了风雨，也聚拢了戏台的声音。那些声音翻上去，又会顺着瓦滑下来，重新还给戏台。

这样说来，从明嘉靖年间就有的古戏台，不定沾了多少声音，那些声音里有锣鼓的欢畅，有旦角的柔嗓，也有花脸的粗腔。

当然，也沾满了有情的喜笑与无情的悲伤。

戏台是人生的缩影，戏台上的瓦，也是人生的见证。

看着的时候，一些声音，从一溜溜的瓦上，滑落下来。

九

晚上在戏台一角，听几个老者闲聊，其中就聊到了瓦，瓦带出的一个故事，就像是舞台上的戏曲。

一个人半路上遭了蛇咬，被黄姚的一户人家救下，并且背到家里去养伤。蛇咬在小腿上，主人用嘴吸出蛇毒，又熬药敷治，使得昏迷的那人起死回生。调养几日后，那人能走了，便拜谢主人离去。

此后主人依然撑船下河，耕田作息。人们都说主人太实诚，人家给钱都不要。主人一笑了之，一个人的秉性，本就不是要图什么。

过了月余，一个月黑风高之夜，村里的狗叫了半宿，终于让鸡鸣压了下去。

主人打开屋门的时候，看到了一堆瓦。

那些新瓦，摞了一层又一层，整整齐齐地摆放在门口。

消息传开，众人都来看稀罕。有人看到一片瓦上有字：萍水相逢，舍命相救，金钱不受，添瓦致意。

原来别人家都已建起瓦房，主人却一直住在草屋里，那人问过主人，主人说不急。

主人等不来那人，又长期寻找不遇，在村人的劝说下，只好将一房茅草，换成了新瓦。自此添了一个瓦缘佳话。

十

一片瓦，是指的小概念，也是指的大概念。小概念就是一叶瓦片。大概念，可就是一个瓦的世界了。

我曾看到一片瓦垂在细绳上，瓦上写着字，瓦的周围是缤纷的植物，那片瓦显得格外醒目。主人借助瓦，做了自己的广告。他选择瓦，大概是选择了瓦的质感。这种质感在黄姚具有共通性，也具有亲和力。

我还看到过有人将一片片的瓦像磬一样串成一排，那些瓦的色差不同，可能是年代的关系，有的深，有的浅，但都很干净地垂挂着，真的是要它们成为一种组合乐器，还是吸引你去看去想呢？总之，瓦在这里成为被利用极高的器物。

一个小店门前，一块块的瓦，变作了一块块的田地，田地里生出各种事物，玉米、稻穗、桃花，它们装点了小店的氛围。

这是瓦的作用，瓦同田地的性质一样，都能体现出乡愁意味。

十一

看到古氏祠堂上边的防火墙，我明白瓦是可以起装饰作用的。在这里，它基本上没有了瓦的遮雨功能。

防火墙做得有些夸张的高，而且两边都有，却又远离其他房屋，这样的防火墙，也就是一个样子，表明着气派与威势。

随着弧形与坡形的写意，让建筑突出了一种线条美。

防火墙先以小砖垒就，而后以白灰打边，最上边的弧度部分，以深灰的扣瓦排列出双条硬线。远远看去，突出而鲜明，就像是一件艺术品，加上了一个雅致的框子。

十二

假如瓦后边的树是黄的，瓦就出现了另外的一种效果。尤其是一群的树，一群的黄。

阳光打来的时候，那些瓦会泛出一层铜色。阳光必然是先打在树上，然后再透过树打在瓦上。

瓦义无反顾地呈现了这个早晨最美丽的景象。

铜色的瓦，如一片金鳞，散发着声响。那声响你听不到，只有风能听到。风一点点地把声响又收走了。

这个时候，哪怕飞来一只白色鸟，也会同树同瓦的颜色融为一体，变成一只太阳鸟。连它的鸣叫，也变成了金黄的音响。

我远远地看着那些树，那些树高出了瓦，瓦心甘情愿地享受这种超越。

这种超越会引来阳光，引来风，也引来鸟。更重要的，是引来惊羡的目光。

十三

在古井的边上，遇到一位姓孟的老者，老者很健谈，三皇五帝都知道，问他以前村子里的传说，他说多，很多，他爷爷在的时候，就爱给他讲说。于是他讲了一个外村人与黄姚人打架的事。

外村人的牛丢了，以为是黄姚这家人牵走卖了，黄姚的人受了冤枉，便打了起来。

先是在外村人的地里打，后来又到黄姚的地里打，打得两败俱伤，新种的稻田翻江倒海，狼藉一片。

就此两家结仇，外村的扬言早晚要报此仇，黄姚的气得躺在床上唉声叹气，要打这场官司。

过后不久，官府逮住了一个牛马贩子，严刑之下，贩子一一招供。衙役将盗取的牛马找回，张贴告示，要人认领。外村人的那头牛脸是黑白花，特征明显，他一见便知是错怪了黄姚的人，心内懊悔不已，吃不好睡不着。黄姚这边倒是宽松了一口气。

一日，黄姚人家响起敲门声，问姓名说是那外村人让来的，黄姚人听了气不打一处来，开门正要发作，见来人带来六车瓦，瓦上捆着红布。

来人说受人之托，聊表歉意。问他人为何不来，说无脸面对。

乡里人围过来，全然知晓了事情原委。也就有人劝，说这是借瓦说话，以使一切前嫌“冰消瓦解”。黄姚人也就接受了善意，回赠了礼品。

此后两家还有了来往。有人说后代成了儿女亲家。不知真假。

十四

这个清晨，我偶然看到了一个背瓦的人，他是从外面走进了镇子，顺着光滑的石板路，一直往镇子的深处走。

他的背上是一只竹篓，那些瓦，一块块并排躺在篓子里。它们井然而安静，像是随着这人去赶墟。背瓦者弯曲着身子，走得十分沉稳，每一步都带着用心。

他把那些瓦当成了孩子，孩子们还在睡着，生怕惊动它们。

这是要去哪里？我忍不住赶上两步问他。他回答是什么地方，我没有听清楚。但我明白了，这是一次修缮的前期行为。

他说现在的一次修复，比盖一座新房还要费事，而且花费也高。但是我知道，在黄姚，只能一次次重复这种行为，别无选择。

背瓦者去远了，在前面拐进了一条巷子。

那些瓦还在他身后的篓子里沉睡。那都是些以前的老瓦，不知道来自哪里，但是黄姚一定认得它们，它们有着相通的气息。

十五

在黄姚，不需上到多高，就能看到黄姚的壮观，那是一片瓦的景象。那些起起伏伏的瓦，好像是挨在一起的，那就是一片瓦的浪，一忽翻上，一忽跃下，铺排无限远。

这么大的一片瓦，该着多少窑的烧制？也就想到，黄姚附近一定会有专门的砖瓦窑，以供古镇之需。

我专意地打听过，摇头的多，点头的少，点头的也说不大清，或是我听得不准。

依照黄姚古镇的密集程度，以及多山多水的环境，砖瓦窑不会就在近旁。但一定会有这么一处地方，使得黄姚的砖瓦得到源源不断的供应。

我终于问到了一个人，负责黄姚文旅的刘贤约。他十分肯定地告诉我，在古镇周围的砖瓦窑，起码有十多个，光中洞村，就有三个，距离黄姚八公里。差不多属于近的。这就是了，八公里，不近也不远，按照以前的运输工具，还是便利的。

那么知道烧窑师傅吗？刘厚榄、刘厚树、刘厚兵、刘纯先。这几位，是一家人，还是一族人？急忙问他们的年龄。除了刘厚榄六十多，刘厚树、刘厚兵都是七十多，刘纯先已经八十多了。这些师傅，应该是在二十世纪六七十年代奔走于窑上的，而黄姚的砖瓦，多数应该不属于他们烧制。从他们手中出来的瓦，也许只是起点儿弥补作用。

停了一会儿，贤约又发来了信息，告诉我更老的窑工，刘祥瑞、刘纯琳等。他们早就去世多年。

我知道，我已经无从查找到与黄姚关系密切的烧窑师傅，人活不过瓦，人只是把自己的精细与信念托付于瓦，瓦成了后世读不尽的大书。

十六

这是一座颓毁的老宅，老宅的屋后，会看到一小撮瓦砾。我知道，那是一片瓦。

在某一个夜晚，它悄然滑落，悄然碎裂。几乎碎裂成一抔土，或很快就成为一抔土。随着瓦的功能的丧失，瓦的名字也便丧失了。

我不知道瓦挺立了多长时间，这些都属于明清时期的老宅，瓦能挺立多久即会挺立多久，瓦不会偷懒。只要条件允许，它会尽可能地托起一袭岁月，一片风云，它甚至会托起鸟带来的一粒种子，让它长大，开花。

院子里空无一人，而且能够看出，已经空了很久。门窗都已老朽，一些蜘蛛找到了这里。

窗下却堆积着一堆瓦，堆得很整齐，没有丝毫的零乱，似乎还在等着主人回来，主人曾经将它们安妥在这里，必然是有着什么想法。

我不知道主人去了哪里，瓦更不可能知道。

一只喜鹊飞下来，叽叽喳喳地在瓦上跳着，引来另一只喜鹊，也飞下来在空旷的院子里跳。

瓦不动声色，也许喜鹊曾是院子的旧主，但是喜鹊不是为瓦而叫，喜鹊很快就飞进了屋子，又从塌了的屋顶飞出去。

瓦泛着瓦蓝的光，它们或许在等待着一个时刻。

在黄姚，老屋永远没有毁弃的命运。

原载《北京文学》2021年第7期

狐狸的皮

王　族

有谚语说，宁听蝙蝠哭，不看狐狸笑。说的是狐狸很狡猾，看见它们的笑不吉利。

狐狸是一种笼统的说法，细分下来包括红狐、赤狐、草狐、银狐和黑狐等。虽然说法笼统，但仍将雪狐和沙狐排除在外，因为这两类狐与其他狐截然不同。细说的话，雪狐多生存于高海拔的雪山，而沙狐则以沙漠为栖息地，且二者在形体、毛色和生活习性方面与其他狐狸不同，所以常常被分门别类地对待。

在可可托海博物馆见到过一张狐狸皮，看它的尾巴、腰身、四爪和头，最后目光落在了它的眼睛上。不知为何，总觉得它的眼睛在隐隐闪动，间或还快速扫你一眼，然后便把眼神隐去了。

那张狐狸皮，是一位猎人在一次捕猎中的收获。

一天，猎人端着猎枪在戈壁上穿行，他的朋友老张亦持枪紧随其后。一只秃鹫在午后的天空中盘旋，不时发出古怪的叫声。初春的戈壁有热气飘浮，那只秃鹫似乎很享受被热气浸润，始终在戈壁上空来回。猎人很快便反应过来——秃鹫发现地上有小动物时，才会在同一地方盘旋。

猎人观察四周，发现秃鹫一直盯着的地方有一团白光，那白光快速闪过红柳，跳进灌木丛就不见了踪迹。猎人和老张同时发出惊呼，是狐狸吗？

赶过去后他们惊喜地发现，果然是一只狐狸。它的皮毛在灌木中颇为显眼，犹如闪着绝尘的亮光。猎人和老张细看，它身后蓬松的尾巴微微上翘，像是又甩出了一束光。附近的打猎队员听到动静后立即围了过来，老张怕被别人抢了先，端起猎枪就打，枪声惊扰得狐狸飞奔而去。打猎队员飞身上了一辆汽车，一边追赶狐狸一边开枪。狐狸却跑得不紧不慢，还时不时地回头望望汽车，当他们的车陷进沙土中，他们便不得不下车去垫石头。此时，狐狸竟然不跑了，站在远处望着他们，像是在等待，又像是在故意引诱他们。猎人目测，狐狸距离他们有两百米，他们的枪无法在这么远的距离击中它。

车弄出来后继续追，他们在车上大声喊叫，这喊叫并不仅仅因为狐狸稀奇，而是在他们看来狐狸已是囊中之物，他们已在估算狐狸的皮毛能卖多少钱。猎人瞪了他们一眼，他们不再叫喊了，但却把枪口死死对着狐狸，如果它试图逃脱，他们会毫不犹豫地扣动扳机。追赶中，为了不让狐狸得到喘息的机会，猎人对着天空放了几枪，并为了及时射击又补充了子弹。狐狸被他们追得慌不择路，跑到一个巨大的沙丘前，钻进半人高的红柳丛中。它已失去理智，以为钻进红柳丛便可逃脱[illegible]，殊不知这样正中猎人们的下怀，他们下车包围过去，要置它于死地。

猎人拨开红柳丛，一下子便和狐狸撞了个脸对脸。狐狸钻进了红柳丛的一个洞中，却警觉地把头露在洞外，以备猎人们攻击它时再做逃跑的打算。猎人看见它用发亮的眼睛望着他，里面是淡定、沉静和妩媚迷人的神情。不仅如此，它还满含笑意，它俊俏的眼睛微微下弯，嘴唇上挑，恰似美少妇缱绻万端。

狐狸在笑，猎人陷入了被魅惑的境地，呆呆地望着狐狸，他的眼睛与狐狸的眼睛在这一瞬间叠加，形成一种旋涡，让他沉了下去。狐狸一直在笑，似乎它面前的猎人、猎人手中的猎枪对它来说都不构成威胁，而它暂时藏身的洞口，是任何人都攻克不了的堡垒。它待在这里妩媚魅惑如美少妇，又庄重尊贵似女王。

少顷，猎人才醒过神，他踉踉跄跄颓然后退，双手抓紧了猎枪。那一刻，狐狸的妩媚消失了，他内心冒出不祥的预恐。他心里一阵慌乱，举起猎枪对着狐狸扣动了扳机。他用的是火药配钢弹丸的那种猎枪，红柳丛被击得剧烈摇晃，沙丘亦腾起一层沙雾，沙尘飘飞出金色光芒，像是要为狐狸举行葬礼。

稍待平静，猎人拨开红柳丛细看，那个洞口被枪击得豁然裂开，但狐狸却不见了。猎人在枪响的一刻觉得狐狸倒了下去，那应该是被准确击中了啊。他顺着洞口望进去，里面有一个平台，很显然是用于躲避危险的。他用手摸了一下洞壁，坚硬光滑，一定不是狐狸这样的动物掘出来的，只是被狐狸用作临时藏身。可是狐狸在哪里呢？

猎人站在一片狼藉的沙丘上，像飓风过后的幸存者一样茫然。他对自己开的那一枪很有把握，但洞内连一滴血也没有，狐狸更是不见踪影，这是他始料不及的。他心里“咯噔”一下，难道狐狸又一次消失，他几年前的遭遇又上演了一次？

老张在一旁诅咒了几句便开始换弹药，他要加大钢弹丸的量，在狐狸露头时一枪打死它。他还没换好弹药，却看见狐狸从洞中蹿出要跑，他大喝一声“狐狸跑了”。猎人也看见了狐狸，但他手里的枪是空的，便大喊着让老张开枪。那一瞬现出了异象，他看见老张脸上有一团阴影，骤然把老张的脸整张卷吞了进去。不祥的预感像刀子似的刺了他一下，还没等他回过神，老张手中的枪响了，紧接着是巨大的爆炸声。他回头看去，老张的脸上一片黑色，但红色的血点却倾泻而出，让整张脸如同炸开的闸门，流成了血河。

老张的枪爆炸，让他自己受伤了。

猎人顾不上狐狸，背着老张往回跑，老张痛得一路大喊大叫，不停地诅咒狐狸。猎人劝不住老张，今天发生的事情，难道不像人被诅咒了一样吗？

当晚，猎人做了一个梦，梦见那只狐狸从洞口探出头，那双眼睛在对着他微笑。他一惊便醒了，平静后走到窗口前，看见夜空中有一颗星星在闪烁，很像对着他微笑过的那只狐狸的眼睛。他想到老张的蹊跷遭遇，不祥的预感像汹涌的洪水一样再次淹没了他。

第二天，有人经过发生过怪事的地方，却见那只狐狸硬邦邦地趴在那儿，它身上没有中弹的痕迹，却已经死了。人们把它的皮剥下，就存放于可可托海博物馆中，很多人都看过的，那张狐狸皮。

白　狐

白狐并不是特定的狐类，只是因为它们的皮毛洁白如雪，显得与众不同，常被人们划归另类。其实，在任何一类狐狸中，都极有可能出现白狐，前提是长出一身白毛。

有一猎人说，某地猎人什么都猎捕，唯独白狐不捕，见了白狐不但不会开枪，反之还会远远避开。再细说，便知那里的猎人还有忌讳：他们从不看白狐的眼睛，亦不会让白狐看见他们。问及原因，则说白狐的眼睛很邪，猎人看了它们的眼睛后，从此不敢走夜路，因为会看见黑夜恍如白昼，到处是蹦蹦跳跳的白狐；至于人被白狐看见则更可怕，不但从此无法瞄准射击，就连悬崖危桥也看不清，走到跟前会一脚踏空坠下去。

于是，白狐便被裹入迷信之中，让猎人疑惑，亦让猎人恐惧，从不主动去猎捕它们。

一猎人说，曾有一人欲开枪射杀白狐，不料枪在那一刻哑火，他只觉一片红光闪至眼前，迅速将他扔进晕乎乎的深渊。之后，那人便变成色痴，眼前明明是绿叶，他却说是白色；遇到红色，他又说是黑色；偶然遇一只白狐，他便惊呼怎么有一只乌鸦在地上奔跑？这件事传开后，人人都怕因白狐落下毛病，便没有人再打白狐的主意，白狐亦变得越加神秘。

在另一事中，白狐则被拉近。说是一只雌白狐，产下幼狐后便立即离去，不让幼狐记住自己的样子。这样的行为虽然看似狠心，但每日雌狐却又将食物悄悄放到幼狐巢边。如幼狐遇到危险，它也会马上出现，保护它们不受损伤。等到幼狐能够独自觅食，它便果断离去，与它们永不见面。

狐类行为虽然冷酷，但其狡诡和智谋的长处，无不让人惊叹。

白狐不易碰到，捕捉则更难。有一位猎人，那些年他是北疆有名的猎手，其枪法之准，在同行中留下一致的美誉。他枪打得好，一支半自动步枪被他玩得出神入化。有一天，他在山谷中寻找猎物，看见远处的山顶有一个白点在移动，他判断是一只白狐，心情马上激动起来。他迅速向其接近，潜伏到最佳射程的位置，趴下身子。那个白点仍在慢慢移动，似乎对危险毫无察觉。他将子弹上膛，瞄准，扣动了扳机。白点在一块石头上晃了一下，随即坠入山谷。他跑过去寻找，四周却没有任何痕迹。他已有十几年没放过空枪了，难道没打中？那一刻他沮丧至极，心里涌上复杂的情绪。在牧区，狐狸被视为神秘之物，牧民只看见过它们的影子，从来不知其具体行踪。至于白狐，则被视为不祥之物，牧民在平时一看见白狐便远远避开，害怕不小心走近与它打照面。牧民们说过，谁与白狐打照面谁就是“勺子”。而自己却还向它开了一枪，是不是烧过头了。

这件事让他蒙耻，地位在同行中大跌，以至于有人开玩笑时怪怪地说他见过白狐，并在那个“见”字上加重语气。他变得很敏感，只要一听到“白狐”二字，内心便如同打翻了五味瓶，一会儿觉得自己犯了与白狐打照面的忌讳，一会儿又觉得大家在嘲笑自己：枪打空了不说，而且连白狐的一根毛也没见着，不是吹牛是什么。

尴尬处境让猎人承受了巨大压力，很长时间他只有一个愿望：捕一只白狐。只有那样才能证明自己，才能把隐埋于内心的屈辱连根拔掉。

猎人忍受不了白狐制造的痛苦，还有别人对他的嘲笑和议论，他决定孤注一掷去打死一只白狐，让所有人把嘴巴都闭上。尽管他不知道是否能找到白狐，但屈辱在莫名地推动着他，他一去不回头。

白狐很神秘，他在山里转了一天都不见它们的影子。他的嘴唇已经干裂，喝完水将水壶放下时发出“咚”的一声响，让沉寂的山谷似乎有了一丝颤动。下午，他却突然与一只白狐相遇了。很奇怪，白狐并不像人们说得那样神秘，他刚翻过一个山脊，便看见一只白狐站在不远处。它没有想到会突然与人相遇，所以有些惊恐，但惊恐只在它眼里一闪。它很快便平静下来，一动不动地站在那儿望着他。他亦保持冷静，丰富的狩猎经验告诉他，此时如果慌乱，会使白狐受到惊吓逃走，而自己一动不动则会麻痹它。暗中较量是为了等待最好的时机，只要白狐放松警惕，他便可举枪将它打死。

那只白狐看了他一眼，便转身慢慢向山坡下走去。它身姿绰约，步履优雅，似乎周围的草木都在向它俯首。他紧追不舍，到了一条小河边便觉得不能再追了。如果白狐涉水而逃，人过河的速度会大大降低，那样的话白狐就会迅速逃脱。他举起了枪，但聪明的白狐还是让他上当了——它突然掉转身子向后跑去，很快便跑上了山坡。人爬坡的速度无法加快，他还在半山坡上，那只白狐已在山梁上不见了踪影。

第二天，他与那只白狐又在同一地方相遇。他并没有因这意外的遭遇而欣喜，低估了白狐的智商而吃的瘪令他怒不可遏。他边追边开枪射击，不给白狐以喘息之机。令他不解的是，白狐居然跑得很慢，似乎并不惧怕会使它丧命的子弹。最后，他感到自己力不从心，便用跪姿向白狐射击，白狐在他扣动扳机时似乎有了感应，身子闪了一下意欲逃脱，但它怎么能比子弹还快呢？枪响之后，它一头栽倒在地。他兴奋地跑过去准备捡拾猎物，但白狐却趁着他兴奋而注意力分散之机，从地上翻滚而起，再次逃脱了。白狐用装死的方法又骗了他一次，他握着枪愣怔不已，失望和无奈在那一刻让他变得浑身无力，枪“啪”一声掉在了地上。

他坐在山坡处喘着粗气，白狐两次逃脱让他很沮丧。休息少顷，他已没有了再次寻找的兴致，便打算从原路返回。但这时的意外发现让他惊讶不已，他看见了那只白狐的窝，里面有两只刚出生不久的小白狐，它们只有微微睁开眼睛打量周遭的力气。他突然明白为何两次在同一地点与一只白狐相遇，尤其是今天，它故意跑得很慢，是要把自己引开，以防自己发现它的孩子。为达到这一目的，它甚至不惧被子弹射伤甚至毙命……紧闭的幕布突然拉开，一切在瞬间昭然若揭。

意外的事件让他极为震撼，并在内心生出一种惊异，看来白狐之所以神秘，实际上和人一样有所思所想。天黑时，他一身轻松地返回。人们见他再次空手而归，嘲笑和议论很快便如同一张大网将他包围起来。出去时他是放了狠话的，不打死一只白狐他就去死。现在人们没有看见被打死的白狐，他也好好地活着，所以他放出的狠话变成了耻辱柱，对此感兴趣的人始终将取笑的目光投向他，似乎要将他死死钉于其上。

但他已不在乎别人对自己的议论，只有他心里清楚白狐是一种什么动物。他上了白狐的当，但他并不觉得羞耻，也不因为射击失败而遗憾，反而因为一次难得的认知，对白狐产生了敬畏心理。

这些，别人都不必知道。

红 狐

有一年在阿合奇，我和依布拉音在一个牧场上搭了一个霍斯（毡房）住了下来。所有的牛羊都在安安静静地吃草，牧民们坐在帐篷门口懒懒地晒太阳。突然，有人高呼，快看，那头牛干啥哩？众人看过去，见对面的山坡上有一头牛在追一只红色的狐狸，有石堆和杂草不时出现在牛的蹄前，但它并不躲避，只是飞快地从上面一跃而过，继续向前奔跑着追那只红色的狐狸。

“是米西提的牛。”

“不是，是买买提的。”

“都不对，是约提克尔的。”

牧民们争论不已，但都不能断定它到底是谁的牛。那个山坡离人们有几百米远，人们只能看见是一头牛在奔跑。等它跑下山坡，人们才看清是买买提的那头大牛。

那只狐狸有红色的尾巴，或者说全身都是红的，跑起来红光一闪一闪，像是一团火在山坡上滚动。那头牛紧紧地盯着它，不管它跑到哪里都死死不放。牛是大动物，跑动时四蹄踩出很大的声响，狐狸怀疑它始终就在自己身后，只顾逃跑，连回头张望一下都不敢。也许它根本不知道是一头牛在跟自己过不去。

牧民们看得高兴，一头牛和一只狐狸，这两种老死不相往来的动物今天居然碰在了一起。不知道牛为什么要追狐狸，也许，狐狸吃了牛刚要去吃的一株草；也许，牛卧在什么地方刚要打个盹，是狐狸经过的脚步声惊醒了牛，牛很生气，便要捉住狐狸问罪。狐狸聪明至极，一看情况不妙，跳起身就跑。狐狸以前肯定没有遇到过这样的事情，见身后的那个家伙追个没完，只能拼命往前跑。

牧民们一边看热闹一边议论：如果这头牛追上狐狸，一蹄子就可以把它踩死；狐狸皮是好东西，能卖不少钱呢；买买提这两天不在牧场，如果他回来，就不要告诉他那只狐狸是他的牛踩死的，等狐狸皮卖出去后，大家分钱，凡在场的人都有一份。但事情并没有出现人们期盼的情景，那只狐狸跑到一片草丛跟前，红光一闪便没有了踪影。牛失去目标，再也找不到那只狐狸，急得在草丛四周打转。牧民们觉得那只狐狸可能躲了起来，便跑过去围堵，但他们把那片草丛翻了个遍，也不见那只狐狸的影子。他们又怀疑它可能钻入洞穴了，草丛中又仔细搜索了一遍，还是没有。

牧民们怏怏而归，他们一转身，才发现那头牛不在了，不知什么时候已经走了。牛是逮不住狐狸的，它只能靠着自己个儿大、有蛮力，在狐狸面前耍威风，但它拿不下狐狸。把它们放在一起一比，狐狸显得灵巧、妩媚，而牛显得横蛮、粗野。就拿今天来说，狐狸施展开它藏匿的本领，牛便没办法了。

牛没办法，鹰有办法。架在依布拉音胳膊上的鹰也已经看见了刚才的一幕，它的眼力很好，在人们都不知道红狐藏到哪里去了时，只有它知道。它飞过去，突然向一棵树的树冠落了下去。聪明的红狐为了避开人们的视线，早已躲到了树上，而人们却以为它仍在地面上，眼睛在那些草丛和石头堆中扫来扫去。

见那棵树离我们不远，依布拉音和我便赶了过去。鹰落到树冠上时，红狐却保持着异常的冷静，一动不动地与它对峙。这只红狐真是聪明，它知道一旦从树上下去，就会引起人们的注意，还有那庞然大物——牛，把地都踩得山响的蹄子也让它恐惧。所以，它待在树上不动，一门心思对付鹰。鹰在一根树枝上站稳，居高临下用那双幽蓝的眼睛盯着红狐，红狐则用一双颇显柔情的美丽眼睛在望着鹰。可以看得出来，它们都在想着对付对方的办法。

我悄声问依布拉音："鹰怎么逮红狐，它有把握吗？"

他一笑，并无担忧地说："没问题。"

既然他说没问题，那就一定没问题，我只需等着看好戏了。

过了一会儿，我发现，与其说鹰和红狐都在想着对付对方的办法，还不如说只有鹰在想着对付红狐的办法，而红狐只是在磨时间。很快，鹰便有办法了——它用嘴咬住一根青藤，绕着红狐飞了一圈，红狐被青藤缠住了，它再飞一圈，红狐又被缠了一道……几圈下来，红狐已被缠得严严实实，动弹不了了。依布拉音爬上树，把已被青藤缠绑的红狐弄了下来。这是一只很漂亮的红狐，阳光照在它身上，泛出一层明亮的光彩。我曾听人说过，红狐是极为珍贵的，有很多人在牧区生活了一辈子，都不一定能看见一次红狐。红狐的皮子很贵，据说可以卖到一万元一张。

看着美丽的红狐，尤其是它通体火红的毛皮，我心里产生了一个强烈的愿望。这个愿望一经产生便像火焰一样蹿升，我对依布拉音说："能不能把它放了，它太漂亮了……"

依布拉音没想到我会提出这样一个要求，但他很快便明白了我的意思，脸上苦笑一下，点了点头。看得出他也很喜欢这只红狐，在解它身上的青藤时，还忍不住伸手抚摸了它一下。我见他这样，也赶紧凑过去抚摸了一下，它的毛真柔软啊，摸上去舒服极了。红狐不知我们这是要干什么，一对瞳孔里充满了惊恐和不安。红狐啊，不要怕，我们这就放了你，你是动物中的美少女，我们给予你生的权利，你又可以像以前一样自由自在地生活，只是不要再接近人生存的地方了。

解开红狐身上的青藤，把它放在地上，它愣怔片刻后便飞快地蹿了出去。它跑到一个山冈上似乎才意识到了什么，回过头朝我们叫了一声。然后，它身影一闪，像一道红光，消失在了山冈后面。

沙狐

顾名思义，沙狐多生存于沙漠。

沙狐在狐类中最小，大小与猫差不多。如果不识沙狐，突然碰到了，猛一看，会以为它们是猫，只有细看才会发现它们的耳朵向上挺立，一双眼睛极富媚态。仅此一点，它们便与猫不一样。

新疆的沙狐多在南疆的塔克拉玛干沙漠中，人们提及它时常会说一句像谚语一样的老话——夏天的沙狐四处流浪，冬天的沙狐处处是家。可见春夏秋三个季节的沙狐，因为气候和觅食条件并未对它们构成威胁，所以它们便任性浪荡，从不在任何一个固定区域停留。这三个季节的沙漠在它们眼中可任由四爪征服，无论远近，皆取决于它们的流浪秉性——如果心野，就会走得远，把天地风景尽收眼底，把沿途食物逐个品尝。到了大雪飘飞的寒冬，沙狐的觅食变得困难，让它们陷入这一困境的原因，是它们不喜欢大雪——不论是漫天飘飞的雪花，还是堆积在地上的积雪，它们都会远远避开，唯恐丧命。为此它们会在秋末顶着寒风向南迁徙，赶在第一场大雪落下之前，进入“沙狐城”与同类群居。

熟悉沙狐的南疆人说，沙狐不但在春夏和冬天不一样，而且它们的白天和黑夜也有区别。为此，他们又为沙狐总结出一句话：沙狐在白天四处奔跑，在黑夜八方走动。如此说来，沙狐无论是在白天还是在黑夜，都始终不会闲着，是动物中的忙碌一族。但是它们的忙碌并非是出于无奈的苦苦挣扎，很多时候都是沉浸其中忙得不亦乐乎。沙狐在白天非常活跃，无论天气多么炎热，或者刮多大的风、下多大的雨，它们都忙于疾行。好不容易慢下来，也仅仅是做短暂停留，很快便又上路。它们如此忙碌穿梭，从不在一地长久停留，实则是为安全担忧。它们是习惯警惕的动物，所以神经便一直绷得很紧，如果完全放松下来，反而会不自然，亦不习惯。它们在夜间活动时，虽然比白天慢一些，但仍然不会在一地长久停留，哪怕捕食也不会发出声响。它们有一个习惯，在黑夜走过的路，必将用于在第二天疾行。所以它们捕到吃食后，譬如果子、种子和花籽儿，总会留下一些以备第二天食用。熟知沙狐的人说，沙狐睡觉的时候，它们的心就变成了眼睛，在看着第二天的路。

狐类从不主动攻击他者，身上无一丝杀气，可谓是好脾气的动物。沙狐会追逐草原上的老鼠，其实完全能将其一口咬死，但它却并不残忍下口，常常只是要将它们驱赶出自己领地范围的那块草场。沙狐主要以鼠类为食，它们在调节鼠类数量和控制鼠害方面起着重要的作用。某一年的草场上，蝗虫泛滥，专以蝗虫为吃食对象的老鼠出现后，蝗虫很快就被消灭干净。但蝗虫有一个很难被改变的习性，一个地方的蝗虫被消灭后，别处的蝗虫很快就会蜂拥而来，在它们用双翅发出的鸣叫声中，没有它们占领不了的土地。所以老鼠在这时便变成了草场的宝贝，虽然它们会制造鼠害，但消灭蝗虫的功劳仍首屈一指。沙狐有时只驱赶却并不伤害老鼠的原因便在于此。大自然中的生物链，犹如是由上帝精心编织而出，只有认清其精妙结构，才会为生命与生命之间的关系叹为观止，并深为生命力的顽强和美丽信服。

无论是动物还是人，行为自信一定与内心自信有关。沙狐有超凡的能耐，足以让它运筹帷幄，从容为生存布局。它们善攀爬，听觉、视觉和嗅觉皆灵敏，如有危险临近，可被它们及时察觉，一晃尾巴便不见了影子。

曾听说过一件趣事。有一人见一只在沙漠中穿行的沙狐，嘴里叼着一枝枯花，像是要去做重要的事情。那人好奇，遂尾随其后观察。那沙狐将枯花叼到一个洞口，用爪子猛抓花蕾，有花籽飘着弧线落到洞口，然后沙狐转头躲进了灌木丛中。那人不解，便躲在一边观察，不一会儿从洞中爬出几只老鼠，争相抢吃花籽，沙狐蹿出，堵住洞口。老鼠欲逃脱，但沙狐闪跳腾挪，很快便让几只老鼠毙命于它爪下。那人笑了。聪明的沙狐，在谋略方面是动物中的一绝。吃毕老鼠，沙狐弃老鼠洞而去。老鼠洞太小，容不下它的身体，对它无用。

沙狐擅抓老鼠，每天都可以抓五六只，堪称平衡大自然生态链的功臣。但它们却活得很辛苦，因为没有固定的栖息地，只能四处流浪。到了冬天，觅食变得越来越困难，加之不能忍受寒冷的风雪，它们会向南迁徙。没有人知道它们会走到哪里，仅靠四爪又怎能走远，也许迁到一个稍暖和的地方，就凑合着过一冬。

相比其他狐属，冬天的沙狐更具群居性，其中有配偶和成年子女甚至一二十只共居同一洞穴。不仅如此，它们的洞穴常常相邻，只要有一个洞穴，附近就一定会有很多个洞穴。这些洞穴除了可供沙狐居住外，还可以让其他动物居住，譬如旱獭，就是最常见的受益者。

沙狐主要栖息于草原、荒漠和半荒漠地带，从不进入人们的农田觅食，亦不进入森林和灌木丛。它们天生有管理才能，与其他穴居动物毗邻而居时，如附近有空置地穴，它们便主动接管，并合理分配给其他动物居住。时间一长，它们越聚越多，形成类似于部落的规模，人们把它们居住的地方叫“沙狐城”。

居住得再幸福，沙狐也不会安享清福。它们借助宽大的耳朵，准确定位猎物的跑动方向。到了捕捉的那一天，它们便大显身手，把早已锁定的啮齿动物（老鼠、野兔和鼠兔等）作为捕捉对象。它们先跃入空中，再扑向猎物，猎物很少有逃脱的机会。

沙狐蹿高捕食的习性，持之长久便成为习惯。有一人捉兔子，却被兔子耍得团团转，不但没抓住兔子，反而被骆驼刺扎破了手，抱着手甩下几句诅咒，跑回去包手了。那只兔子逃脱了人的视野，却逃脱不了沙狐的眼睛。一只沙狐从人的失败中吸取教训，悄悄攀上岩崖，爬到一根斜伸出来的树枝上，耐心等待兔子出来。等了一天一夜，那只兔子终于从草丛中露出头，它不知一场生死之局已然布置完毕。等它进入沙狐的设伏，沙狐如一团阴影倏然飘下，兔子尚未反应过来，便被沙狐按进了沙土中。

那人几天后又去了那个地方，看见地上有兔子的骨头，一时疑惑不已：难道那只兔子在前几天死了，自己在当时只顾着去包手，忽略了本该属于他的一只兔子？

他没有见过沙狐，不知道那是沙狐的壮举。

原载《湖南文学》2021年第6期

农展馆是一本漂亮的书

华 静

留在农展馆的照片没有一张是重复的。

春夏秋冬，我从没有错过属于她的每个季节的景致。

北路是我们能够看见她的地方。镜头的光圈和底片的感光度都能满足拍出难忘的画面。我为此很得意。

“书的封面”上写着“书名”：全国农业展览馆。也叫北京农业展馆，是北京十大建筑之一，中国传统建筑风格。当年，由周恩来总理亲自督察建设。

“书的扉页”上写着：1959 年正式落成后，举办了中华人民共和国成立后第一个全国性的大型展览——建国十周年全国农业成就展览，开创了京城近 40 年的展览历史。从此，全国农业展览馆名震京华，令世人瞩目。

我经常从那排白杨树下走过

曾经，我们报社在农业部北办公区院内，与农展馆北门相对。

那时在团结湖附近住，我会从展馆南门进来，骑车穿过馆内，直接从北门出来。这条捷径我至少走了三年。

那是难忘的时光。在树木花草繁茂的地方，总能吸收干净的能量。

路边，是双臂伸开都抱不过来的、高大的白杨树，沿馆内临荷塘的路上一纵排开，形成了遮天蔽日的林荫道。

我有时想，这是历年建设中幸存下来的白杨树吗？五十多年没有被砍伐掉，应该是一个奇迹。在这个安静的地方，树木一圈一圈的年轮还在增长。真的是一年就长一圈吗？

想象中，每棵树的横断面上一定有很深很密的纹理，会让来到大树跟前的老人们感慨万千。因为，在那些曾经的建设者和与之相伴的馆内工作人员眼里，每一棵树的年轮本身就是一种情调。就像以前听过的一首歌，因为当初是在一种特殊意境中听到的，以后无论在哪里再听到这首歌，就会想到那种意境。

这条路上的黎明与晚霞，伴随着我沉浸在别样的意境里。我一度以为是走在森林里，于是刻意让自己情绪飞扬。

那时，正赶上报纸改版，急需适合各栏目的好稿件。除了约稿，就是采访写稿，回来还要和美编一起设计版式，试图让每一期报纸都能以最有美感的模样面世……有一阶段，连轴转，我觉得很累，但思维又很顽固。不能着急，拨开复杂的面纱后，才会明媚起来。

每次走在这路上，我都期待着有一幅能令我动容的画面出现，让那个风风火火的我安静下来。一首《林中的小路》总会和这里联系起来：林中的小路有多长，只有我们漫步度量。月儿高高挂在天上，羞红了我们灼红的脸庞。在这样美好的夜晚里，你的心儿可和我一样？愿这林中的小路默默伸向远方……

在一个喧嚣的时代，在快节奏的京城，心念很容易漂浮、散乱。而这条安静地卧在林荫中的小路，很耐心地给了我毛毛狗、阴凉、落叶。专注地走路时，我开始坚定自己的追求，就是从南边走到北边，就是从一个入口，找到下一个出口。

偌大绿色空间里的每一条小路，通往内心。我在一种强有力的信息传递中，任意享受从繁忙生活中漏出的每一段时光。

细数那些充满情怀的雕塑

站在矗立于农展馆广场上的群像前时，天正下着小雨。

尽管不止一次来农展馆，但真正驻足凝视这两座对称的雕塑还是第一次。

远远望，是一片模糊的群雕；走近了，农民庆祝丰收的喜悦形态各异、鲜活生动。

据说，这是鲁美雕塑系的师生在 1958 年末至 1959 年国庆节前完成的。与较早完成的《人民英雄纪念碑》的浮雕，堪称 1949 年以来的雕塑精品、时代的标志。

这两座群像都是以喜庆丰收的情景为主题，各以两匹骏马为前导，两侧及后边是工、农、兵、学、商群像。举臂擂大鼓的鼓手，扬臂打大钹的姑娘，富有音乐感，烘托出喜庆的气氛。

望着这两座整体感和建筑感很强的群像，仿佛听到了鼓声，感受到散发出来的那种雄浑气势、昂扬激情。不了解中国历史的人，无法把这两座雕像与那火热年代所发生的故事联系起来，无法感知当时那种意气风发的干劲儿，无法理解那种蒸蒸日上的时代精神因何而来……

艺术，来源于生活，又高于生活。面对雕像，不得不为艺术家们的构思点赞。他们让人从一个个人物的神态上感到一种凝固的中国气魄。这些富于民族特色的形象，从点到线，从轮廓影像的推敲到以圆雕、浮雕再现，无不浸透着智慧和心血。

农展馆地处首都繁华的国际商贸区，与外交使馆一路之隔。

周围两公里内，长城饭店、昆仑饭店等星级饭店林立，商务写字楼和健身中心密布。有人说，这一片区域是北京经济增长最快的地带。这里不仅食宿方便，而且交通便利，从馆区开车到北京国际机场，不堵车的情况下，只需二十分钟。

有时候，人们总是抱有特定的期待，我也一样。我想，无论哪个国家的人来农展馆，一进大门，就会被这两座雕像吸引。初看时或许没有什么感觉，但一旦定心留神，就会从中了解中国、了解中国人。

将来的某一天，若问他们在中国最难忘的镜头是哪里，我希望他们也会谈到这两座雕像，哪怕只是寥寥数语的描述。

我的镜头中，有一个意大利女子与雕像的合影。她中性打扮，穿着白色衬衫，一副精致的女强人做派。但镜头里的眼神，流露着崇拜。

“在意她的眼睛。”这是很容易钻进我们心里的中国形象，对于一个外国友人，因这雕像让她的眼界变得更开阔了，难道不是作品本身的成功和魅力吗？

雕像再现澎湃不息的激情，豪迈如风。

闹中取静区域内有集市

某年某月某日，年货大集。

某年某月某日，北京农展馆展销会。

这样的信息铺天盖地般传播，得到这消息的人们从南城到西城，都会在那几日横穿大半个北京城，集中到农展馆。

东三环路上的车，川流不息。开进农展馆的车占满了所有车位。全国的客商聚集在这里，销售各地土特产，场面异常壮观。

服装服饰，绿色食品，家居日用，珠宝玉器……产品丰富，价廉物美，热闹非凡。

“不出家门口，就能买到全国各地、世界各地的产品。”这样的大集谁不喜欢，谁愿意错过？

近水楼台先得月。有农产品展销的旺季，每到中午午饭后，我们就会结伴去购物。当时觉得又好又便宜，一买就是一大堆，吃不了就送人。后来，有了经验，专拣北京买不到的东西买。

可如今，不仅是北京，全国各地城市，交通发达，物流迅速，还有什么买不到？但是，就想买个新鲜。头天晚上发货到北京，第二天上午就能在大集上买到。辽宁的海参，云南的酱豆腐，山东的馒头、煎饼，山西的石头饼、米醋，还有广东的鱼丸，福建的肉燕皮、桂圆干，湖北的莲藕，湖南的臭豆腐……应有尽有，并且在大集上可以先吃再买。

人潮拥挤的场面，热闹、和谐。没有太多高声叫卖的声音，却创造了一天卖出产品几百斤、两三天卖出几千斤的纪录。

当游客感受北京最传统的老城风景的时候，若赶上农展馆的大集，一定也是意外收获。许多限量版的产品和工艺品，会拽住你。你会觉得，一次普通的旅游，因为这里的大集或展销会而收获了独特的风景。

这样的场景如此熟悉、亲切。不就是小时候跟着外婆赶集的场面吗？逛饿了，就顺手在某个摊位上买点吃的垫补一下接着逛。累了，就在人家卖的马扎上坐一会儿。好客的卖家总是笑脸相迎、热情招呼。外婆看人家热心，有时即便不是太需要买的物件也会顺手买下来，然后，和人家东拉西扯地聊一会儿天。

“农展馆里赶大集，是因为这里有万种特色农产品。”此话不虚。

置办年货，就赶农展馆年货大集。每年不落，我们过年的东西在这里一天就能置办齐全了。

记得有一年冬季，大风。眼看年根底下了，人气依然很旺。

数百个摊位，大量的年货，品种繁多，每样买一点，都会压沉了包。

查干湖的鱼足有三尺长，我买了一条，很兴奋地寄回山东老家，图的是让父母亲眼见识一下，开开心。哪想到，父母舍不得自己吃，分成好几块送给了亲戚。

“分享快乐”推广了土生土长在查干湖里的大鱼的传奇色彩。

正所谓“藏不住的快乐”。我钦佩老人们总是把最新鲜、最美好的东西慷慨送人的处事格局。

琳琅满目、五花八门的各地土特产，以及人们越来越时尚的消费理念，让农展馆有限的空间变成了无限。

可作为公园游览的地方

“我就这么静静地看着它。这里有停不下来的展览，有演不完的乡情。”每一次，全国各地的特产带来的乡音，萦绕在心里久久不息。

在位于北京市朝阳区东三环北路16号的全国农业展览馆，一个不用做广告就能吸引人的地方，能感受到另一种繁华。

它位于农展桥东侧，地理位置优越，素有京都“龙眼”宝地之说。民间流传这里“风水好、有灵气”。又因四通八达，更是博得京城内外的人们好评如潮。

这里恐怕也是北京唯一具有中国传统风格的公园式大型展览馆了。除拥有十座中国传统建筑风格的展览馆以外，还有农展馆新馆。新馆采用大跨度独立柱基张弦式管桥架结构，大大提升了承接大型展览的能力。因了这场地的宽阔和高大，还特别适宜举办含有大型机械的展览会，一些大型展览非它莫属。

手机里装不下馆区内的树木和繁花，装不下湖波和回廊亭台，那碧瓦黄檐的古典建筑群，给来馆办过展览的客商留下深刻印象。

有记载：农展馆先后筹办和组织了近两百个出国展览，足迹遍及八十多个国家和地区。该馆与意大利维罗纳博览会、德国绿色周食品博览会等建立友好合作关系，对促进中国与世界各国在农业、工业、科教、商贸、文化以及其他行业之间的交流发挥着越来越重要的作用。

农展馆，满载着光芒四射的阳光，有一种延伸思考的可能。

那些难以用语言述说的故事，积聚能量，凝固思想。

我曾思考过，就像我们看英剧。英剧一直有一个非常大的优点，就是对文学作品原汁原味的还原。农展馆如是。在一片绿色世界里，怎可能只字不提公园式的美好设计和这里营造出的新鲜空气。徜徉在春夏秋冬的农展馆，的确就像进了公园一样。

让以平淡为风格的农展馆陷于影像记忆中，只要有空，和友人结伴而行，结伴快乐。在这城市的一角，随风飘曳的枝叶，可传情达意，也可以承载春秋时光。

原载1月14日微信公众号“周末散文五人行”

飞　奔

孟大鸣

一九八五年，我借调《洞庭湖》文学杂志社看自然来稿。我这个读书时以学工学农为主的高中毕业生，虽有几篇习作当小说发在这本刊物上，其实我于文学刚启蒙，还在蒙昧状态。那时从不掩饰从内心发出的对文学热乎乎的爱，现在回想起来那只是一种无知者无畏的爱，但我决不怀疑有宗教般的虔诚和执着。

如果可以用发行量的大小当刊物是否风光的指标之一，那么，这本地市级纯文学杂志风光时向全国发行一百二十万份。后来在经济洪涛中她不得不改变纯文学身份，委屈地成了文化商人的摇钱树。现在岳阳的写作者说起她，心中仍有一份疼痛和惋惜。

那年，编辑部组织三十多个作者沿沈从文湘西足迹采风，一个姓刘的老师负责会务，我是会务组工作人员。会务组就我们两人。前前后后十五天，吃喝拉撒都免费，农民作者还发误工补贴。采风第一站是茶峒。湖南、四川（现为重庆管辖）、贵州三省交界，属湖南地界的部分叫茶峒镇。我们的兴奋点是去茶峒看翠翠。活动的宗旨是沿沈从文湘西足迹而行，大家的话题自然不能离开沈从文，也不能离开小说《边城》，更离不开翠翠。三十多个人中除了我，似乎个个都是研究沈从文小说的专家。像我这样在活动前才突击补课看《边城》的人，至多算一个“边粉”。那些天我和大家一样满脑壳里都是天真调皮的翠翠，美丽而浪漫的茶峒，还有那个神秘的渡口。

第二次读《边城》是从凤凰回来。这次去凤凰其实也是奔着沈从文和《边城》去的。去前有人提醒，凤凰城内的沱江两岸正在整修，不是最佳游览时机。我是这次活动的组织者之一，我坚持去，他人也就附和了。此番执意凤凰行是有私心的，我要去凭吊小说大师沈从文，去凭吊《边城》。城内的沱江两岸沙石成堆，水泥遍地，果然是一幅零乱而繁忙的建筑工地的风景。此刻的沱江两岸不宜用眼睛欣赏，要用想象，用沈从文小说的湘西风情、沱江河畔的吊脚楼来丰富秀丽景色。

面对还在整修的沱江，我无法揣摩游客们的心情，但在沈从文故居和沈从文墓前，我能读懂人们脸上的虔诚和敬意。此刻我把心和耳朵全用上了，一边用心体味沈从文小说里带有湘西地域特色的社会风俗画；一边用耳朵听游客们谈论翠翠。我感到游客们的议论，是某个课堂上的一份标准答案。绝对可以得满分的那种。

一九九四年我在长沙黄泥街做图书批发。当年，长沙黄泥街是全国四大书市之一，后来又整体迁移到了定王台，黄泥街成了书商们的历史记忆。我刚入驻黄泥街，左邻右舍的同行们都说我迟到了，印书如同印钞票的时代早已过去。我有一篇小文《自学，自学，向前进》里描述过通宵排队买书的景况。那是二十世纪八十年代。我信心满满走进黄泥街时，刚好是从卖方市场向买方市场转变的交织期。沈从文的小说，是这个交织期的一大亮点。书架上有了《边城》《长河》，就如同有了一张张可以立刻兑现的支票。

十年前，我又读了一次《边城》。从第一次读《边城》至今天，三十多年的跨度，其实我熟悉的只是“小说沈从文”，早些日子，我读王德威教授《抒情传统与中国现代性》，才知道有个“散文沈从文”。《抒情传统与中国现代性》是王教授在北京大学的讲座，共有八课，第二课是“沈从文的三次启悟”。王教授说，沈从文“写了一篇非常长的散文，名称叫做《一个传奇的本事》”。“我不知道在座的有没有看过这篇作品？没有！ OK，那么请大家在今天的课之后，飞奔到图书馆去，把这篇文章找出来读一读。”

我一直以为自己过了冲动的年龄，不会被一两句话就鼓动得从凳子上跳起来，现实中我还是跳起来了，不是肉体，而是心跳起来。王教授说“飞奔”，我的心一下就像发动机打上了火“嘭”起来，现在回想当时那种感觉，真有些不可思议。或许是“飞奔”这个词点燃了我的激情。王教授的“飞奔”不仅仅是一个动作，而是高度赞赏，好作品要抓紧读，而且要快，先读先受益。王教授没说一个“好”字，没有一句鉴定式的高度评价，就是“飞奔”二字，把作品的好注入了无限的想象空间。后来我才明白，就是因为那无限的想象空间，才在我的心上产生“嘭”的冲击力。

我的书柜里有沈从文的《湘行散记》和《湘行书简》，但从没有认真读过，我误以为那是他小说的边角余料。

不知是我的阅读范围过分狭小，还是某种偏见，总以为沈从文的文学成就仅仅局限在小说，对他的散文成就视而未见。知道他有《湘行散记》之类的文字，在我的潜意识里，却未让她享受到《边城》《长河》等小说的待遇。图书市场虽不是评判作品优劣的主体，但也是一个重要参考指标。当然，只是参考而已，市场确实也未如实反映沈从文散文的成就。在长沙黄泥街的日子，我把自己的鼻子训练得像猎狗鼻子一样，不放过任何一部作品的商业机会。或许，当年书商们灵敏的鼻子面对沈从文的散文集体失灵了。其实，市场由人决定，某部作品的市场生命掌握在读者手中。也许我看到的只是表面现象，可能还有更深刻、更复杂、更微妙的因素。

王教授要他的学生下课后“飞奔”去图书馆，我虽不是他的学生，岳阳的图书馆也从未去过，但我还是“飞奔”着上网，找了一家两天内能让书“飞奔”着进书房的电商，也不管折扣，就“飞奔”着下了单。

我“飞奔”下单的是一本散文集，以单篇散文《一个传奇的本事》为书名。全书分二辑。第一辑记人记事，第二辑随笔性质文论。

今年入春后雨水比往年偏多，一连十天阴雨才遇一个晴朗的天空，太阳快要落山了，但她还在深入我家客厅腹地，拖一个长长的尾巴仿佛在等待什么。我知道是等快递，帮我等一本书，书不到她就不会走。快递小哥刚按下我家门铃，长长的尾巴就从客厅里消失了。

不知是哪年形成晚上不看书、不写作的习惯。有朋友问我晚上干什么。我说，看打仗的电视剧，专选三四十集的长剧。看朋友的表情，我估摸着他一定觉得我不可思议。这个习惯于我至少有十年以上。平时，我只要打开台灯坐到书桌旁，脑壳里就把文字进入的大门关了。这晚，台灯下打开《一个传奇的本事》，我的生活习惯也出现了传奇，此时，已没有白昼和夜晚的区分，文字在我脑壳里自由地出进。这些年生出了一些坏毛病，常常不看书时精神饱满，打开书页便瞌睡连连，上下眼皮如磁石一样吸合。我把这一现象归咎为年龄大了，精力不济。然而，这个晚上看了三个小时书，瞌睡一直躲着我，生怕打扰我读书。我不知道这是偶然的奇迹，还是好文字的必然。

沈从文的散文写得很随性，有信手拈来、水到渠成的味道。二十世纪三十年代在中国现代史上，可算一个比较特殊的时期，文人们激情像熊熊大火，用我读初中、高中时的语气说，要烧毁一个旧世界。鲁迅的散文、郁达夫的散文、瞿秋白的散文都火焰四射。沈从文的散文不是明火，像高品质的木炭，不迸射火焰，却燃烧得通体透明。沈从文是沉思，直抵事物真相，直抵人类灵魂的深处，直抵人性中最脆弱而无奈的核心部位，他对世事的悲愤不是在文字的表面，是在文字的内核，只能用读者的心去感受、品味。《一个传奇的本事》从那位表兄的一生，到那些好武的子弟兵，他看到了生命的沉浮和命运的偶然。

合上书页，突然发现我脑壳里的翠翠不见了，取而代之的是“表兄”。或许我生活中根本没有翠翠，只有一个象征符号，某种美学符号，然而，现实生活却不乏“表兄”。年轻时我们在一起谈人生、谈理想，一起向往新的生活，但因各人命运曲线不一样，所处坐标值之异，最后，命运的曲线只能在各自的轨道上弯曲。又或许，我也是别人的“表兄”，在别人的眼睛里挣扎、沉浮。

走进《一个传奇的本事》，我又离沈从文近了一步。现在我固执地认为，如果只知道翠翠而不知道“表兄”，那么沈从文的文学世界便只给你开了半扇门，也可能连说半扇门都是夸张的修辞手法。

我不是散文理论家，没有足够的理论知识储备，也没有这方面的经验积累，我只是以一个读者的眼光，体会、感受沈从文的散文世界。我从他的散文里看到了一种最高贵的艺术品质——精神自由。散文理论家们都看重散文的真。诚实而真挚的情感，是散文真的一个重要内涵，也是精神自由的最高境界。宽阔的胸怀、对世界的态度、叙事的方式、文字的拿捏处理，都离不开精神自由。散文的精神自由不是政治术语，是散文作者的艺术素养。

诚实而真挚的情感，不仅是散文文本的需要，也是作者面对读者的一种态度，是对读者的尊重。虚假的情感，或者情感浓度不够而包装处理，还有无心无肺都是对读者的不敬，是大不敬！面对大不敬，读者也会有自己的处理方式，可能一千个读者就会有一千种处理方式。

面对散文，我有双重身份，读者和散文写作者。当然，首先是读者，随后是写作者。我以读者的身份面对大不敬时，我的处理方式是打瞌睡，见到那些情感不真实或者包装处理了的文字，上下眼皮就联合起来捣蛋。当摆开一个写作者的姿势坐到书桌旁时，瞿秋白《多余的话》、巴金《忏悔录》、沈从文《一个传奇的本事》，还有鲁迅、郁达夫们，如同一面镜子悬挂在面前，但我只能学一点皮毛，尽量不说假话，尽量不对读者虚情假意，尽量不无心无肺，如此而已。要完全敞开心扉，把因光照不足潮湿而蚊虫栖息之地都裸露在读者面前，我还勇气不足。即便不小心裸露出来了，也要像那位皇帝一样，拿一件新衣掩盖一下才能心安。或许这也是当下散文最大的问题，也是我永远只是一个散文写作者的原因之一。

原载《散文》2021年第10期

伤祭的空中会下雨

朱明东

大兴安岭的美藏不住我的伤怀。每年，一到草木疯长时，我都要选一天时间，赶个大早去260多公里的塔河县给祖父、父亲和母亲上坟。到坟前，给已故亲人培几锹土，烧几张纸，磕几个头。而后，再乘车于当天返回。屈指算来，这习惯已十年有余。选好日子，提前买票。要出发的头天晚上，又翻箱倒柜，找出一套劳动用的迷彩服。山林茂密，杂草丛生，行走难免刮衣破袖，还是穿一套抗造的衣服吧。准备停当，就把闹钟设在丑时一刻。提前就寝，努力睡去。还好，自己睡得还算踏实。闹钟一响，即刻醒来，却见妻子一直未睡。原来，怕我睡得沉，她硬生生地看了半宿《大学》。那样生涩的古文，她居然读得进去。一进候车室，电子屏幕上却赫然滚动一排字：K×××× 次列车晚点！预计晚点多久未写。问工作人员，工作人员说：嫩江段遇洪水，正在抢修。列车到此最快也得要10个小时。其他列车呢？我问。其他列车也要经此线，一样的。回答得有些不耐烦。得，看来去不成了。我心中沮丧，只好选择退票。退完票心却不甘。这要去不成，塔河的朋友和亲属都要跟着打乱计划，他们帮准备的各色贡品也恐损坏。这些不说，落空既定的事，岂不让另一个世界的亲人失望？去，铁路肯定走不通了；不去，似也不妥。左也不是，右也不是。在站前给妻子挂电话。妻子劝我先回家，待天亮后乘长途汽车再去。我说那岂不是延误了上坟的日子。正纠结着，天却下起细雨。我情急之余向路边的出租车停靠区走去。几名出租车司机见有生意来了，纷纷把头探出车外："师傅去哪儿？""要车吗，几位？"我心一动：实在不行就打的去，即便花冤枉钱也比这般心烦意乱强。我问："去塔河多少钱？""哎呀，塔河？那么远，260多公里，至少500元。"几个司机像是事先商量好似的，不约而同报出了这个价。我对扎堆火车站乘人之危宰客的出租车本无好感，见他们这般样子，心生鄙夷。好在天黑又下着雨，他们看不清我的表情。我说："300，我回来另外坐车。"我有些果决。一个司机说："哎呀，哪有那个价，500元是最低价。"另一个司机说："空车也得这么多钱。"其他几个司机随声附和："一去一回，光油钱都下不来。"细算下来，也确实得大几百。

一个司机似乎看出我的心思:“要是行,咱们现在就出发,稳稳当当开,3 个小时就到了。”这句话算是说到我心里去了。光想着赚钱,不考虑行车安全,这样的车谁敢坐?我看了一下车,又仔细打量了一下他的相貌。车似乎有 8 成新,状态应该不差;人 50 岁不到,很和善的样子。相由心生,为非作歹之徒不会如此吧?我又给妻子挂电话,说打的去。电话那边半天没吭声。我“喂”了一下,妻子幽幽道:“我跟你一块儿去。”“别了,太折腾人了,还是可我一个人‘造’吧。”我知道妻子担心什么,遂补充了一句:“放心,不会出啥问题。”我挂断手机转到车后,记住了车牌,就开了车门,坐到后座。以前自己坐车,一般都喜欢坐到副驾驶位置,这次例外,毕竟安全第一。我用微信把车牌号发给了妻子后,就镇定地说道:“走吧。”车在城边加了满满一箱油后,冒雨驶入阴沉的夜幕中。

我跟妻子说过,上坟的事情我来做。所以,这些年都是我只身前往塔河。其实,我在塔河满打满算才生活了 13 年。这 13 年,是我从少年走向青年最美好的时期。待去湖北工作时,祖父已去世多年,父母尚在壮年期。待我回大兴安岭时,父母皆已年老。每每想到自己那么多年不在父母身边尽孝,心里就疼。除了无奈外,都是无尽的自责。我是调回了大兴安岭,可工作地却不在塔河。多次挽留父母和自己一起生活,父母却以种种理由拒绝。我知道,真正的原因,除了他们不想给我增加负担外,塔河那里还有一群割舍不断的孙儿。

加漠公路起点路面宽阔,车一出城,就撒着欢向前奔。我跟司机说:“师傅,咱们慢点开。”司机答应着,车速慢了下来。我心里刚刚踏实些,收到妻子的微信:“天没亮,你别睡。”一股暖意涌上心头。在陌生人的车上,跑这么远的路,就是天亮了,我也睡不着。媳妇,谢谢你,我的困意早已飞走了。我眼睛紧盯着司机的一举一动,后视镜里,司机也不时地偷看我几眼。我俩的神经都有些紧张。车,稳当地向大岭深处奔驰,我的心却开始悬着。雨渐渐停了,车窗的刮雨器也停止了摆动。天色熹微,东方渐白。我按下车窗升降器,一缕清风吹散了车内所有的紧张,我和司机都打起了精神。我没话找话,问司机开多久车了。司机说 12 年。司机问我这么急去塔河干啥,我说去上坟。司机问给谁上坟,我说给父母还有爷爷。司机在后视镜里重新打量了一下我,半天才说:“你真是孝子贤孙。”“不,我不是孝子,也不算贤孙。”我答得有些伤感。后视镜的目光有些疑惑。真的,我做得还不够。我把目光投向窗外。

雨后,山色空蒙,云层散乱,大片大片的雾在岭间低垂萦绕。天真的亮了。祖父去世那年,我 21 岁。出殡时,灵幡是我扛的。心有伤痛,却有父母支撑。祖父走后，每年多是父亲骑着自行车到墓地扫墓。父亲没有攀着自己孩子跟着扫墓，似乎做儿子的，才是扫墓的不二人选。而我，在父母膝下心存依赖，总以为有父亲去扫墓就够了。婚后没几年，自己携妻带子到湖北打拼。这一去，就是 8 年。在湖北时，每年总有那么一次，父亲来电话里要说一句诸如“前几天给你爷爷扫墓了”的话。我看不见父亲的神情，但每次都能感受到父亲说这话的沉重心情。1999 年春节探亲回乡，我硬是说服父母跟我们同往湖北。我心想，湖北离大兴安岭这么远，想必不会轻易回塔河。我窃喜自己和父母终于在一起生活了。父母对湖北真真地不适应，没过多久，他们就有些心神不宁了，嘴里经常念叨这念叨那。不是“听不懂当地人的话”了，就是“室内室外一个温度人可咋待”了，要不就是“这里的大米哪赶上北方的好吃啊”。这也不适应，那也不习惯。不到 3 个月，就开始张罗回塔河。我极力挽留着、挽留着。清明节要到了，父亲有些焦躁：“不行啊，我得给你爷爷上上坟。”我劝慰他，说塔河有哥哥和弟弟，他们会替您去的。父亲眼一瞪：“那能替吗？”司机可能怕困，打开了车载音乐，一首时髦的网络歌曲在车内低回：“是不是我们再撒撒娇，你们还能把我举高高；是不是这辈子不放手，下辈子我们还能遇到。下辈子我一定好好听话，不再让你们操劳……”去湖北后，父母对我们在湖北的生活环境很不满意，经常打电话动员我调回大兴安岭，得知加格达奇区人民政府选拔秘书时，就急不可耐地给我打电话动员。我迟疑，不想往回调。父母就轮番打电话哄我：“回来吧，你若回来，我们就去加格达奇和你们住一起生活。”我和妻子信以为真，最终从 3000 多公里外的湖北调回了大兴安岭。我很乐观：加格达奇距离塔河 260 余公里，来回不远，父母都能够得着，不消说天天在一起，但经常来加格达奇还是能做到的。可是，我想错了。当新家安顿好后，父母却又张罗回塔河。我急了：“说好的和我们住一起，可把我们骗回来了，你们却又要走！”父母有些不好意思，说他们过些天还来。“新房装修好了，生活用品都置备完了，你们却说走就走。太不守信用！”我情绪有些失控。父母讪笑着，却穿衣下楼。“唉，你们真的不会享福！”我的眼泪都出来了。我心里清楚，不是父母不会享福，是他们难以放下塔河，难以放下在那里生活的其他儿孙。那几年，每次回塔河，我都埋怨父母，怪他们不知保重身体总操一些没用的心。我执拗地动员他们到加格达奇生活。一次，父母在加格达奇住了些天后，又张罗回塔河。我急了，把父母随身携带的衣物藏了起来。母亲找了半天没找到，生气地拿起笤帚疙瘩就朝我打。我赶紧“物归原主”，一百个不情愿，硬着头皮送他们去车站。可一别，却是我和母亲的生死诀别。“我看人很准，你很孝顺。这世界能有多少人起这么早打着的去这么远的地方上坟？”司机自信地点着一颗烟。“不算，老人生前我没尽啥孝……”我都戒烟半年了，此时却伸手向他要了根烟点上。白色的烟，顺着车窗迅速向外散去，远处的云雾压得更低了。此时此刻，我的心情跟窗外的景致一样阴郁。母亲走时，我正在呼中区参加扑火。听闻噩耗，我悲伤欲绝，从火场驱车直奔塔河。待料理完母亲的丧事后，我喃喃地和父亲说：“爸，这回您该跟我们生活了吧？”父亲说：“你妈刚走，我怎么得在塔河陪她待一段时间。”我的眼泪一下子涌了出来：“爸，你就不能给我一个尽孝的机会吗？”父亲安慰我说：“会的，会的。”可父亲最终还是食言了。没过多久，大哥和两个弟弟相继离开塔河去青岛做生意，父亲理所当然随同前往。父亲说：“青岛气候好，适合养老。在那里，我还能帮他们照料一下。”我无语。气候也好，生活环境也罢，还不是您的一个理由？青岛当然比大兴安岭好许多，可您非要选择离开明东吗？我情绪低落，不知所措。我谁也不怪，只怪自己不争气，不能创造适合父母在身边养老的条件。那个阶段，我就像大兴安岭上的一枚孤独的秋叶，虽身披金黄，却苍凉无助。“爸，你也都走了，就剩明东一家三口在大兴安岭了。”我一下子哭了起来。车行驶着，我的泪水在伤感的音乐中肆意奔涌。

司机掏出几张面巾纸头也没回地递给我，又旋即关掉了音乐。为了缓解我的情绪，他打开了话匣子。“我们这个行当是个小社会，一天累死累活赚不了多少钱，可有乐子啊，知道不？经常遇到稀罕事。”我擦干眼泪，嘟囔道：“这个时代还有啥稀罕事。”他说：“咋没有？你打这么远的车去上坟，就是稀罕事。”我说，这不很正常吗，有什么稀罕的？他说：“你不知道，你这不算远，我最远都跑过北京。”他开始跟我讲起他跑出租时遇到的奇闻怪事。一天晚上，他拉了一个酒蒙子，问他去哪儿，他说去阿里河。“那可是跨省啊。”我说。“可不是吗。可阿里河也没多远，一个小时的路，去就去呗。我也没多想，就拉着他去了内蒙古的阿里河。等到了地方，咋喊他都不应。黑咕隆咚的，这要是出点事可咋办。我拿起一瓶矿泉水喷他脸上。别说，还真管用，他喷着酒气醒后，摇摇晃晃下车后却反问我这是哪儿，我说你不要到阿里河吗？他却急了：‘我啥时候要上阿里河的，我家就在丽河小区！’我说，可你前面有个‘阿’字，那人急了‘你管方向盘管车轱辘，你还管我啊啦’”我扑哧乐了，司机也跟着乐了。我问：“后来呢？”司机边摇头边说：“算我倒霉，又免费给他拉回了加格达奇。白跑了两个小时。”说完，我们俩都哈哈大笑起来。这一刻，我们彼此戒备的心都放了下来。我决定，上完坟，还坐他的车回来。刚吸完一支烟，司机就去摸第二支，一摸还摸了两支。回头要递给我，我摆了一下手，他就不再客气，独自点燃吸了起来。播放器的曲子又响了起来，一阵一阵地起伏着，就像海浪似的不停地拍打着岸边。我和父亲在青岛海边照过一张合影，海风吹拂，海潮在我们脚下翻滚着、激荡着。那一瞬间，父子俩笑得都很开心；那一瞬间，父子俩都幸福满满。父亲看似身体硬朗，可却在冬至时节患了脑淤血昏迷不醒。得知父亲病危的消息时，加格达奇的上空飘起了雪花。一种强烈的孤独感袭上我的心头。我心里不住地喊着："爸，你可要挺住！母亲已不在了，要是您再走了，以后遇到啥事，我该向谁去诉说啊！"我和妻子、儿子星夜从加格达奇往青岛赶。到青岛时，父亲已深度昏迷。我静静地守候在父亲的病床前，一遍又一遍，轻轻地呼唤着父亲："爸——爸——"这样过了许久，忽然间，父亲那被我紧握的手抽搐了一下。慢慢地，他微微睁开了双眼。见是他的二儿子，浑浊的眼睛登时一亮。他拼力地看着我，满眼都是笑意，满眼都是慈爱。我感谢上苍，在父亲弥留之际见到了我："爸，没事的，你一定会好起来，一定会好起来的。"说完，我的眼泪又开始簌簌流淌。父亲爱怜地看着我，用力握了一下我的手，似要说什么，可张了张嘴，又昏了过去。是年夏，我来青岛看望父亲。那时，父亲就已行动不便。我搀扶着父亲在幽静的小区中散着步，和他说一些轻松的事。父亲一直关心我的创作。他感慨地说："这么多年，你一直靠自己努力，从没让我和你妈妈操过心。"我说："可我没在您和妈妈跟前尽过孝。""你没让家里操啥心，就是我到青岛这些年，你们那样紧张，还不忘给我买空调、买电视，这不是孝心又是啥？"我还想再说些什么，父亲却激动起来："不让老人操心，就是最大的孝。"父亲的手臂向上扬了一下。他知道我是怎么走过来的，更记得我多次极力挽留他和母亲在身边的那些事……听轻松的音乐容易犯困。我犯困不要紧，司机可不能犯困。我建议司机选择方便处靠边停一下，方便方便。雨后初霁，晨风翠岭，一派盎然。眺望远方，云阴渐逝，天要晴了。大美兴安，承我心志，载我情怀，留我尊长，我岂能一再伤怀？既然选择了群岭，或悲或喜，其实已不再重要。伤祭的空中会下雨，可即便下雨，也还要向前走。向前走，生命才会延续，情怀才能释然。想到此，我精神为之一振，回头对司机说："上车，我们往前赶。"

原载微信公众号"中国散文学会"

母亲茶盏中的人间清福

董晓奎

“我有一个梦想，一群爱茶的人散落在相邻的四合院里，时时可以提壶相呼：吃茶了！温酒啦！”

这是茶家王迎新在《吃茶一水间》一书里的一个梦想，想入非非之余，不仅自问：这份美好时光倘若可以实现，你可会为母亲留个席位？

母亲是一个极普通的女人，劳碌终日，自食其力，退休后喜欢跳舞健身，年已七旬依然是广场舞的领衔角色。有一次看母亲在广场上跳舞，我和妹妹热泪滚滚，那是我们长这么大从不曾见过的母亲，这使我们意识到一个残酷的问题，在母亲最美的年华里，她可曾为自己真实生动地活过？

母亲古稀之年学会了喝茶，想起这件事儿，我就觉得有趣儿，且自豪。天下儿女的孝亲内容大抵是相同的。反哺奉养双亲是中年人的大作业，物质层面的奉养不难，难的是怎样帮助父母在精神层面安顿好自己，面对病苦，面对生死，多一些耐力，多一些智慧，不惧不忧，坦然乐观。教母亲识茶，识得人间一份清福，这份别致的孝心总是让我沾沾自喜，我清晰地看到了母亲与茶相伴、以茶养生的喜乐自在。

“茶者，南方之嘉木也”，北方母亲为儿女酿造的生活不曾有茶滋味，所以少年时期我对茶一无所知。喝茶始于青年，浮皮潦草停留在柴米油盐的层次，是一头解渴的蠢物，始终无缘识得茶的好，无缘领略茶的真谛。山一程，水一程，直至秋意渐浓岁季才有幸抵达茶的彼岸，此后的旅途风歇雪止、一派清明……

此岸，茶是人间烟火，与柴米油盐并无大不同，甚至不及柴米油盐紧要。谁敢批驳没有茶的滋润的生活就是“干燥粗鄙”的？活着多么不易呀，“喝不求解渴的酒，吃不求饱的点心”，这份风雅离咱老百姓似乎遥远。

彼岸，茶是一处养心殿，是一份心安理得的享乐。人生实苦，最简便的自我善待就是招待自己喝杯好茶。闹中取静，心手闲适，清茶一盏，这个过程看似简单平淡，却有着深浅不一的精神活动悄然发生。以茶修持，啜苦咽甘，提炼心灵的纯度，汲取在这个世道躬身入局的勇气，或许是一种最易操作的修养之法。

在人海中兜转、跌撞、寻觅这么久，才悟出一点点道理自我摆渡至彼岸，我时常为此赧愧不已，又备感幸运。更难得的是，母亲在我的影响下居然也喜欢以茶为伴，从中获得不少乐趣。

千百年来中国人离不开茶，其中的奥秘母亲是难以体悟的。母亲对茶文化知之甚少，她完全不了解中国人的心灵史有很多篇章是借由茶酣然书写的。母亲从物质层面亲近茶，她隐约地感知茶的与众不同，与柴米油盐和而不群，有一份独特的价值存在。说到底，母亲与茶缘分不浅，品茶也极有悟性。

母亲是儿女生活的观察家，再细微的变化也逃不过她的眼睛。上学的走了，上班的也走了，母亲像那七仙女下凡，从泉水坐公交车来到星海湾我的家，缸里的水满了，院子里的雪扫净了，天色渐霁，碧空如濯，墙角数枝腊梅暗香浮动，鸡鸭鹅狗也出来活动了；灶上慢火炖煮着一只柴鸡，厚重的肉香四处弥漫令人垂涎……母亲累了，在我的书房里坐下来，一只清雅的竹茶盘横陈眼前，那些小壶小盅犹如玩具，或憨萌，或清丽，或古雅，令她顿生亲近之意，拾之把玩，不忍释手，笑着啐一声："穷讲究。"

茶碗里残留着前夜未尽的茶汤，看上去还是那么清澈透亮，那是六堡茶。粗枝大叶的六堡茶最大特性是隔夜不腐，紫砂壶里卧着一簇叶底，依然鲜活有韧性，这是好茶的典型特征。昨夜大雪纷飞，天地慈悲肃然，人间世俗悄然遁去，思慕故人，如梦似幻，悲欣交集……雪夜独特的美学意境令人陶醉、令人忧伤，这样的夜晚若不招待自己喝杯好茶，实在是粗鄙得不可谅解啊。

一夜尽兴，徒留半盏冷香幽幽、楚楚动人的残汤……这半盏残茶被母亲撞上了，母亲烧了一壶水，她知道这是喝剩的茶渣，滋味必然寡淡，所以焖泡了几分钟，这种浓度对于七旬老人来说恰到好处。就这样，母亲与茶接上了头。

母亲体质羸弱，老年人的慢性病、常见病都有她的份儿，尤其是失眠、耳鸣令她备受折磨。她说，这世上应该有疾病交换市场，人们可以交换疾病。人对疾病的耐受力不同，你受不了这种病，却可能挨得住那种病，而且，人的心愿也不同，比如，有的人腿不好使，今生今世他就想有双好腿，为此愿意付出一切代价。那么，我愿意跟他交换，他把残腿给了我，同时请把我的耳鸣拿走，从此我的天晴了……

人生末期，大家都是带病生存的，除了药物治疗，提升心理耐受力也决定了生存质量。我跟母亲讲这个道理，可她无法理解。一上火，耳鸣就加重，她方寸大乱，絮絮叨叨地哭诉生不如死，我们却束手无策。怎样提高心理耐受力？让心静下来，细细地去观察、分析、解读、体悟肉身的不适感，然后从精神层面对情绪、思想、意志进行调节与布防，最终耐受沉疴痼疾给肉身带来的磨难。承受疾病的困扰、悦纳自己的生存方式是一种智慧。在人生下半场，只剩下疾病这个强悍对手，在现有的身体条件下，怎样生活得快乐，尊严不跌，延迟累赘期的到来，是每一个老人都在探索的命题。从浩大的广场舞中，我们能够看出老年人在这个命题上的努力。

学会喝茶，母亲心静了，心静是最好的养生之法。老年人愿与往事纠缠不清，过往的恩怨总是放不下，看似头脑昏聩，刻画往事细节的功夫却比小说家还厉害，迷着计较，徒增烦恼，将原本衰竭的心力折腾得所剩无几。品茶可静心，齿颊间的缕缕清香，心底的丝丝禅意，自动屏蔽了那些糟心呕秽的往事。从前陪母亲唠家常是"干唠"，风险重重，她会将自己的胡思乱想和盘托出，初时我还保持良好的耐性为她破解，反复如此，母女二人常不欢而散。如今在母亲身边坐下来，二人皆喜眉笑眼，细声软语地商量着喝什么茶，慢条斯理地伺候茶汤，细呷慢啜，终于与母亲和解了。

其实母亲是与自己和解了，她学会了为自己生活。《三联生活周刊》舒可文老师写过一个胖老太太，那是个很讲究的满族妇人，外面热火朝天一片红，胖老太太宅在家里补衣裳，为找一块完美的补丁，她在一堆碎布头里反复对比衡量，忙得不亦乐乎。舒可文那时只有 10 岁，看不懂她的生活方式，她只说了四个字：将就？讲究。长大后舒可文明了，"在那个动荡的时代，她始终有那么一个自主的狭小地盘不被侵犯。时代大潮中，你可以去热火朝天，还可以有一种胖老太太的方式，建立一个能支持你长久生活的依据，那不仅是生存的力量，也是生存的自尊"。

这一辈子为养育儿女刳心沥血，对自己尽是将就、凑合、委屈，尽情尽兴的体验几近空白，母亲的人生是她那一代人最生动的样本。但是母亲在晚年"觉醒"了，她有了自己的兴趣爱好，年轻时貌美如花的母亲如今风韵犹存，经常受社区、街道邀请参加各种表演，机缘巧合又成为家附近一所教堂唱诗班的成员，每逢圣诞节我们家数她忙碌得最真实。每周四在教堂做义工，具体服务内容就是做饭。这些活动都是与外界发生关系，而喝茶是母亲的私生活。在婚姻关系中，母亲一直处于弱势地位，小时候我们曾目睹她各种委屈，也怨恨过父亲，长大后明白他们的不合是情有可原的。对于父母那一代人的婚姻事故，最常见一句描述是"没有共同语言"。过去，我们或许觉得是母亲配不上父亲，父亲字写得好，识乐谱，会写文章，在单位是受人尊敬的领导者。而且，父亲每天午饭后要刷牙，这个生活细节在二十世纪八十年代的小镇绝对是独一无二的。总之，父亲是一个有样貌、有思想、讲究生活方式的男人。在漫长的婚姻里，母亲一直是听话的，而在70岁之后，母亲完全不听话了，她遵从自己的内心想法，为实现自己的想法做了不少令儿女失魂落魄、涕泪四溅的事情。

如今，母亲的独居生活看上去非常舒适自在，我们姐妹三人，每天都会在家人群里问候母亲："妈，你在家干什么？"

"喝茶呀，泡了红茶，那香味像烤地瓜，闻着比喝着香呢……"母亲沉声静气地说。

偶尔，在喝茶时她会想起父亲，"你爸那个神经不能喝茶"，或者"你爸那个神经病不能喝茶"。

腊月二十四那天，她喊父亲回家摘窗帘，这一天要掸尘扫灰迎新年，父亲帮母亲完成了这项家务。父亲的报箱还挂在家门上，他每天都要回家取报。从敬老院到家，只有五分钟的路程。腊月二十八这天，母亲发现她的茶桌上多了一罐茶。我莫名地相信，今生他们终将会摒弃前嫌共饮一壶茶。

母亲的茶，都是我孝敬她的。如果不是我送的，那就是父亲给她的。过去回家看母亲，要去海鲜市场、活禽市场、家乐福、沃尔玛，深一脚浅一脚，手拎肩扛全是柴米油盐，却惹母亲心烦了。人老了，消耗力下降了，物质的堆砌让他们徒增心理压力。周末姐妹们挈夫将雏一起回家，母亲做了一桌子菜，吃不了兜着走，母亲将剩菜分成三份，让我们必须带走。表面看是爱，其实是私心，他们要维护自己的生活方式。冰箱里只留一碟豆腐，一碟芽菜，一碟咸菜。一箪食，一瓢饮，似乎足矣。

如今回家看母亲，带一包时令好茶，这份孝心简单不简约，含金量足着呢。明前时节，要让母亲喝上龙井茶，西子湖畔古早味的龙井茶不好找，第一遭受骗，买的是乌牛早，与卧冰求鲤的孝子相比，咱为母亲寻觅"豆花香"龙井茶的过程不值一提。龙井茶是用油纸和纸绳包装的，只买半斤，就足够母亲喝一季了。除了这包茶，再无他物，左手一只鸡、右手一只鸭的凌乱憨态不见了，母亲非常开心，赶紧起火烧水，让我也尝一口"豆花香"。母亲知道，我送她的茶，大多是我不曾尝过的。秋天时给母亲买茉莉花茶，最高级的茉莉花茶是在入秋后才能喝到的，茶为骨，花为魂，要想方设法买到纯芽九窨"冰糖甜"的花茶。母亲说，喝花茶，心情喜庆，眼睛亮堂……

老人应适量饮茶，或不饮茶。蔡襄晚年患病果断把茶戒了，为解茶瘾，每天还是烹而玩之，乐此不疲，但绝不贪饮。以母亲的体质对茶应敬而远之，可母亲经我引导，再加上自我探索，居然悟出一套以茶养生的独家诀窍。

母亲口味重，嗜啖咸菜，少不了督促她淡口，可她老人家恶习难改，无咸不欢。龙井茶淡雅，似乎无味，我以为重口味的人是无法领略龙井“无味至味”之美，可母亲对龙井茶的清淡与雅致完全理解。“喝上龙井茶，就可以脱棉衣了，一杯清茶，将五脏六腑都洗干净了。难怪皇帝也爱喝龙井，一天一杯茶，活到八十八……”母亲常说自己是瞎鼻子，人间百味到了她这儿统统失灵，可是她对茶香却异常敏感，悟性十足，正山小种挂在杯壁的那一缕苍劲的松烟香，老曼峨潜在杯底的那一抹幽婉甜媚的兰花香，都令母亲眉目疏朗，心生喜悦。一盏茶饮尽，母亲喜欢深情地饱嗅杯底香，总觉得闻着比喝着更享受。母亲常说嘴巴苦涩，可如今每天茶不离口，口齿生津，喉间舒畅清凉，心境也格外亮堂。

母亲对所有茶都怀有好感，最钟爱的是梧州的六堡茶。其实梧州还有一种饮品令人津津乐道，那就是豆浆。秦牧先生说，梧州的豆浆熬至滴水成珠，浓郁芬芳，连喝三大碗才罢休呢。如今梧州的六堡茶一枝独秀，饮誉四方。夏饮六堡，消暑祛湿，身心清爽；冬饮六堡，驱寒保暖，安然过冬。六堡茶不刺激胃肠和神经，特别适宜老年人品饮。

六堡茶是乡愁茶。19世纪中期，大批华工“下南洋”谋生，前途苍茫，归旅无期，六堡茶便成了他们寄存乡思的傍身之物。南洋炎热潮湿，日照时间又长，为了防止中暑，劳工们频饮六堡茶，没错，就是妙玉姑娘所说的“饮牛饮骡”的喝法。矿场主大量购买六堡茶，用硕大的缸存起来，每家矿场都会储备10多缸六堡茶。矿场招工时会特别强调有六堡茶免费喝，否则就难以招工。在矿区泡六堡茶极为简单原始，煮一大锅水，水滚开后，投进六堡茶焖煮，待粗犷深厚的茶香幽幽溢出，便可揭锅舀取了。台湾茶人罗英银记载：“矿工排队一人一壶茶，左手提粥，右手提茶进矿山。六堡茶不仅慰藉大陆人的思乡之苦，也是矿工们重要的保命良液。”

母亲爱听茶的故事。她喜欢皇帝的龙井茶，也喜欢劳苦大众的六堡茶。在母亲看来，每一种茶都是金贵的，她都要兴致勃勃地尝一口。老年人若对某种物质还有“贪恋”之心，简直令儿女感激涕零啊。

母亲一天天老去，我们如何做，今生才能不留遗憾？

《藜床沈余》记载：长安妇女有好事者，曾于侯家睹一彩笺曰：“一轮初满，万户皆清。若乃狎处衾帏，不惟辜负蟾光，窃恐嫦娥生妒。涓于十五、六二宵，联女伴同志者，一茗一炉，相从卜夜，名曰‘伴嫦娥’。凡有冰心，伫垂玉允。朱门龙氏拜书。”

就是说啊，长安有好事的妇女，在王侯家看到彩色的请柬上说，月亮圆的时候，所有的地方都会明亮起来。这时候，如果待在房中，就算辜负了大好月光，恐怕天上的嫦娥还会妒忌呢。请于十五、十六两天的晚上，和女伴一起，一茶一炉，相伴来过夜，名叫“伴嫦娥”。如果你不嫌弃的话，还请答应。朱门姓龙的邀请。

想入非非之余，不禁扪心自问：如果有这样的聚会，你可会选择母亲为女伴？

原载《辽宁日报》2020年5月13日《北方副刊》

清风明月梦笔生花

刘咏阁

和李彬相识相知十余载，他是将人品酝酿于书艺中人，或者说他是用作品演绎心性。想到其人，用清风明月这个词，最接近于他的心境和行为。他对书法的认识理解以及在技艺方面的精进常常予我一种宗教般虔诚的印象，是一个为书法而生的人。在我心目中，他方正厚道，不追名逐利，更不被现世的纷扰蛊惑，像一个虔诚的教徒，在书法广博的庙堂顶礼膜拜。无论面对学生教学还是在芸芸书家笔走龙蛇时，他所携的清风般气质，明月般心境，坚守本真，低调做人，淡泊名利，不忘初心，对传统的敬畏和传承，对精髓的吸收和获取，对创新的理解和发展，令我折服又深深地感动。

一、梦的开始

李彬出生于中医世家，他的父亲不仅医术精湛，还擅长书道，家里的医书父亲都用毛笔小楷抄录，《汤头歌》《药性赋》《濒湖脉学》等中医典籍被墨香氤氲缭绕。小李彬经常翻看，册子里的字令他如痴如醉，毛笔字独特的艺术魅力深深感染了这颗富有艺术性的童心。父亲经常教导他说，把字写好，是中国传统文人的基本手艺，也是一个文人的基本修养。字是文人的大褂子，是一个人的门面，字写得好不好是区别文化人修养的一个尺子。一个人再有学问，字写得很差也会让人低看三分。所以，不但要读好书，同时要把老祖宗传下来的汉字之美传承好。父亲的谆谆教诲一直萦绕在脑海，写好字的念头也就在心里播下了种子，成为一名书法中人一直盘桓于他童年的梦想。

每逢春节，父亲总要为乡亲们写春联，整个腊月天，家里门庭若市，墨韵飘香。而年幼的李彬总是依在一旁，瞪大眼睛盯着父亲如何起笔、行笔、收笔，然后有板有眼地学着父亲的样子涂涂抹抹。父亲看他习书临帖之意甚浓，认为孺子可教，临帖方法、笔墨的选择、基本理论知识以及正确的书法观点都耐心细致地传授给他。

二十世纪七十年代初，李彬拥有了第一本书法字帖——柳公权的《玄秘塔碑》。这本被李彬称为“启蒙之书”的字帖，陪伴着他正式迈进了书法的世界。习书数载，小李彬的书法技艺日渐长进，凭借自身优秀的天资和努力，李彬在方圆几十里都小有名气，附近的人都称赞他是小小书法家。年少的李彬面临夸赞时不免飘飘然起来。字也写得没有章法，开始随意创造。书法的灵性经不起骄傲的消磨，光环被不进则退的迷茫遮掩。李彬内心也非常着急。父亲语重心长地对他说：千里之行，始于足下，给他讲《伤仲永》的故事。玉不琢，不成器；人不学，不知义，即使一个人先天的条件再好，后天不琢不学不勤不练，也会成为一事无成的凡夫俗子。李彬听罢端正态度，规范临帖，无论何时何地，只要有书写的工具，他都勤奋笔耕，甚至晚上睡觉时，还用自己的手在肚皮上书写碑帖字迹。直到现在，他仍然有这个习惯，常常笑称自己不画肚皮睡不着觉。

此后，他走碑林，访师友，用身心践行“路漫漫其修远兮，吾将上下而求索”的名言。他北上造访启功、沈鹏，南下拜望张海、李刚田诸师，之后干脆携妻带女远走他乡、“进京赶考”。功夫不负有心人，终于考入北京大学首届书法研究生班。可以说，李彬为了书法艺术，倾注了全部的心血和精力。书法根植其生命并逐渐茁壮成一棵艺术大树。从懵懂的爱好到系统的研习，李彬始终用拙劲与寂寞，抵抗着现代红尘中的速成与繁乱。他耐得住寂寞，受得住孤独，在研习上下真功夫、下硬功夫。他读帖、临帖，通过观摩书迹和碑刻去领悟书法家所采用或创造的艺术风格和艺术手法。先工一家，精于一帖，勤学苦练，善思善悟，达到背临，形神兼备的境地。有了这种基本功，进入创作就有了立身之本，之后他将书体融合，不抱守一家，依托书体的相互渗透，生发出灵动又独具个性的艺术形象。

我们常常说一个艺术家为艺术而生，或者说一个艺术家为某一个门类的艺术而生，是因为在他们这里，艺术所呈现的是一种高级灵魂的反应，人与艺术达到了天人合一的境界。而李彬其人，我觉得他就是典型的真实的为书法而生的个案。继承和发扬这种传统艺术，不仅要知其“技”，还要悟其“艺”，更要懂其“道”。自古以来书法是有标准的。标准是什么？标准就是古代先贤们在长期的书写探索实践中总结归纳出的用笔特征和结字规律，是历史的集体智慧结晶。记得李彬曾说过，“唐诗晋字汉文章，宋词元曲明清小说”，这些都是这个领域的高峰和标杆。我们只有在这些领域向这些高峰看齐，在这些高峰中跋涉攀登，才能体悟到其中的经典和深邃。李彬正是以这样的高峰为目标，自甘寂寞，潜心修炼，只拜二王、只拜苏黄米蔡，只拜王铎、傅山、董其昌……只拜古人，在先师和导师的指导下，对古往今来真、草、隶、篆、行的各家经典碑帖进行了广泛梳理和系统临习，细心领悟古今名家的经典用笔、用墨、结字之妙，结合自己的个性、气质、经历、志趣，在严谨的法度之中，写出了自己的性情，无论是书写内容，还是线条、结体、墨法、章法、书法，从内容到形式都有非常丰富的文化内涵，可谓“恣肆挥洒又不逾矩”。

二、以梦沁墨

明代傅山说：“作字先做人，人奇字自古。”清代刘熙载在《艺概·书概》中写道：“笔性墨情，皆以其人之性情为本。”人常说“字乃人之衣冠”，“品德不高，落墨无法”。单从李彬的面相上来说，我曾经就和他当面说道：你的长相很书法。此话虽有调侃意味，但细观李彬长相，妥妥的是个美男子。剑眉星目，鼻若悬胆，自带古典气韵。尤其下巴颏下的一撮小胡子，怎么看都是王羲之《兰亭序》里飘逸灵动的点画附着其下。写到这里，李彬那撮小胡子又在我眼前洇开了兰亭似的洒脱。

从小就长在心里的梦愿，随着年龄的增长和不断地参碑入帖，形成了他独特又不失法度的艺术风格。长期临古，他不断寻找结字、章法、墨法、用笔上的规律，形成肌肉和思维记忆，日臻完善，对经典法帖深入研究，把技巧与自己的个性相结合，相互补益，向古人问路，向今人借鉴，探索出自己的书写方法，做到己中见法、古中藏己，最终达到自由书写境界，创作出有技法、有个性、有理解的书法作品，建构属于自己的个性风格，实现理性积淀下的感性挥毫。

作为中国独特的艺术形式，书法在传统审美思想上也包含了很多现代意蕴，成为反映生命的艺术，通过汉字的点画线条，在运笔与人的情感之间建立起一种同构对应的审美关系，使汉字具有了生命气象，这样的生命气象也体现了书法家的精神气质与审美追求。李彬正是用他的思想情感和爱憎褒贬诠释他对书法的审美情趣和审美理想。

看李彬的书法，我想用“三味一心”来概括他的书法技艺。三味就是真味、古味、和味。一心就是初心。书法是视觉艺术，从视觉审美层面讲李彬的书法，他做到了雅俗共赏的审美境界。所谓真，是艺术作品中饱含的“真生命、真性情、真知灼见”。无论什么层次的人在欣赏他的书法作品时都能得到美的感受，感觉字如其人的真切。好的作品一定是个性的，一定是真性情的，更是让自己内心的激荡以一种不可遏制的方式喷薄而出。《兰亭序》被称为“天下第一行书”，是雅俗共赏的典范，符合传统书法最基本的审美观。千余年来，历代文人多以其为标准，习惯地把书写《兰亭序》的水准作为衡量其传统功力的尺度。全篇文章淡和空灵、潇洒自然。无论是场景之真实，性情之率真，还是立意之真知灼见，文辞之真切简净，都透着“真”的味道。既有精心安排的艺术匠心，又没有做作雕琢的痕迹。书写的“真”驰骋于字里行间，可谓天人合一的典范。从容娴和，逸笔天成，匠心独运。李彬从小临古，习法“二王”。雅俗兼容，笔随意行，曲尽其美的审美理想始终贯穿在李彬的书法作品中。加之李彬为人低调，淡泊名利，对人真情真性，友善随和，这些性格特质在他的书法作品中纤毫毕现。对书法的雅与俗，李彬在长期的实践中总结了自己独到的见解：“雅”和“格调”密不可分，雅要透着清气和文儒之气；“俗”和“市井”生活紧密相连，丑要见拙见趣见巧，俗要见正见大见势，要体现正大气象。所以真正的美，谁看都是美的。而李彬在书法中彰显的个人魅力、书法张力和美的穿透力始终在点画之间呈现并将他的综合修养真切地流露出来。

从书法的学术层面讲，李彬的书法有着沁人心脾的古味。在这里笔者所说的“古味”即是取法问题，学习书法要做到取法高古。古人书法被推崇就是因为他们在他们那个时代，将书法推向一个登峰造极的高度，并厘定了特定的书写标准和个人风格。纵观历史，凡是能够青史留名的书法大家无不是做到了这一点，他们除了天赋和勤奋之外，临摹古人是学习书法的不二之法，这既是一种借鉴也是一种传承。毋庸置疑，这一点也是学习书法的关键所在。邵妙苗先生就曾这样评述过李彬的书法：“他深刻感悟羲之书风的点画清圆，笔力遒健，结构严谨而疏爽，情态变化多端，风度超逸，墨彩飞动，精丽妍美而又自然流便，以及献之书法的笔势飞动雄武，英俊豪爽，气势蓬勃。在取法‘二王’的同时，他兼有张旭、怀素劲挺爽健的点画质感和王铎的跳荡顿挫、萧散参差之势，从而显得动中有节，刚健跌宕，险而能破，势巧形密，点画精微，气脉相贯，格调清雅，流露出与时代审美相契合的艺术精神和形式。”李彬涉笔即古，其书饶有古意，这都是由于他经过大量的临摹和技法训练，用心体会，博采众长，心慕手追并涵养大德，才能在尺幅之间让观者体会到古风浩荡、古意盎然。

从书法的个性辨识角度看，李彬的书法有明显的抱古拥今的和味。“和”是中国哲学中一个很重要的概念，文化含义主要就是“和谐”。“和”本身已经包含了“合”的意思，就是由相和的事物融合而产生新事物。不同事物互相依存，彼此吸取而产生“相生”的理念。说到这里，不得不提一下传统文化的主流观念——中庸之道。中国古代文化史可以说是一部以儒家为主流的文化史，而“中庸”一直是我国传统文化的核心观念，它的智慧一直受到历代圣贤的推崇。可惜近百年来，由于西方科技发展的冲击，这一优秀的传统文化思想被人们误解甚深。中庸，从思维方法论的角度说，就是在纷繁复杂的矛盾中研究什么是事物所处的最好状态以及如何达到这种最好状态。而说到书法的“和”，无外乎我们的审美和技艺如何融合在社会都能接受的点上，达到中和的境界。李彬在长期书写实践中，将古人的优长通过临摹、体会和融会贯通，吸收为流淌在自己生命深处、灵魂深处的血液精魂，写出“新意”和“己意”。他按照艺术规律，不断去探寻、体悟，不断获得“最大限度的艺术共性”，向“经典”靠拢。同时又将现代的艺术理念和艺术精神吸纳和发扬，引领大家获得更高层级的见解和审美。这种海纳百川的肚量，既有艺术样式的共性书写，又有有别于他人的艺术个性，具有极高的个人辨识度。

书法是以文字为载体的艺术，它有着书文映照、相互表里的审美特性。书法虽然写的是字，但是字词成文，如果只注重字形而忽视文义，等于行尸走肉。如果只是抱着写成书法家的目的去练字，境界一定是很偏狭的，出不了经典作品。从古至今，能在书法上有所成就的，都是具有深厚文学素养的学者，王羲之、苏东坡、董其昌、启功等人，都有诗书文学作为支撑。李彬在学习、临摹、创作书法的过程中对古典不放，对现代萃取。时代的多元性，书法审美的时差与视角使得李彬对艺术元素的取法变得多视角和多维度。他修心养性，磨炼意志，在提高修养的过程中，既继承传统，又传承文化。作为一名文人骚客，不但拓宽了自己的知识面，而且也受到传统文化和书法家人品的熏陶。他把对书法内容的理解跟书法艺术融合，将一种纯艺术的、古典美的形象和一种正大气象融合。“转益多师”的实际结果就是他从学古中多样化取法，从思考和想象中开阔思路、激发创造力。

很多时候我们坚持一种理念，尤其在艺术上，我们坚持一种方向，认为经过实践，经过历史的积淀，才能证明我们的坚持是正确的，甚至这种理念在审美范畴，被奉为圭臬，时间越久，结果就会愈加令我们感到欣慰。从我们认识到现在，李彬是脚踏实地地在书法田地里耕耘的人。我总说他是书坛的孺子牛、拓荒牛。有一句话叫众人皆醉，唯我独醒。所谓的醉，往往都是随波逐流，随大流，随市场，他们并不坚持艺术自身的东西，并不坚持艺术的纯粹性或者艺术的自身规律。然而艺术领域，乃至更广泛的学科，确确实实需要唯我独醒的人。所谓唯我独醒并不是孤芳自赏，而是唯我独清，这个清是清流的清，清风的清，清晰的清，清楚的清，清白的清。我一直说他像一股清流日久天长，不改初心，不忘初心。说到这里，我又回到感动这两个字。尽管李彬本人有海纳百川、兼容并蓄的胸怀，但笔者眼中有自己的审美定位和审美构成，说得通俗一点就是眼里容不得沙子。笔者认为，不能否认的事实就是在很长一段时间内，至少得有 20 年左右的时间，这股清流是断断续续的，没有形成一条完整的溪流、一个清晰的色带。这种怪现象所影响的书法审美让我们丢掉了真正的美的形式、美的章法、美的构成、美的内涵。在物欲横流、急功近利的当下，在当今书坛种种怪异的乱象背后，书法审美被糟蹋得体无完肤，以丑为美大行其道。放眼望去，现在的书法界，要么乱象纷呈，要么千篇一律，常常被世人诟病，甚至出现什么展览体或者培训体之类的新名词，甚至还有一些经典人物搞出怪现象之后所形成的见怪不怪的现象。笔者觉得我们在书坛树立一些正面的形象势在必行，而且越来越迫切。

李彬一直在身体力行刻苦研磨，用自己的书法风格和实际行动，阐释对书法艺术和书法审美的理解。他没有挖空心思去随波逐流；没有跟随市场炒作；更没有陷入某种怪异的圈子里；也没有想方设法去抢占一个所谓的制高点，去吸引人们的眼球，用怪异哗众取宠。他出淤泥而不染，濯清涟而不妖，几十年如一日，不忘初心，恪守书法尊严和民族文化的精髓，在文字、文辞、文学、文史、文化的海洋里汲取丰富的营养，坚持正确的审美，坚持传承经典。看到李彬的书法，有种清风徐来的清新惬意之感，一种正本清源的希望在心底油然而生。

他的每一幅作品所呈现的文化信息量和书法本身应该具有的纯粹的艺术性都清晰可见，让我们重新见到书法的艺术精神。作为他的好朋友，回忆起我们这十几年的点点滴滴，一步一个脚印踩下的友谊之路，更真切地感觉到他做事的脚踏实地，他对书法的专注，对书法的热爱，对书法的理解，以及对书法的创作都秉持着自己一颗初心、一颗真心和一颗艺术的良心。这样的审美理念应该被弘扬、被倡导，这样的人应该被宣传、被效仿，更应该被树为典型。私以为，凭李彬的书法与做人，他作为精神审美的引领者当之无愧。

三、梦笔生花

从儿时就栽种梦想，经过几十年如一日的努力，李彬终于用他的痴迷和执着诠释了十年磨一剑的光辉成就，不仅五种书体样样精通，将书法的唯美、唯真、高古、独到表现得淋漓尽致，形神兼备，而且在学术界，他更是著作等身。“一个人的生命不仅有长度，还有宽度和深度。”书法给予李彬的不仅是钟灵毓秀的身形，更是让其成为时代的风流人物。几十年的修炼，他怀揣一颗对书法的敬畏之心，从先贤大师身上、从习书问道的过程中，面对芜杂纷扰保持清新俊逸的姿态，待人接物慷慨质朴，对待功名利禄淡然处之，智慧权衡。他那装满华夏典籍的慧眼，从来没有将旁逸斜出的书法乱象看在眼里，盲目尊崇。

环顾当今书坛，大多数书法家在成名后就不再临古，势必会造成不进则退的现象。李彬的可贵在于他不仅仅把写得好当作终极追求目标，而且不断塑造自己高格调的审美特征，不断将富于创造性的时代品格和锐意进取的精神传授给他的学生。

中国书法作为一种“需求”，成为大众积极从事的对象。李彬主动深入生活，发挥好书法文化普及主力军的作用，成为一名真正的文化使者。他不仅自己努力，还带动身边学书法的人尤其是学习书法的年轻人不断进步。

李彬是我聘任的第一位书法老师，他从一位书法创作实践者变为教书育人的老师，重新认识自己所学的专业，开始更为深入的探究实践。他制订了合理的教学计划——讲、写、演、练，日积月累，循序渐进。在教学过程中，他坚持引导学员先做人，再学艺，以德立艺，让学员在继承传统书法经典的基础上，学古而不泥古，引导学员创作出风格迥异、具有各自特点的书法作品。

李彬虽然少言寡语，但做事脚踏实地！这与他的书法风格一脉相承、相互映照！古人讲字如其人、文如其人是有道理的。因为我们的审美，对艺术的审美都带着强烈的个人色彩，我们往往会把自身的个性、精神、灵魂、好恶等反映在我们的创作中。虽是讷言敏行之人，但在教学示范中，他有自己独到的教学理念和教学手段，他将讲解与实践相结合，经常将口述之词现身说法，通过亲自演示让学生体会书法之美乃至对文字的敬重。他始终强调读帖临帖的重要性。下笔前一定要对字逐个“相面”，也就是精察。看点画的形态、走向、质感和轻重，然后再看每个点画起笔、运笔、收笔的过程。他因为他的德行，他的书法技艺，以及他的谦和，深得学生爱戴。

他始终在强调避免重复自己，在自我风格基础上不断突破、不断超越，要求在书写过程中，线质刚柔并济，结构虚实相生，力争碑帖兼容，学取百家，成就自己的独特面貌。他率先垂范，一以贯之，勤于研而善研，勤于教而会教，以教促研，以研促教，把教学与实践有机结合，不断完善，不断提升，不断超越，教学相长，书道并进，终于成就了一个寄身于翰墨、见意于篇籍的李彬，也成为桃李满天下的书法老师。我相信生活在另一个世界的大书法家们，也就是历史上的那些大书法家们，如果真有灵魂的话，当他们看到李彬的作品及为人，李彬对传统的敬畏和对初心的坚守，也会欣慰的。

在新一届的中国书协理事名单中，李彬的名字赫然其中，他的当选实至名归。作为一股清流，无论什么时候看到他的作品，都能感觉到他对传统书法，对传统书法的艺术精神和艺术精髓的敬畏之心。他的这种坚守，还有这份艺术审美的良心，让我很自信地以为他就是那个站在潮头，迎风而立的人。我分明看到他在宣誓，正本清源地宣誓，用自己的努力和初心默默地宣誓，用对书法艺术、书法审美的坚守和坚持，抵制一些怪异的书风；我看到他对现代书法的乱象，对书坛的不良现象的一种纠正或者扭转的决心。

当我们从评论的角度批评或者颂扬某种艺术形式的时候，我们有责任也有义务让世人知道，还有这样的人在默默坚守着一种正确的东西、纯粹的东西。这也说明一个事实：中国书协在坚持一种正确的书风和用人的正气；坚持一种正确的书法审美；坚持一种正确的书法艺术和艺术跟市场的关系。有他这样的理事，有这样的书协领导，我想我们整个书法界正本清源的时候已经到来。而我作为他的朋友和同道中人，认为有像他这样德艺双馨的中国书协理事是中国书法的幸事，这样的人应该被举荐并委以重任。

尾　声

如今，书法艺术的发展已经到了与时代同频共振的历史阶段。这既是当代书法史发展的必然规律，也是新时代对书法艺术发展提出的要求。李彬一直在建构他的时代品格和书法人的担当精神，他主动关注时代，不驰于空想，不务于虚声，在时代和艺术的熔炉中淬炼思想的力量。面对疫情，他虽然不能冲到一线战斗，但作为一名书法人，以中华优秀传统文化为载体，满含深情、饱蘸浓墨、以心为笔，用真情描绘、以笔墨书写，礼赞抗疫英雄、致敬最美逆行者。或引经据典，或精心自撰，采用诗词、楹联、文句等不同体裁，通过篆、隶、楷、行、草等多种书体，创作出了一批礼赞抗疫英雄、弘扬抗疫精神的精品力作，在丹青墨宝中传达爱国之情，于诗词作品中彰显为民之意，在生动的书画气韵中，谱写时代发展的动人篇章。

古人说“文以载道”，其实任何艺术都是用来“载道”的，书法也是如此。通常说字如其人，一个人有什么境界，他的字就有什么气象。李彬字如其人，人如其名。他叫李彬，而他本身也确实是一个文质彬彬的人。就像我开始说的，他是一个为书法而生的人，是一个由内至外、文质彬彬的书法家。看李彬的书法，常常带给我一种很安静、很祥和的感觉。而这恰恰是书法具有的独特的艺术魅力。在很多书法人甚至书法家的作品当中，我们看到市场的影响暗潮涌动，看到很多模仿的东西裹挟着欲望，看到字里行间的炒作和嘈杂。回过头看李彬其人其字，那种从字里行间透出的文雅之气，文质彬彬地力透纸背。他屏蔽了外界的诱惑，安静地待在属于自己的一方墨池，和笔墨对话，与文字谈心；问道古人，牵手今人；从精神方正到笔端温厚，执着地追寻书法及做人的造诣，“不以物喜，不以己悲”，在对书法极致美学的寻梦过程中，找到了真实。

原载《海燕》2021年第10期

柔软的泥土

万华伟

一

很多年来，我一直在城市里行走。

一块块灰色的地砖，布满错落有致的花纹，像一条质地坚硬冰冷的传送带，毫无表情地把我送到城市的每一个角落，然后再送回那个叫作家的地方。不息的车辆疾驰而过，车轮与地面发出刺耳的摩擦。偶尔，一位妙龄女子从身旁走来，高跟鞋发出“橐橐橐”的响儿，那清脆的声音，不时在脑海里回荡，我内心也随之一颤。

忽然想起，多年了，我没有嗅到泥土的气息，没有聆听泥土的歌唱。离开故乡，在这座城市生活多年，我仍旧是一个异乡人。

而人行道上那闪着混沌光泽的地砖，它们虽含有“地”字，却徒有其名，那是砂石通过现代奇怪的工艺粿合而成。泥土，应是岩石的涅槃。据言，岩石经过亿万年风化而形成土壤母质，又经一年年的草木腐质的累积，以致现在这种状态。它既可像岩石那样成形、塑像、壁立，又有涅槃后泥土的生生不息和草木的柔软芬芳。而沥青覆盖了的马路，在晨光或暮色里，像一条被风定格的黑丝绸带，逶迤。它吸收了太阳的光泽，踩上去，也有一种类似泥土般软软的感觉，甚至戏仿泥土的渗水性，仿佛与泥土并无二致。但它们毕竟不是泥土，而只是一种黑褐色的复杂混合物，它源于煤和石油。这样的“泥土”谈不上泥土的生命、泥土的温情。

有很多次，我看到一些穿着蓝色工作服的人，开着挖掘机把地砖刨开。裸露出黝黑的泥土，散发着阵阵土腥味，那么湿润，那么深厚。每当这时候，我总是禁不住停下脚步，仿佛什么声音在把我召唤，又仿佛故人在这里重逢。恍惚中，我是一个身上沾满泥土的农夫，想象着在这一片泥土上，或是放点水，围上埂，种上稻子；或是栽种辣椒、冬瓜、姜、红薯……想象着秋天来了，街边是一溜长长的稻子，金黄一片，鸟雀在上面扑棱着轻盈的翅膀，绿白的冬瓜吊在高高的行道树上，人和车从旁边缓缓驶过，那将给我这样的人，或者好奇的孩子带来多少的欢乐。可是一阵急促的脚步声很快会把我的白日梦惊醒，这些泥土一晃又成了水泥，又铺上了地砖，又呈现出被脚磨光的样子，各种各样的鞋，在上面橐橐地踩过。这样的声响无疑越来越让我感到急迫和不安，穿着皮鞋走在上面，总觉得走过的是无边的虚空，让我找不到归途。后来，我干脆放弃了皮鞋，长时间不去理它，让它在鞋柜里长霉。我穿上了布鞋，走遍了整座城市的人行道。布纳的鞋底踩在地面无声无息，我这才恢复了某种柔软的宁静。

二

现在我的身份是一个城里人，城里有我的房子、妻子、儿子，有一份体面的工作，还有一连串的名头……怎么看我都与田野无关。但我知道，我的内心是有一片泥土的，那是永远抹不掉也洗不去的，它早已深深地融入了我的血脉、我的骨骼和我的基因。

我的故乡在江南水乡。每年雷声一动，很细的雨，夹着烟，一直在下。地上积了一层薄薄的透明的雨水。一转眼，雨水潜入地下，滋润了泥土，滋润了根，滋润了深睡的种子。细雨过后，万物清清亮亮。那些田埂、菜地、河堤以及通向村庄以外那条弯弯曲曲的泥巴路，也都软绵绵的。赤足踩在田埂上，一种深沉而纤细的温婉从脚底传来，像血一样慢慢浸透全身。无能是雨后的清晨，还是黄昏，似乎都能听到泥土的呼吸，仿佛有一种淡淡的泥腥味从我身体里焕发出来，最后又回到了泥土。当然，也有各种昆虫与雀鸟的鸣唱。一切都仿佛是泥土本身发出的，这地上的草木生灵已与泥土不分伯仲。我总喜欢着迷地在散发泥土清香的田野游荡，这样的感觉让我安宁，却总是说不出缘由。多年后想，我深爱着孕育了我身体和灵魂的土地。

小时候，我奶奶总要我去田里扯草，那里的草多得数不清。辣椒地里有牛筋草、小蓬草，还有很多我叫不出名字的，熙熙攘攘，前呼后拥，快要盖过辣椒苗了。雨润万物，泥土一夜之间，仿佛长了一身长长的毛。我蹲下来，拿出十足的耐心，把它们一根根扯干净。望着清清爽爽只剩下辣椒苗的菜地，在一个孩子单纯的世界里，也算是一种小小的成就感。可是让人气恼的是，没过几天，它们又挤眉弄眼地冒了出来，似乎在嘲笑我的无知。

秧田里长的是鸭舌草、剪刀草。它们长得浅，根根独立，轻轻一拔，随便往哪里一甩，不久它们也就腐化。而四叶莲不同，那是一种霸道的草，刚开始，只看到几片稀稀拉拉的叶子，并不引人注意。它们互相纠缠在一起，过不了多久，便结盟成一块草垫，这块像是精心编织出来的草垫，人站在上面使劲地摇晃也没事。我把手插进泥土，把它们连根带泥弄了出来，把根上的泥土洗干净，扎成小把，丢到了树上。自以为清除得干净彻底，没想到一周后，它又长出来了，东一片西一片的叶子，像伞一样浮在水上。我这才明白了，泥土的奇迹，泥土的品性；这些泥土里生长出的孱草，看似弱不禁风，却不可摧毁，具有着泥土一样的韧性，顽韧而悠久，在时光面前，没有人能干过一根草。

那时候，我少不更事，讨厌泥土，讨厌泥土的颜色，讨厌那些和泥土有关的单调又重复的事。雨后的小路，浑浊的泥浆，弄湿了我鞋，弄脏了我本就破烂的衣服。一到下雪天，上学就成了一件头痛的事情。那时没有塑胶雨靴，只能穿木屐，但木屐沾满雪和泥之后，更加沉重。有时一脚踩空，整个鞋都湿透了。双脚冰冷，俗话说寒从脚下起，被冻得瑟瑟发抖。教室是土坯房，一下大雨，就有泥浆溅到脸上身上，那更是苦不堪言。泥土和泥土气好像成了农村落后的象征，被人瞧不起。有几个武汉知青，在学校里，总是用异样的眼光看我们，骂我们是“土包子”，这时候，时常会有“战争”爆发。不管是打输了还是打赢了，都会招来父母的打骂。

一日，我终于背井离乡，成了一个孤独而漂泊的人。这时，我才开始悟到了一些泥土的内涵，才知土气在这个时代是一个多么奢侈的词，一个土气的人，也许没有物质的浮华，却有着与土地一样的朴实真诚，在一个纸醉金迷的时代，泥土气和土朴的本色不但不低贱，反而是最弥足珍贵的品质，也才知道泥土的使命就是孕育，它是万物的原点。一个人来到世上，住的是泥屋，走的是泥土路，吃的是泥土里长出的五谷杂粮，穿的是泥土里生长的棉花。从小就要跟着父母去泥地里劳作，即便是玩游戏，也玩的是泥沟、泥泡、泥人、泥房子，泥与人类有着千丝万缕的关联。拿泥当子弹，用泥捏泥人、手枪，在墙上甩泥泡，看起来原始，却满载着童年时的所有快乐和理想。泥土又是生命的终点，当人的生命走到尽头，又是一把泥土掩埋了你，接纳了你，溶解了你岁月的沧桑。

三

在城里，难得见到大片的泥土。城里不长庄稼，只长亭台楼阁，大大小小高矮不一的房子。霓虹闪烁，为你赶走漆黑的夜色，把黑夜变成白天。城市用高耸的楼群、明亮的光芒和富有挑逗性的商品来区别于村庄，显示它的富丽堂皇，让那么多的人在这里感受繁华和欢乐。城市里的人似乎讨厌泥土，好像和泥土有深仇大恨似的。车子上粘了泥土，会用高压水枪来清洗，扳机轻轻一扣，像蛇一样嘶嘶叫着的水柱，打在车身上砰砰地响，最终把泥土变为浆汁。鞋子上粘了一点灰尘，要用水抹干净，再涂上鞋油，拿刷子卖力地刷；衣服上溅了些泥水，也要想尽办法清理干净。甚至那些从乡下来的人，也常讨厌自己身上的土气，总是迫不及待地跟上城市的节奏，把自己打扮得花枝招展，以划清与乡村的界限，以让人看不出是农村人为荣。实在是可悲的事情。看到这样的情况，常会隐隐感到不安。这样讨厌泥土，怎就不想想自己的祖辈也曾在乡下，自己的吃的粮食、蔬菜、水果、鸡鸭鱼肉等，哪一样不是来自乡下、哪一样不是土地的恩赐。

城与土并非截然分离的，在城里，也给了泥土的位置，但只囿于花坛里。当你从它身边走过，可以想象它的潮湿、黝黑和柔软。我是一个农民的儿子，也深藏着农民看待事物的某些思维方式和对农民的想象。只要看到泥土，就会自然联想到那参差不齐的芽条，飘拂的玉米缨子，金黄的草，等着收割的水稻；就仿佛听到了流水哗哗地响，一阵阵蛙鸣，牛吃饱后满足的哞叫；还有那个走着走着就丢失了的姑娘也会一并闪现。虽然就只是窄窄的一块，只容得一下一棵树，一溜灌木，但可以装下你无休无止无边无际的想象。只是你看不到它们，它们把自己藏了起来。

人行道的树下，养着灌木，即那种不高不矮的迎春花、红榉木、小黄杨或者叶子很小的女贞，还有草。这里的泥土不长东西，那些草和树都是从别的泥土里长出来后，费尽周折弄到这里的。刚来时，那些树水土不服。夏天太热，冬天太冷，四处吵吵嚷嚷，空气里翻滚着汽油味。人们早想好了一整套办法，担心它脚跟不稳被风吹倒，在四周撑上木棍，用铁丝扎牢。它怕冷怕热，便在干上缠上一层草绳，夏天浇些水，让它们凉爽地度过，冬天又可以为它们阻挡风寒。那些树不得不适应这个陌生的地方，抽出一根根枝条，长出密不透风的叶子，盖住大半边长街和人行道，招来一群群鸟。那些鸟天麻麻亮，就在上面重复着同一些个词语。那些树挺过了艰难的环境，所以大多数还是活过来了。至于那些被尘土污染得掉光了叶子的树，它们承受不了这种环境，所以还没等到冬天万物凋零的时候，就已经枯萎了。地下那黄黄的落叶，即是凋亡的见证者，“落红不是无情物，化作春泥更护花”，可如今春泥在何处？地上不过是那冰冷的混凝土而已。

很多人埋着头一声不响地走过，我不知道他们心里想些什么，但至少我会停下来看看，看着他们的沉默，看着他们在风中摆动、一副茫然的样子。就像我，夹在人流中，清早出去，傍晚回来，见到熟人点头，打招呼，或者寒暄几句，见到生人一脸严肃，擦肩而过。日子周而复始，并不清楚自己到底为了什么，只是和身边的人一样，遵守着一个人必须遵守的某种规则。

我爷爷曾对我说，人就是地上长着的一棵庄稼。是的，只不过我这棵庄稼，移植到了城里。人活着，两只脚不能离开土地，离开了土地，就接不上地气，接不上地气就会浮躁不安。所以很多的时候，我会感谢泥土辛辛苦苦把这些庄稼养大，让我多了一个遮风避雨的地方。当街灯熄灭的深夜，当我一个人拖着疲惫的脚步经过，可在树下歇一歇，吹吹风，听叶子在风中低吟，靠在树上出会儿神，抽一根烟。这时，我似乎触摸到了某种隐秘而不可贴近的东西，仿佛有一首老歌从黑暗深处飘来，唤醒我心中那种奇妙、悠远、恍惚的记忆，那时，日子缓慢，阳光里没有灰尘，把田野染得透黄，天黑得早，夜很漫长，坠落的星辰卡在树丫上，像萤火炫耀着它的光芒。每当这时，我便在过去和现在之间找到了某种缓冲地带，因此我对这些泥土心存感激，多少次，我想俯下身去，亲吻足下的泥土。在这喧嚣的街市，泥土是我最后的伊甸园。

四

我家房子的阳台上也有泥土。我养花种草，盼望着一粒种子，遵循着节令，从泥土中孕育、发芽、抽节、开花。可以聆听见自然的声音在耳边流淌。在城市，我们拥有了现代文明带来的便利，却过得并不快乐，抑郁症、亚健康几乎如影随形着越来越多看似体面的城里人。与一个乡间健康的老农相比，我们的快乐与健康并非可比及他们。阳台上有茉莉、文竹，也有紫苏、薄荷，我把它们整整齐齐地摆放着。有些是从花店里买来的，带着陌生的泥土。只需要适应水，带着种漂白粉味道的水。每一个物种和生命来到这世上，都要好好地活着，我的兰花似乎深谙这个道理，比我更快地适应了这种散发着一股怪味的水，很快长得摇曳生姿，春天开出花来，香透了整间屋子。后来，兰花下的泥土里竟长出许多四叶莲来。我第一次看出四叶莲的好，它的叶那么绿，亭亭如盖；梗那么悠长柔软，清秀可人；开出的花带着一股子野性，紫得单纯，远远胜过花店里的那些红红绿绿。这次我没有拔掉它们，让它们在这个陌生的地方相拥欢呼，我相信它们是快乐的，它们来自熟悉的泥土。

楼下的老伯来自农村，退休后的日子是寂寞单调的，生活中似乎缺少某种生活的色彩。他瞧中了楼下的一块空地，搜寻来一些废弃的塑料瓶、泡沫箱，从很远的郊外，用自行车一点一点地驮来了泥土，撒上各种果蔬种子，仿佛种下了一个自己的春天。时季一到，花开了。辣椒开极小的白花，像夏夜里的星星。茄子开的却是稍大一点的白花，像小小的唢呐。西红柿花的黄色比向日葵的稍微黯淡，但又多增添了一点素雅。连纤细的韭菜也会结几朵素白的小花，来装点着小小角落。一花一世界。春种夏耕，秋收冬藏，收获的不是果实，而是大地母亲的泪滴或乳汁。只有这个时候，我才知道自己有土地一样的颜色，有土地一样的芬芳。我的内心因此而沉淀和澄清。

五

一个喜欢花草的人，是一个爱生活的人，更应是一个热爱土地的人。平常总是去花鸟市场转转，看姹紫嫣红开遍。久而久之，我恋上了盆景。我弄来盆与土，种上树桩。闲时，修剪扎枝，期盼一根根枝条粗壮起来，展示它们蓬勃的力。有的盆景没能成形，便夭折枯萎，我恼恨自己笨拙不会养。一位师傅告诉我，养盆景，先要把它种在地下养根，根须在泥土中丰满了，才能吸收营养，枝条才能长得茂盛。我终于在城市的郊外，找到一块空地，把那些半死不活的盆景种到地上。一堆土、一瓢水、一缕阳光，竟长得枝繁叶茂。我这才明白师傅的话，原来花盆里土少营养匮乏，地气才是最好的供养。

有一天，我带上儿子，去给盆景换土换盆。儿子看到一盆盆青枝绿叶，很是喜欢。把坚硬的泥土敲碎，捻成细粒，掺上草木灰和煤渣，是件很细致和乏味的事，如同我当年在田里拔杂草一样。

儿子慢慢耐不了烦，说这是不是传说中的玩泥巴。

我看着满脸无奈的儿子，说：爸爸是从小玩泥巴长大的，你不把这泥巴侍弄好，养分跟不上来，树怎么长得好？

儿子摇了摇头，表示不解。

儿子当然不知道过程比成熟更重要的道理。我停下来，点燃了一支烟。想象着我在儿子这个年龄时的那些农事。那时，我放学之后，耕田、除草、割谷，以及在田间做的那些与泥土有关的事情。你只有对土地好，土地才会让你惊喜，给你一个好收成。后来我才知道，我年幼时，奶奶每次带我去村外土地庙拜土地神，每年春节都要拜灶神，是对土地的一种原始崇拜。土地孕育世界万物，是生命之源，万物之本，也是许多思想、情感、意象和象征的原型。只要有人烟，有村落的地方，都会有土地庙，都敬拜土地神。这种原始的土地崇拜，已逾千年。

我的孩子一直生活在城市，他对土地的认知是一张白纸。城镇化的进程越来越快，大地上的村庄正在消失。城乡差别似乎越来越小，事实上城市与乡村却渐行渐远。青壮年带着孩子都进城打工求学，而很多的孩子，对脚下的土地充满陌生。对土地的崇拜与敬畏，已随时空飘散。千年农耕文化，正在一点一点地消逝。土地崇拜，正在我们的下一代或下下一代身上消弭。我多想有这样一个课程，一年中总有那么些时日，把我们这些城市的孩子们，散放到田野里去，让他们感受另一个世界，一个由泥土、草木、鸟兽与天空构筑的天地。什么也不教，只凭他们的天性学习认知这些最本质原始的神秘，逐渐哺育一个又一个优美健康的灵魂。

六

大地像一台巨大的时光穿梭机，使我们得以往返于昨日和今日之间，在城市与乡村中穿越，并最终落脚于一个叫精神原乡的地方。

大地博大厚重，承载万物。一座座钢筋水泥建筑的大楼，还有车水马龙，都是被泥土托举着的。一个寂静的夜晚，我站在树下对着它喊一声，它没有回答我，我的声音撞在那些坚硬的东西上反弹回来，像一个颤抖的影子。只有泥土能听得懂我的话，只能泥土才会吸纳我的言语。

也许，在自然法则里，存在即合理。但从合理到和谐，却是个相互交融的过程。泥土和人的关系跟空气与人的关系一样密切。城市里，泥变成了尘，土变成了沙。路面都被硬化，松软的泥土无处可寻。草地上没有精灵般的小虫子，树上没有安居的鸟雀。城市，仿佛彻底与大自然分清了界限，人与土地也彻底失去了联系。

而现在，城市生长国内生产总值（GDP），那是由土地衍生的另外一种物质。时髦的现代人已经越来越不眷恋泥土，离泥土越来越远。城市经济发展给人带来物质丰富的同时，也打破了固有的单纯、宁静和平衡，更多的人由此而产生无尽的困惑和烦恼。我想起了当年的梭罗，他单身只影，拿着借来的一把斧头，来到无人居住的瓦尔登湖，砍树伐枝，为自己盖了一间木屋，在没有工业污染的大自然怀抱中，一个人、一片湖、一座木屋、一种坚守，创造了一个不可复制的精神世界的传奇。世界嘈杂多变，透过繁华而喧嚣的城市，透视那些纷纭而热闹的人群，像沙子过滤水中的杂质一样，泥土也可以净化心灵。我们是否还能静下心来，倾听大自然的吟唱，找寻久违的柔软与芬芳？

女娲抟土造人，虽是上古时期的神话，但也传达了一种朴素的道理：土地是人类的起源。几千年来，人与泥土相互依存，在这种统一与共存中，一切初始文明诞生于此。黄河流域和长江流域孕育出光辉灿烂的中华文明，同样，在其他一些地区，也滋养催生出了辉煌的上古文明。无论是古埃及文明，还是古印度文明，一个个璀璨而辉煌的文明在对土地的依托下成长。我们生于斯，也归于斯。深厚仁慈的泥土是人之根本，我们怎能忘却，抛弃那心底最后的一丝柔软？

大地所育，终归大地。泥土静默无声，以母性孕育万物，以柔软包容一切，以芬芳滋养灵魂。岁月不居，人生的时空是有限，而泥土是永恒的，永远都在显现生命的极致。

捧一把泥土在手上，那是我们当初的模样，那是梦里飘动的青衫，那是魂牵梦绕的心乡。

原载《福建文学》2021年第8期

宣纸江南

赵　焰

在我的感觉中，江南就是一幅黄公望的《富春山居图》：天辽地阔、山水邈远、烟云四合、石壁耸峙、云雾缥缈、清风徐拂、万物纯净、青山如黛、水波不兴、高崖深壑、幽蹊细路、水草湿地、茂林修竹、柳浪渔家、平沙落雁、渔歌唱晚……这一系列的景象，不仅有着氤氲漫漶的岁月静美，还有着音乐般的旋律和节奏。江南，有一江春水，有小桥流水，有桃花流水，有潆洄溪水。有溪水的地方，就有白鹭栖息、野鸭凫水、野草萋萋、繁花开放；坡岸上有高士席地，石阶下有野舟自横。河流，一直像是流淌的万年古树：每一株枝丫，就是一个古镇；每一片叶子，就是一个村庄；每一枚果子，就是一个家庭……凡有流水的地方，一定就有古桥，葳蕤的爬山虎，将桥孔遮得严严实实，里面不时飞出一两只翠鸟，鸟声呢喃，像是复述古老的歌谣。古桥不远处，一定有片树林，或是柳树林，或是银杏林，或是香樟林。经常会有上百年的老树骄傲地屹立，几个人都抱不过来，更谈不上撼动它。风起处，树木摇曳生姿，让人感觉到老树并不老，依旧年轻和有活力。进村口的沿途上，经常会见到高大庄严的牌坊，一本正经逡巡着田野。旁边的田畦里，收割过的稻秸秆上，到处都是麻雀吱吱喳喳。燕子转瞬飞过，从浓到淡，从淡到无，像是水墨的线条。进了村落之后，家家都是粉墙黛瓦、炊烟缭绕……

江南如此之美，让一切文字都失去了神采。如果化繁为简，最形象的句子，就是南朝文学家丘迟脍炙人口的十六个字：“暮春三月，江南草长，杂花生树，群莺乱飞。”顾恺之有次从会稽回来，人们问他那里的山川景色，得到的回答是：“千岩竞秀，万壑争流，草木蒙笼其上，若云兴霞蔚。”如果觉得还不够的话，同时代另一个文学家陶弘景的《答谢中书书》可以来作为补充：“山川之美，古来共谈。高峰入云，清流见底。两岸石壁，五色交辉。青林翠竹，四时俱备。晓雾将歇，猿鸟乱鸣；夕日欲颓，沉鳞竞跃。实是欲界之仙都。自康乐以来，未复有能与其奇者。”顾恺之和陶弘景的景语，完全就是后世山水画的画面。更为险峻，也更有诗意的，是王勃的《滕王阁序》中的句子：“落霞与孤鹜齐飞，秋水共长天一色。”这一个对偶，是江南的绝唱。

江南，最初是地理概念。汉之前，江南是以战国之前的楚地和吴地为背景，指的是长江中下游一带的南方地区。唐之时，设立了江南道，这是地方监察区域概念，不是行政区域概念，设置的目的，是对大片江南地区进行巡察和监督。后来，江南道又分化为江南东道、江南西道两部分。明朝起，将其中一部分地区，改为行政区域的南直隶省，清初又将之改为江南省。虽然存在着某种争议，可是江南大致的范围包括现在属于江苏的南京、苏州、扬州、常州、镇江，上海的全部，属于浙江的杭州、湖州、嘉兴、绍兴，属于安徽的芜湖、马鞍山、徽州、宣城、池州、铜陵，甚至包括浙江、福建、江西，以及湖南、湖北江南地区，以及四川东南部、贵州东北部一些地区。

江南，是“枯藤，老树，昏鸦”，也是“小桥，流水，人家”。江南，是优美的，是富庶的，是文化的，是雅致的，是匠心的，是婉约的，是隐逸的，是才华横溢的。江南，是鱼米之乡，是吴侬软语，是梅子黄时雨，是舢板和乌篷船，是河畔的村落，巨伞般古银杏上的白鹭翩跹；是皱漏瘦透的奇石，是青莲藕与糯米圆子，是栀子花茉莉花白玉兰；是刀鱼鲥鱼河豚“三鲜”，是绿茶红茶白茶；是翠竹、芦苇、垂柳、月亭、石桥、水口、园林、湖泊、绍兴酒、龙井茶、蓑笠翁、油纸伞、梅干菜、咸鸭蛋、黄泥螺、淮扬菜……

江南，是一种景象，一种印象，一种风格，也是一种质地。不仅仅只是物质的丰富，更多的，是一种格调和气质。江南，是轻灵、温婉、细腻、隐逸、柔顺、闲适、散漫、古典、开放、流动、从容、坚韧；江南，是细、小、清、静、雅、精；是殷实、丰饶、安恬、妩媚；也是灵秀、文雅、无争、随和。

江南，是才子佳人。无论是女子，还是男子，都有一种干净聪明的气息。男子儒雅倜傥、平和智慧、通达开明；女子则骨相周正、温婉灵秀、娴素坚韧。

江南还是一种生活和文化方式。是青衫长袍、杨柳细腰、烟花柳巷、扬州瘦马；是书院、诗词、昆曲、评弹、园林、龙泉剑、目连戏、文人画、藏书楼……

江南，还是一种内在精神。有更多深入骨髓的气质，举手投足的精神和风度，回眸一笑的妩媚和风致。人与人的不同，在很多时候，感觉是岁月时间的不同，似乎是一次一次地来世上，涨了学问，学了本领，锻了性情，走了之后又回来，相关的身世忘了，可一些认知，藏在骨子里，无意中会露出马脚来。每个人都有一些潜在的独特记忆，属于难解之谜。江南，也藏有一些记忆，也藏有一些难解之谜。记忆多了，谜团多了，美好的东西积累得多了，心性也就自然改变了，气质也就深化了。

江南，还是中国文化至柔至刚的表现。它可以说是中国文化最智慧、最理性、最先进、最有想象力和创造力、最有文化，也最实事求是的那一部分。江南，不仅是表面的柔弱和华美，还有着坚忍不拔的品质，常常给人出乎意料的感觉——不可一世的蒙古帝国，足足花了五十年才征服了南宋；扬州城的奋勇抵抗，让清朝铁骑气急败坏，硬是采取屠城血洗的方式，才占领了扬州。江南并不是文雅孱弱，几乎每一次来自北方的入侵，都会在这里遭遇最惨烈的抵抗。

江南文化，一直是天边的冷月，没有成为灿烂的云霞。这么多年来，一直难据主流，也很难具中心地位，更难说形成领导力量了。这当中有地理上的倚重，有权力的倾斜，有传统的惯性，也有文化上的偏见——北方文化中正保守、无欲则刚，有以不变应万变的包容力，也有一份霸道和蛮横；江南文化，灵动智慧，婉约柔美，清简刚正，可是在很大程度上，显得小气而柔弱，没有力量去制衡冷兵器时代的粗暴和霸蛮。还有，相对于中原之儒家文化的建设性和结构性，南方偏重于道家，强调自由和遁世，不具有建设性，更偏重于解构意义，也很难成为主流。江南，包括江南文化最终难登庙堂，旁枝斜出，衣锦夜行，成为中国文化的一帘幽梦，就不足为怪了。

江南之深处，在皖南一带。这一个藏在深处人未识的地方，曾经叫作宣州、徽州、池州，叫作皖南，是后来的事了，反正，就是这一块地方，有山有水，物华天宝，灵性十足。这里有“天下第一奇山”黄山，云蒸霞蔚，如梦如幻；有神秘灵秀、博大安详的九华山；有古木参天、连绵千年的天目山；还有奇谲秀丽、层峦叠嶂的齐云山。山脉连绵之中，间或有丘陵，也有平原。群山相拱之中，新安江东流，青弋江北向，阊江西出。山水环峙之间，流水潺潺，蜿蜒静谧，轻帆斜影。青弋江也好，新安江也好，都有“月亮河”的意义，不仅打开了山的屏障，让山内与山外联系起来，还无形中给了两岸土地一种浸淫，带来了灵动和创造。河流就像土地的魂魄，悄无声息地游走其中。两岸的土地，因河流的映照，近山更翠，远山更黛，人与景更美。

江南之最，当属皖南的黄山。黄山像一根伞骨，撑起了皖南；皖南像一块龟背，拱起了江南。黄山绵延250公里，习称七十二峰，奇松、怪石、云海、温泉并称为“黄山四绝”。唐朝诗人李白在游览这片壮丽山川之后，写下了“黄山四千仞，三十二莲峰。丹崖夹石柱，菡萏金芙蓉”的诗章，把黄山比喻为天宇中金色的莲花。明代地理学家徐霞客在游览了黄山之后，深深地感叹道：“薄海内外无如徽之黄山，登黄山而后天下无山，观止矣！”黄山无处不石，无石不松，无松不奇；云来时，波涛滚滚，群峰忽隐忽现；云去时，稍纵即逝，瞬息万变。黄山最大的特点是鬼斧神工、超尘脱俗，在山面前，人类只有惊叹的份儿。曾有人这样说黄山：很多山都是在山外看起来美，进山之后发现不过如此；可是黄山不是这样，黄山是在山外看着美，进山之后，山峦叠翠，一层比一层更美。初春，云里花开，香漫幽谷；盛夏，层峦叠翠，飞瀑鸣泉；金秋，枫叶似火，层林尽染；严冬，银装素裹，玉砌冰峰。黄山的美，春夏秋冬景不同，寒来暑往景不同，风雨雷电景不同，白天夜里景不同，直至瞬息之间都不同。

皖南，天寥地阔，山高水远。它的景，不像诸多地方，是点，至多是线；皖南的景，是连绵的，铺陈的，是大片大片的景，随处随地的景。它的山水，既是独立的，也是可以连在一起，互为背景、互为倚重、互相映衬的。一般来说，没有山的水，没有起伏，相对平庸；没有水的山，只是突兀，没有灵性；没有山水的景，没有起伏，也缺少灵性和活力。可是皖南的山不一样，皖南的水也不一样。皖南的山，是天底下的一绝，既高耸崎岖，又仙气十足，轻灵、隽秀、挺拔、超脱、朦胧、不同寻常，不同凡响。山有黄山、九华山、敬亭山、齐云山、仙寓山、牯牛降、清凉峰……这些山峦，若是单个地亮相，足以让东南平原倾倒，更何况它们如此齐整地集中于一个地方。至于水，还有什么地方的水，会如此清澈、灵动、轻妙、诱人……皖南的溪流，向四周漫漶，流进了长江，流进了钱塘江，流进了江南，也湿润了江南。

皖南的村落和建筑，也是别致而美丽的，它给人感觉明快、淡雅、幽静，简洁不失雕琢，沉稳不失别致，刻意又不失大气。从总体上来说，皖南民居，是法天象地，最尊重自然，最具有敬畏心的。从建筑理念上说，天、地、水是最为神圣的，天是一个巨大的、无边的屋顶，笼罩于山峦之上，地与水，是自然空间，必须予以尊重；世俗空间即人的世界，应充分尊重地与水，臣服于天地山川，也因此，皖南建筑的基本要求，是房屋的高度不能超过附近的古树，不能对“天”形成挑战；不能随便改变地势，也不能随便改变河流的走向。在此理念下，皖南村落往往会充分利用地理和河流的因素，建筑外观呈朴素淡雅的本色。皖南建筑也有着自己匠心独运的创造：别具一格的山墙造型、紧凑通融的天井庭院、奇巧多变的梁架结构、古朴雅致的室内陈设，还有着粉墙黛瓦，高低错落的五叠墙或马头墙，若“高山流水”之类的旋律，抑扬顿挫，宁静祥和。远远望去，如陶渊明笔下的桃花源。东晋诗人陶渊明在41岁那年，曾经到彭泽县担任县令，离现在的皖南不远。处理政务之余，生性恬淡的陶渊明喜欢寄情山水，到处走动。也因此，他笔下的桃花源，极可能是看到的皖南山水作为背景，并以此产生联想。80多天后，陶渊明对尔虞我诈的官场失去了兴趣，一急之下辞去了县令，回到老家务农，开始了真正的隐居生活。陶渊明在《归去来兮辞》中，欣喜地写到了辞官回家的感受：“乃瞻衡宇，载欣载奔。僮仆欢迎，稚子候门……携幼入室，有酒盈樽……富贵非吾愿……聊乘化以归尽，乐夫天命复奚疑！”满纸尽是置身田园的欣喜。

55岁那一年，陶渊明完成了《桃花源记》的写作。在他笔下的桃花源里，一切浑于天然：土地平旷，屋舍俨然，有良田美池桑竹之属，阡陌交通，鸡犬相闻，童稚天真，乡人热诚，来了客人，设酒杀鸡进行款待，恍然让人“不知有汉，无论魏晋”……桃花源到底在哪，一直是一个谜。陶渊明是一个诗人，《桃花源记》是一篇文学作品，桃花源不应是一个真实的地方，是想象出来的，是一个乌托邦，代表着人们对于农耕时期的生存的理想。在皖南，每一个依山傍水、淳朴和睦的村落，都可以说是诗意盎然的桃花源。

皖南，的确有缥缥缈缈的“仙气”：到处都是青翠碧绿，到处都是雾霭朦胧，到处都是溪流河水，到处都是古桥宝塔，到处都是楼台亭阁……诸多村夫野老，知书达礼，儒雅礼貌，古意十足。此等景与人，唯有水墨画能表现，因为在本质上说，它们如此接近——河流于黛色的群山中蜿蜒流淌，两边，春天里是金黄色的油菜花恣意张扬；夏天是茂盛的草木，夹杂着不知名的乡野小花；秋天呢，风幽幽地吹拂，水面上弥漫着雾霭，清澈见底的水面上，一叶扁舟破镜而来，三四个鱼鹰兀立小船头；至于冬天，那些散发着雾霭的清澈的溪水边，常有独钓寒江的隐士，穿着蓑衣，兀立如稻草人般……稍一恍惚，便觉得眼前的情景，跟北宋画家范宽的《溪山行旅图》极相似，只是皖南一派天然，要比范宽的画更加广阔立体、形象生动。月亮自东山升起，徘徊东南星辰之间，白茫茫的雾气锁住河面，水光连接天际，一叶小舟从对岸慢慢地划来，人在此岸的树下，引颈独立眺望。小船来得徐徐，人等得心焦，此情此景，都在黄昏的流水中荡漾。山高水长之中，谁不是要渡过彼岸的人呢？

皖南，是青绿的山水图，也如水墨山水图。或者，白天是青绿山水图，暮色中，是水墨的山水图。可是无论是青绿也好，泼墨也好，画中的山水，哪里能够比得上大自然的鬼斧神工呢？音有五分：宫、商、角、徵、羽；墨有五色：干、湿、浓、淡、焦；大自然的色彩，何止黑、白、青、朱、黄五种呢？它是五光十色、姹紫嫣红、绚烂夺目，每一种颜色本身，都是缤纷各异，比如皖南的绿，完全可以分为新绿、浅绿、淡绿、白绿、翠绿、碧绿、深绿、墨绿、黛绿等等。红色也是，桃花的红，与木槿的红、月季的红、杜鹃的红、蜡梅的红，是不一样的。白色也是这样，李树的白、杏花的白、杜鹃的白、玉兰的白，也大有区别。颜色如此纷繁，人力不可抵抗，只好化繁为简，以一当十。皖南民居的白墙也好，黛瓦也好，是人谦逊，以至简的方式，表明人对自然的敬畏，殊不知这种无心，一下子抢了大自然的风头——人来皖南，一眼望去，最为醒目的往往是黑白相衬的村落。至于河流、山峦和古树，全部成为村庄的背景和底色，像无数缘起缘落的故事，缠绕着人心和情感。

黑与白，如果以声音来形容的话，一定是静与寂了。皖南的夜色也美——每一个晴天的夜晚，都是繁星密布，银河璀璨。岚气如烟如雾，月色覆在朦胧无边的山野上，山谷一片迷蒙的银光，树林仿佛融进澄澈的水里。银盆似的月亮高悬于天宇之上，未眠的灯光若有若无，四野无声，只有呼吸如雾霭般起伏。夜晚是繁星的世界，是月光的世界，也是山风嬉戏的游乐场。山风一阵阵地掠来，在田野村落间掠过，草木在生动地颤动，万物歌唱，夜空中的静谧更像是安详。春风是和煦的，秋风是飒爽的，夏风是清凉的，冬风是凛冽的。闭上眼，从风的速度和温度上，就可以感知皖南的季节，感到土地和山野的萌动。

黄昏到来之后，皖南的群山若隐若现，犹如一个个坐佛，缄默着凝望着村庄。冷冷清辉自天庭铺洒而下，充满灵性和神秘，什么也不说，什么声音也没有，除了夜鸟的几声呓语。村庄的剪影张贴在天空之上，偶见一星灯火，相比于背景的星辰，更大更亮更温暖。远远地看，有一种温暖人心的美。村口有池塘，夏天是一片绿意，水红色的荷花开得好看，清风拂面，一股莲香。秋冬之后，残荷空而不虚、寂而不灭、枯而不萎，一派寂寥的简远。如果说春夏的荷像文学一样充满生机的话，那么，秋冬的残荷，则像哲学一样呈现出本质。与残荷一样存有哲学性的，还有那些斑驳的老房子，安静地蹲守在清风明月之下，就像无数秘密，蹲伏在山林之中。这里的人也好，房子也好，村落也好，感觉从来不与自然争锋，都是退隐于自然之中，臣服于自然，把人事看作自然的一部分，从不做一些“争天斗地”的愚蠢之事。在山水之间坐得久了，不必想那些秦汉魏晋之事。外面的世界很精彩，外面的世界很无奈，去过问那些“玄宗之事”干什么呢？头顶上的日月星汉，才是最值得景仰和凝视的。

皖南不仅如诗如画，还有着生动的味道：山峦的味道、土地的味道、河流的味道、松林的味道、毛竹的味道、青草的味道、稻谷的味道、雾霭的味道、炊烟的味道……味道让人感到恍惚，也让人感到踏实。味道还有唤醒的功能，能将风景唤醒，将土地唤醒，将村庄唤醒，将时光唤醒。人经常因为味道，想起承载着味道的那一段时光，那是味道唤醒了记忆。有人说，如果你要真正了解一个地方，了解一个地方人的性格，了解那个地方人们的喜怒哀乐，最好要去那个地方走一走，看看那里的山水，嗅一嗅那里的味道，这样，必对那个地方有所体悟，当地山水的灵性，才会渗透于你的骨血之中。味道就是这样的神秘，当它渗入人的身体之时，记忆也随之渗入，也难怪这个地方，会产生那么多一流的人物。山水的味道如此纯澈，也如此丰富，生活在这里的人，灵魂之中必然有着山川之灵气、山川之心胸。

皖南，着实是上天的宠儿，美的宠儿。不仅有美丽的风景，还体现了美的内在精神。如果世间着实存在黑格尔所说的“理念”的话，那么，皖南的山水，一定体现了对理念的“模仿”，呈现出绝对之美。这里的很多东西，都有着光阴与岁月的痕迹，体现着宋明遗风：山是宋明的山，水是宋明的水，风景是宋明的风景，人也是宋明的样子，清癯儒雅，说一口难懂的方言——你伫立在河水之上的石拱桥上看风景，一下子变成了宋明；别人倚着雕花的户栏处看你，也不知不觉成了宋明；流水泛着时光的涟漪，恍惚中，也是宋明。在皖南，日子在和风细雨中缓慢而悠然地荡开来，山岚氤氲，一派古旧的恍惚。这里既是“白云深处仙境”，也是“桃花源里人家”，怡然自得的当地人，日出而作，日落而息。行到水穷处，坐看云起时。

皖南的好，还在于四季皆有雾有云有雨。皖南的雨，跟皖南的雾一样，一派虚渺气息，一派诗情画意。春雨，月迷津渡，你侬我侬，天地人一起化掉。夏雨，烟笼远树，雾失楼台，大水漫上古桥的石栏杆。秋雨，缠缠绵绵，凄凄切切，“一去一万里，千之千不还”，是生离死别。冬雨，最为寒冷和寂寞，阻隔人于家中，酝酿心思如酒。皖南的雨，打湿了山野里的一切，也打湿了山中的鸟啼。水汽氤氲，是财气、富气、贵气，也是才气。人于这样的季节里，头发是湿润的，睫毛是湿润的，思绪也是湿润的。常年在美景中浸淫，在曲折田埂上的人，在古巷青石板上的人，在古桥和亭子上的人，是很容易才华横溢的。

都说春天是皖南最好的季节，山色新绿，山花烂漫，百鸟啁啾，殊不知皖南的秋天，才见自然天地的真谛。欧阳修的《秋声赋》，曾是中学语文的课文，少年的时候，读不懂，中年之后，读懂了，又觉得不够。觉得不够的人，应该秋天到皖南来。皖南的秋天，一直是诗意、热忱、感伤的滥觞，是无数内容的杂糅。每一棵树，每一朵花，每一株野草，都在恣意地开放。诸多生命，在死亡之时，在轮回之前，都似乎找到了生命的真谛，变得更加自由，故而更灿烂、更忘我、更张扬地开放着。

宋朝词人蒋捷写过《声声慢 · 秋声》，在他的笔下，风声、雨声、更声、铃声、笳声、砧声、蛩声、雁声，从深夜到拂晓，一声接一声传入耳中。自由，与自己的内心有关，是一种放松，也是一种游刃。在放松和游刃之下，方有精神性。这不仅是人最好的状态，也是自然最好的状态。秋天之美，即为自由之美。“扬州八怪”之一金农诗云：“世间都是无情物，只有秋声最好听。”好听，是因为“万类霜天竞自由”，万物自由的状态，就是一首无比美妙的交响曲，如贝多芬第九交响曲，天地人的和声中，欢乐冉冉升起。

从地理和文化来说，现在的皖南，即宣州、徽州以及池州的一些地方，其实是一个整体，它集中地体现了中国文化的诸多特质，堪称儒释道俗“四位一体”：黄山、齐云山，是道家的，体现的是道家的雄奇和逍遥；九华山，是佛家的，体现的是佛家的包容和智慧；至于山下徽州、宣州、池州，有儒家的进取，也有世俗的温暖。在农耕时代，这一块地方崇文重教亦重商，文化和财富相对充沛，各方面发展有着标杆作用。值得一提的是南宋之后，皖南人勇敢地走出大山，去了东南发达地区的商海。在拥有大笔财富之后，这些远行的游子衣锦还乡，携着沉甸甸的银子，也带着外地优秀的设计师和工匠，溯长江、新安江、青弋江、水阳江而上。到了家乡之后，选址、买地、建村落、建民居、建祠堂、建书院、建桥梁、建凉亭，精心打造自己的“桃花源”。

一座座优美的村落，就是这样依靠宣徽商人的财力，星罗棋布于皖南的青山绿水之中。初进皖南的外地人往往会大吃一惊——那么多富庶大宅，竟藏在这偏僻的青山绿水中。单就那一个个村落的规模，注重风水和水口的设计，那种浑于天然的整体布局，就不是一般的财力所能达到的。在皖南，超过千人的村落比比皆是，大宅鳞次栉比，祠堂雄伟壮观，牌坊高矗入云。几乎家家户户都有精美的“三雕”、家具、陈设、书画，还有很多价值连城的宝物。繁华、精致、品位的背后，是雄厚的实力以及对美好生活的向往。可以说，没有徽州府商人和宁国府商人，就没有皖南漂亮的村落，也就没有皖南人富庶、安定、雅致的生活。

富庶之地，必有文化；文化之地，必蕴含着内在精神，也必定有相应的符号。也难怪中国文化标志性的工具“文房四宝”产于江南，更集中在皖南。关于文房四宝，通常的说法是宣纸、徽墨、端砚、湖笔。除了端砚产于广东，其他的几项，都产于江南。如果考虑到宣笔悠久的历史，以及歙砚出类拔萃的品质，完全可以说，皖南就是“文房四宝”之乡。为什么皖南会拥有如此灵性的“文房四宝”？所谓物华天宝、人杰地灵，是妥帖的；此外，就是无数机缘的凝聚，可以视为冥冥之中的神意：风雨雷电、山河草木、鸟兽虫豸，都可以视为白云苍狗般的神意……有这么多神秘的力量潜伏其间，还显得不够吗？只要你来过这个地方，你就会发现，最好的“文房四宝”集中产生于皖南，是最为自然不过的事情了。灵秀之地，必有灵秀之理由；文昌之地，必有文昌之繁荣——山川之美，需要笔墨纸砚来摹写；世道人心，需要笔墨纸砚来摹写；锦绣文章，同样需要笔墨纸砚来摹写。

江南的灵，就这样在青山绿水的地表运行，掠过山川，掠过风物，掠过村庄，掠过城市，轻盈而无形地渗透于万物之中。这样的方式，如此神奇，也如此宿命——包括笔墨纸砚“文房四宝”的诞生，包括宣纸的诞生，包括“文人画”的兴起，包括工笔向水墨的转变，包括宣纸的“一统天下”，都可以视为这样的恩赐。它们是机缘的混合，转而化为美，化为使命，化为艺术，化为无形。我有时想，那一定是上天格外垂青于这个地方，于是让此地诞生“文房四宝”，以笔引领着墨，在砚的助缘下，将美固化在宣纸之上。

一切都是潜移默化，一切都是命中注定，一切都是相映成趣。江南，是经过艺术化的山水，是经过观照，经过情感浸淫，经过审美洗滤过的山水，是被人类无数次赋予文化意义和人文思想的山水。这样的山水，跟人类已经共情，彼此的精与神已水乳交融融为一体了。也难怪这个地方会产生与中国文化精神相匹配的艺术，以及相关的表现形式，还有渗透着理念的工具；也难怪这个地方一直闪烁着人文和艺术的光晕，让后人从浩如烟海的艺术中，管窥到那个地方高悬的一弯新月。在月光中，有宇宙的真理，有星空的秩序。如果闭上眼睛感知，你会觉得宣纸的特性，暗合月光的特性，也暗合江南的特性——它是轻盈的、深情的、飞翔的，是艺术的、灵动的、灵魂的，是有形而上精神的。江南之灵，唯有宣纸可以表现：可以显现深浅不一的墨色，显现参差交错的线条，表达氤氲之气，彰显朦胧之景，传递高远之意。如此景画相宜，实在是浑于天然，是冥冥之中的恩典。

这不由让人想起英国诗人华兹华斯的一首诗：

某物
来自落日的余晖，
来自大洋和清新的空气，
来自蓝天和人的心灵，
一种动力，一种精神，
推动一切有思想的东西，一切思想的对象，
穿过一切东西而运行。

宣纸诞生皖南，实在是上天的恩典，是现实、历史、未来的默契。宣纸就是记忆，是人类和日月星辰、山川河流、树木花草共同的记忆。它像是白色的鹭鸟，飞翔于皖南的乡野，飞翔于时空之上，或者腾空为天上的白云。在这样的飞翔中，记忆留存，或者隐逸于时光之中，或者换一种方式不由自主地打开。山河大地，逶逶迤迤，时间无尽，世界旷远，宣纸的使命，就是以一种空灵静远的方式，给人世以美好的慰藉。

宣纸，不仅是青檀，也不仅是沙田稻草，它还是蓝天白云、清风明月，是氤氲的山岚，是袅娜的炊烟，是一叶扁舟，是清澈的溪流，是白鹭的翅膀，是玉兰的花瓣……它是一种感觉，一种灵性，一种连接，一种到达，一种幻变，一种恩赐，一种释放。它就像开在时空之上的一朵莲花，昭示着天地之美、云端之美、自然之美、时空之美，以及天地之中的秩序和韵律。

原载《安徽文学》2021年第4期

文学依然神圣

——《白鹿原》编者和读者的故事

赵 凯　何启治

赵凯：《白鹿原》改变了我的命运

赵凯：何老师好！您第一次来到我家乡，学生非常高兴，这是我期盼已久的事，像做梦一样，感觉真的在现实生活中发生了一桩奇迹。老师，您能记起我们师生第一次通信，是在哪一年，还有印象吗？

何启治：我觉得应该是20世纪90年代，大约是1993年吧，就是《白鹿原》出版之后，我在《当代》杂志社工作。

赵凯：对，《当代》1992年第6期发表了《白鹿原》，单行本在1993年春夏之间出版发行。我在中央人民广播小说连播中，听到了李野墨播讲的《白鹿原》。

何启治：是我联系小说连播的编辑叶咏梅，播出这本书，然后你听到广播，就买了这本书。

赵凯：是的，当时，我已经瘫痪在火炕上五年啦，非常喜欢《白鹿原》，听过之后，感觉不过瘾，想再看看书，但是村庄里没有书店，我就给人民文学出版社写信，邮购了《白鹿原》。看了书，还觉得有话要和别人说，于是——

何启治：（笑）你就和我联系了。

赵凯：是这样。我给您写信，也是因为我之前读过您记述在美国生活经历的文章，看过您编创的《中华文学选刊》。我买书大约在七、八月间，给您寄信应该是在国庆节后，接到您的回信就是年末了。

何启治：那就是《白鹿原》问世的当年，我们就建立了联系。

赵凯：很可惜的是，1995年夏天，我家乡的浑河发生了一次大洪水，我家的房子都冲倒了。在那些损失里，对我来说，最重要的就是您写给我的三封信。我一直在想，老师，当年有那么多的读者来信，您肯定不会每一封都回复的，但却给我这个偏远乡村的残疾读者回信，而且是每一封信都回复，让我非常感动。老师，当年您作为负责人民文学出版社当代文学的领导，肯定非常忙碌，您是如何选择给我回信的呢？

何启治：这个很简单。社会上有正常的人，甚至有很强大的人，但你是弱势群体里的一个啊。我们搞文学的人，都强调文学的人性化，要特别关注弱者，能帮的尽量要帮助，所以我给你回信，同时寄点书刊。

赵凯：老师，您特别关注弱者，在帮助我之前，您还帮助了陕西的残疾作者贺绪林，那是20世纪80年代初，您下火车，换客车，又步行十几里，辗转奔波，才到了他家里。

何启治：贺绪林也是一个不幸的人。你是因为疾病，他是从高处跌下来摔伤的。因为我们的生活中，残疾人的生存太受局限，所以，只有通过文学获得慰藉，才能得到心灵的温暖。贺绪林当时以自己的经历写了一篇稿子，我去看望他，指导他修改，帮助他发表出来，他从而走上了文学道路，生活也有了改善。你和他一样，都是因为追求文学而改变了命运。

赵凯：我们这些热爱文学的残疾人，把文学当作了救命稻草和灵丹妙药。从贺绪林到我，老师，您对咱们底层的弱者的关心是一贯的，可见您的大爱情怀。

何启治：关键还是你们本人有这份努力，有梦想追求。

赵凯：回想起来仍然感慨，在我们师生持续通信十年后的2004年冬天，我父亲病故了，我失去了生活依靠。2005年正月，我又给您寄信，谈了我的困境。这时候，您已经退休了，因为鞭长莫及，就给辽宁省作家协会主席刘兆林老师写信，请他就近关照我。如果不是您和刘兆林老师的关爱、扶持、提携，我现在可能还躺在农村火炕上读书呢。

何启治：这你要感谢刘兆林，主要是他帮助你重新站了起来。刘兆林原本是军旅作家，很有情怀。我本来是想请他指导你写作，争取发表。没有想到，他会联络沈阳市党委、政府，特批给你治疗。

赵凯：是的，刘兆林指导我要写自己熟悉的生活，推荐我的作品发表，帮助我治疗，免费置换人工关节，我在瘫痪十八年后，重新站起来，重新学会走路，而且走得非常远，走出村庄，走进城市，走到北京，登上了长城和泰山。

何启治：很好，很好！

赵凯：刘兆林老师还把我推荐给《中国作家》主编艾克拜尔 · 米吉提老师，我这个最底层作者的长篇小说《马说》发表在最高端的国家级大刊上。我还记得，我打电话告诉您在《中国作家》发表长篇小说的时候，您高兴地大声说，太好啦！

何启治：身体康复，创作成功，你创造了奇迹。

赵凯：这奇迹是您和刘兆林老师、艾克拜尔老师共同给予我的，尤其是在您这里开始，是大爱的起点。我们能成为特殊的师生，缘起是因为《白鹿原》，所以我说自己是最幸运的读者。在陈忠实先生仙逝的时候，我写了悼念文章《感恩〈白鹿原〉，感念陈忠实》，有的朋友就说，你这题目弄错了吧？应该感恩陈忠实，怎么会感恩一本书呢？

何启治：他们不了解你的心意，一个读者感恩一本书，这更有意义。

赵凯：2016 年，《当代》杂志第 4 期推出了纪念陈忠实专辑，中央广播电视台小说连播编辑叶咏梅老师撰写的悼念文章中，提到了我因为收听、阅读《白鹿原》而得到您的关照从而改变命运的事。

陈忠实：我终于可以给何启治写信了

赵凯：老师，现在我们就说说《白鹿原》吧，我把自己阅读《白鹿原》的心得体会向老师汇报一下。

何启治：好。你个人改变命运的故事很传奇，《白鹿原》的诞生同样传奇。

赵凯：《白鹿原》是 1992 年问世，到今年恰好是 30 年。我们大都知道了您于 1973 年冬天在西安街头，拦住下班路上的陈忠实，向他约长篇小说稿。整整二十年过去，1992 年春天，陈忠实把他的第一部长篇小说稿交给您了，就是《白鹿原》。其实在《白鹿原》之前，您还帮助陈忠实编发过一个十二万字的中篇小说《初夏》。

何启治：是的，那是发表在 1984 年《当代》杂志第 4 期头条，是陈忠实文学生涯中比较重要的一部作品。虽然从发表时间上看，在《初夏》之前，陈忠实也发表了中篇小说，但在创作时间上，《初夏》是陈忠实第一次动笔写中篇小说。他在文章中说过，“我试写了第一部中篇小说《初夏》，投寄给《当代》的已可称朋友的编辑老何，他肯定了小说的优长，也直言其中的亏缺，希望再修改”，“重写《初夏》，从原先的六万字写到八万字，再得老何的审视和指点，又写到了十二万多字，才得他的首肯”。

赵凯：恰好，我读过《初夏》。那是 2003 年春天，我的侄儿在城里打工，从旧书摊上帮我买到了那一期《当代》杂志。《初夏》给我的阅读感觉是中规中矩非常传统的现实主义。可以说何老师您见证了陈忠实的文学成长历程，以您对他当时创作水平的了解，当他写信告诉您《白鹿原》成稿的时候，您心里对这部作品抱有多大的期待和希望呢？

何启治：我最初向陈忠实约稿，是基于他刚完成的短篇小说《接班以后》。他当时根本没有写长篇小说的打算，就一脸茫然啊。他自己后来说，觉得就像老虎吃天一样。我和他说，你当作一种目标来努力吧。对于我向他的约稿，他感受到了一种真诚的态度，还是记在心里的，在以后一直促使他往这个方向努力。后来他到长安、蓝田、咸宁（原陕西咸宁县）搞调查，目标就盯着长篇小说创作。我觉得也有时代推动的原因，20 世纪 80 年代改革开放以来文学的发展，令他的艺术追求也相应提高。

赵凯：我能感同身受地理解到，您当初向陈忠实的约稿，给了他一个期望，让他有了前行的动力，这是莫大的鼓舞和促进，对他的文学追求有了强劲的推动。

何启治：说起《初夏》，那时候他创作得实在是艰苦。促使他修改这篇小说的人，也不仅仅是我。当时的《当代》主编秦兆阳同志说，既然陈忠实熟悉农村生活，那就让他好好改，能改得更好。从初稿到发表，三年多，四次修改。这对他的耐心、坚持和努力都是一个极大考验。

赵凯：但也是巨大的提高。

何启治：对，《初夏》在《当代》头条的发表，可以说是陈忠实此后开始向长篇小说努力的一个很重要的基础。他对小说的结构、人物塑造、故事情节的安排，都超出了短篇小说的规模，这是陈忠实笔下篇幅最长的中篇小说，从此他从中篇向长篇进军，然后有了《白鹿原》的一鸣惊人。

赵凯：为了更好地理解《白鹿原》，我也读了陈忠实的中篇小说《蓝袍先生》。陈忠实先生说过，是《蓝袍先生》诱发了《白鹿原》的创作。在《蓝袍先生》之前，他一直在写当下的现实生活，延续的还是柳青的文学模式，而《蓝袍先生》让他转身回望过去，走上了成就自我的文学之旅。《蓝袍先生》讲述了一对乡村知识分子父子，从中华人民共和国成立前到改革开放之初的命运故事，由四书五经培养的私塾先生和不识字的农民都讲仁义诚信，讲礼要面子，小说有了对民族文化心理的考量。有位作家朋友说《蓝袍先生》是小《白鹿原》，我也说过《平凡的世界》是《人生》的加长版，是一个高加林化身了孙少安、孙少平兄弟，一个留在乡村，一个走进城市。《蓝袍先生》的人物设置和《白鹿原》的人物形象有对应，比如徐慎行的父亲像白嘉轩和朱先生的合体，女主人公田芳像白灵，徐慎行的妻子淑娥像田小娥，班长刘建国像白孝文，杨龟年家的二儿媳妇像送孙儿到鹿子霖门上的兆海媳妇。总之，《蓝袍先生》可算是《白鹿原》序篇，校准了陈忠实攀登文学巅峰的正确路径。

何启治：陈忠实创作完《蓝袍先生》，就开始了《白鹿原》的创作准备。1988 年 4 月，陈忠实开始动笔写《白鹿原》，第一稿是写在笔记本上，第二稿才写在稿纸上。在写作过程中也有各种事务干扰，到 1992 年 3 月 25 日，《白鹿原》终于画上句号。他后来告诉记者，说“我终于可以给何启治写信了，告诉他，他二十年前向我约的稿，现在交稿了”。他在信中征求我的意见，是他从西安跑到北京来送稿，还是我们派人去取，我考虑到他的实际情况，决定派人去。

赵凯：而且，您还叮嘱去西安取稿的洪清波和高贤均，一定要把稿子带回来。

何启治：因为之前有我们一个年轻的编辑，把路遥的《平凡的世界》草率退稿了，所以我虽然对《白鹿原》还没有判断的根据，但是对一位已经成熟的作家以他毕生的精力和所有积累来创作的长篇稿子，还是寄予希望。我对洪清波说，不管《白鹿原》的水平高低，符不符合出版要求，都不要简单退稿，先带回来，慎重处理。

赵凯：这也是对作者的尊重！对《白鹿原》这部当代文学史上的重要作品能够成功诞生，从约稿到叮嘱把稿子带回来，老师您功不可没。我想起一首诗，《大堰河——我的保姆》，我总觉得您就像《白鹿原》的“保姆”一样。后来在中央电视台的读书节目中，您说过一句话：与作者共荣辱，同进退。

何启治：这不能笼统地讲，是要有具体所指，是编辑与自己认准了的优秀作品共荣辱，荣是主要作者和作品的，编辑要承担起自己的责任，与其作者同进退。

《白鹿原》在《当代》的发表，由我们三人担任编辑。一审是洪清波，复审是常振家，终审是我，之后主持《当代》杂志日常工作的人民文学出版社副总编辑朱盛昌还要过目一下。我们对《白鹿原》都持肯定的态度，但是评价的高低有区别，也提出了一些问题，确实要慎重对待，包括后来茅盾文学奖评选时大家争议的内容，比方田小娥这个角色，我认为她是一个复杂的女性形象，也是全书情节发展的重要人物，绝对不要以简单化眼光把她当作坏女人形象来看待。我还举例说，比如世界文学名著《静静的顿河》，如果把阿克西妮娅这个人物拿掉，那还是《静静的顿河》吗？

《白鹿原》有缺点，不是绝对完美，如果全面肯定，也未必合适，有意见可以提出来。朱盛昌说总体上就按何启治的意见处理，然后他还是提出性描写的问题，要慎重，要考虑国情啊，如果有的地方写得太过，要做适当删节。其实，《当代》没有对《白鹿原》大改动，后来参评茅盾文学奖的时候，改动得多了一点。

赵凯：这也正是我想要向您请教的一个问题，洪清波和常振家这两位初审、二审向您汇报《白鹿原》的审稿意见时，您有没有受他们的观点的影响？现在看来，您是既接受了，又对书稿提出了自己的看法，所以《当代》编发的时候，没有伤筋动骨地修改。这部大著问世以后，产生了爆炸性的反响，一时间洛阳纸贵，读者的喜爱把这本书推向了文坛高峰，这也是对作者和编者劳动的巨大肯定。刚才您提到了《静静的顿河》，有的评论家喜欢把《白鹿原》和《静静的顿河》进行比较，但是我觉得这两部书没有太多的可比性，主人公的人生经历和思想不同，故事结构上和年代跨度上都不太相同，但是我读过一本书，高尔基的《阿尔达莫诺夫家的事业》，我更愿意把《白鹿原》和《阿尔达莫诺夫家的事业》进行比较，这两部小说都是对旧时代的小说式浓缩。

何启治：我没读过高尔基的这本书，好像也没有哪位评论家把这两部书进行比较。

赵凯：是的。因为我是《白鹿原》的幸运读者、受益者，我也愿意去研究。老师，我跟您介绍一下《阿尔达莫诺夫家的事业》，这是约20万字的长篇小说，描写俄罗斯农奴制解体以后，资产阶级兴起，主人公原本是地主的管家，他成为了有钱的资产者，一直到十月革命成功，一家三代是如何从农奴制到资本主义，一直到无产阶级革命胜利，这个家族从兴起到没落，时间跨度五十来年。《白鹿原》是从清朝末年皇帝退位前开始，一直到中华人民共和国建立。这两部书，分别写资产阶级在中国和资产阶级在俄国，历史背景特别相似，其中社会发展变迁，家族和家庭解体等故事结构，互相印证。在陈忠实先生的自述里，从来没有提到过高尔基这本书，也没看到哪位评论家提过。在作者、编者和评论者都忽略的情况下，我感觉自己找到了一个理解《白鹿原》的新视角，尤其两部书的主人公都是旧时代的代表者，在新社会到来时，他们都是被历史淘汰者。

何启治：那只能说是你的独特视角，但我觉得这是一种巧合。因为陈忠实跟那么多人谈他的创作意图，提到一些改革开放后的各种书，甚至涉及男女情爱的作品，他都看过，我还在书摊上给他买过这一类书，寄给他参考，但是都没有提到你说的这本书。你说高尔基这部书是写从农奴制一直到十月革命胜利，《白鹿原》是写从清末到中华人民共和国成立，当然也有人说写到了“文革”，那只是一点情节夹叙。

赵凯：还写到白鹿书院“破四旧”，朱先生墓中的刻字砖，还有白灵的儿子、作家鹿鸣寻根。

何启治：那毕竟不是正面的表现。陈忠实主要还是根据他自己对中国社会变化的看法来创作。有人就说《白鹿原》是“半部大书”嘛，意思是前半部写得好，很丰满，但后半部分明显弱一些。这也是某个人的看法，多数人还不这么看。其实“半部”就已经不得了啦，尤其这不是普通的“半部”，是非常有分量的。

赵凯：我觉得“半部大书”这种提法，反映了文学创作的规律，很多世界文学名著都是这样，前半部塑造人物扎实，后半部多是交代故事，急于奔向结尾。我认为《白鹿原》结尾，是非常有力度的，是优秀的、出色的，就像古典文艺美学所言——豹尾。

何启治：这就涉及一个什么叫经典的问题，这可以探讨一下，《红楼梦》是大家承认的经典，但也不是一开始就承认，鲁迅说，看《红楼梦》，不同的读者有不同的看法，经学家看见易，道学家看见淫，革命家看见排满，才子看见佳人。评论家冯立三说，经典是文学史绕不过去的，《白鹿原》就绕不过去，但不等于没有人批评，不可能大家都说好，你可以喜欢它，也可以讨厌它，甚至有的经典是被禁过的。经典不等于没有缺点，比如世界文学名著列夫·托尔斯泰的《战争与和平》，有些内容，我就觉得很概念。应该说，是绝大多数读者对《白鹿原》的喜欢，让不喜欢《白鹿原》的少数人也无可奈何，有评论家说这是"半部大书"，那也是肯定嘛，能作半部大书就很不容易了。

列夫·托尔斯泰还说过一句话：作家一生的幸福就是为人类写出一部书。陈忠实的《白鹿原》就属于为人类、为中国人写出的一部书，这是陈忠实的幸福。我作为一个编辑，套用这句话：一位编辑一生的幸福，就是为文学史奉献一部书。刚才说了，编辑与作者共荣辱，同进退，"荣"是作者的事，但客观来讲，"辱"其实与编辑也分不开。《白鹿原》成功了，是作者创造的荣啊。当《白鹿原》受到压制、受到粗暴的批评的时候，我就要站出来，为它说话。所以《白鹿原》诞生三十年了，我为它写了十几篇文章，编成一本小册子《永远的〈白鹿原〉》，没有一篇是领导指示写的，全是自发的，自觉地来为它宣传，为它呐喊。所以说同进退，是有具体内容的，而不只是一句虚话，不与作者共荣，但需要共辱时也不能躲开，因为编辑和作者、作品有共生的关系。

赵凯：您与陈忠实先生是互相成就，他发表第一篇短篇小说，您就看好了，向他约稿。您的眼光是很准的。后来，《接班以后》被改编拍摄成电影《渭水新歌》，说明这篇小说的故事性是很强的。陈忠实先生的第一部中篇小说和唯一一部长篇小说都是经您的手编发，可以说您是见证了陈忠实先生的文学道路，并且扶持、提携、促进了他的成长，才有《白鹿原》"砥柱人间是此峰"。老师，您的情怀，让我们仰望。

陈忠实：倒着走便倒着走，独开水道也风流

赵凯：我觉得陈忠实先生是很有智慧的人，他为了创作去翻阅三个县的县志。受他影响启发，我也阅读了家乡的《辽中县志》，而且我在其中看到了《白鹿原》

上的人物故事的影子，大体吻合，都是华夏子孙，中国生民，思想性格、情感道德，都是相似的。我甚至想：县志是中华文化最浓缩的地方文本，大多数的县志在体例上和内容上，比如历史大事记和地方上的乡绅名流，都有共性。莫说三个县的县志，就是一部县志，就可以提炼出《白鹿原》的人物情节主体。为什么《白鹿原》在新时期长篇小说中分量最重呢？因为它是建立在地方文化上的，而且陕西这个地方恰是中国古代文明的核心地域，文化传统极其丰厚，它呈现的是从民间到官方共同认可的内容，能够引起华文读者群体广泛的共鸣。大多数长篇小说都建筑在个人生活体验的虚构上，根基不扎实，而《白鹿原》却是建筑在县志这种地域历史民生的巨大真实上，根脉太深，根系庞大。可以说，每一部县志里都藏着一部《白鹿原》。但是，别人再这样做，就是狗尾续貂。陈忠实先生是第一个回头看的明白人、清醒者，是集大成者。

很多文学作品是书法描红式写作的，是作者参照其他小说写自己的小说，而《白鹿原》是参照县志来写小说，就像县志中人物和故事的小说版，或者说是小说版的“县志”。《白鹿原》参照县志，《百年孤独》参照《圣经》，余华的《活着》参照美国歌曲《老黑奴》，小说写作如果能跳出前人小说的范式，会获得更大的视野和创造性的成功。

何启治：有一定的道理。拿《白鹿原》来说，要了解中国的人，特别要了解中国的农村，具体说是二十世纪前半叶，从晚清到民国，一直到抗日，中华人民共和国成立，这五十年是中国整个社会大变动、大变革，充满血泪也充满希望的五十年。要了解这一段风云激荡的历史，《白鹿原》真可以当作文学版的教科书。

赵凯：有读者惋惜陈忠实先生不写《白鹿原》的续集，其实这恰恰是陈忠实先生的明智。文学艺术创作规律上大多是续集不如第一部写得好，更具体说是陈忠实吸取柳青写《创业史》的前车之鉴，把新社会和改革大潮的历史留给别人写。这就像《静静的顿河》，只写到苏维埃政权在顿河流域的确立，不写顿河地区的社会主义建设。文艺对政治的截取有自己的原则，文学名著大多是写历史题材，因为人们对历史内容的看法基本统一了认知，所以文艺作品描写产生了恒定共识的社会阶段，不易出现思想主题错误。

后来参评茅盾文学奖的时候，陈忠实先生同意修订，更是一次非常智慧的妥协，体现了中国古典处世哲学。现在看，如果当年茅盾文学奖缺了《白鹿原》，那应该是该奖的损失。但是，经过一点点委屈获得的奖项，毕竟也是对《白鹿原》的肯定，也是一次巨大的推广。就像后来电影《白鹿原》上映，我来到沈阳看的第一部电影就是《白鹿原》，看过之后，我给您打电话，说虽然有很多批评这部电影的声音，但是也有正面的意义，任何事情都有两面性嘛。《白鹿原》这部电影让很多原本不读《白鹿原》、不知道《白鹿原》的人，知道了有一部小说叫《白鹿原》，这是极大的广告效应，在读者群体之外的民众中进行了普及宣传。所以，《白鹿原》这部书，后来能够形成文化产业链，拥有这么大的社会价值，既是陈忠实先生的创作之功，也有您编者的功劳，都会记载在文学史上。

何启治：还是刚才的话，光荣是属于作者的。

赵凯：我能成为老师的学生，真是我的幸运。我是《白鹿原》的幸运读者，也是《白鹿原》的底层研究者。白嘉轩是《白鹿原》的第一主人公，长篇小说的思想性主要就是在主人公形象上来体现。在此前的革命现实主义文艺中，我们看到了黄世仁、南霸天这样的反面形象，是坏人。而白嘉轩虽然是地主，但却不一样，是好人。他和长工鹿三的关系，像兄弟。当鹿三病故时，白嘉轩扑到鹿三身上，痛哭"白鹿原上最好的一个长工去世了！"这句话衬托出白嘉轩是一个好地主，惊诧了我们成长中所获得的习惯认知。白嘉轩和鹿三，以习惯的眼光看，是压迫与被压迫的关系，但是鹿三却帮助白嘉轩维护传统道德，所以他亲手杀死了儿媳小娥。

当然，如果简单定位白嘉轩为"好地主"，就是片面肤浅了。《白鹿原》并没有刻意地彰显主人公的地主身份，而是高度强调主人公的族长身份，是"最后一位族长"。地主的本质是占有多少田地，本性是贪婪的；而族长的本质是宗法制的代表，面对的是家族成员，主要体现权威榜样和德行公正。

族长白嘉轩首先是个好人，以"乡规民约"治理家族和白鹿村，他代表了传统人格的正面，就是仁义礼智信。像朱先生那样的学究毕竟是少数，粗通文墨的白嘉轩却是维护封建礼仪的大多数。白嘉轩是一个中国人的大众典范，他所秉承的道德观念、处世原则，我们当代读者都能够理解、都乐于接受，因为这就是我们炎黄子孙血肉灵魂中一代代遗传的文化基因。如果说白嘉轩做人上有污点，那就是巧取风水地。

何启治：白嘉轩是贯穿全书的主人公，我不赞成用阶级分析来看待这个人物形象，他不是一般的地主，族长在当年是社会基层领导人，书中写他竭尽所能做好事，但也写了有时候他有点不适应这个社会的变化，很真实、很鲜活。好人不尽是好事，坏人也不尽是坏事，人物形象丰满复杂，作品意蕴就丰盈深厚。

赵凯：老师说得好，白嘉轩是贯穿《白鹿原》全书的主人公，开卷第一句"白嘉轩后来引以为豪壮的是一生里娶过七房女人"。大家都晓得，这个句式源自《百年孤独》，《白鹿原》中流露出的一些魔幻笔法，虽然是土生土长的原产地形态，但也是借鉴了《百年孤独》。这里想多说一句，我读《百年孤独》，就遗憾这部文学神话里缺少一位贯穿首尾的主人公。主人公奥雷良诺上校在第十三章死掉了，他的老母亲乌苏拉在第十六章也活不下去了。我喜欢的外国文学名著是《浮士德》，因为当初我瘫痪十八年，对浮士德永不停息的追求精神有了共鸣。所以，我总希望《百年孤独》应该像《浮士德》那样有一个主线人物。虽然说家族繁衍也是主线，但我偏执地觉得《百年孤独》最后几章有一些断裂感，而且我设想了弥补的办法，这是魔幻小说，那就让主人公奥雷良诺上校的灵魂游荡在马孔多，看着家宅里一代代人消亡，偶尔以上校的灵魂角色来说几句话，就妥了。

何启治：你读书能有这么多联想，很好。虽然这只是你个人的看法，不属于大多数人的共识，但属于文艺美学范畴。

赵凯：老师，我们还是回到《白鹿原》上，再看田小娥这个形象，她在书中的角色地位比白灵还要突出，和三个重要男性角色发生了关系：黑娃、鹿子霖、白孝文。尤其结尾时，白孝文取得了投机革命的人生胜利。陈忠实先生说，在县志上看到长长的贞节烈女名单，他很反对这种所谓的贞节牌坊，于是想把田小娥当作反封建的形象来塑造，但是从阅读本质上，恰恰是因为她睡了很多男人，以性爱情节内容吸引读者对她的关注。比如《水浒传》，有人说看了很多英雄的故事，最后记忆深刻的还是潘金莲那一段。我在早期曾写过一篇浅显的读书随笔《〈白鹿原〉上的潘金莲》。真正的女性反抗者、革命者，也常常掩盖不了性别欣赏的元素，所以女性形象的社会性别反映在艺术里，还是更多地体现着性和爱的生命原始意义，包括当今的女权主义宗旨，承担的社会思想仍然是追求自由。

我们回顾一下，从《新青年》杂志发表胡适和鲁迅的白话文作品，新文化运动的旗帜就是反封建，从五四运动到中华人民共和国成立，到改革开放，我们的文艺主题一直是反封建。比如20世纪80年代初的电影《被爱情遗忘的角落》还是反封建。反封建主题基本就等于文艺正确。《白鹿原》是在1992年年底发表，1993年出书。从世纪初反封建，到世纪末，《白鹿原》出现了，这是在文学上对封建传统文化有了一次回头看，就像陈忠实先生在填词《青玉案·滋水》中所言“倒着走便倒着走，独开水道也风流”。我觉得这句话是他对《白鹿原》最准确的自我概括，他就是以白嘉轩这个形象完成了对传统文化的重新正视和确认。后来社会上出现了国学热，当然不能说是《白鹿原》引领了国学热，是《白鹿原》作为先行者走在了国学热的前面。国学自然包括现在我们的核心价值观提倡的诚信、友善、道德、公正，这都是我们传统文化中的主体内容，是真正的中国故事、中国精神。我们常常自豪地说，历史悠久，文明灿烂，但传统文化的高峰也是产生在封建时代。反封建，不能泼洗澡水把孩子也倒掉。陈忠实先生是第一个清醒的明白人，创作了

《白鹿原》中白嘉轩这位白鹿村的仁义族长形象，从极端的革除封建回归到对传统文化进行追认。所以我认为，文学革命从新文化运动开始，文学改革从《白鹿原》开始。可以说，我对《白鹿原》研究的核心就在于此。老师，您能赞成我这个观点吗？

何启治：我不简单化地赞成你这个观点。文学作品毕竟不是社会学作品。陈忠实写《白鹿原》之前，在看历史资料的时候，看到县志上一长串的妇女名字，开始还有名字，有一两句内容交代，后来连名字都没有了，就是张王氏、李刘氏之类。他很反感，觉得为什么妇女要为封建道德守寡，所以反其道而行之，创造了田小娥这样的形象。当然他也看到了白嘉轩和鹿子霖这样的乡绅，还有朱先生这样的传统饱学之士，在《白鹿原》中，反封建这个主题还是有所体现的，这是肯定的。

赵凯：对，在田小娥这个配角形象上是反封建，但在白嘉轩这个主人公形象上是反思封建。这两个人物形象恰恰是正反两面，象征了那个大时代的思想交锋，也体现了社会的文明道德和原始生命本性的永恒冲突。

何启治：社会发展就是对人的本性提出了更高的要求，有了约束才有了文明。我们几千年的封建文明，不能都反掉，要辩证地继承优秀的，完全割裂是不对的。

赵凯：是呀，我们日常生活为人处世准则、待人接物的礼节，还是在延续着传统的文化基因。所以，《白鹿原》的伟大意义，也在于您刚才说的一方面，它对传统文化在当代社会中的“割裂”进行了重新弥补。

何启治：永远的《白鹿原》

赵凯：老师，我在《白鹿原》的阅读中，曾在脑子里盘旋一个问题。如果这部小说以鹿兆鹏为第一主人公，那么这就是一部标准的革命现实主义作品，青年一代革命者的成长、奉献与牺牲，这样的作品就不够新颖；如果以鹿子霖为第一主人公，那可能就是一部现代版的《金瓶梅》，是“子霖大官人”的发迹衰落人生史，这样的作品是格调不正；如果以朱先生为第一主人公，那就是延续新文化运动的主旨，呈现传统文化在社会革命冲击下没落的过程；如果以黑娃为第一主人公，就是《红旗谱》似的小说，贫苦农民自发反抗压迫，遇到了革命队伍引领，才走上正确的胜利道路；如果以白孝文为第一主人公，那可能是最有意思的故事，一个封建族长的接班人，堕落成为浪荡子、乞讨叫花子，然后成为地方上的反动军政头面人物，最后成为摘取胜利果实的“革命”干部，这又是一部什么样意义上的小说呢？如果田小娥为第一主人公，这就是一个标准的反封建主题小说；如果以白灵为第一主人公，这就是一部新的《青春之歌》。

陈忠实先生选择了白嘉轩为第一主人公，非常精准大气，我们就看到了这样一部端正的、代表中华传统文化主流的《白鹿原》，而且带给了当代读者以创新性，就像女子国服旗袍重新回到了大众审美视野。白鹿原这块土地在陕西，黄帝陵就在陕西，这里还有华胥故里，蓝田祖居，从咸阳秦宫，到汉唐长安，这是中华传统文化的主要正根。生活在这里的最后一代族长，其形象辐射的就是几千年传统文化，代表的是传统文化的样板典型。传统文化的核心是礼，《周礼》是儒家经典，孔子向老子问礼。白嘉轩这个人物太有代表性了，这就是《白鹿原》成为大作品的"大"之所在。所以，我领悟到：小说的初级成败，是能不能发表；而一部小说成就的高或低，在构思的起点上，在确立谁是第一主人公的时候就决定了作品的思想性。陈忠实先生写过一篇《白鹿原》创作谈《寻找属于自己的句子》，对于一位小说家来说，更重要的是寻找属于自己的主人公，当找到了属于文学国度独有的小说主人公，就踏上了成功的捷径。

何启治：你领悟得很对，很有道理。还是说《静静的顿河》，主人公葛利高里这个人物，与《白鹿原》中的黑娃形象有相似之处，一会儿在这个阵营，一会儿在那个阵营，葛利高里这个主人公就确立了《静静的顿河》在苏联社会主义革命现实主义文学体系中的特立独行。

赵凯：陈忠实先生也许是受到了《静静的顿河》的启发，选择白嘉轩作为主人公，是选取了中间路线、中间人物，但从文化角度看白嘉轩，恰好是主干，而非旁枝。

我还觉得，《白鹿原》是20世纪80年代中期出现的寻根文学的完美收官之作。很多寻根文学作品是表现生命力的原始野性，而陈忠实先生受到寻根文学思潮的启发，在《蓝袍先生》中寻到了国民的精神品格，在《白鹿原》上寻到了中华文化的正根：中国"人"！仁义礼智信，是中国人的为人处世立身之本，白嘉轩就是我们的父祖辈形象。

何启治：曾经有个别评论家这样提过，你也有这种认识，很好。

赵凯：寻根文学兴起时，我正是少年学习阶段。寻根文学很短暂，其后是先锋文学。《白鹿原》也受到了先锋文学的一些影响，是集大成者。《白鹿原》横空出世，寻根文学完成使命。

何启治：《白鹿原》与寻根文学概念有本质的不同，但你的见解逻辑也成立。

赵凯：我还设身处地想过，我生在辽沈，因为历史原因，这方土地上的人们基本是闯关东的后代，家族文化在东北是短暂的，和山东老家的族源大多是断裂的。

如果东北作家写一位黑土地上的族长，无法写出陕西黄土地上白嘉轩那种纯正族长的味道。所以，从人物与环境的关系思考，也体会出了作品与环境同样有关系。

何启治：一方水土一方人，一方水土一方语言，不同的水土生产不同的作品。陈忠实在构思《白鹿原》时，是先写作了中篇小说《蓝袍先生》，他是有意识地思考到了中华文化应该向何处去，中国社会是怎样在痛苦艰难中走向文明、走向现代化的国家，大多数作品达不到这样的主题高度。陈忠实的理念是通过活生生的人物故事体现出来，这是《白鹿原》的成功之处。

赵凯：再说《白鹿原》的影响与价值，它的问世带动了长篇小说创作浪潮，至今不衰。《白鹿原》让后来者争相追随效仿，以为写了家族故事就会像《白鹿原》那样成功了。其实社会只承认先行者，《白鹿原》所具有的引领社会反思的弄潮头意义，谁也仿不了，文学归根结底拼的是艺术层面之上的思想高度。丁玲先生提倡“一本书主义”，陈忠实先生以《白鹿原》实践了。

何启治：是，丁玲提出“一本书主义”，当年还受到了批判。像陈忠实这样，倾其生活储备的全部和艺术能力的全部，来写这么一部长篇小说，这样的一本书主义，我是赞成的，不要贬低。比如说有人一生写了多部长篇小说，陈忠实就这么一部，但是这一部《白鹿原》是非常有力度、有高度的。其实，陈忠实也曾经想写第二部长篇小说，他想把中篇小说《蓝袍先生》扩展成长篇小说，也做了一些准备，但是最终没有写，一定是有他的难处，有不方便的因素，不要太强求作者，如果对作者太求全了，并不符合他的实际，即便他勉强写出来，质量上肯定也是难于保证的。

赵凯：是的，有的高产作家，作品一部接着一部，大多时候仿佛是自我重复，甚至作家把自我都掏空了，却还要硬写，只是满足了自己想不断表达的欲望，不再具有新的创造性，让读者感受到的只是这位作家很勤奋。

陈忠实的《白鹿原》已经超出了书本范畴，不仅仅改编为连环画、陶塑、评剧、话剧、电影、电视剧，文字中的白鹿书院已经在关中大地上落成，西安思源学院设立了陈忠实文学馆，蓝田县建筑了白鹿原影视城。从一本书出发，走出了长长的文化产业链，利益众人，这是一本“大”书主义了。

何启治：呵，大书主义，这应该成为有志作家的奋斗目标，但愿这样的大书能多出现。文学作品被改编很常见，也有过为作家设立文学馆，但是为一部小说里虚构的书院而建立一座实体书院，这令人赞叹。之前，倒是有过把《红楼梦》里的大观园建造的前例。

赵凯：《白鹿原》创造了当代小说的奇迹，创造了大多数纯文学作品难以企及的纪录。我现在和读者分享《白鹿原》，有二十来场了，我的讲座题目是《〈白鹿原〉上吼国风》。为什么起这样的标题？《诗经》有“国风”。我觉得《白鹿原》上白嘉轩形象所彰显的仁义礼智信，就是中国风格、中国风度。陕西有秦腔，陈忠实先生也喜欢秦腔，表达这种艺术最有力度的演唱方式是“吼”。所以，我想说，《白鹿原》上的“国风”，是陈忠实先生用心血“吼”出来的。

令人欣慰的是，很多读者原来听说过《白鹿原》，但没有读过，听我讲座之后，他们愿意捧起这本书来读。所以，传播《白鹿原》是我以后最重要的工作之一。我是因为受益于《白鹿原》，才有人生命运的改变，我和读者朋友们说过一句很深情的话，我说我重新站起来以后，活着的每一天，都是和白鹿原上的人们生活在一起。

何启治：这个我倒很欣赏，赵凯啊，你现在有两个努力的方向，一是写出好的作品，第二是你作为热爱《白鹿原》的忠诚的读者，宣传它，扩大它的影响。

赵凯：对，传播书香，推广阅读。我是辽宁省图书馆的志愿者。

何启治：当然要根据你的身体情况，力所能及地去努力，达成最好的结果。我觉得有些问题，你自己确实是这么感觉的，是这样认为的，你可以这么去说。没关系，一家之言嘛。

赵凯：好，好。

何启治：记住，经典著作是不会只有一种看法的。包括批判《白鹿原》的意见，你可以不赞成，但不要反感，要承认是可以批评的。

赵凯：要包容。

何启治：对。你作为热爱《白鹿原》和陈忠实的读者，可以理直气壮地宣传《白鹿原》。《红楼梦》是公认的经典，但是不喜欢《红楼梦》的人就没有吗？不能说绝对没有啊。

赵凯：是呀，不仅仅是普通读者，我认识的作家，都有不读《红楼梦》，读不进去《红楼梦》的。

何启治：社会是复杂的。

赵凯：我还有个看法，明朝的四大奇书是《三国演义》《水浒传》《西游记》《金瓶梅》，后来，清代出现了《红楼梦》，重新确立了四大名著。我觉得，在四大名著之后，就是《阿Q正传》和《白鹿原》，各代表一个时代。随着时间推移，《白鹿原》的影响越来越大，对它的推崇认可越来越稳定。记得听一位著名评论家老师的课，他就讲，新时期文学长篇小说排座次，基本公认第一把交椅是《白鹿原》，第二是《尘埃落定》。《白鹿原》的影响广博且长盛不衰。陈忠实先生过世后，评论家雷达在《人民日报》上发表悼念文章说，我们一直在呼唤大作品，可是筛来选去，拿得出手的还就是《白鹿原》。我认可这个说法。

何启治：我认为，说《白鹿原》是新时期以来或者是中华人民共和国成立以来最优秀的长篇小说之一，比较稳妥，也有人更往前推，说《白鹿原》是新文化运动以来最优秀的长篇小说之一。这个命题，还是交由历史和读者们评判吧。

在中央电视台的《读书时间》栏目中，我曾经说过，改革开放的新时期文学，我最看重《白鹿原》，理由就是惊人的真实感、厚重的历史感和雅俗共赏的艺术特色，以及典型的人物塑造，比如白嘉轩，一开篇，主人公就很突出，接连娶了七房女人，这情节故事能引起普通读者的阅读兴趣，也让研究者可以接受。关于这方面，我没有和陈忠实探讨过，长篇小说怎么开头，他一定下了功夫，很有讲究。比如长篇小说《子夜》的开头就非常好，先写吴老太爷之死，通过一个葬礼，让主要人物都出场了。

赵凯：老师啊，在这个问题上，我有自己的想法：《子夜》开篇的确很好，但是读者刚捧起小说，人物介绍多了，像走马灯一样，印象模糊，记不住。《白鹿原》的开篇，六娶六丧的女子们是走过场的，而白嘉轩这个人物突出了，被读者牢牢记住了。第二章突出了朱先生，第三章是鹿子霖出场了。这样，三个重要角色，都被读者记住了，因为叙述人物不分散，这仿佛是以中短篇小说的起笔方式开了长篇小说的头。

还有，男女婚配，古代称之为“周公之礼”。老话还说，不孝有三，无后为大。白嘉轩六娶六丧的理由就是结婚生儿子。白嘉轩这位族长代表宗法制，鹿子霖这位乡约代表政治。其实，在民国时期的白鹿原上，鹿子霖才是真正的“土皇上”，所以，他能够做到私生子众多。《白鹿原》以白嘉轩开篇，以鹿子霖结尾，鹿子霖的生存哲学在新社会不能“活”了。惯常的文本讲究首尾呼应，而《白鹿原》不以第一主人公收尾，这体现了陈忠实先生的才华大手笔。

何启治：《白鹿原》在问世时，的确有很多突破性的意味，评论界欢呼，新闻界惊叹，读者争相购阅，第一年就再版七次，一时间洛阳纸贵，盗版泛滥。一部长篇小说能够三十年不断重印，至今已经印了五百多万册，版本之多，绝无仅有。

赵凯：其实细数来，《白鹿原》中好多故事情节不是发生在白鹿原。同样，白嘉轩的故事在《白鹿原》前四分之一部分比较饱满，后来，随着第二代的成长，青年人的故事占了更大的比重，青年人大多走出了白鹿原，到了古都西安，但是还要辐射回白鹿原，就像放出一只只风筝，总会收回来。鹿黑娃学为好人，还是要回到白鹿原上的祖宗祠堂，跪拜族长白嘉轩，悔过归宗。白灵在陕北遇难，魂灵也要飘荡回白鹿原，托梦给父亲。青年人的故事都是围绕着白嘉轩这个核心形象展开的。白嘉轩让《白鹿原》光芒四射！白嘉轩让《白鹿原》成为与以往不同的独特小说、伟大小说。

何启治：（笑）赵凯啊，你还年轻，记忆力特别好，肯动脑筋，能言人所未言，不人云亦云。你有自己的看法，有一定的深度，你是一流的读者。我们人民文学出版社青年编辑有这个提法：作者、编者和读者是三位一体的，一流作者和一流作品，也需要一流的读者。我认为一流的读者首先应该是指阅读体会得深刻，从文学艺术鉴赏中感悟到自己的现实工作生活应该怎么走。二是介入作品的宣传，扩大作品的影响。

赵凯：谢谢老师夸奖。《白鹿原》受到编者和读者的共同喜爱，值得大家为它鼓与呼。我还觉得，《白鹿原》是纸本纯文学在中国的最后一次狂欢。这个说法，有些武断，可以商榷。1998年，网络小说《第一次的亲密接触》，引起了社会上广泛关注，网络文学从此诞生。传统的纯文学和通俗文学，在传播上都不如网络文学方便快捷。从远古的摩崖石刻、甲骨文、金文、竹简绢帛，到造纸印刷，如今电子网络出现，人们的阅读方式变革了，文学艺术的形式内容也相应调整，纸本文学形式走向衰退，新的一代代读者群体被电子网络吸引，只有中年以上的传统读者还对纸本阅读有留恋，但大多数时间也被手机阅读绑架。最关键是电子网络提供的海量信息让受众注意力无限分散，很难再出现全国读者共同阅读一部纯文学作品并为之叫好的形态了。现在，是新旧交替时代，就像《白鹿原》中新旧社会思想交织一样，最终新社会、新思想一定会胜利，电子网络文学和阅读必然成为明天的赢家。2017年，在鲁迅文学院学习的时候，有一场关于引导网络文学的讨论，我说过网络文学的生命力就在于野性生长，而且，我对网络文学虽然不喜欢，但我看好它的发展趋势，相信网络文学在成熟之后，一定会出现网络文学的“四大名著”，产生广泛的社会影响力。我的依据是：对于明朝的读者来说，《三国志》是纯文学，《三国演义》就是网络文学。我同样相信，未来的网络文学会出现“阿Q正传”与“白鹿原”。

何启治：你以发展的眼光看问题是对的，至于未来的发展，只能交由社会历史去印证了，而《白鹿原》所产生的文学价值和社会价值，是不可取代的，所以我说“永远的《白鹿原》”。

赵凯：伟大的《白鹿原》，思想的《白鹿原》和艺术的《白鹿原》！老师，经您的手把《白鹿原》推向社会、推向世界之时，作为文学艺术追求者的陈忠实——完成了！

我们在此谈论《白鹿原》，由衷地想念陈忠实先生，我真是很感谢、感恩这位前辈师长。老师，您还记得吗？ 2013年，我牵头成立沈阳市残疾人作家协会，创办会刊《沈阳残疾人文学》，我给您打电话，想请陈忠实先生给题写刊名。您向陈忠实先生转达我的请求后，陈忠实先生立马和我通了电话，他的关中方言，我大多听不懂。但是，不到一周，一大幅墨宝寄来了，我拿着拍照，从肩头一直垂到脚面，成了我最珍贵的收藏。2016年，华文出版社为我出版《扛住》一书，陈忠实先生为我写了充满大爱的推荐语："阅读，成为赵凯改变命运的起点。读《扛住》，会获得非同寻常的精神激励。"遗憾的是，我没有见过陈忠实先生，等我有能力走到西安去，先生已经化鹿飞升了。虽然失之交臂，但我心里仍然感觉和陈忠实先生很亲近。

何启治：人生中总是会有这样那样的遗憾。

赵凯：欣慰一些的是，2019年，我去汉中，路过西安，我请您把我引荐给陈忠实文学馆馆长邢小利老师。我去了白鹿书院和陈忠实文学馆，送去了我受益于陈忠实先生和传播《白鹿原》的资料。接待我的杨爱平老师和陈长鸣老师也很惊喜有我这样一个特殊读者。后来，杨爱平老师给我打电话，说要把我这特殊读者的资料展览出来。我觉得让更多的人知道有一位读者因为阅读《白鹿原》而幸运地改变了命运的故事，是我对陈忠实先生英灵的最好告慰。老师，您是我这底层读者和大作家之间最好的桥梁纽带。

何启治：祝福每一位读者都能够幸运、幸福。

赵凯：好！老师，就像您关爱我，我获得了新生，因而我爱老师；同样，我也爱《白鹿原》，就像我热爱这火热的、健康的生活。老师，我把自己关于《白鹿原》的满腔心里话都向您汇报了，您对学生还有什么嘱咐吗？

何启治：还是我刚才对你讲的，你两个努力的方向，一是尽力搞创作，你已经出五本书了，争取创作出能产生更大反响的作品；二是尽心宣传《白鹿原》，向读者们谈你阅读《白鹿原》的体会和对陈忠实的热爱尊敬，这都是很好的。你身有残疾，现在有所改善了，可以走遍全国，宣讲《白鹿原》，你这太不简单啦。

赵凯：宣讲分享《白鹿原》，是我对有恩于我的这部大书的回报。老师，去年也就是2020年年底，陕西人民艺术剧院的话剧《白鹿原》来到沈阳，我虽有犹豫，还是买高价票去看了，觉得如果不去看，对不起《白鹿原》。之后，辽宁省文化厅艺术研究院邀请我去做讲座《白鹿原：从小说到戏剧的跨界对话》，这是目前我分享《白鹿原》所到的省内最高专业机构，我的看法也得到了大家的认可。我感觉这是一次新的开始，我对《白鹿原》的传播和对《白鹿原》的研悟正在路上。

原载《延安文学》2022年第2期